CELUI QUI VEILLE

Louise Erdrich est née en 1954 dans le Minnesota. D'origine germano-américaine et amérindienne, elle est l'une des grandes voix de la nouvelle littérature indienne d'outre-Atlantique. Elle est l'autrice de *La Chorale des maîtres bouchers*, de *Love Medicine* ou encore de *Ce qui a dévoré nos cœurs*. Son écriture a les accents de William Faulkner et Toni Morrison. Récompensée par de nombreux prix littéraires, elle a été distinguée en 2012 par le prestigieux National Book Award pour *Dans le silence du vent*, en 2015 par le Library of Congress Award pour l'ensemble de son œuvre et en 2021 par le prix Pulitzer de la fiction pour *Celui qui veille*.

Paru au Livre de Poche :

CE QUI A DÉVORÉ NOS CŒURS
LA CHORALE DES MAÎTRES BOUCHERS
DANS LE SILENCE DU VENT
LA DÉCAPOTABLE ROUGE
DERNIER RAPPORT SUR LES MIRACLES À LITTLE NO HORSE
L'ENFANT DE LA PROCHAINE AURORE
FEMME NUE JOUANT CHOPIN
LE JEU DES OMBRES
LAROSE
LOVE MEDICINE
LA MALÉDICTION DES COLOMBES
LE PIQUE-NIQUE DES ORPHELINS

LOUISE ERDRICH

Celui qui veille

ROMAN TRADUIT DE L'ANGLAIS (ÉTATS-UNIS) PAR SARAH GURCEL

ALBIN MICHEL

Titre original :
THE NIGHT WATCHMAN
Publié par HarperCollins, New York, États-Unis, 2020.

ISBN : 978-2-253-94171-2 – 1re publication LGF

À Aunishenaubay, Patrick Gourneau;
à sa fille Rita, ma mère;
et à tous les leaders amérindiens
qui ont combattu la politique de termination.

NOTE DE L'AUTRICE

Le 1er août 1953, en votant la *House Concurrent Resolution 108*, ou Résolution 108, le Congrès des États-Unis d'Amérique déclara officiellement sa volonté d'abroger les traités de nation à nation qui avaient été conclus avec les tribus indiennes pour « aussi longtemps que l'herbe poussera et que l'eau des rivières coulera ». Il s'agissait *in fine* de supprimer toutes les tribus et, dans un premier temps, de « terminer » cinq d'entre elles, parmi lesquelles la Bande d'Indiens Chippewas de Turtle Mountain.

Mon grand-père Patrick Gourneau a combattu cette « termination » en tant que président du conseil tribal, tout en travaillant comme veilleur de nuit. À l'instar de mon personnage, Thomas Wazhashk, il dormait très peu. Ce livre a beau être une fiction, je me suis efforcée d'être fidèle à la vie extraordinaire de mon grand-père. Je reste seule responsable des erreurs ou lacunes de ce roman. Outre Thomas et l'usine de pierres d'horlogerie de Turtle Mountain, l'unique personnage d'importance à qui l'on puisse prêter une ressemblance avec une personne existante ou ayant existé est le sénateur Arthur V. Watkins, héraut inlassable de l'expropriation des autochtones et l'homme qui interrogea mon grand-père au Congrès.

Pixie, ou plutôt – pardon – Patrice [une variante du prénom Patricia, courante dans les années cinquante], est totalement le fruit de mon imagination.

NOTE DE LA TRADUCTRICE

Une résolution du Congrès des États-Unis est un texte adopté par les deux Chambres réunies (Sénat et Chambre des représentants). Elle n'a pas force de loi, mais elle formule l'orientation de la politique fédérale, laquelle sera ensuite mise en œuvre par une série de mesures législatives. Dans le cas de la Résolution 108, les principaux concernés – les Indiens – ne furent consultés qu'après son adoption, lors d'auditions préparatoires aux lois qui allaient rendre effective la nouvelle politique. C'est dans cette étroite fenêtre de tir que s'inscrit la lutte du personnage de Thomas Wazhashk contre la *termination*.

La traduction du terme *termination* ne va pas de soi. Le mot relève de la politique visant à « assimiler » les Indiens et désigne plus particulièrement l'idée de mettre un terme à la « relation particulière » entre le gouvernement fédéral et les tribus, c'est-à-dire de supprimer les tribus comme entités collectives, chaque membre étant appelé à devenir, en tant qu'individu, un citoyen américain à part entière, avec les droits et obligations afférents. Si souhaitable que puisse aujourd'hui nous sembler cet accès à la pleine et entière citoyenneté (à une époque où les Afro-Américains la réclamaient ardemment), l'assimilation passait outre au souhait des peuples concernés de conserver leur souveraineté, et s'inscrivait dans une longue histoire d'appropriation des terres indiennes par le gouvernement des États-Unis. Cette politique permettait notamment de mettre fin aux aides fédérales sans aucune contrepartie matérielle, et sans que jamais les Indiens aient réellement reçu les moyens de leur autonomie. Dans les textes francophones qui évoquent cette politique, le mot *termination* est parfois traduit par son calque « termination », mais aussi par « politique d'assimilation », « rupture », « cessation » ou « cessation de tutelle », « liquidation » ou « liquidation des tribus », ou encore « solution terminale » (sous la plume de Nelcya Delanoë, qui consacra un livre fondamental à la question des processus d'acquisition des terres indiennes par le gouvernement fédéral américain : *L'Entaille rouge. Des terres indiennes à la démocratie américaine* (1776-1996), Paris, Albin Michel, « Terre indienne », 1996). Cette dernière formule a le mérite de faire écho, en miroir, à la notion de « problème indien », tout en gardant ce que le verbe « terminer » a de faussement neutre et de parfaitement terrifiant. Pour autant, nous faisons ici le choix de recourir au calque « termination » pour des raisons de cohérence interne propres à ce texte-ci.

SEPTEMBRE 1953

L’usine de pierres d’horlogerie de Turtle Mountain

Thomas Wazhashk saisit la bouteille thermos calée sous son bras et la posa sur le bureau en acier, à côté de sa mallette éraflée. Sa veste de travail atterrit sur la chaise, et sa gamelle sur le rebord glacé de la fenêtre. Lorsqu’il retira sa casquette matelassée, une pomme sauvage tomba du rabat cache-oreilles. Un cadeau de Fee, sa fille. Il plaça le fruit sur le bureau pour le contempler, avant d’insérer sa fiche dans la pointeuse. Minuit. Il prit alors le trousseau de clés et la lampe torche fournie par l’entreprise, puis fit le tour du rez-de-chaussée.

C’est dans cet endroit silencieux, toujours silencieux, que de nombreuses femmes de Turtle Mountain passaient leurs journées penchées sous la lumière crue des lampes de travail. Elles collaient sur de minces tiges verticales des lamettes ultrafines de rubis, de saphir ou, moins précieux, de grenat, avant perforation. Les pierres d’horlogerie ainsi obtenues serviraient à la fabrication de montres Bulova et de pièces destinées au département de la Défense. Il s’agissait là des premiers emplois industriels créés dans les environs de la réserve et presque tous ces postes convoités étaient occupés par des femmes, lesquelles avaient obtenu de bien meilleurs résultats aux tests de dextérité.

Le gouvernement attribuait cette habileté au sang indien et à l'habitude du perlage traditionnel. Thomas pour sa part l'imputait plutôt à l'œil acéré des femmes de sa tribu, qui savaient très bien vous crucifier d'un regard. Lui-même avait eu de la chance de décrocher sa place. Il avait beau être intelligent et honnête, il n'était plus ni jeune ni svelte. Il avait été choisi pour sa fiabilité, et parce qu'il se démenait toujours pour tout faire le plus parfaitement possible. Ainsi menait-il ses inspections avec une méticulosité implacable.

Sa ronde passait par la salle du perçage, où il testa chaque serrure et actionna chaque interrupteur. À un moment, pour se fouetter le sang, il se livra à une petite danse fantaisie qu'il prolongea par une *Red River Jig* – mélange de pow-wow et de gigue irlandaise. Revigoré, il franchit les portes blindées qui menaient à la salle des bains acides avec ses rangées de vases à bec numérotés, son manomètre, son tuyau, son long évier et ses postes de rinçage. Il contrôla les bureaux, les sanitaires carrelés de blanc et de vert, et boucla son tour en regagnant l'atelier d'usinage. Sa table baignait dans la flaque lumineuse de la lampe d'occasion qu'il avait lui-même réparée de façon à pouvoir lire, écrire, cogiter et se donner une claque de temps à autre pour se réveiller.

Thomas avait reçu pour patronyme le nom du rat musqué, *wazhashk*, ce rongeur hydrophile, modeste et travailleur. Des rats musqués, il y en avait partout dans les marécages qui parsemaient la réserve. Au crépuscule, leurs petites formes souples fendaient industrieusement l'eau, toujours occupés qu'ils étaient à consolider leurs terriers, et à manger (comme ils aimaient ça !) à peu près tout ce qui poussait ou remuait dans les marais. Pour nombreux et communs qu'ils fussent, les *wazhashkag* n'en étaient pas moins essentiels. Au commencement, après le Grand Déluge, c'était un rat musqué qui était parvenu à recréer la Terre.

En ce sens, comme la suite le prouverait, Thomas avait reçu le nom parfait.

Des tartines de saindoux

Pixie Paranteau appliqua une touche de ciment sur un préparage pour le coller sur un socle, puis planta celui-ci dans un petit trou de la plaque de perçage. Elle faisait les choses à la perfection quand elle était furieuse. Regard focalisé, pensées canalisées, respiration ralentie. Elle traînait toujours ce surnom de Pixie, « le lutin », qu'on lui avait donné quand elle était enfant à cause de ses yeux en amande. Depuis qu'elle avait quitté le lycée, elle essayait d'habituer les gens à l'appeler Patrice. Pas Patsy, ni Patty, ni Pat. Mais même sa meilleure amie faisait de la résistance. Laquelle meilleure amie, assise à côté d'elle, était également occupée à disposer les préparages en petits rangs interminables. Moins rapidement que Patrice mais bonne seconde, toutes ouvrières confondues. Dans la grande salle silencieuse, on n'entendait que le grésillement des lampes. Le cœur de Patrice cessa de battre la chamade. Non, elle n'était pas une Pixie, malgré sa silhouette menue et le fait qu'on la disait *wawiyazzhinaagozi*, un mot à la traduction abominable : « mignonne ». Patrice n'était pas mignonne. Patrice avait un travail. Patrice était au-dessus des incidents minables comme la fois où Bucky Duvalle et ses amis l'avaient soi-disant baladée en voiture pour ensuite raconter qu'elle avait accepté de faire une chose qu'elle n'avait pas faite. Qu'elle n'aurait jamais faite. Et il n'y avait qu'à voir Bucky maintenant. Non qu'elle soit responsable de ce qui était arrivé au visage du garçon. Patrice ne s'abaisserait pas à ça. De la même façon qu'elle ne s'abaisserait pas à retrouver le chemisier qu'elle avait laissé sécher à la cuisine taché de bile brunâtre, résultat de la longue beuverie de son père. Lequel était de retour à la maison, grognant, crachant, houspillant, pleurant, menaçant Pokey, le petit frère de Pixie, et suppliant cette dernière de lui donner un dollar – non, vingt-cinq *cents* – non, dix – même pas dix petits *cents* ? –, tentant de se frotter le pouce et l'index sans que ses doigts parviennent à se rejoindre. Non, elle n'était pas cette Pixie qui avait caché le couteau et aidé sa mère à traîner son père jusqu'à la paillasse du cabanon où il dormirait jusqu'à ce que l'effet du poison se dissipe.

Ce matin-là, Patrice avait enfilé un vieux chemisier, rejoint à pied la grand-route et, pour la première fois, était montée en voiture avec Doris Lauder et Valentine Blue – sa meilleure amie portait un nom poétique en diable et refusait de l'appeler Patrice. Valentine avait déjà pris place à l'avant. « Pixie, ça va, la banquette arrière ? Tu es bien installée ?

— Patrice », rétorqua l'intéressée.

Silence de Valentine.

Valentine, qui discutait avec Doris Lauder d'une recette de gâteau saupoudré de noix de coco râpée.

De noix de coco ! Comme s'il y avait le moindre cocotier à mille kilomètres à la ronde. Valentine, qui portait une jupe corolle d'un orange mordoré, jolie comme un coucher de soleil. Valentine, qui ne se retournait pas mais jouait des poignets pour exhiber ses nouveaux gants afin que Patrice les voie et les admire, même depuis la banquette arrière. Valentine qui échangeait à présent avec Doris des astuces pour ravoir une serviette tachée de vin rouge. Comme si Valentine avait jamais possédé une serviette. Ou bu du vin rouge ailleurs que dans les champs. Valentine qui traitait Patrice comme une étrangère parce que Doris était blanche, qu'elle venait de commencer à l'usine en tant que secrétaire et qu'elle utilisait la voiture familiale pour aller au travail. Quand elle avait proposé de prendre Valentine au passage, cette dernière avait dit : « Mon amie Pixie est aussi sur la route, si jamais… »

Valentine avait donc inclus Patrice, ce qui était son rôle de meilleure amie, pour ensuite l'ignorer et refuser d'utiliser son vrai prénom, le prénom de sa confirmation, le prénom – c'était peut-être gênant à dire, mais ça ne l'empêchait pas de le penser – avec lequel elle s'élèverait dans le monde.

Les mains derrière le dos, Mr Walter Vold longeait les rangées d'ouvrières, observant leur travail avec des airs de rôdeur. Il quittait régulièrement son bureau pour inspecter chaque poste. Bien qu'il ne fût pas vieux, ses jambes maigrelettes craquaient et ses genoux semblaient sursauter à chaque pas. Sa marche s'accompagnait ce jour-là d'un grattement aléatoire. Sans doute son pantalon noir, au tissu raide et brillant.

Il y avait aussi le crissement du bout de ses chaussures contre le sol. Une loupe à la main, il s'arrêta derrière Patrice et pencha sa mâchoire carrée et luisante au-dessus de l'épaule de la jeune femme. Il avait l'haleine viciée par le café. Elle poursuivit son travail sans que ses doigts tremblent.

« Excellent travail, Patrice. »

Et toc !

Il poursuivit son chemin. Grattement. Crissement. Patrice s'abstint toutefois de se tourner vers Valentine pour lui faire un clin d'œil. Elle s'abstint de toute jubilation. Elle sentait ses règles arriver, mais elle avait épinglé à sa culotte un chiffon propre plusieurs fois replié. Ça aussi. Oui, ça aussi.

À midi, les femmes et les quelques hommes qui travaillaient également à l'usine se rendaient dans la petite salle censée faire office de cantine : elle était totalement équipée, mais comme aucun cuisinier n'avait encore été recruté, les ouvrières s'y installaient pour manger ce qu'elles avaient elles-mêmes préparé. Certaines venaient avec une gamelle, d'autres avec un pot à saindoux. D'autres encore apportaient carrément des plats entiers, recouverts d'un sac à farine – en général pour partager. Le petit seau à sirop d'érable de Patrice, jaune et raclé jusqu'au métal, était plein de pâte à pain crue. Parfaitement. Elle l'avait pris au passage en sortant de chez elle, tellement secouée par la diatribe de son père qu'elle était partie précipitamment, oubliant qu'avant le petit déjeuner elle avait prévu de frire la pâte à pain bannique dans la poêle de sa mère. Or elle n'avait même pas petit-déjeuné. Depuis deux heures déjà elle rentrait le ventre pour tenter de réprimer ses gargouillis d'estomac. Gargouillis que Valentine, bien sûr, avait remarqués. Valentine, qui, bien sûr, était maintenant en pleine discussion avec Doris. Patrice goûta une pincée de pâte. Pas mauvais. Valentine jeta un coup d'œil dans le seau et se mit à rire en voyant son contenu.

« J'ai oublié de la faire cuire », expliqua Patrice.

Sa réponse suscita un regard de pitié chez son amie, mais fit éclater de rire une autre ouvrière, une femme mariée du nom de Saint Anne. La rumeur se répandit qu'il y avait de la pâte dans le seau de Patrice. Qu'elle avait oublié de la faire cuire, de la faire rôtir, de la faire frire. Patrice et Valentine étaient les benjamines de l'atelier, recrutées à leur sortie du lycée. Dix-neuf ans. Saint Anne poussa vers Patrice un petit pain beurré. Quelqu'un lui fit passer un biscuit d'avoine. Doris lui donna une banane entière. Patrice venait de faire une blague. Elle s'apprêtait à rire et à en faire une autre lorsque Valentine dit :

« On ne te voit jamais manger autre chose que des tartines de saindoux. »

Patrice referma la bouche. Silence général. Ce que suggérait Valentine, c'est qu'il s'agissait d'une nourriture de pauvres. Sauf que tout le monde mangeait des tartines de saindoux avec du sel et du poivre.

« Ça doit être bon, dit Doris. Quelqu'un en a ? J'en veux bien un petit bout.

— Tiens », répondit Curly Jay, qui devait son surnom aux boucles qu'elle avait, enfant – le surnom lui était resté même si ses cheveux étaient entre-temps devenus raides comme des baguettes.

Tout le monde fixa Doris tandis qu'elle goûtait la tartine de saindoux.

« Pas mal du tout », décréta-t-elle.

Au tour de Patrice d'adresser à Valentine un regard de pitié. À moins que ce regard ne vînt de Pixie ? Quoi qu'il en soit, la pause déjeuner était terminée et désormais son estomac ne réclamerait pas sa pitance toute l'après-midi. Elle remercia bien fort la tablée entière puis se rendit aux sanitaires. Il y avait deux cabines. Et personne d'autre à l'intérieur que Valentine. Patrice reconnut les chaussures marron aux éraflures camouflées avec de la peinture. C'était ce moment du mois pour toutes les deux.

« Oh, non, s'exclama Valentine à travers la paroi. Oh là là, c'est la cata. »

Patrice ouvrit son sac à main, batailla avec ses pensées, puis tendit sous la cloison en bois l'un de ses chiffons pliés. Il était propre, blanc, passé à la javel. Valentine s'en saisit.

« Merci.

— Merci qui ? »

Un temps.

« Merci beaucoup et va te faire voir. Patrice. » Rire. « Tu m'as sauvé les miches.

— Tes miches toutes plates. »

Nouveau rire. « Tu les as encore plus plates que moi. »

Assise sur la cuvette, Patrice épingla à sa culotte une nouvelle protection. Elle enveloppa le linge usagé dans du papier toilette, puis dans un morceau de papier journal qu'elle avait gardé à cet effet, avant de sortir discrètement de la cabine, après Valentine, et de fourrer le tout au fond de la poubelle. Elle se lava les mains avec du savon en poudre, ajusta sa robe au niveau des aisselles, lissa ses cheveux et se remit du rouge à lèvres. Quand elle émergea des sanitaires, la plupart de ses collègues étaient déjà au travail. Elle se dépêcha d'enfiler sa blouse et d'allumer sa lampe.

En milieu d'après-midi, ses épaules s'enflammèrent. Elle avait des crampes dans les doigts et ne sentait plus ses fesses toutes plates. Les cheffes d'équipe rappelèrent aux ouvrières de se lever, de s'étirer et de fixer un point sur le mur du fond, puis de regarder vers le haut, de côté et vers le bas, avant de fixer à nouveau le mur. Une fois leurs yeux reposés, les femmes s'occupèrent de leurs mains, étirant chaque doigt et massant les articulations enflées. Elles se remirent ensuite à la tâche. Une tâche lente, calme, hypnotique. Mais la douleur revint, inexorable. Heureusement, c'était presque l'heure de la pause – quinze minutes de répit, rang par rang, pour que tout le monde puisse passer aux toilettes. Quelques-unes allèrent fumer au réfectoire. Doris avait eu la bonne idée de préparer du café. Patrice but le sien debout, sans poser sa soucoupe. Quand elle reprit sa place, elle se sentait mieux et plongea dans une transe de concentration. Tant qu'elle n'avait mal ni aux épaules ni au dos, cet état méditatif pouvait la porter pendant une heure, parfois deux. Il lui rappelait les moments où elle brodait avec sa mère. Le perlage les emmenait toutes les deux dans un royaume d'application paisible. Elles discutaient en murmures paresseux tout en ramassant et assemblant les perles de la pointe de leur aiguille. À l'usine aussi, les femmes se parlaient en chuchotis rêveurs.

« Mesdames, s'il vous plaît. »

Mr Vold interdisait les discussions. Mais elles bavardaient quand même. C'est à peine si elles se rappelaient ensuite ce qu'elles s'étaient raconté. N'empêche, elles se parlaient toute la journée. Vers la fin de l'après-midi, Joyce Asiginak emporta les nouveaux cylindres au découpage et le processus se poursuivit, encore et encore.

De même qu'elle était passée les prendre à l'aller, Doris Lauder les raccompagna. Et, cette fois-ci, Valentine se retourna pour inclure Patrice dans la conversation, ce qui était une bonne chose, car Pixie préférait ne pas trop penser à son père. Serait-il encore là ? Les parents de Doris possédaient une ferme sur la réserve. Ils avaient acheté la terre à la banque en 1910 quand les Indiens n'avaient rien d'autre à vendre. C'était ça ou mourir. Les annonces de terres à vendre pas cher proliféraient. Il n'y avait que quelques bonnes parcelles arables sur la réserve, et les Lauder possédaient un grand silo argenté qui se voyait depuis le village. Patrice descendait la première et Doris proposa de prendre le chemin hasardeux qui menait jusque chez elle : non merci, répondit l'intéressée. Elle ne voulait pas que Doris voie l'embrasure effondrée de l'entrée ni le fatras devant la maison. Et puis son père entendrait la voiture, sortirait en titubant et harcèlerait la conductrice pour qu'elle l'emmène en ville.

Au bas de la sente herbeuse, Patrice s'arrêta parmi les arbres, à l'affût. La porte de l'appentis était ouverte. Elle passa devant sans faire de bruit et se baissa pour pénétrer dans la maison – un rectangle de rondins et de boue, bas et penché, on ne peut plus sommaire. Pour une raison ou pour une autre, sa famille n'avait jamais obtenu d'aide au logement. Le poêle était allumé et sa mère avait mis de l'eau à bouillir pour le thé. Patrice vivait ici avec, outre ses parents, son maigrelet de frère, Pokey. Sa sœur Vera avait postulé auprès du Bureau de relocalisation des Indiens : sitôt mariée, elle était partie à Minneapolis, où le jeune couple avait reçu une formation professionnelle et un peu d'argent pour s'installer. Souvent, les gens revenaient dans l'année. Mais parfois, on n'entendait plus jamais parler d'eux.

Vera avait un rire sonore et joyeux, et sa capacité à métamorphoser les choses manquait terriblement à Patrice : elle savait crever les abcès de tension du foyer, illuminer la tristesse ambiante. Elle se moquait de tout, jusqu'au seau à grain dans lequel les sœurs urinaient les nuits d'hiver et aux remontrances de leur mère lorsqu'elles enjambaient les affaires de leur frère ou de leur père ou qu'elles voulaient cuisiner pendant leurs règles. Vera se moquait même de leur père quand il rentrait *shkwebii*. Et qu'il poussait des braillements de coq ébouillanté, comme elle disait.

Et voilà que ce père était de retour. Mais pas de Vera pour montrer du doigt le pantalon pendouillant ou les cheveux en bataille. Pas de Vera pour se boucher le nez, les yeux pétillants. Pas moyen d'évacuer par des pirouettes la honte permanente que ce père leur causait. Ni de l'envoyer paître. Lui et tout le reste. Le sol de terre battue qui dessinait des bosses sous la fine couche de linoléum, par exemple. Patrice se retira avec une tasse de thé derrière la couverture qui masquait son lit, ce lit qu'elle avait toujours partagé avec sa sœur. Il y avait là une fenêtre, ce qui était bien au printemps et à l'automne quand elles prenaient plaisir à regarder les bois par le carreau, mais terrible l'hiver et l'été quand elles se gelaient ou devenaient folles à cause des mouches et des moustiques. Elle entendait ses parents. Encore trop mal en point pour mordre, son père se vautrait dans les supplications.

« Rien qu'un penny ou deux. Un dollar, ma jolie, et je m'en vais. Je débarrasse le plancher. Je te laisse tranquille. Sans moi, tu seras libre de tes journées, puisque tu m'as dit que c'était ce que tu voulais. Je reviendrai pas. Je resterai hors de ta vue à jamais. »

Et il continua ainsi, longtemps, tandis que Patrice buvait lentement son thé à peine sucré en regardant les feuilles du bouleau virer au jaune. La dernière gorgée avalée, elle posa sa tasse et enfila un jean, des souliers troués et une chemise à carreaux, puis elle releva ses cheveux avec des épingles et sortit de derrière la couverture. Jambes de sauterelle, *flop flop* des semelles, elle passa devant son père sans le regarder et montra à sa mère la pâte crue dans le petit seau qui lui servait de gamelle.

« Elle est encore bonne », décréta Zhaanat, la bouche ourlée d'un infime sourire, avant de ramasser la pâte et de la déposer dans la poêle d'un même mouvement fluide. La pratique de toute une vie donnait parfois à ses gestes des airs de tours de magie.

Après un « Pixie, oh Pixie, ma petite fille chérie ? », le père de Patrice poussa un gémissement sonore. Elle sortit et se dirigea vers le tas de bois, arracha la hache à la souche qui servait de billot et fendit une bûche. Elle passa un certain temps à couper de quoi alimenter le feu, allant jusqu'à empiler le tout près de la porte – c'était normalement à Pokey de faire ça, mais il prenait des cours de boxe après l'école. Elle poursuivit donc sur sa lancée. Comme son père était là, elle avait grand besoin de s'occuper. Elle était petite, certes, mais forte de nature. Elle aimait la réverbération du métal sur le bois le long de ses bras. Et tout en maniant la hache, elle réfléchissait. À ses projets. Ce qu'elle ferait. Comment elle s'y prendrait pour gagner l'amitié des gens. Elle ne se contentait pas d'entasser le bois, elle procédait selon un agencement précis. Des échafaudages sophistiqués dont Pokey se moquait. Mais cela ne l'empêchait pas d'admirer sa sœur. Elle était la première de la famille à avoir un travail. Pas un travail qui revenait à poser des pièges, chasser ou ramasser des baies. Un travail de Blanc. Leur mère ne disait rien, mais laissait voir sa gratitude. Cette année, Pokey avait des chaussures neuves pour l'école. Vera quant à elle avait reçu une robe en tissu écossais, un nécessaire à permanente et des socquettes blanches pour son voyage à Minneapolis. Et Patrice économisait chaque mois un peu de son salaire afin de suivre sa sœur, qui avait peut-être disparu.

L'observateur

C'était l'heure d'écrire. Thomas se mit en position, fit les exercices de respiration de la méthode Palmer appris au pensionnat, et décapuchonna son stylo. Il avait acheté au magasin général un nouveau bloc de papier d'un vert pâle apaisant. Sa main était ferme. Il commencerait par la correspondance officielle, puis se récompenserait par une lettre à son fils Archie et une autre à sa fille Ray. Il aurait aimé inclure son fils aîné, Lawrence, mais il n'avait pas encore son adresse. Il écrivit d'abord au sénateur Milton R. Young pour le féliciter de son rôle dans l'équipement électrique des zones rurales du Dakota du Nord et lui demander un rendez-vous. Il écrivit ensuite au représentant du comté pour le féliciter de la réparation d'une route goudronnée et lui demander un rendez-vous. Après quoi il écrivit à son ami éditorialiste Bob Cory et lui suggéra une date pour venir visiter la réserve. Puis il répondit longuement à plusieurs personnes qui avaient adressé un message à la tribu par curiosité.

Une fois la correspondance officielle terminée, il se pencha sur la lettre et la carte d'anniversaire destinées à Ray. *Une année entière s'est-elle donc déjà écoulée ? Je me revois m'extasier devant ce visage minuscule et cette touffe de cheveux bruns comme si c'était hier. Je suis convaincu que dès l'instant où tu as posé les yeux sur moi, tu m'as fait un clin d'œil qui disait : « Ne t'inquiète pas, papa, je vaux bien les ennuis que je viens de causer à maman. » Tu as tenu promesse. En fait ta maman et moi dirions que tu vaux largement plus…* Son écriture fluide remplit bientôt six feuillets de réflexions et de diverses nouvelles, mais lorsqu'il s'interrompit pour se relire, il n'avait aucun souvenir d'avoir écrit tout ça, malgré la calligraphie parfaite. Fichtre. Il se tapota la tête de son stylo. Il avait écrit dans son sommeil. Cette nuit était pire que les autres, puisqu'il était incapable de se rappeler ce qu'il venait de lire. C'était comme un aller-retour sans fin : il écrivait, relisait, oubliait ce qu'il avait écrit, puis oubliait ce qu'il avait lu et réécrivait. Il refusait pourtant de s'arrêter. Un malaise l'envahit peu à peu. L'impression d'une présence dans les coins sombres de la pièce. Comme si on l'observait. Il posa lentement son stylo et se tourna sur sa chaise pour regarder par-dessus son épaule les machines à l'arrêt.

Il y avait là un petit garçon tout poussiéreux, accroupi sur la scie à ruban. Thomas eut beau secouer la tête et cligner des yeux, l'enfant demeurait, ses cheveux noirs pleins d'épis dressés sur sa tête. Il était vêtu du pantalon et du gilet en toile brun-jaune que Thomas avait lui-même portés en neuvième au pensionnat gouvernemental de Fort Totten. Le garçon lui rappelait quelqu'un. Thomas fixa l'enfant hirsute jusqu'à ce que ce dernier redevienne un moteur. « Il faut que je me passe la tête sous l'eau. » Il se glissa dans les sanitaires, se pencha sous le robinet d'eau froide et s'aspergea le visage. Avant de pointer pour sa deuxième ronde.

Cette fois, il avançait lentement, comme face à un grand vent. Il avait les pieds lourds, mais les idées plus claires à l'issue de son inspection.

Il releva son pantalon pour conserver le bénéfice du repassage et se rassit. Rose marquait aussi le pli de ses manches de chemise. Avec de l'amidon. Même dans sa tenue de travail d'un terne vert argile, il avait l'air respectable. Son col se tenait parfaitement. Alors que lui-même se serait volontiers affaissé. La chaise était rembourrée, confortable. Trop confortable. Il ouvrit sa bouteille thermos. Une Stanley haut de gamme, offerte par ses filles aînées pour fêter son emploi salarié. Il versa une dose de café noir dans le couvercle en acier qui servait aussi de tasse. Le métal chaud, les arêtes douces, l'arrondi féminin du bas du récipient : autant de plaisirs pour ses mains. Il autorisa ses paupières à se fermer longuement et délicieusement à chaque gorgée. Bascula presque. Se ressaisit d'un sursaut. Exigea fermement du fond de café qu'il fasse son office.

Thomas parlait souvent aux choses lorsqu'il était au travail.

Il ouvrit sa gamelle. Il se promettait toujours de manger léger pour ne pas aggraver l'assoupissement, mais l'effort de rester éveillé stimulait son appétit. Le fait de mâcher le revigora momentanément. Il mangea un morceau de chevreuil, préparé en sandwich avec le pain au levain que Rose réussissait si bien, et une gigantesque carotte de son potager. La pommelette acide le réjouit. Il garda pour le matin un reste de fromage à pâte molle issu des rations gouvernementales et un petit pain imbibé de confiture.

Le luxe de ce repas fit remonter le souvenir des pauvres lambeaux de viande et des minces tranches de bannique dont son père et lui s'étaient nourris, lors de cette année si éprouvante, sur la route de Fort Totten. La faim lui avait laissé des souvenirs impérissables. Le délice de ces morceaux de chair dure arrachés aux os des chevreuils. L'appétit avec lequel il se jetait dessus, les yeux pleins de larmes affamées. C'était encore meilleur que le sandwich qu'il était en train de finir. Il ramassa les miettes dans sa paume et les enfourna dans sa bouche, une habitude héritée des jours maigres.

À Fort Totten, il comptait parmi ses enseignants un fanatique de la méthode Palmer pour l'écriture. Thomas avait passé des heures entières à tracer des cercles parfaits, de gauche à droite puis de droite à gauche, pour développer les bons muscles et la position corporelle adéquate. Et, bien entendu, à pratiquer les exercices de respiration. Tout cela était devenu une seconde nature. Les majuscules lui apportaient une satisfaction toute particulière. Il composait souvent des phrases commençant par ses préférées ; les R et les Q étaient sa fierté. Il écrivit, encore et encore, dans une sorte d'auto-hypnose, jusqu'à sombrer. Lorsqu'il se réveilla – juste à temps pour pointer et faire sa dernière ronde –, il bavait sur son poing fermé. Avant de prendre la torche électrique, il enfila sa veste et sortit un cigare de sa mallette. Il en ôta l'emballage, en respira l'arôme et le glissa dans la poche de sa chemise. Il le fumerait dehors en fin d'inspection.

C'était l'heure la plus sombre. La nuit pesait de tout son poids hors du rayon de la lampe. Thomas l'éteignit un instant pour écouter la partition de craquements et de bruits sourds propres au bâtiment. Il y avait là une immobilité inhabituelle. C'était une nuit sans vent, rare dans cette région des Plaines. Il alluma son cigare avant de pousser les lourdes portes de service. Il fumait parfois à son bureau, mais il aimait s'éclaircir les idées dans l'air frais du dehors. Après avoir dûment vérifié qu'il avait bien ses clés, il sortit et fit quelques pas. Des grillons crissaient encore dans l'herbe, un son qui lui remuait le cœur ; c'est à cette époque de l'année que Rose et lui s'étaient rencontrés. Debout sur le béton, hors du disque lumineux du lampadaire, il leva les yeux vers le ciel dégagé et son froid couvercle d'étoiles.

Quand il observait ainsi le firmament, il était Thomas qui avait appris à reconnaître les constellations au pensionnat. Il était aussi Wazhashk qui avait appris à lire le ciel auprès de son grand-père, le premier Wazhashk. Les étoiles d'automne de Pégase appartenaient donc également au Mooz de son grand-père. Thomas tira lentement sur son cigare, soufflant la fumée vers le haut, comme une prière. Buganogiizhik, le trou céleste par lequel le Créateur s'était rué, brillait et clignait de l'œil, soupirant après Ikwe Anang, la femme-étoile. Elle commençait à se lever à l'horizon, tel un souffle lumineux. Son apparition marquait la fin du calvaire de Thomas. Au fil des mois, le veilleur de nuit en était venu à l'aimer comme on aime une personne.

Après qu'il fut retourné s'asseoir à l'intérieur, l'engourdissement le quitta totalement et il entreprit de lire les journaux, ainsi que les bulletins d'information d'autres tribus qu'il avait mis de côté. Il fut intérieurement ébranlé d'apprendre l'adoption d'un texte qui indiquait clairement que le Congrès en avait assez des Indiens. Une fois de plus. Pas la moindre stratégie en vue. Pas la moindre panique non plus, mais ça viendrait. Il but encore un peu de café, avala son modeste petit déjeuner, puis vint l'heure de la débauche. À son grand soulagement, il faisait suffisamment chaud ce matin-là pour un petit somme sur le siège conducteur avant son premier rendez-vous de la journée. Sa voiture bien-aimée était une Nash couleur mastic qu'il avait achetée d'occasion. Rose avait rouspété, disant qu'il l'avait payée trop cher, mais elle adorait se faire conduire en écoutant la radio. Maintenant qu'il avait cet emploi stable, il pouvait rembourser à échéances tout aussi stables. Plus besoin de s'inquiéter des méfaits de la météo sur ses récoltes comme avant. Et, surtout, cette voiture ne risquait pas de tomber en panne et de le mettre en retard pour le travail. C'est qu'il tenait à ce poste. Et puis il prévoyait de partir en voyage un jour, aimait-il à plaisanter. Une seconde lune de miel avec Rose, puisque la banquette arrière se dépliait en lit.

Il se glissa dans la voiture. La boîte à gants contenait un gros cache-nez en laine qu'il s'enroulait toujours autour du cou pour éviter que sa tête tombe sur sa poitrine et le réveille. Il s'abandonna contre le mohair brossé du siège et plongea dans le sommeil. Il se réveilla en sursaut, sur le qui-vive, quand LaBatte toqua à la vitre pour s'assurer qu'il allait bien.

Courtaud, LaBatte avait la carrure rebondie d'un petit ours. Il fixait Thomas, son nez camus collé au carreau dans le disque de brouillard formé par son haleine. C'était l'agent d'entretien du soir, mais il venait souvent en journée pour faire de menues réparations. Thomas avait vu ses mains replètes, rudes et adroites, rafistoler tous types de mécanismes. Ils étaient d'anciens camarades de classe. Thomas baissa sa vitre.

« Tu récupères, hein ?

— Ça a été une nuit intéressante.

— Ah bon ?

— J'ai cru voir un petit garçon assis sur la scie roulante. »

Thomas se souvint trop tard que son interlocuteur était intensément superstitieux.

« C'était Roderick ?

— Qui ?

— Roderick. Il n'arrête pas de me suivre.

— Non, c'était juste le moteur. »

LaBatte fronça les sourcils, incrédule, et Thomas sut qu'il n'aurait pas fini d'entendre parler de Roderick s'il hésitait. Aussi démarra-t-il la voiture, en criant par-dessus le vrombissement qu'il avait rendez-vous.

La tente de peau

Un jour, elle aurait une montre. Patrice rêvait d'un moyen précis de savoir l'heure. Parce que le temps n'existait pas chez elle. Ou plutôt, c'était la façon de le mesurer comme à l'école ou au travail qui n'existait pas. Il y avait un petit réveil marron sur le tabouret près de son lit, mais à chaque heure qui passait il prenait cinq minutes de retard. Elle devait compenser lorsqu'elle réglait l'alarme, et si d'aventure elle oubliait de le remonter, tout était perdu. Son travail dépendait aussi de l'accès à une voiture. De Doris et de Valentine. Sa famille n'avait pas de vieux véhicule qu'elle aurait pu tenter de réparer. Ni même une vieille carne qu'elle aurait pu monter. La grand-route où passait l'autobus deux fois par jour était loin de chez elle. Si personne ne la prenait au passage, elle en avait pour vingt kilomètres de route de gravier. Et elle ne pouvait pas se permettre d'être malade : il n'y avait pas de téléphone pour prévenir qui que ce soit à l'usine et elle se ferait renvoyer. Sa vie reviendrait à zéro.

Elle avait parfois l'impression d'être tiraillée, écartelée sur un cadre, comme une tente de peau. Elle essayait d'oublier qu'elle pourrait facilement s'envoler.

Que son père pourrait facilement les détruire. Cette sensation d'être le seul rempart entre sa famille et la catastrophe n'était pas nouvelle, mais le fait qu'elle travaille avait été un tel progrès.

Consciente que l'emploi de Patrice leur était nécessaire, c'est à Zhaanat qu'il revenait en semaine de monter la garde derrière la porte avec la hache. Tant qu'on ne savait pas où Paranteau avait atterri, tout le monde devait rester vigilant. Le week-end, Zhaanat et Patrice se relayaient. Patrice lisait des poèmes et des revues à la lumière de la lampe à pétrole, l'outil à portée de main sur la table. Quand c'était son tour, Zhaanat écumait un répertoire infini de chansons, chacune ayant son usage propre, qu'elle fredonnait tout bas en battant la mesure d'un doigt sur la table.

Zhaanat était une femme habile et avisée, qui avait de la présence. Une femme forte et droite, aux traits saillants. Traditionnelle. Une Indienne à l'ancienne. Élevée par ses grands-parents, elle ne parlait que le chippewa et avait été initiée dès l'enfance aux cérémonies et aux récits fondateurs. On accordait tant d'importance à son savoir qu'on l'avait farouchement cachée pour qu'elle ne soit pas envoyée au pensionnat. C'est à peine si elle avait appris à lire et à écrire en fréquentant sporadiquement l'école de la réserve. Elle fabriquait des paniers et des objets perlés pour les vendre, mais son véritable travail consistait à transmettre ce qu'elle savait. Les gens venaient de loin, campant souvent autour de la maison, pour apprendre. Jadis, ce savoir essentiel s'inscrivait dans un réseau de stratégies qui reposaient sur une abondance d'animaux à chasser, sur tout ce qu'on pouvait cueillir, sur des jardins pleins de haricots et de courges, et sur les terres, l'immensité des terres à parcourir. Aujourd'hui, la famille n'avait plus que Patrice, élevée en chippewa mais parfaitement à l'aise en anglais, initiée à l'essentiel du savoir de sa mère mais aussi devenue catholique. Elle connaissait les chants de Zhaanat tout en étant première de sa classe. Son professeur d'anglais lui avait offert un recueil d'Emily Dickinson. Un des poèmes parlait de la réussite, considérée du point de vue de l'échec. Patrice avait observé l'épuisement rapide, avant même leurs vingt ans, des filles qui se mariaient et avaient des enfants. Il ne leur arrivait rien. Que de la besogne. Aux autres gens, il arrivait de grandes choses. Les filles mariées étaient perdues. *Lointains accords du triomphe.* Patrice n'aurait pas cette vie-là.

Trois hommes

Moses Montrose était calmement assis devant une tasse de thé amer. Petit, sec et d'apparence soignée, le juge de la tribu ne faisait pas ses soixante-cinq ans. Il avait retrouvé Thomas à leur lieu de réunion habituel, au Henry's, un café avec quelques box et une cuisine minuscule. Ordre du jour : l'unique agent de police à temps partiel de la tribu assistait à un enterrement dans le Nord. Et la prison – un petit mais solide cabanon peint en blanc – était en réparation depuis que la porte avait été défoncée par Eddy Mink un soir où, contrairement à son habitude d'y passer la nuit à chanter dans des bouffées de joie alcoolisée, ce dernier avait décrété qu'il lui fallait encore du vin et avait décidé de partir. Moses et Thomas évoquèrent le remplacement de la porte, mais, comme toujours, la tribu était fauchée.

« L'autre soir, j'ai procédé à une arrestation, dit Moses. J'ai enfermé Jim Duvalle dans mes toilettes.

— Il s'est encore battu ?

— Et pas qu'un peu. On l'a ramassé et j'ai dû demander à mon fils de m'aider à le traîner chez nous.

— Une nuit à la fraîche.

— Il ne s'en est même pas rendu compte. Il a dormi sur les chiottes.

— Il faut qu'on trouve autre chose.

— Le lendemain matin, j'ai mis ma chemise de juge et je l'ai fait comparaître dans ma cuisine. Je l'ai condamné à une amende, puis je l'ai relâché. Vu qu'il n'avait qu'un dollar sur la somme demandée, j'ai empoché le dollar en lui disant que ça ferait l'affaire. Après quoi je me suis senti mal toute la journée. Ôter la nourriture de la bouche de sa famille… Alors, pour finir, je suis allé chez lui et j'ai rendu le dollar à Leola. J'ai besoin d'être payé, mais pas comme ça.

— Il nous faut notre prison.

— Mary était furieuse que je l'aie foutu dans nos toilettes. Elle m'a dit que sa vessie avait été sur le point d'exploser pendant la nuit !

— Oh ! On ne peut pas laisser la vessie de Mary exploser. J'ai parlé au directeur mais il dit que, côté finances, c'est très tendu.

— C'est lui qui est tendu. Du cul. »

Moses avait parlé en chippewa – presque tout était plus drôle en chippewa. Thomas rit, ce qui balaya les toiles d'araignée qui lui encombraient l'esprit. Il sentit que le café aussi lui faisait du bien.

« Il faut qu'on fasse figurer Jim dans le bulletin d'information. Détaille-moi tout ça par écrit.

— Il est déjà dans le bulletin de ce mois-ci.

— La honte publique n'a visiblement pas d'effet, dit Thomas.

— Pas sur lui en tout cas. Alors que la pauvre Leola n'ose croiser le regard de personne. »

Thomas était bien désolé, mais le conseil avait voté l'inclusion des arrestations et des amendes du mois dans le bulletin d'information de la communauté. Moses avait un ami à l'antenne locale du Bureau des affaires indiennes d'Aberdeen, dans le Dakota du Sud, qui lui avait envoyé un exemplaire du texte du Congrès censé émanciper les Indiens. Tel était le mot repris dans la presse. « Émanciper ». Thomas n'avait pas encore vu la déclaration. Moses lui remit l'enveloppe en disant : « Ils veulent nous lâcher. » Le document ne pesait pas très lourd.

« Nous lâcher ? Je croyais que l'idée était de nous émanciper.

— C'est pareil, dit Moses. J'ai tout lu, le moindre mot. Ils veulent nous lâcher. »

À la pompe à essence devant le magasin, Thomas fut retenu par Eddy Mink. Ses longs cheveux gris agglutinés en mèches sales étaient rentrés dans le col d'un manteau militaire informe. Il avait le visage constellé de couperose, le nez grumeleux et violacé. Autrefois bel homme, il portait encore un foulard de soie jaune en lavallière, comme une vedette de cinéma. Il demanda à Thomas de lui payer un verre.

« Non, répondit ce dernier.

— Je croyais que t'avais repris ?

— J'ai changé d'avis. Et tu dois à la tribu une nouvelle porte pour la prison. »

Eddy changea de sujet : Thomas avait-il entendu parler de l'émancipation ? Oui, mais il ne s'agissait pas d'émancipation, expliqua Thomas. Intéressant, qu'Eddy ait eu vent du texte avant tout le monde – en fait, c'était tout lui. Brillant, du moins dans le temps, et toujours passionné par l'actualité.

« Chuis au courant, tu penses. Ça m'a l'air d'être une bonne chose, dit Eddy. Paraît que je pourrais vendre mes terres. Tout ce que j'ai, c'est une dizaine d'hectares.

— Mais alors tu n'aurais plus d'hôpital. Plus de dispensaire, plus d'école, plus d'agent agricole, plus rien. Nulle part où ne serait-ce que poser ta tête.

— J'ai besoin de rien.

— Fini les rations alimentaires.

— Je pourrais m'acheter à manger moi-même avec l'argent de la terre.

— Légalement, tu ne serais plus indien.

— La loi peut pas retirer l'Indien en moi.

— Peut-être bien. Et quand tu auras dépensé tout l'argent de ta terre. Hein ? Tu feras quoi, dis ?

— Je vis au jour le jour.

— Tu es exactement le genre d'Indien qu'ils cherchent, rétorqua Thomas.

— Chuis un ivrogne.

— C'est ce qu'on sera tous si ce truc passe.

— Eh ben qu'il passe, alors !

— L'argent te tuerait, Eddy.

— Arme du crime : le whiskey. Hein, *niiji* ? »

Thomas rit. « C'est une mort plus moche que tu ne crois. Et les personnes âgées, et tous ceux qui veulent garder leurs terres, comment ils vont vivre ça ? Penses-y, *niiji*.

— Je sais que tu as raison, dit Eddy. Mais j'ai pas envie de l'admettre tout de suite. »

Puis il s'éloigna, tout en continuant à parler. Il vivait seul sur le lopin de terre de son père, dans une petite cahute. Même le papier goudronné qui recouvrait ses murs commençait à se décoller. La réserve étant officiellement abstinente, il avait à moitié perdu la vue à cause d'un alcool de contrebande frelaté. Quand Juggie Blue faisait du vin de baies d'aronia, elle lui en donnait systématiquement un pichet pour le tenir à l'écart du bootlegger. Et l'hiver, Thomas envoyait Wade sur leur dernier cheval vérifier qu'il était toujours en vie et lui couper du bois. Dans l'ancien temps, Thomas et son ami Archille avaient été à des bals sauvages où Eddy jouait du violon comme un ange, ou comme un démon, quelle que soit la quantité d'alcool qu'il avait ingurgitée.

*

La plupart des gens construisaient près de la grand-route, mais la ferme des Wazhashk était nichée au bout d'une longue voie courbe, juste après une butte herbeuse. La vieille maison était une bâtisse de deux étages en rondins de chêne taillés à l'herminette que le soleil et la pluie avaient fini par rendre gris. La neuve était un de ces confortables logements préfabriqués fournis par le gouvernement fédéral. Wazhashk avait acheté la première en même temps que la terre en 1880, avant que la taille de la réserve ne soit réduite. Il en avait eu les moyens parce qu'il manquait un puits sur la propriété – toute une histoire, ce puits. Plus tard, il y avait dix ans de cela, la famille avait eu droit à une maison gouvernementale : quelle excitation de la voir apparaître, remorquée par un poids lourd ! L'hiver, elle abritait Thomas, Rose, la mère de Rose – Noko – et une combinaison variable d'enfants, en plus de ceux des leurs qui n'avaient pas encore quitté le foyer. Ce jour-là, il faisait assez doux pour que Thomas se repose dans la vieille bâtisse. Il se gara et émergea de la Nash, impatient de s'allonger sous la lourde couverture en laine.

« Et ne t'avise pas encore une fois de filer en douce derrière mon dos ! »

Rose et sa mère étaient en pleine dispute. Thomas envisagea de se glisser directement dans la vieille maison, mais Rose passa la tête dehors : « Tu es là, mon bonhomme ! » Elle arborait un sourire délicat. Elle eut beau claquer la porte derrière elle, Thomas vit bien que le ciel de sa femme était dégagé. Il observait toujours la météo de Rose avant d'agir. Aujourd'hui, l'humeur était venteuse mais guillerette ; il la suivit donc à l'intérieur. Les bambins dont Rose s'occupait gazouillaient dans le grand berceau. Sur la table l'attendaient deux roulés à la cannelle recouverts de glaçage, un bol de gruau d'avoine et un œuf – il y avait donc quelque part des poules qui pondaient encore. Rose était en train de faire revenir dans du saindoux deux tranches de pain qu'elle posa dans son assiette au moment où il s'assit. Il se servit un verre d'eau au dernier bidon.

« J'irai faire le plein après ma sieste, dit-il.

— On en a besoin tout de suite.

— Je suis crevé. Complètement à plat.

— Alors j'attendrai pour faire la lessive. »

C'était une concession de taille. Rose utilisait un baquet et un battoir à manivelle, et elle aimait faire sa lessive tôt pour profiter pleinement des pouvoirs séchants du soleil. Thomas puisa dans ce sacrifice une grande rasade d'amour et c'est avec émotion qu'il mangea.

« Ma chérie, dit-il.

— Chérie ceci, chérie cela », grommela-t-elle.

Il s'éclipsa avant qu'elle ne change d'avis pour la lessive.

Le soleil inondait le plancher assoupi de la vieille maison. Quelques mouches se cognaient contre le carreau de la fenêtre ou agonisaient en cercles bourdonnants par terre. Le dessus de la courtepointe était chaud. Thomas enleva son pantalon et le posa en suivant les plis, afin que ceux-ci restent bien marqués. Il enfila ensuite le caleçon long qu'il gardait sous l'oreiller, pendit sa chemise sur le dossier d'une chaise et se glissa sous la lourde courtepointe, assemblée à partir de ce qui restait des manteaux de la famille. Là, c'était la pèlerine bleu marine de sa mère, confectionnée à partir d'une couverture en laine achetée dans le commerce et redevenue couverture. Là, les grosses vestes à carreaux des garçons, déchirées et usées – ces vestes avaient batifolé dans les champs, dévalé des pentes givrées et lutté avec des chiens avant que les garçons ne partent travailler en ville et les laissent derrière eux. Là, c'était le manteau que portait Rose dans les premières années de leur mariage, bleu-gris et aujourd'hui élimé, mais où restait gravée la silhouette fatidique de la jeune femme qui s'était éloignée de lui avant de s'arrêter, de se retourner et de sourire en le défiant du regard par-dessous le rebord d'un chapeau cloche bleu nuit : oserait-il l'aimer ? Ils étaient si jeunes, alors. Seize ans. Et il y en avait trente-trois qu'ils étaient mariés. Rose récupérait la plupart des manteaux de la famille chez les sœurs bénédictines, en échange de son travail dans leur entrepôt, mais Thomas avait acheté le sien lui-même, un modèle croisé couleur camel, avec l'argent qu'il avait gagné comme saisonnier agricole. Leurs fils aînés l'avaient porté aussi. Thomas possédait toujours le Borsalino assorti. Où était donc ce chapeau ? Aux dernières nouvelles, dans sa boîte, perchée sur l'armoire. Passer en revue ces manteaux tissés de l'histoire familiale qui pesaient sur lui de leur poids réconfortant avait toujours une vertu soporifique, à condition que Thomas glisse très vite sur le pardessus militaire de Falon. Ce vêtement-là l'empêchait de dormir s'il s'y attardait.

Il déposa ses dernières pensées conscientes sur le vieux manteau paternel, marron et tranquille. En bas de la côte, au-delà du marécage, après les sillons nus des champs, à travers les bois de bouleaux et de chênes, il y avait le sentier herbeux qui séparait leurs terres et conduisait au seuil de la maison de son père. Son père, maintenant si âgé qu'il passait le plus clair de son temps à dormir. Quatre-vingt-quatorze ans. Quand Thomas pensait à lui, une grande paix se diffusait dans sa poitrine et l'enveloppait comme la chaleur du soleil.

L'entraîneur

L'élève le plus brillant à qui Lloyd Barnes ait jamais enseigné les mathématiques pratiquait la boxe sous le nom de Wood Mountain. Il avait terminé sa scolarité un an plus tôt, mais fréquentait toujours le gymnase que Barnes avait installé dans le garage du centre communautaire. On disait du jeune homme qu'il deviendrait célèbre s'il restait loin de la boisson. Barnes, grand gaillard aux épais cheveux blonds comme les blés, s'entraînait avec ses élèves. Ils travaillaient par tranches de trois – trois minutes de saut à la corde, repos, à nouveau trois minutes de saut, repos, et encore trois minutes de saut. C'est ainsi que le professeur avait conçu tous les exercices : par intervalles, comme les rounds des matchs professionnels. Il boxait avec les garçons afin de les coacher sur leur technique. Lui-même avait été formé dans l'Iowa par son oncle Gene, dit « La Musique », une présence singulière sur les rings. Barnes n'avait jamais su avec certitude si son mentor devait son surnom à son métier de chef d'orchestre, au fait qu'il fredonnait en dansant autour de ses adversaires, ou aux pages sportives qui disaient invariablement de cet excellent boxeur qu'il allait certainement gagner « en deux temps trois mouvements sous un concert de louanges… on connaît La Musique ! ». Barnes n'avait jamais été aussi loin que son oncle. Un K.-O. particulièrement violent avait fini par le convaincre que son destin l'attendait plutôt à l'école normale de Moorhead. Bénéficiaire de la *G.I. Bill*, laquelle assurait aux anciens combattants le financement de leurs études supérieures, il avait aussi obtenu l'annulation de tous ses prêts en acceptant un poste sur une réserve indienne. Après trois mutations, de Grand Portage à Red Lake, puis de Red Lake à Rocky Boy, il enseignait à Turtle Mountain depuis maintenant deux ans. Il s'y plaisait. D'autant qu'il avait des vues sur une fille du coin et qu'il ne désespérait pas qu'elle finisse par le remarquer.

Le week-end précédent, il était allé à Grand Forks assister au match opposant Kid Rappatoe à Severin Boyd dans le tournoi amateur des Golden Gloves. Tout en sautant à la corde avec ses élèves, il réfléchissait à l'élasticité avec laquelle l'un comme l'autre bondissaient de leur coin respectif à la manière des chats pour se balancer de grands coups, tous deux si rapides qu'ils ne parvenaient qu'à se frôler. Ça avait duré ainsi pendant cinq rounds – des gestes éblouissants, une étreinte, un recul, puis de nouveaux coups dans le vide. Rappatoe était connu pour épuiser ses adversaires, mais Boyd tenait bon, sans même avoir l'air de transpirer. Au cours du sixième round, ce dernier fit quelque chose que Barnes, sans nécessairement l'approuver, admira malgré tout : il recula, baissa sa garde, remonta son short et regarda Rappatoe d'un air absent au moment même où il lui décochait du gauche un direct imprévisible qui envoya valser en arrière la tête de son adversaire. Boyd avait préparé le terrain tout du long avec des feintes, baissant sa garde à des moments incongrus, faisant mine d'avoir un problème avec son short. Et cet air absent qui revenait de temps à autre, comme s'il était ailleurs. Cela pouvait passer pour de légers tics inoffensifs jusqu'à ce qu'il déjoue la garde adverse avec une autre gauche, au torse cette fois-ci, suivie d'une droite à la tête, laquelle déstabilisa momentanément Rappatoe, puis le coupa définitivement dans son élan et offrit la victoire à Boyd.

Dans le public, Barnes s'était tourné vers Reynold Jarvis, le professeur d'anglais qui mettait aussi en scène les spectacles de l'école.

« On a besoin d'un prof de théâtre, lui dit-il.

— Ce dont vous avez besoin, c'est d'équipement, rétorqua Jarvis.

— On est en train de récolter de l'argent pour acheter des gants.

— Et une poire de vitesse ? Et un sac de frappe ?

— De la toile de jute remplie de sciure. Deux ou trois vieux pneus.

— D'accord. Je vois. Alors effectivement, le théâtre peut être utile. »

On pouvait feindre nombre de choses, y compris la force et l'endurance. Plus crucial encore, on pouvait en dissimuler bien d'autres. Ajijaak, par exemple, l'un des jeunes boxeurs les plus prometteurs de l'équipe, ressemblait au héron dont il portait le nom : grand et mince, comme Barnes, et tellement nerveux qu'il semblait trembler. Sa posture lui donnait l'air de toujours s'excuser. N'empêche que le gamin avait un sacré direct du gauche et la portée d'un échassier. Et puis il y avait Pokey Paranteau, un diamant brut, mais incapable de se concentrer. Revard Stone Boy, Calbert St Pierre, Dicey Asiginak, Garnet Fox et Case Allery, tous progressaient bien. Wade Wazhashk travaillait sa mère au corps pour la convaincre de le laisser participer à un match. Lui aussi avait de l'avenir, malgré son manque d'instinct – réfléchir était certes une bonne chose, mais Wade y réfléchissait toujours à deux fois avant de frapper. Barnes passait beaucoup de temps à conduire les jeunes à des matchs contre d'autres petites villes – des villes situées hors de la réserve, où la foule huait et poussait de faux cris de guerre quand la mascotte locale perdait. Il les raccompagnait chez eux après ces sorties, comme après l'entraînement, qui se terminait généralement bien après le passage du bus de ramassage scolaire.

À présent les garçons soulevaient des poids et s'y prenaient très mal. Barnes rectifia le tir. Il n'aimait pas trop charger à gauche, car son objectif était de développer de ce côté, chez chaque élève, un direct aussi rapide que l'ouverture de la fameuse « symphonie surprise » de La Musique, une puissante et imprévisible bourrasque de coups, celle qui avait jadis poussé Ezzard Charles dans les cordes. Oui, d'accord, c'était avant que Charles ne devienne un grand, puis le plus grand. Le combattant subtil qu'était La Musique avait pour sa part fini par rencontrer un castagneur qui lui avait fait éclater la rate.

Fort de quelques notions de soudage, Wood Mountain avait fabriqué des poids pour le club en réunissant des bidons de taille variée qu'il avait remplis de sable. Ces poids n'étaient pas très réguliers : pour se muscler, les garçons soulevaient donc des assemblages de 700 grammes, 1,3 kilo, 3,2 kilos, 5,4 kilos, 8 kilos et 10,4 kilos.

Pour la vitesse, Barnes procédait autrement.

« Maintenant, regardez. »

De sa main droite, il fit un poing qu'il pressa contre le mur.

« Faites comme moi. »

Tous les garçons s'exécutèrent.

« Mettez la pression », expliqua Barnes. Il poussa de nouveau, des mèches de cheveux devant les yeux, jusqu'à ce que les muscles de son avant-bras commencent à le brûler. « Plus fort… C'est bon, repos. »

Les garçons reculèrent en secouant les mains.

« La gauche, maintenant. »

L'astuce consistait à ne développer que les muscles nécessaires à étoffer le coup. La Musique, obsédé par la vitesse et la fluidité, avait aussi transmis à son neveu quelques trucs pour avoir un bon mental. Barnes décréta une pause et les garçons allèrent faire la queue à la fontaine à eau en céramique avant de revenir se placer en cercle autour de lui.

« Exercice de vitesse, reprit le coach. Je veux que chacun nomme la chose la plus rapide qu'il connaisse.

— Un éclair, répondit Dicey.

— Une tortue serpentine, dit Wade, qui s'était fait mordre par l'une d'elles.

— Un crotale, dit Revard, dont la famille naviguait entre la réserve et le Montana voisin.

— Un éternuement, lança Pokey, faisant rire tout le monde.

— Un gros éternuement, compléta Barnes, une explosion ! Voilà comment vos coups doivent partir. Sans crier gare. Maintenant visualisez, chacun de vous, la chose la plus rapide que vous ayez jamais vue. Trois minutes de boxe dans le vide. Puis trois minutes de repos. Comme d'habitude. »

Barnes sortit son chronomètre et fit le tour du gymnase tandis que les jeunes feintaient, enchaînaient les coups, feintaient, frappaient de nouveau. Il arrêta Case et lui tapota le bras.

« Ne sors pas le coude ! On voit ton coup arriver à des kilomètres ! »

Il hochait la tête en constatant leurs progrès.

« Ne rétractez pas le bras, surtout pas ! »

Il lança vers Pokey quelques ébauches de coup pour lui apprendre à ne pas tressaillir. Barnes savait d'où venait le problème. Et de qui.

Il fit sprinter les garçons par intervalles, puis revenir en petites foulées en clôture de séance. Calbert et Dicey vivaient suffisamment près pour rentrer à pied. Les autres s'entassèrent dans la voiture du coach. Sur la route, celui-ci leur raconta comment Boyd avait battu Rappatoe, mais ce n'était pas exactement ça, il n'arrivait pas à rendre la scène.

« Il faudra que Mr Jarvis vous montre », conclut-il.

Il déposait toujours Pokey en dernier. C'était lui qui habitait le plus loin et à l'écart de la route principale, toutefois Barnes tenait à prendre le petit chemin, même s'il savait qu'il devrait ensuite repartir en marche arrière. Au début, c'était parce qu'il était au courant pour le père Paranteau et qu'il voulait s'assurer que Pokey n'aurait pas d'ennuis. Et puis un jour il avait vu Pixie. Depuis, il allait jusqu'au bout dans l'espoir de l'apercevoir. Pixie. Quels yeux !

Barnes arriva au réfectoire alors que les tables venaient d'être débarrassées. Il occupait une « garçonnière », un petit bungalow blanc de plain-pied sous un peuplier d'Amérique. Le personnel féminin – enseignantes et autres employées – habitait un bâtiment de brique avec quatre chambres de belles proportions au premier étage et deux autres au rez-de-chaussée, où se trouvait aussi une cuisine collective. Le grand sous-sol abritait une salle de loisir et la chambrette réservée à la gardienne et cuisinière, Juggie Blue. À l'arrivée de Barnes, cette dernière terminait la vaisselle et, comme tous les jours à dix-neuf heures, se préparait à passer la serpillière dans la cuisine. Compacte et musclée, Juggie était une petite femme à l'air futé d'une bonne quarantaine d'années. Elle faisait partie du conseil tribal aux côtés de Thomas. Comme Barnes, elle était toujours en train d'arrêter de fumer, ce qui signifiait que lorsqu'ils rechutaient, c'était ensemble. Pas aujourd'hui, cependant. Ou sans doute pas. Il devait entraîner Wood Mountain un peu plus tard dans la soirée.

Juggie lui gardait systématiquement au chaud une assiette bien garnie. Elle sortit un plat à tarte d'un des fours de sa chère cuisinière à six feux. Car ladite cuisinière n'avait pas un, pas deux, mais bien trois fours aux parois d'émail noir moucheté, équipés de grilles en acier inoxydable. Juggie se l'était fait livrer depuis Devils Lake à force d'insister – elle jouissait d'une influence certaine auprès de Mr Tosk, le directeur. Cet appareil de prix lui permettait de faire cuire plusieurs plats simultanément, et même de laisser mijoter à petit feu l'un de ses fameux ragoûts, qu'elle préparait dans un vieux four hollandais apporté jusqu'ici un siècle plus tôt par un attelage de bœufs. Elle utilisait pour sa recette une bouteille entière de son propre vin de baies d'aronia ainsi que des carottes achetées à Thomas, qui les enterrait tout l'hiver dans sa cave, au plus profond d'un bac de sable. Elle réussissait à obtenir des choses de tous les habitants de la réserve. Ce qui était étrange, vu qu'elle n'avait aucun charme.

« Tourte à la viande », dit-elle avant de retourner à son seau d'eau javellisée.

Merveille. Barnes avait faim. Il avait toujours faim. Et de toutes les spécialités de Juggie, la tourte à la viande était sa préférée, ou sa deuxième préférée, ou peut-être sa troisième. Pour la pâte savoureuse, elle utilisait du saindoux de St John et se procurait les poulets dans une colonie huttérite de l'autre côté de la frontière. Les pommes de terre Pembina, ramassées et stockées par ses soins chaque année, étaient petites et nouvelles : on était en septembre. Les carottes, cuites à la perfection, restaient fermes. Et puis il y avait la sauce dorée, légèrement salée. Et la douceur des couches d'oignons qu'elle avait d'abord fait revenir à la poêle. L'ensemble était assaisonné d'une généreuse dose de poivre de Zanzibar. Quand il eut terminé, Barnes inclina la tête. Juggie était la raison qui poussait certains membres du corps enseignant à renouveler leur contrat, et il n'était pas difficile de deviner l'origine de son pouvoir sur le directeur.

Barnes soupira et déposa le plat sur le plan de travail. « Tu t'es surpassée.

— Mouais. Tu as une clope ?
— Non. J'ai vraiment arrêté, cette fois.
— Moi aussi. »
Ils marquèrent un temps, au cas où…
« Laisse-moi finir mon sol », lâcha Juggie. Puis elle se redressa, plissa les yeux, s'assura que personne n'approchait et sortit de sous le plan de travail un paquet qu'elle poussa vers l'entraîneur – de quoi dîner, pour son fils.

Wood Mountain était déjà au gymnase. Barnes le trouva occupé au sac de sciure. De petits nuages de poussière s'échappaient de la toile de jute quand il la frappait de son gauche. Bien que droitier, il avait plus de puissance de ce côté-là. Barnes posa le paquet près du change de vêtements soigneusement roulés du jeune boxeur. C'était le fils que Juggie avait eu avec Archille Iron Bear, un Sioux dont le grand-père avait suivi Sitting Bull vers le nord quand il avait été contraint de fuir après la bataille de Little Big Horn. Une poignée de familles étaient restées au Canada, dont certaines dans les plaines, sur un site protégé qu'on appelait Wood Mountain. La plupart des gens avaient oublié le vrai nom du fils de Juggie au profit de celui de l'endroit d'où son père était originaire.
« Pas mal », dit Barnes en retirant sa veste.
Il ramassa un genre de petit matelas bourré de sciure qu'il avait fabriqué avec deux vieux tapis de selle, et le tint à bout de bras en le faisant danser autour de Wood Mountain pour qu'il le frappe. Un cercle usé de tissu rouge était cousu dessus. Barnes en changeait l'emplacement tous les quatre ou cinq jours.

« Tu te crispes avant de frapper. Détends-toi », dit-il.

Wood Mountain s'arrêta pour sauter sur place, les bras ballants, puis reprit l'exercice. Barnes commençait à avoir mal aux avant-bras, à force d'absorber les chocs à travers le matelas. Il avait bien fait d'abandonner le ring avant que Wood Mountain n'y entre. Barnes était plus grand, mais tous deux appartenaient à la même catégorie. Des poids moyens, qui ne dépassaient généralement pas les soixante-dix-sept kilos, même si Barnes pesait plus lourd aujourd'hui. La faute à Juggie.

Noko

Thomas remonta des profondeurs du sommeil. Lui parvint le doux galop des souris derrière la couche de plâtre et de roseaux qui isolait le toit. Puis il entendit une voiture arriver, suivie du boghei que possédait encore son père. Rose et les filles riaient et poussaient des hululements. Les bébés y allaient de leurs petits cris. Il flottait trop près de la surface ; il lui fallait se lester, replonger en deçà du bruit. Il enfouit sa tête sous l'oreiller et sombra. Quand il revint à la conscience, le soleil était plus pâle, la lumière sur le départ, et son corps si détendu qu'une agréable torpeur le clouait au fin matelas. Il finit par se libérer et quitta la vieille bâtisse pour gagner la cuisine de la petite maison.

Sa fille Sharlo, intelligente et pleine de vie, était en dernière année de lycée : elle recouvrait tous les soirs d'un foulard ses cheveux noirs fixés en boucles par des pinces, roulait le bas de son jean au-dessus des chevilles et enfilait une chemise à carreaux, un pull-over et de petites chaussures plates bicolores. Fee, plus discrète, tout juste onze ans, rêvassait en actionnant la baratte. Rose était en train de faire revenir des pommes de terre et des oignons. Wade, censé remplir le bac à bois, entrait et sortait en boxant dans le vide.

Quant aux bébés, ah, les bébés, il se passait toujours quelque chose de leur côté. L'un d'eux pleurnichait doucement dans son sommeil, et l'autre essayait de mettre son pied replet dans sa bouche.

Rose avait mis la bouilloire à chauffer sur la cuisinière. Elle désigna d'un geste la bassine et il y versa une dose d'eau brûlante, à laquelle elle ajouta une louche d'eau froide du bidon. Une fois débarbouillé, Thomas fit mousser du savon dans son bol de rasage en cuivre et en tapota sa lèvre supérieure. Le petit miroir carré dans un cadre de bois sculpté appartenait à Rose. Du bon verre épais, bien argenté. Elle l'avait apporté avec elle lorsqu'ils s'étaient mariés. Thomas avait seulement quelques poils sur le visage. Il affila sa lame et les rasa minutieusement. Puis il se mit torse nu et se servit d'un linge pour se laver. Il emporta linge et bassine dans la chambre pour terminer sa toilette.

La mère de Rose somnolait dans un fauteuil près de la table. Elle ronflait doucement, tête baissée. Un foulard marron enveloppait son vieux crâne fragile, et de petits disques en nacre pendaient de ses lobes fanés. Ses mains noueuses reposaient sur ses genoux. Elle tressaillit dans son sommeil. Puis, relevant brusquement la tête, les lèvres tirées vers l'arrière, elle feula comme un chat.

« Qu'est-ce qui se passe, Momma ?

— *Gardipee !* Il recommence !

— *Gawiin*, tout va bien, c'était il y a longtemps, dit Rose.

— Il est là ! Il est encore entré par effraction !

— Mais non, Momma. C'est Thomas. »

Sur ces mots, la vieille femme lui jeta un regard furibond et soupçonneux.

« Cet homme est vieux. Thomas est jeune. »

Rose se retint de rire en plaquant une main devant sa bouche.

« Comment ça, Noko, je ne suis plus jeune à tes yeux ? sourit Thomas.

— Je ne suis pas folle, *akiwenzi*. Tu n'es pas Thomas. »

Elle avait parlé avec une ferme indignation. Elle croisa ses bras maigres et resta ainsi, à surveiller le moindre geste de son gendre, lequel finit par s'asseoir à la table.

« Qu'est-ce que tu fais là ? » Elle plissa les yeux tandis qu'il mangeait la bouillie fricassée que Rose avait posée devant lui. « Tu en as après ma fille ?

— Non !

— Et pourquoi pas ?

— Noko, c'est moi, Thomas. J'ai vieilli. Je n'ai pas fait exprès.

— Rose aussi a vieilli. » Noko écarquilla les yeux et regarda d'un air démuni sa fille dont les cheveux étaient désormais presque intégralement gris.

« Rose est vieille. C'est vrai, Rose est vieille, confirma Noko, perplexe.

— Toi aussi tu es vieille, fit Rose avec irritation.

— Peut-être, répondit Noko en glissant à Thomas un petit regard rusé. Tu vas me ramener chez moi ? J'en ai ras le bol d'être ici.

— Arrête de lui parler comme ça », éructa Rose.

Elle avait du mal à supporter les moments où sa mère perdait trop prise avec le présent. Elle criait, comme si ça allait réveiller Noko et la ramener d'un coup à la réalité qu'elles avaient jadis partagée. Défaite, Rose ramassa une brassée de linge et fonça dans la remise où était installée sa laveuse-essoreuse. En entendant le gargouillis de l'eau qui se trouvait au fond, Thomas se souvint qu'elle avait remis sa lessive à plus tard pour qu'il puisse dormir. Le tonneau qui recueillait la pluie était vide. Il ferait mieux d'aller remplir les bidons au puits près du lac. Il toucha la main de Noko et dit : « Tu es fatiguée. Veux-tu que je t'accompagne à ton lit pour que tu puisses t'allonger un moment ?

— Je ne peux pas me lever du fauteuil.

— Je vais t'aider.

— Je suis coincée. »

Thomas baissa les yeux et vit que l'épaisse et longue chevelure blanche de Noko s'était enroulée autour de la poignée de porte. Sharlo, qui adorait peigner sa grand-mère, ne lui avait pas rattaché les cheveux.

« Sharlo, viens ici », dit-il. Ensemble, ils défirent le nœud.

« Oh, Noko, dit la jeune fille, je t'ai emmêlé les cheveux !

— Ne t'inquiète pas, ma petite, répondit la vieille femme en lui caressant le visage. Rien de ce que tu fais ne peut me causer du tort. »

Mais quand Sharlo sortit chercher sa mère, Noko s'affola de nouveau et tenta de s'extirper du siège. Thomas la rattrapa et lui prit la main.

« Reste tranquille, tu pourrais tomber et te faire mal.

— Si seulement, dit Noko. Je veux mourir.

— Mais non. »

Elle le fusilla du regard.

« Tu as élevé ma chérie d'amour, reprit Thomas. Tu as fait du bon travail.

— Va dire ça à Thomas, dit Noko. Il ne le croit pas. »

Thomas passa un bras de l'autre côté du fauteuil et aida Noko à se lever. Elle s'effondra aussitôt. Il la remit debout et ils gagnèrent le lit à petits pas raides. Rose avait enlevé les draps pour les laver. La vieille femme s'affala tête la première sur le matelas nu. Thomas la fit rouler sur le dos, souleva ses jambes sur le lit et l'installa comme il put. Ses pieds étaient tout raides dans ses bas.

« Tu ne peux pas l'allonger à même le matelas », dit Rose depuis le pas de la porte. Sa voix était presque éplorée. « Il faut quelque chose par-dessus. Les boutons vont lui faire des bleus. Sa peau marque tellement facilement, ces temps-ci. On devrait lui acheter un matelas bien moelleux pour son petit lit.

— Avec quel argent ?

— Celui de ta voiture. »

Thomas laissa le déluge de rage incandescente s'abattre sur lui, se déverser en vagues irrégulières. À force d'attendre, il sentit qu'elle s'apaisait et la Rose au drôle de petit sourire reparut. Elle reprit son souffle et rit.

« Oh, Momma, regarde-toi. Tes petits pieds tout droits. »

À défaut de mieux, Rose et Thomas glissèrent une couverture repliée sous le corps de la vieille femme. Et voilà que déjà Noko traversait la rivière du sommeil, s'éloignant lentement d'eux sur son radeau qui prenait l'eau.

*

Thomas tapissa d'une vieille toile le fond du coffre de sa voiture. Le week-end, il allait chercher de l'eau potable avec le chariot – pour le bain et le ménage, ils avaient les tonneaux d'eau de pluie et, l'hiver, ils faisaient fondre de la neige –, mais là il n'avait pas le temps d'atteler les bêtes. Il s'appliquait : si de l'eau se renversait dans le coffre, il y aurait de la glace tout l'hiver et du moisi l'été. Sa prudence avait beau impliquer un voyage supplémentaire, il ne transportait jamais de bidon sur la banquette arrière. Bien entendu, Wade l'accompagnait. Vif d'esprit, comme tous les enfants de Thomas, il avait sauté une classe et se retrouvait avec des garçons ayant déjà du poil au menton.

« J'ai réglé son compte à Albert, p'pa, un direct et un croisé.

— Je t'ai dit de ne pas te battre.

— Pis un crochet et un uppercut.

— Wade ?

— Quatre mots quand trois auraient suffi.

— Voilà. Il vaut toujours mieux discuter que se battre.

— Ou fuir. T'as dit fuir, aussi.

— Fuir sans s'avilir.

— Mais j'veux pas fuir, moi. J'veux pas qu'ils me traitent de bébé et de poule mouillée.

— Tu n'as rien à prouver. Je ne veux pas que tu te battes, mais si tu te battais, tu serais assez bon pour les Golden Gloves, comme Wood Mountain.

— Il a un match dans le tableau de Bottineau samedi prochain. Contre Joe Wobble, Joe “La Tremblote”.

— Joe Wobleszynski ! Ce sera mon soir de repos. Je vous emmènerai voir ça, les enfants. Et maman aussi, si elle veut. »

Ravi, Wade hocha la tête et montra ses poings. Ils remplirent les bidons, puis achetèrent la levure, le sucre, l’avoine et le thé que Rose avait mis sur la liste. Une fois de retour, Thomas s’occupa de ramasser des pommes de terre. Il était rapide ; Wade, qui les mettait en sac, avait du mal à suivre. Ils firent la course jusqu’à la tombée de la nuit.

Terre d'eau

Patrice descendit lentement le sentier herbeux tout en massant sa nuque endolorie. Elle savait que des gens du clan de sa mère se seraient entre-temps installés dehors, devant la maison. De fait, ils étaient là. Deux ou trois tentes de toile effilochée, des abris d'un seul versant maculés de boue séchée. Et un feu de camp. Une branche d'ostryer de Virginie calée sur des pierres tirées du lac retenait une bouilloire juste au-dessus de flammes minuscules. Tout autour, en guise de sièges, des souches empruntées au tas de bois. À la périphérie de la clairière où se dressait la maison, près de l'armature de la loge à sudation, une autre tente ouverte indiquait la présence d'un *jiisikid* parmi les visiteurs. Zhaanat avait en effet demandé à son cousin Gerald de passer la frontière pour l'aider à localiser sa fille. Cela faisait partie des pouvoirs du *jiisikid*, retrouver les gens. Gerald, ou l'esprit qui prendrait possession de lui, volerait en transe jusqu'à Minneapolis et verrait ce qui se passait. Il découvrirait pourquoi, depuis cinq mois, Vera n'avait ni écrit, ni pointé au Bureau de relocalisation, ni parlé à aucun des membres de la tribu qui vivaient désormais là-bas.

Zhaanat accrochait toujours une branche de pin verte au-dessus de la porte. Ce matin-là, elle en avait fait brûler des aiguilles avec du genévrier et de la racine d'osha. L'odeur embaumait encore la maison mal éclairée. Gerald était assis à table avec quelques autres ; ils buvaient du thé en riant et, entre deux plaisanteries, discutaient de la cérémonie demandée par Zhaanat – comment la mener, qui viendrait peut-être pour poser d'autres questions, combien de temps il convenait d'attendre, fallait-il ou non préparer aussi la loge à sudation, quelles couleurs choisir pour les tissus qu'on suspendrait aux branches et dans quel ordre les agencer, qui conduirait quel chant. Ils se taquinaient. Chipotaient sur des détails. Patrice n'évoquait jamais cette dimension de sa vie familiale devant ceux qui ne comprendraient pas ; elle savait notamment que la drôlerie de tout ça leur échapperait. Puis elle se souvint que les catholiques aussi étaient pointilleux sur les couleurs, et obnubilés par leurs sacrements. Comme si ces choses-là importaient aux esprits ou à l'Esprit saint.

Patrice en était venue à penser que les humains abordaient d'une façon puérile le concept de Dieu, de *Gizhe Manidoo* ou de Saint-Esprit. Les règles et fioritures du rite n'avaient rien à voir avec le divin, elle en était à peu près certaine : c'était simplement le moyen qu'avaient trouvé les gens de se persuader qu'ils faisaient le nécessaire pour s'épargner souffrances et punitions, comme des enfants. Elle-même avait ressenti dans sa vie le mouvement de quelque chose de plus vaste, à la fois personnel et impersonnel : peut-être que celles et ceux qui avaient accès à cette majesté sans nom s'y abandonnaient, se faisaient entraîner, et même parvenaient à pénétrer cet espace au-delà de l'expérience.

« Mon oncle ! » Elle prit Gerald dans ses bras, serra quelques mains et se servit du thé. Lorsqu'elle passa derrière le rideau qui masquait son lit, elle y découvrit sa mère, profondément endormie.

Elle posa sa tasse sur le tabouret qui servait de chevet et s'assit au bord du matelas. Elle s'attendait à ce que cela réveille Zhaanat, mais celle-ci, couchée sur le dos, dormait d'un sommeil lourd, éreintée qu'elle était par la longue bataille avec son mari, lequel avait fini par sauter dans un train – c'est du moins ce qu'on leur avait dit. Patrice chercha du regard la boîte à épices qu'elle rangeait sur le rebord de la fenêtre : elle l'avait remplie de pièces pour le leurrer, et visiblement il avait trouvé et emporté cette fausse tirelire. Un soulagement. Ses véritables économies étaient cachées sous le lino. L'impeccable pile de revues et journaux près du lit n'avait pas bougé. *Look. Ladies' Home Journal. Time.* Juggie Blue récupérait pour sa nièce Valentine ce dont l'équipe enseignante se débarrassait, et quand Valentine avait fini de lire les magazines elle les passait à Patrice.

La fenêtre donnait à l'ouest. La lumière déclinante filtrée par les feuilles dorées des bouleaux jouait sur le visage ciselé de Zhaanat. Des rides étoilaient joliment le coin de ses yeux. Deux sillons courbes annonçaient son léger sourire. Par quelque hasard comique, ses longues nattes souples s'étaient retrouvées au-dessus de sa tête, si bien qu'on l'aurait dite en pleine chute. Ses bras étaient pliés et ses petites mains puissantes reposaient, immobiles, sur sa poitrine. Ces mains inhabituelles, qui en effrayaient certains. Patrice tenait de sa mère ses yeux en amande, sa force et sa détermination énergique, mais pas ses mains. Celles-ci n'appartenaient qu'à Zhaanat.

Elle portait une robe en calicot d'un vert profond saupoudré de minuscules feuilles dorées. Le style était d'un autre siècle, mais Patrice savait que le vêtement datait de quelques mois seulement. Sa mère avait utilisé quatre mètres de tissu pour coudre ce modèle à l'ancienne : manches étroites descendant jusqu'aux poignets, petits boutons en écaille sur le devant, et jupe volante et plissée. En dessous, Zhaanat portait un caleçon long d'un rouille terne. Les semelles de ses mocassins en daim, décorés de broderies bleues et vertes, étaient en cuir brut. En se couchant, elle avait ramené autour de ses épaules le châle marron qu'elle portait souvent, comme pour se protéger. Patrice caressa les franges du châle et sa mère ouvrit les yeux.

À son froncement de sourcils confus, Patrice devina qu'elle avait dormi si profondément qu'elle ne savait plus où elle était. Puis son expression se clarifia et ses lèvres dessinèrent un sourire. Elle serra le châle un peu plus fort.

« Comment diable ai-je atterri ici ? murmura-t-elle.

— Gerald est arrivé.

— Bien. Il saura nous dire où elle est. »

Patrice hocha la tête. Au fil des ans, Gerald avait parfois retrouvé des gens, mais parfois aussi il avait volé en rond. Il arrivait que ceux qu'on cherchait restent cachés.

Ce soir-là, il vola longtemps, habité par un esprit particulier. Au bout d'un moment, il localisa Vera : allongée sur le dos, vêtue d'une robe sale, un linge en travers de la gorge. Immobile, mais vivante. Endormie, peut-être. Patrice aurait presque pu croire que son oncle voyait en fait l'image de sa mère cette après-midi-là, sauf qu'il avait trouvé Vera en ville et qu'il y avait une forme à côté d'elle. Pas bien grande. Un bébé.

Le lendemain, Patrice fit abstraction de l'information perturbante, mais rassurante, fournie par le *jiisikid* et grimpa à l'arrière de la voiture de Doris Lauder. C'était un matin d'automne pluvieux et elle était très reconnaissante que Doris l'emmène au travail. Elle proposa, comme elle l'avait déjà fait, de participer aux frais d'essence. Doris refusa d'un geste vague, disant qu'elle aurait pris sa voiture de toute façon.

« Peut-être le mois prochain. » Elle sourit dans le rétroviseur.

« Peut-être que c'est moi qui vous conduirai le mois prochain, dit Valentine. Papa est en train de réparer une voiture pour moi.

— Quel modèle ? demanda Doris.

— Modèle remodelé, probablement, répondit Valentine. Tu sais, une voiture faite d'autres voitures. »

La pluie ruisselait en grumeaux argentés sur le pare-brise arrière. Pendant un temps, tout le monde se tut.

« Il paraît que Betty Pye reprend le travail aujourd'hui, lâcha finalement Valentine.

— Oh, mon Dieu », fit Doris dans un rire sec.

Betty avait pris sa semaine annuelle de congé maladie pour se faire enlever les amygdales. À son âge ! Trente ans. Elle était allée se faire opérer à Grand Forks parce qu'apparemment c'était plus délicat quand on était adulte. Mais elle y tenait absolument : elle disait que sa gorge gonflait systématiquement en novembre, restait enflée tout l'hiver, et qu'elle en avait sa claque. Selon les médecins, ses amygdales étaient plus grandes que la moyenne, « de vrais nids à microbes ». Tout le monde avait eu droit aux détails.

« J'ai vraiment hâte de savoir comment ça s'est passé », dit Patrice.

Les deux autres partirent d'un grand éclat de rire, alors que Patrice n'avait pas dit ça méchamment. Betty allait certainement faire toute une histoire de son opération. Patrice ne la connaissait pas très bien, mais les journées filaient nettement plus vite quand elle était là. Et Betty était en effet bien présente lorsqu'elles arrivèrent à l'usine. Elle avait le teint gris et l'appareil vocal encore fragile – elle parlait d'un filet de voix éraillée –, mais, dans sa robe à carreaux verts, elle déployait son tonus habituel et accomplit son travail en ouvrière concentrée qu'elle était. Pour le déjeuner, elle avait apporté un grand bol de riz au lait et ses yeux se remplissaient de larmes à chaque déglutition. Elle travailla en silence toute la journée, chuchotant que parler lui faisait un mal de chien. Au moment de la débauche, elle glissa à Patrice un morceau de papier plié en deux avant de s'éloigner. Tandis que Doris et Valentine discutaient sur la banquette avant, maintenant pleines d'empathie pour Betty dont la souffrance était manifeste, Patrice sortit le petit mot de sa poche pour le lire : *Il paraît que tu cherches ta sœur. Ma cousine qui vit à Minneapolis l'a vue et t'a écrit – de la main gauche, étant donné qu'elle s'est cassé l'index droit à force de pointer mes défauts. C'est tout Genevieve, ça. Guette le courrier.*

Patrice replia le papier et sourit. Ce qui l'attirait chez Betty, c'était cette capacité, qu'elle partageait avec Vera, de transformer en comédie les aigreurs de la vie. *Cassé l'index droit à force de pointer mes défauts.* Qu'est-ce que c'était que ce charabia ? Elle renversa la tête en arrière et ferma les yeux.

Le samedi matin, elle mit le manteau cintré qu'elle avait dégoté dans la pile de vêtements du magasin de la mission. Une sacrée trouvaille. Ajusté et bien coupé, il était d'un bleu ravissant, doublé de flanelle sous une rayonne de première qualité. Elle noua un foulard écossais rouge et bleu autour de son cou et plongea ses mains dans les poches du manteau. Il y avait un sentier d'un peu plus de six kilomètres à travers bois qui la mènerait directement au village et au bureau de poste. Ou bien elle pouvait emprunter la route, où on la prendrait sans doute en stop. Le ciel s'était dégagé, mais la terre restait humide. Comme elle n'avait pas de caoutchoucs et ne voulait pas tremper ses chaussures, elle prit la route. Il ne fallut pas longtemps avant que quelqu'un s'arrête. C'était Thomas Wazhashk. Il se rangea un peu plus loin et attendit. Par son coffre entrouvert retenu par une corde, Patrice aperçut le métal mat de bidons. Un des avantages qu'il y avait à vivre au milieu de nulle part, c'était que la source des Paranteau donnait encore de l'eau. De l'eau claire. Près du village ou dans la prairie, la plupart des sources s'étaient taries ou avaient été souillées par le bétail. Même les puits s'asséchaient.

Thomas et Zhaanat étaient cousins – Patrice ne savait pas trop quel était leur lien de parenté exact, le terme « cousins » étant assez général pour englober tout un tas de situations. Elle considérait Thomas comme un oncle, ce qui faisait de ses enfants des cousins. Elle se dépêcha de rejoindre la voiture et monta devant, à la place que lui laissa gentiment Wade.

« Merci de t'être arrêté, mon oncle.

— Cette fois, au moins, tu fais du stop sur la terre ferme. »

L'été précédent, elle l'avait sacrément surpris en nageant jusqu'à son bateau de pêche. Il l'avait raccompagnée au rivage, et l'épisode continuait à le laisser perplexe.

Patrice comptait parmi les rares jeunes gens à s'adresser à lui en chippewa ou en langue cree, ou bien dans un mélange des deux. Ils ne parlaient pas tout à fait pareil, mais ils se comprenaient. Et si Wade était décontenancé, eh bien il n'avait qu'à s'imprégner de ce langage par curiosité, se dit Thomas. Dans la discussion, ce dernier apprit que Zhaanat avait dressé la tente sacrée et que Gerald avait vu Vera vivante avec un bébé auprès d'elle. Il déposa Patrice au magasin général, qui abritait aussi le bureau de poste, et convint de repasser la prendre un peu plus tard. Tout en remplissant les bidons d'eau avec Wade, il repensa au jour lointain où son grand-père avait consulté quelqu'un comme Gerald pour retrouver Falcon.

Quand le message officiel était arrivé, la famille savait donc depuis longtemps déjà que Falcon était mort.

Sur le chemin du retour, Patrice décida de relire tout haut la lettre de la cousine de Betty Pye pour le bénéfice de Thomas :

J'ai vu ta sœur à Minneapolis, et elle n'allait pas bien. Aux dernières nouvelles, elle habitait Stevens Avenue, au numéro 206. Je le sais parce que beaucoup d'Indiens vivent là et il se trouve que j'ai vécu au même étage. Je l'ai croisée dans l'entrée avec son bébé, mais elle n'a pas voulu me parler.

Patrice dit à son oncle qu'elle préférait rentrer à pied de chez lui, elle avait besoin de réfléchir. Sa route longeait les marécages, et l'air frais sentait la pluie en train de sécher. Les massettes à larges feuilles ressemblaient à des gourdins bruns tandis que les roseaux étaient encore droits et verts. Le vent ébouriffait l'eau du lac en vagues bleu nuit dont la dentelle d'écume venait laper le rivage. Le soleil brillait entre des nuages noirs galopants. Vera avait toujours dit qu'elle resterait vivre là où elle pourrait voir les bouleaux et les marais. Elle avait jeté son dévolu sur un vieux chalet dans les hauteurs au-dessus de chez leur mère. Elle y campait parfois, tentait de le restaurer. Elle avait arraché des arbres qui poussaient sous le plancher, menaçant de le traverser, et dessiné les plans qui feraient du chalet la maison idéale. Patrice l'avait aidée à tracer une grande pièce avec une cuisine et une table à manger, et même deux chambres séparées. Le moindre détail faisait l'objet d'une légende. L'écriture de Vera était assurée et régulière, comme sur un vrai plan. Il y avait même l'agrandissement d'une fenêtre à meneau avec ses rideaux rayés – Patrice avait encore le croquis. Vêtue avec recherche, élégante plutôt que mignonne comme un lutin, Vera adorait les cours d'instruction ménagère ; elle avait copié la fenêtre dans un livre intitulé *Votre maison idéale*. Il n'était pas dans ses intentions de s'en aller, mais voilà qu'elle était tombée amoureuse. Un événement soudain. Zhaanat, qui n'approuvait pas, s'était détournée au lieu de dire au revoir à sa fille quand cette dernière était partie à Minneapolis. Patrice savait que, depuis, cette scène hantait sa mère.

« Reste où tu es. Je te trouverai », dit Patrice à voix haute. Elle ramassa une branche sur le chemin et se mit à battre les herbes alentour, envoyant voler de petits nuages de graines dorées.

Elle était presque arrivée quand les nuages s'épaissirent jusqu'à former une dalle sombre. Elle se mit à courir. Puis s'arrêta. Ses chaussures. Elle ne pouvait pas se permettre de les abîmer. Elle les retira, les glissa sous son manteau et continua à marcher sous la pluie, prenant l'embranchement qui coupait à travers bois. Aller pieds nus ne la gênait pas : elle avait fait ça toute sa vie, ses pieds étaient endurcis. Froids et presque engourdis à présent, mais endurcis. Elle avait les cheveux, les épaules et le dos de plus en plus trempés, mais marcher la réchauffait. Elle ralentit et traversa précautionneusement les tapis d'herbes gorgés d'eau. On n'entendait que le tambourin de la pluie sur les feuilles luisantes. Elle s'immobilisa. Il y avait là comme une présence, avec elle, autour d'elle, tourbillonnante et bouillonnante d'énergie. Les arbres étreignaient la terre avec tant d'intimité. Quel délice d'en faire ainsi partie intégrante. Elle ferma les yeux et se sentit appelée. Son esprit se déversa dans l'air comme un chant. Attends ! Elle ouvrit les yeux et ramena son poids dans ses pieds froids. C'était sans doute ce que vivait Gerald quand il survolait la terre. Parfois elle se faisait peur.

Avant que le sentier ne débouche sur la clairière, Patrice entendit le crissement de pneus qui patinaient. Elle pensa à l'entourage de Gerald, même s'ils étaient partis avant l'aube. Arrivée derrière la maison, elle vit que le couinement provenait du chemin d'herbes boueux qui conduisait chez elle. Les voitures avaient dû malmener le sol détrempé dans la matinée, au départ de la troupe, et un autre véhicule s'était sans doute enlisé. Depuis l'extérieur, elle ouvrit la fenêtre près de son lit et jeta ses chaussures à l'intérieur. Après avoir envisagé d'entrer par le même chemin, elle contourna finalement la maison, les pieds dans la boue tendre, passa devant les cendres noires et humides du feu de camp et s'engagea sur le sentier broussailleux. Là, elle aperçut la Buick crème et turquoise du professeur de mathématiques de Pokey. Mr Barnes tentait de soulever l'avant de la voiture pour dégager le pneu gauche d'un trou plein d'eau. Son épaisse chevelure blonde ressemblait à une meule de foin – d'où son surnom : Meule-de-foin. Pokey était au volant. Patrice s'immobilisa, puis recula le plus discrètement possible à l'abri du feuillage.

Le fils de Juggie

Sur la route du match, ils décidèrent que, ce soir-là, Wood Mountain battrait Joe Wobleszynski. Mais de quelle manière ?

« Décision des juges, prédit Thomas.

— K.-O. », objecta Rose. Elle était contente d'être de sortie. Et elle raffolait des combats.

« Tu es assoiffée de sang, dit Thomas.

— Pokey combat lui aussi. Match amical, intervint Wade. Il porte des gros gants et un casque en caoutchouc.

— Sa tête n'a pas fini de grandir, lança Rose à son fils avec un regard noir.

— Allez, quoi. Pourquoi j'peux pas me battre, moi ?

— Tu pourras quand ta tête sera finie. »

Sharlo rit.

« Vos têtes ne sont pas finies non plus, Sharlo et Fee », dit Rose.

Wade tenta de flanquer des coups à ses sœurs sur la banquette arrière. Tous les trois se mirent à jouer à la bagarre, les mains entrelacées, poussant d'avant en arrière avec force grognements. Rose se retourna pour les taper en rigolant. Puis elle se tut et regarda paisiblement par la vitre striée de pluie. Sentant son plaisir, Thomas garda le silence. La voiture avançait sous l'averse. Ils passèrent devant l'extraordinaire grange circulaire de Telosphore Renault. La cour dans laquelle ce dernier élevait ses énormes porcs de concours. L'embranchement vers Dunseith. Plus loin, un coyote traversa la route et se volatilisa dans le fossé. Des oies des neiges se rassemblaient dans un champ pour se gaver de détritus et de chiendent.

Le ring était dressé dans le gymnase de l'école normale, décoré pour l'occasion de guirlandes bordeaux et dorées. On avait installé quelques rangées de chaises pliantes, mais le gros du public était debout ou dans les gradins. La foule s'ouvrit pour laisser passer les combattants, puis se referma derrière eux. Les matchs amicaux étaient terminés quand les Wazhashk arrivèrent et prirent place au fond de la salle. Assis près de Mr Barnes, Pokey, Case et Revard avaient l'air dépité – ils avaient tous perdu. L'affiche principale était sur le point de commencer : Tek Tolverson contre Robert Valle, Sam Bell contre Howard Old Man, et Joe Wobleszynski contre Wood Mountain.

Tek remporta le premier match, peut-être grâce à un coup sournois porté bas que, contrairement à l'arbitre, le public avait vu. La moitié de la foule manifesta son indignation, et l'autre moitié hua la première. Personne n'était content du résultat.

Howard Old Man gagna par décision des juges. Les Indiens de Fort Berthold poussèrent quelques discrets cris de joie, auxquels se joignirent ceux de Turtle Mountain. Old Man leur avait donné de l'espoir.

Joe La Tremblote et Wood Mountain fendirent alors la foule. Bien des années plus tôt, le premier Wobleszynski avait empiété sur les terres de la grand-mère de Wood Mountain. Depuis, les Wobleszynski faisaient si souvent paître leur bétail sur le terrain de Juggie que la famille de cette dernière avait fini par leur piquer une bête. Cela s'était passé au moment de la cueillette des baies, quand les saisonniers campent un peu partout : si effectivement une vache avait été volée, elle avait vite disparu dans les marmites. Il n'y eut jamais ni indice ni preuve, mais l'incident ne fut pas oublié pour autant. Au fil des ans, la rancœur entre les deux familles s'était enkystée. Puis le hasard avait voulu qu'un garçon de chaque clan se mette à boxer dans la même catégorie de poids, cristallisant parfaitement l'animosité réciproque.

Joe pénétra le premier sur le ring, la tête baissée, intimidé. Il avait une peau laiteuse et des yeux couleur sable, comme ses cheveux. Il quitta son peignoir brun sombre, révélant un corps dont la fierté massive évoquait un taureau. Il pesait deux kilos de plus que son adversaire et mesurait trois centimètres de moins. C'était un combattant puissant, mais qui gardait le contrôle de ses coups. Il cogna ses poings l'un contre l'autre en cadence pour canaliser son énergie tandis que Wood Mountain, le fils de Juggie, arrivait tranquillement dans le peignoir bleu emprunté à Barnes. Il traînait les pieds pour masquer sa nervosité, dansa un peu en retirant son peignoir, fit quelques bonds. Il avait des cheveux épais et ondulés, gominés vers l'arrière. Des yeux rapprochés, noirs, vifs et attentifs. Un long nez fin. Des pommettes saillantes. Des lèvres généreuses. Un corps mince et noueux, mélange de grâce et de force. Mais Joe La Tremblote avait un an de plus, davantage de combats à son actif et déjà une victoire face à lui.

Au son de la cloche, ils se rapprochèrent dans la clameur générale, tout à la fois prudents et confiants, l'un frappant l'air, l'autre reculant, sans se toucher. Puis Joe décocha une droite qui atteignit Wood Mountain à la mâchoire. Ce dernier profita de l'élan de son adversaire pour se glisser de côté et lui mettre un grand coup dans le ventre, sans causer le moindre dommage. Joe recula d'un petit bond sur la pointe des pieds et feinta de la même droite pour revenir avec une gauche oblique, déposée comme un baiser sur la joue de Wood Mountain. Celui-ci utilisa à nouveau l'élan de Joe pour lui cogner le ventre : peut-être tentait-il de l'affaiblir, à moins que la garde de Joe ne fût trop serrée pour lui – La Tremblote ne semblait pas laisser d'autre ouverture. Plus lourd que son adversaire, Joe était aussi un peu plus lent, et au deuxième round Wood Mountain fit un pas de côté et glissa adroitement une gauche sous le bras avant de Joe. Il enchaîna avec un crochet surprise qu'il fit suivre d'une bonne droite. Joe chancela vers l'arrière, mais le round se termina avant que Wood Mountain ne puisse en profiter. Au troisième round, les étreintes s'enchaînèrent sans qu'il ne se passe rien. Ce qui tendit sensiblement le public.

Debout au dernier rang, Patrice et Valentine ne voyaient pas grand-chose. Valentine aimait les combats. Patrice, pas tellement. Galvanisées par l'excitation de la foule, toutes deux donnaient néanmoins de la voix.

Il y avait des Indiens d'un peu partout : Fort Berthold, Fort Totten, Dunseith, Minot et même Fort Peck dans le Montana. C'était Juggie, tout devant, qui criait le plus fort. Mais les soutiens de Joe Wobleszynski étaient de loin les plus nombreux, aussi le chahut des supporters de la tribu semblait-il peut-être excessif aux yeux des fermiers, habitués à davantage de retenue de leur part. De fait, les Indiens étaient généralement perçus par leurs voisins comme des gens malheureux, se terrant dans des habitations misérables ou sillonnant les rues, imbibés d'alcool et pétris de honte. Sauf les bons Indiens, bien sûr – car il y avait toujours quelqu'un pour connaître un « bon Indien ». Mais pas de champions du ring parmi eux. Ce Wood Mountain, en tout cas, n'en avait visiblement pas l'étoffe. Voilà en effet qu'il se faisait hésitant, presque craintif, protégeant sa tête, offrant son ventre aux représailles, puis baissant sa garde et manquant de peu les boulets de plus en plus assurés que Joe s'était mis à lui balancer.

Quelqu'un poussa un bêlement inintelligible.

Valentine hurla : « Mets-lui une patate ! »

« *Bakite'o !* » renchérit Patrice, que l'adrénaline poussait inconsciemment à s'exprimer en chippewa.

Elle avait dans son champ de vision Thomas, Rose et leurs enfants, assis quelques rangées plus bas. Son oncle, calme, concentré, tenait Fee dans ses bras. Wade et Sharlo sautaient partout en boxant dans le vide comme des lièvres. Perplexe, Patrice considéra Thomas un moment, fascinée par le contraste entre son immobilité et l'agitation de la foule. On aurait dit qu'il observait autre chose que le match. Et c'était bien ça. Sa façon de regarder avait une qualité viscérale.

Il encaissait mentalement tous les coups, mais ce qu'il voyait n'était pas ce que voyaient les autres. Les supporters de La Tremblote gloussaient et riaient désormais, tandis que les Indiens poussaient des cris désespérés, l'optimisme en berne. Thomas, lui, voyait que les coups portés par Joe glissaient, inoffensifs : Wood les acceptait, mais déviait la raclée. Il voyait également dans la foule trois autres personnes aussi tendues et silencieuses que lui. Au premier rang le long du ring, Barnes et son acolyte, le professeur d'anglais qui mettait en scène les spectacles de l'école. Et puis Juggie Blue. Tous trois attendaient quelque chose. Il restait une minute avant la fin du round quand Wood vit l'ouverture qu'il guettait. Il recula, comme s'il avait peur, provoquant chez son adversaire un swing vorace qui l'aurait assommé s'il l'avait atteint. Joe y avait mis toute sa force, ce qui le déséquilibra et le livra à un crochet du gauche sur la mâchoire, promptement suivi d'une droite sur la tempe, puis d'une combinaison toute musicale. Sa garde désintégrée, Joe trébucha. Wood allait frapper quand la cloche retentit, trop tôt.

Barnes sauta sur le ring en criant : « Faute ! Faute ! Il reste quinze secondes ! »

L'arbitre le fit redescendre, vérifia l'horloge, réprimanda le chronométreur et relança le round. Qui fut attribué aux points à Joe La Tremblote, bien que le chronométreur eût de toute évidence brisé la dynamique en trichant en sa faveur. Wood Mountain, exaspéré, revint deux fois à l'attaque au round suivant, mais finit par perdre le match.

Tout le monde quitta le gymnase tranquillement ; les Indiens serraient la main d'autres Indiens, les fermiers affichaient leur satisfaction – le combat s'était terminé comme il se devait et eux aussi marmonnaient pacifiquement. L'excitation collective était retombée, il ne s'était rien passé de nouveau. Un mauvais vent faisait rage et les gens regagnaient précipitamment leur voiture ou fermaient leur manteau avant de filer à pied, la tête rentrée dans les épaules.

Sur la route du retour, les filles se lamentèrent, mais Thomas, lui, avait constaté les progrès de Wood Mountain, en passe de devenir le plus rapide, le plus rusé, bref, le meilleur des deux boxeurs. Il s'était fait distancer de peu, aux points. Thomas se demanda si Barnes serait capable de libérer le garçon de ce qui continuait à l'entraver. Malgré la tricherie du chronométreur, Wood Mountain aurait pu l'emporter.

Au bout de sept kilomètres, tout le monde s'était endormi et Thomas resta seul avec ses pensées. Il était coutumier du fait. Le père de Wood Mountain, Archille, mesurait plus d'un mètre quatre-vingts ; un homme puissant, au nez d'aigle et au sourire généreux. Pendant des années, Thomas et lui avaient passé leur mois de juillet à suivre la moisson du blé d'hiver, voyageant clandestinement dans les trains de marchandises, se faisant embaucher comme batteurs jusqu'à la dernière récolte, celle du maïs – à l'époque, il fallait laisser sécher les grains sur les épis tard dans la saison pour que les ouvriers agricoles puissent les ramasser à la main. Une année, ils étaient partis vers le sud, ce qui les avait menés aux portes du désert. Quelque part au Texas, un dimanche matin de 1931, ils passaient devant une église quand le shérif avait surgi : des brigades d'agents de police fraîchement nommés les avaient poussés vers le bâtiment avant de cerner la foule des fidèles qui sortaient, tous d'origine mexicaine.

« Bordel de merde, avait dit Archille. Ils nous prennent pour des Mexicains. »

Ils s'étaient retrouvés au cœur de l'une des centaines de rafles qui, pendant la Grande Dépression, avaient vu plus d'un million de travailleurs mexicains se faire arrêter et déporter de l'autre côté de la frontière, alors que beaucoup avaient la citoyenneté américaine. Le Texas n'aimait pas plus les Indiens que les Mexicains, aussi les papiers de Thomas et d'Archille ne furent-ils pas d'un grand secours. En travaillant comme saisonniers, ils avaient appris à faire preuve d'une politesse emphatique envers les Blancs, mais l'effet de surprise marchait mieux dans le Nord. Dans le Sud, ça jouait parfois contre eux.

« Pardon, monsieur. Puis-je vous dire un mot ?

— Tu vas surtout retourner d'où tu viens, avait répondu le shérif.

— On vient du Dakota du Nord. » Le beau sourire d'Archille n'avait aucun effet sur son interlocuteur. « On n'est pas mexicains. On est indiens.

— Ah ouais ? Eh ben dites-vous que c'est la revanche du général Custer.

— Comme c'est mon grand-père qui l'a tué, rétorqua Archille, je suppose qu'il y aurait bien là une forme de justice. Mais Thomas ici présent est un authentique citoyen américain. Je suis moi-même canadien. Mon frère a combattu dans les tranchées, et mon oncle a fait la bataille de la Somme. »

Le cou du shérif s'était épaissi et il avait hurlé une épithète incompréhensible avant de faire signe à deux agents. Thomas et Archille avaient alors été jetés dans un camion avec les autres et trimballés jusqu'à la frontière. En chemin, ils apprirent quelques mots d'espagnol et Archille s'enticha d'une fille aux tresses élaborées, fixées au sommet de son crâne, qui ne portait que du blanc. C'était la première fois qu'ils rencontraient une femme avec un certain «style» et ils n'avaient pas fini d'en parler. D'elle et de cette distinction qu'elle avait. Adolpha. C'était peut-être une forme de discipline. Elle était pauvre, cela ne faisait aucun doute, mais sa robe blanche et sa coiffure lui conféraient un air d'opulence. Son père portait un chapeau mou en paille, des bretelles et une chemise également blanche. Tous deux avaient beau voyager dans le même camion qu'eux, ils semblaient détenir des billets de première classe – une inspiration, pour Thomas : il s'acheta un Borsalino à large bord, en feutre brun tendre, sitôt qu'Archille et lui parvinrent à repasser discrètement la frontière. Ils reprirent alors la direction du nord, grimpant clandestinement dans des trains de marchandises. Les gens qu'ils voyaient dans les gares étaient plus blancs et plus blonds à chaque arrêt. Et à chaque arrêt, les vagabonds qu'ils croisaient dans les triages étaient plus démunis, plus las, plus malades. Pour la dernière partie du voyage, en autorail Galloping Goose, ils payèrent leur billet. À la gare St John où tous deux descendirent, Juggie les attendait, mains sur les hanches. Comment avait-elle su qu'ils arrivaient et par quel train ? Mystère.

«Salut, Archie. Le dîner est prêt.»

Un mois plus tard, Archille et elle vivaient ensemble. Ils ne s'étaient jamais mariés ; Juggie était trop indépendante, elle voulait faire les choses à sa façon. Quand Archille avait commencé à tousser, elle l'avait emmené à San Haven, au nord de Dunseith, où il était mort dans l'année. C'était encore fréquent, à l'époque, de succomber à la tuberculose. Au pensionnat de Fort Totten, ils étaient nombreux, les élèves qu'on envoyait au sanatorium pour enfants sur la réserve des Indiens Sauks et Fox.

Roderick.

Thomas avait des amis de l'autre côté. De plus en plus d'amis. Trop. Parfois il leur parlait. À Archille notamment. Il leur parlait, oui. Et pourquoi pas ? C'était réconfortant de penser qu'ils étaient partis vivre dans un autre pays. Sur l'autre rive d'un fleuve qu'on ne traversait qu'une fois. Dans l'obscurité de la nuit, éclairé par les seules lumières du tableau de bord, Thomas se mit à discuter avec Archille. Dans sa tête.

« Ton homonyme a trouvé du travail.

— *Howah !* Grande nouvelle, mon frère.

— Et tu serais fier de ton fils. Il ne lâche rien, côté combats.

— Évidemment. En tant qu'arrière-petit-fils de…

— Chaque fois que tu as parlé de la mort de Custer, tu t'es attiré des ennuis.

— C'est vrai. Comment va Juggie ?

— Toujours à faire des tourtes pour les *chimookomaanag*. Un des profs, un certain Barnes, apporte son dîner à ton fils tous les soirs.

— Il a toujours eu bon appétit.

— Toi aussi. »

Thomas s'interrompit. À la fin, Archille n'était plus que l'ombre de lui-même, émacié, vidé de tout désir. Couché dans un lit blanc. Au milieu de ces montagnes sèches.

« Je me bats contre un truc de Washington, reprit Thomas. Je ne sais pas quoi exactement, Archie, mais je peux te dire que ça n'augure rien de bon. »

Sainte Valentine

« Vous avez un total de trois jours », annonça Mr Vold. Il resserra ses pieds l'un contre l'autre sous le bureau. Le bruit de ses chaussures rappelait le crissement d'un insecte. Betty Pye l'avait surnommé « Le Grillon », un sobriquet qui lui allait si bien que c'en était troublant. Patrice regarda la bouche et la mâchoire carrées de son interlocuteur bouger comme les mandibules d'un grillon. Il commença à brasser des documents, les saisissant de la pince de ses longs doigts. Son haleine voguait au-dessus du bureau, forte et marécageuse, comme s'il avait mangé du foin mouillé. Puis il poussa vers elle une feuille de papier. Elle la prit et la lut : il lui faudrait encore travailler six mois pour accumuler trois jours d'arrêt maladie supplémentaires.

« C'est au sujet de ma sœur, monsieur. »

Elle fit de son mieux pour expliquer la situation. Il n'y avait qu'elle, dans la famille, à pouvoir se rendre à Minneapolis. Elle lui montra la lettre de la cousine de Betty Pye. Il se pencha dessus et la parcourut plusieurs fois. Patrice comprit qu'en faisant mine de lire et relire, il se laissait le temps de réfléchir à ses options.

« D'accord, miss Paranteau, finit-il par dire en reposant la lettre. On ne peut pas qualifier cette situation de maladie. Je pourrais vous donner un congé sans solde, voyez-vous, mais sans garantie que vous retrouviez votre emploi, dussiez-vous prolonger votre séjour, disons, au-delà du temps alloué.

— C'est-à-dire ?

— Une semaine est le maximum autorisé.

— Puis-je vous donner une réponse demain ?

— Mais parfaitement, je vous en prie, dit Mr Vold. Je vous en prie. »

Il semblait tout excité de la fausse générosité de sa formule et n'en finissait plus de remâcher les mots, même une fois prononcés.

Patrice travailla en silence le reste de la matinée, tentant de décider si elle devait risquer son emploi. À la pause déjeuner, elle sortit de son petit seau une pomme de terre bouillie, un morceau de bannique et une maigre poignée de raisins secs. Il lui arrivait de troquer un panier de Zhaanat contre une ration gouvernementale. Les raisins secs en particulier étaient très prisés. Patrice les mangea lentement, en guise de dessert, laissant chacun ramollir et fondre dans sa bouche.

« Oh, des raisins secs ! »

Patrice tendit le seau à son amie et Valentine engloutit aussitôt ce qui restait. Jetant un bref regard à Patrice, elle perçut son désarroi avant que cette dernière ne puisse le masquer.

« Pardon.

— Ce n'est rien.

— Mais tu es contrariée.

— Je m'inquiète pour Vera. J'ai peur de m'absenter parce que si c'est compliqué et que je dois rester plus longtemps, je vais perdre mon travail. Je n'ai que trois jours.

— De quoi ?

— De congé maladie.

— Hein ?

— Trois jours de congé maladie. Avec demi-salaire.

— Ah. Je savais même pas qu'on avait ça. »

La pause était terminée. Patrice finit le café bouilli au fond de sa tasse. Calée par la pomme de terre, elle s'attaqua à sa tâche avec la concentration soudaine qui lui était désormais habituelle. Elle baissa la tige pour y déposer une touche de ciment. Sa main était ferme.

Plus tard, au moment de monter en voiture, Valentine lui dit : « Je te donne mes jours.

— Pardon ?

— Mes jours de congé maladie. Mr Vold a dit que je pouvais te les donner. Vu les circonstances. »

Enflammée par la gratitude, Patrice serra son amie dans ses bras, puis recula.

« Merci infiniment. Je ne m'y attendais pas.

— Je sais, dit Valentine. Je suis pétrie de contradictions. »

Sa lucidité inattendue les réduisit toutes deux au silence.

« Contradictions !

— C'est un jeu ? demanda Doris en les rejoignant.

— Non, dit Valentine. C'est moi. Je souffle le chaud et le froid. Sainte peau de vache et sale chic fille.

— Mon Dieu.

— Mais surtout pas radine. Toujours magnanime », dit Patrice.

En route, elle leur parla du voyage à Minneapolis. Elle n'était jamais partie de chez elle, aussi inventa-t-elle au fur et à mesure.

*

Sa famille ne possédait pas de sac de voyage. Le magasin général du village vendait une magnifique valise en tissu écossais. Cher. Patrice acheta donc un mètre et demi de toile, puis coupa deux petits tronçons de branche de peuplier faux-tremble dont elle arracha l'écorce. Après avoir ourlé la toile, elle joignit les bords et cousit le haut autour des bâtons, auxquels elle fixa deux morceaux de cuir en guise de poignées avec des tendons et des rivets en laiton. La valise de toile ressemblait à un sac d'ouvrier, et alors ? Patrice ne cherchait pas à être dans le vent, mais à rejoindre Minneapolis. Le Bureau de relocalisation mettait à disposition les horaires des trains. Quand elle aurait trouvé une voiture pour l'emmener à Rugby, elle achèterait son billet directement à la gare.

La sœur de Curly Jay, Deanna, travaillait dans la petite pièce qui faisait office de local administratif. Patrice s'assit à une table couverte de papiers et en feuilleta une pile, cherchant ce qui pourrait la renseigner sur Vera. Derrière elle, une affiche disait : **VENEZ À MINNEAPOLIS.** LA CHANCE DE VOTRE VIE. **BONS EMPLOIS** DANS LE COMMERCE DE DÉTAIL, LA PRODUCTION INDUSTRIELLE, LE GOUVERNEMENT FÉDÉRAL, LA RICHE VIE SOCIALE ET CULTURELLE, LES ÉPICERIES. **MAGNIFIQUE MINNESOTA.**

10 000 LACS. ZOO, MUSÉES, PROMENADES, AIRES DE PIQUE-NIQUE, PARCS, DISTRACTIONS, CINÉMAS. DES **FOYERS HEUREUX**, DE BELLES MAISONS, DE NOMBREUSES ÉGLISES, UNE RICHE VIE SOCIALE ET CULTURELLE, DES ÉPICERIES.

L'amour mis à part, Patrice se dit que Vera était sans doute partie à Minneapolis pour sa Riche Vie Sociale et Culturelle et ses Belles Maisons. Ah, ces dessins de fenêtres au meneau parfaitement droit.

« Tu veux faire une demande ?

— Pour aller vivre dans le Magnifique Minnesota ?

— On t'aide à trouver un emploi, une formation, un logement, tout ça.

— Est-ce que Vera a eu "tout ça" ?

— Eh bien oui.

— À bien y réfléchir, vous devriez me payer pour faire votre travail à votre place. Retrouver ma sœur. Vous ne gardez donc pas trace des gens que vous aidez ?

— Plus au bout d'un certain temps.

— Un temps très court.

— Dernière adresse connue : Bloomington Avenue.

— C'est ce que j'ai aussi. Je vais commencer par là.

— Où vas-tu loger ?

— Je ne sais pas.

— Va voir une amie à moi. »

Deanna écrivit sur un petit carton le nom de Bernadette Blue, ainsi que son adresse et son téléphone.

«Je ne sais pas si elle est toujours à ce numéro. C'était pour le travail.

— Quel genre de travail ?

— Secrétaire.

— La fille de Juggie Blue.

— La mauvaise graine», dit Deanna. Qui ajouta, en voyant Patrice hausser les sourcils : «Je rigole.» Mais elle ne rigolait pas. Elle recommença à feuilleter sa paperasse. «Et voici un autre contact. Le père Hartigan.

— Je ne vais pas faire tout ce chemin pour voir un prêtre.

— En cas d'urgence.

— Je n'aurai pas d'urgence.

— Vera aussi avait dit quelque chose dans ce genre.

— Je continue à penser que vous devriez me payer.»

Ce samedi-là, Patrice attendit que Pokey soit sorti et Zhaanat dans les bois. Elle avait beau savoir que jamais ils ne la voleraient, elle n'était pas certaine qu'ils n'aient pas soudain besoin de se débarrasser de son père. Son argent était caché sous le huitième carré vert du lino à partir de la droite. C'est-à-dire sous son lit, dont elle tira la fragile structure de côté. Elle prit soin de ne pas déchirer le lino quand elle le souleva doucement. Elle avait enterré sa tirelire, une vieille boîte en métal rose décorée de biscuits dansants, et veillé à la recouvrir uniformément. Elle balaya la terre et retira le couvercle. Tout était là. Cent six dollars. Elle prit l'argent, cacha de nouveau la tirelire et laissa huit dollars sous la boîte à sucre de sa mère. Doris allait à Rugby en voiture et passerait la prendre dans une demi-heure. Patrice avait dûment remonté son réveil et calculé combien de minutes il avait dû perdre pendant la nuit. L'heure affichée était à peu près exacte. Tout ce qu'elle avait à faire, c'était prendre le train. Tout ce qu'elle avait ensuite, c'était une adresse incertaine, et Bernadette, la fille de Juggie Blue, la mauvaise graine.

Zhaanat revint avec un panier de pousses de pin. La mère et la fille se prirent dans les bras et restèrent là un moment, enlacées devant la porte.

« Il est à Fargo, c'est ça ? demanda Patrice à propos de son père.

— Il ne reviendra pas, pas avant un bon moment. »

À la façon dont sa mère l'étreignit, Patrice sut qu'il ne reviendrait pas du tout. C'était de la laisser partir, elle, qui faisait peur à Zhaanat. « Ne t'avise pas de disparaître, toi aussi », murmura-t-elle en la serrant plus fort encore. Elle avait peur pour Pixie. Peur de ce qu'elle allait peut-être découvrir. Peur pour Vera. Mais lorsqu'elle se recula, Zhaanat sourit en regardant les chaussures cirées de sa fille, son manteau pimpant, son rouge à lèvres et ses cheveux apprêtés après une nuit de boucles forcées. Valentine lui avait même prêté ses gants.

« Tu ressembles à une femme blanche », dit Zhaanat en chippewa.

Patrice rit. Son déguisement les réjouissait toutes les deux.

Les pukkons

Thomas avait pris son fusil pour aller rendre visite à son père. Peut-être qu'en chemin il débusquerait une perdrix ou surprendrait un chevreuil. Mais il ne vit qu'herbes sèches, cynorhodons, têtes de rudbeckies hérissées et saules rouges. De petits tas de glands gisaient sous les chênes, comestibles, à condition de les faire bouillir longtemps. Il était sur le point d'en ramasser quand il remarqua que le sentier herbeux était bordé d'arbustes chargés de *pukkons* : c'est de leurs bogues vertes et piquantes qu'il remplit plutôt son chapeau, puis ses poches. Lorsque son père l'aperçut qui longeait le champ, il sortit sur le pas de sa porte, voûté, en appui sur sa canne. Biboon, L'Hiver, la peau sur les os. Avec l'âge, son visage s'était dépigmenté par endroits. Il se traitait parfois lui-même de vieux cheval pie, pour rire. Il portait un haut de pyjama couleur crème en guise de chemise, avec un pantalon de travail marron et des mocassins tellement usés qu'ils semblaient faire partie de ses pieds. Il parvenait encore à entretenir son feu et persistait à dire qu'il se débrouillait très bien tout seul. Biboon sourit et se mit à trembler en voyant les *pukkons*. C'était pour lui une gourmandise, qui lui rappelait ses jeunes années.

« Oh, chic alors, tu en as ramassé. On va les ouvrir. »

Il y avait des ardoises à la lisière du jardin. Thomas mit les fruits hérissés dans un sac et frappa celui-ci avec une pierre, juste assez fort pour fendre les coques. L'ouest élançait ses longs rayons rasants de fin d'après-midi et il sortit deux chaises et une bassine. Tandis que son père et lui se tenaient là, dans l'or mourant du jour, à décortiquer les petites noix, Thomas se dit qu'il devrait retenir cela. Les mots qui seraient prononcés. Les gestes de son père. La vitalité si particulière de ce qu'embrasent les rayons déclinants du soir – oui, il fallait retenir cela. Retenir aussi les arbres derrière eux, leurs ombres qui vacillaient.

Biboon dit : « Nom d'un rat, regarde-moi ça. »

Dans l'une des bogues il y avait une cétoine dorée, comme tout droit sortie d'un récit fondateur ou d'un conte de fées. Sa carapace fourchue brillait, métallique. Le coléoptère demeura un moment sur la main de Biboon, puis ouvrit son armure étincelante et déploya de robustes ailes noires avant de disparaître en bourdonnant dans l'obscurité qui gagnait.

« On aurait dit une pépite d'or, remarqua Thomas.

— Heureusement qu'on n'a pas écrasé la bougresse entre les pierres », répondit son père.

Le chien de Thomas, Smoker, émergea des bois avec un os de chevreuil. C'était un bâtard, comme ceux qu'avaient les gens dans l'ancien temps – des chiens de travail aux doux poils gris et aux queues retroussées. La fourrure de Smoker était striée de noir et sa tête mi-blanche, mi-grise.

« Bon chien », dit Thomas.

Smoker se coucha près d'eux en veillant sur sa prise, qu'il gardait entre ses pattes même si ce n'était qu'un vieil os blanchi. Thomas et son père se mirent bientôt à parler en chippewa, ce qui indiquait que leur conversation prenait un tour plus complexe, impliquant le cœur et l'esprit. La pensée de Biboon était plus fluide en chippewa. Il avait beau très bien parler anglais, il était aussi plus expressif et plus drôle dans sa langue maternelle.

« Il se passe quelque chose du côté du gouvernement. Ils ont un nouveau projet.

— Ils ont toujours de nouveaux projets.

— Celui-ci balaye les traités.

— Pour tous les Indiens ? Ou seulement nous ?

— Tous.

— Au moins, ils ne s'en prennent pas qu'à nous, dit Biboon. Peut-être qu'on peut faire front commun avec les autres tribus là-dessus. »

Enfant, Biboon avait voyagé avec ses parents le long de la frontière canadienne en territoires assiniboine, gros-ventre et blackfeet. Et puis sa famille avait suivi la Milk River pour chasser le bison. Ils revinrent dans les Turtle Mountains lorsqu'il n'y eut plus d'autre choix, et on les parqua alors sur la réserve : ils devaient demander la permission du fermier qui faisait office de responsable pour en sortir. Pendant un temps, ils n'eurent pas le droit de partir chercher de quoi se nourrir et, lors d'un terrible hiver, les anciens se laissèrent mourir de faim pour que les jeunes puissent survivre. Biboon s'était essayé à l'agriculture avec les semences de blé, la charrue en fer et le bœuf que le fermier lui avait confiés à la stricte condition que la famille ne tue pas l'animal pour le manger. La première année, rien. En cachette, lui et les siens sortaient de la réserve à tour de rôle pour ramasser des os de bison qu'ils vendaient à ceux qui en faisaient commerce. L'année suivante, ils ne plantèrent pas les graines de l'homme blanc mais du maïs, de la courge et des haricots. Ils firent sécher leur récolte et la dissimulèrent. La famille survécut, mais le printemps venu, c'est à peine s'ils pouvaient marcher tant ils étaient faibles et amaigris. Il fallut de nombreuses années pour comprendre quelles plantes poussaient le mieux dans quels sols, lesquelles nécessitaient un emplacement sec ou humide, et s'il fallait de préférence qu'elles aient le soleil le matin ou l'après-midi. Thomas avait appris des expériences de son père.

À présent, ils produisaient suffisamment. Et puis il y avait les surplus alimentaires du gouvernement, qui arrivaient toujours quand on ne s'y attendait pas. Ce que Biboon préférait, c'était le sirop de maïs, tellement sucré que ça lui faisait mal à ses chicots. Il le délayait dans de l'eau froide et ajoutait quelques gouttes du substitut aromatique Mapleine pour retrouver le goût du sirop d'érable d'antan. Ça lui rappelait ses toutes jeunes années dans les grands bois d'érables à sucre du Minnesota. Il adorait aussi faire griller des *pukkons* dans une poêle en fonte, les voir sauter en tous sens tandis que le chalet s'emplissait de l'odeur du temps jadis.

Du parfum

Sur la route de Rugby, assise devant à la place qu'occupait d'habitude Valentine, Patrice s'interrogeait : est-ce que Doris Lauder sentait toujours aussi bon ? Elle aurait bien demandé si c'était du parfum, mais il était peut-être mal élevé de poser la question. Est-ce qu'elle-même sentait les plantes médicinales ? Elle vivait au milieu des racines d'osha, du *wiikenh*, de l'armoise, de l'avoine odorante, du *kinnikinnick* et de toutes sortes d'infusions et autres remèdes que Zhaanat brûlait ou faisait bouillir chaque jour. Ces odeurs lui collaient forcément à la peau. Avant son départ, sa mère lui avait glissé dans la main un sachet en toile : de la tisane de cynorhodon – un tonique particulièrement puissant pour Vera. Et puis du genévrier, qu'on met dans le bain des bébés. Tout cela était dans sa sacoche, sur la banquette arrière. L'odeur du genévrier imprégnait lentement l'intérieur de la voiture, mais sans pouvoir rivaliser avec Doris.

« J'aime bien ton parfum, dit finalement Patrice. C'est quoi ? » Elle n'avait pas prévu d'ouvrir la bouche, mais le ronronnement régulier du moteur incitait à la conversation.

« Eau de Pare-Fumier, dit Doris. Le meilleur ami de la fille de ferme. »

Patrice rit si fort qu'elle en couina. Ce qui aurait été gênant si Doris n'avait pas couiné aussi. Elles en rirent de plus belle au point que des larmes leur montèrent aux yeux. Entre deux hoquets, Doris dit qu'il fallait qu'elle se calme si elle ne voulait pas mettre la voiture dans le fossé.

« Tu as un petit ami ? demanda-t-elle à Patrice au bout d'un moment. Valentine prétend que oui.

— Hein ? J'aimerais bien savoir qui !

— Il paraît que l'entraîneur de boxe a le béguin pour toi.

— Première nouvelle. » Patrice mentait. Même Pokey disait que Barnes n'arrêtait pas de poser des questions sur elle.

« Et toi ? demanda-t-elle.

— Personne.

— Donc tu gâches ton parfum ?

— Non, je rends l'air autour de moi respirable. »

Elles éclatèrent de rire à nouveau.

« Je n'en ai jamais acheté, dit Patrice. S'il me reste de l'argent après ce voyage, ce sera peut-être l'occasion.

— Je me le suis offert cette année pour mon anniversaire. Ça s'appelle Liqueur de fleur. J'en mets quand je vais en ville, mais pas au travail.

— Ça coûte cher, j'imagine.

— Oui, mais ce n'est pas pour ça. Je n'en mets pas parce que ce parfum plaît au Grillon. »

Patrice absorba le sens de ces paroles. « Tu ne veux pas l'encourager.

— Bien sûr que non. Qui voudrait ?

— Madame Grillon ?

— Il n'y a pas de Madame Grillon. Pour des raisons évidentes.

— Et il n'y a personne que tu aurais envie d'enivrer à la Liqueur de fleur ?

— Peut-être bien, pour être honnête, mais il ne m'a pas encore remarquée.

— Impossible.

— Tu m'as regardée ? Courtaude, transpirante, gauche et pâle comme un cachet d'aspirine. Je suis loin de la fermière appétissante. Pas de rose sur mes joues. »

Patrice resta muette de surprise. Avec son nez retroussé, son nuage de cheveux roux, sa poitrine généreuse et ses petites jambes pulpeuses, Doris était jolie. Peut-être qu'elle disait ça pour qu'on la complimente. Patrice la complimenta donc, mais toutes ses tentatives semblaient exaspérer Doris. Visiblement, cette dernière ne voulait rien entendre de ses qualités. Alors Patrice se tut et la route se poursuivit en silence. Au bout d'un moment, Doris s'excusa et dit : « Je ne sais pas ce que j'ai. Tu cherches seulement à me remonter le moral, mais je ne suis pas dupe. Que penses-tu de Bucky Duvalle ? »

C'était comme si elle avait planté un fil électrique dans le cerveau de Patrice.

« Ce que j'en pense ? À mon avis tu n'as pas envie de le savoir. Tu es au courant de ce qu'il a dit sur moi, j'imagine ?

— Non. »

Doris tourna vers elle ses yeux écarquillés et Patrice la mit au courant. Elle lui raconta comment

Bucky et ses amis l'avaient prise en stop l'été précédent. Comment ils avaient promis, puis refusé de l'emmener où elle voulait. Comment ils l'avaient piégée. Comment Bucky s'était jeté sur elle. Comment ils avaient roulé jusqu'à Fish Lake et lui avaient dit de descendre « pique-niquer » avec eux. Elle avait fait mine de les suivre, mais sitôt au bord du lac elle s'était jetée à l'eau et avait nagé en direction du bateau de pêche de son oncle. Ils n'avaient pas osé la suivre.

Elle ne raconta pas comment ils avaient tenté de se coucher sur elle dans la voiture. N'évoqua pas le visage de Bucky pressé contre le sien, ses mains sur elle, partout. Elle ne dit rien non plus de ce dont souffrait Bucky aujourd'hui.

« Et donc tu as nagé tout du long jusqu'au bateau de ton oncle ?

— Et pas qu'un peu ! Ça l'a sacrément surpris. Il a dit qu'il pêchait des poissons, pas des jeunes filles. Quoi qu'il en soit, il a posé sa canne et m'a aidée à grimper à bord.

— Une chance qu'il ait été là.

— De toute façon j'aurais nagé plus vite et plus loin que les garçons. Ils étaient ivres.

— Tu ne t'en es pas rendu compte en montant dans la voiture ?

— Si, mais j'avais vraiment besoin qu'on me dépose.

— Je comprends. »

Elles roulèrent un temps en silence, puis Doris demanda si Patrice connaissait les autres garçons présents ce jour-là.

« Un ou deux, oui. Ils étaient quatre.

— Mon frère est un ami de Bucky», lâcha Doris en lui jetant un coup d'œil, et Patrice lut dans ce regard que son frère faisait partie de la bande. C'était pour ça qu'elle l'avait interrogée sur Bucky. Ce n'était pas une vraie question. Patrice ne pouvait plus lui faire confiance. Doris connaissait toute l'histoire, et son frère avait dû raconter des choses sur elle.

«Qu'est-ce qu'il t'a dit ? demanda-t-elle.

— Que Bucky était un crétin. Qu'il ne comprenait pas que tu sois allée dans les fourrés avec lui.

— Jamais de la vie ! Qu'est-ce que tu as répondu ?

— Que ça m'étonnerait bien que tu aies fait ça.»

Doris l'avait-elle vraiment défendue ? Patrice était sceptique.

«Et il a dit quoi ?

— Il m'a regardée d'un drôle d'air. Et puis il a fini par avouer que Bucky lui avait fait jurer de dire ça.

— Mais pourquoi ? Qu'est-ce que Bucky pourrait bien avoir à y gagner ?

— Tu ne vois donc pas ? Il croit que s'il détruit ta réputation auprès des types bien tu seras moins exigeante et que tu pourras être à lui. Il a le béguin pour toi, comme Barnes.»

Patrice ne répondit rien. Ça sonnait totalement vrai. Et aussi totalement faux. Bucky ne partageait-il pas l'opinion générale ? À savoir que sa mère et elle n'étaient pas étrangères à son défigurement ? Qu'elles avaient paralysé la moitié de son visage et retiré toute la force d'un de ses bras ? Qu'elles lui avaient jeté un sort ?

Doris accéléra soudain, le regard furieusement rivé à la route. Elles allaient vite, trop vite.

« Ralentis !
— Toi au moins tu as des prétendants ! Avec tes yeux de lutin et ta jolie petite silhouette, cria Doris. Tu ne peux donc pas te réjouir de ça ? »
Patrice sentit la détresse l'envahir.
« Mais pourquoi est-ce que je m'en réjouirais ?
— Tu le saurais s'il n'y avait que Le Grillon qui s'intéressait à toi. »

*

Patrice abandonna sa tête contre le carré de tissu amidonné qui sentait déjà un peu la lotion capillaire. Elle avait choisi une place près de la fenêtre. Son entrée dans le wagon avait suscité un ou deux regards éloquents, mais il y avait suffisamment de sièges libres pour qu'elle s'installe où elle voulait. Personne n'irait lui dire qu'elle n'avait rien à faire là. Du moins elle l'espérait. Elle rangea tant bien que mal sa valise bricolée, suspendit son manteau en lissant bien ses plis chatoyants et posa ses mains gantées sur ses genoux. Son cœur battait encore la chamade. Le train grogna, siffla, puis laissa échapper un énorme soupir. Enfin on ferma les portes et elle sentit l'énergie s'accumuler sous ses pieds. Il y eut le bruit sourd des roues sur les rails et le train adopta bientôt une vitesse fluide, vibrante, délicieuse. Patrice sourit en regardant les maisons, les rues, les gens défiler et disparaître tandis que le train l'emportait à une allure magnifique. Jamais, jamais on ne lui avait décrit la sensation de liberté que procurait le train. Le contrôleur prit son billet et lui en rendit la moitié avant de ficher l'autre dans une petite fente au sommet de son siège. Désormais, cette place lui appartenait. Elle rangea soigneusement sa moitié de billet dans son porte-monnaie, puis l'en sortit et la glissa discrètement dans la petite poche qu'elle avait cousue à l'intérieur de sa brassière, avec le gros de son argent. Ses paupières se firent lourdes. Le parfum de la lotion capillaire était étrangement agréable, à la fois vague et pimenté. Hypnotisée par le voluptueux balancement du wagon, elle s'abandonna au sommeil sur une mer de mouvement.

Le fer

La récolte des pommes de terre se poursuivit toute l'après-midi avec l'aide de Martin, un ami de Wade qui venait de temps à autre donner un coup de main et se faisait parfois payer en nature. Il vivait avec eux ces temps-ci ; Rose et Thomas avaient entrepris les démarches pour devenir officiellement sa famille d'accueil. Le soleil était bas dans le ciel lorsque ce dernier envoya les garçons se laver. En traversant le champ, il entendit Noko s'énerver. Lorsqu'il entra dans la maison, Rose repassait dans l'autre pièce : une odeur de vêtement passé au fer se mêlait à celle de la viande en train de cuire. La lampe à pétrole rougeoyait sur la table. Il passa dans la pièce voisine et embrassa sa femme dans le cou. Elle sentait l'amidon et le linge propre. Elle aimait repasser tout de suite après avoir ramassé la lessive sur l'étendoir, quand les tissus étaient encore un peu humides. Pour le cas où ils auraient trop séché, elle conservait sur le rebord de la fenêtre un bocal d'eau au couvercle percé de petits trous avec lequel elle aspergeait le linge avant d'appliquer le fer, provoquant un lent sifflement de vapeur odorante. Quand les voisins avaient commencé à avoir l'électricité, elle avait demandé un appareil à brancher sur le courant. Ce qui était un peu absurde puisque eux-mêmes n'étaient pas encore reliés au réseau. N'empêche, Thomas le lui avait acheté. Elle le gardait jalousement, le briquant comme un trophée. Il était rangé dans leur chambre, au-dessus de l'armoire sombre qui contenait les affaires de tout le monde. Tandis qu'elle utilisait toujours le vieux fer plat – une lourde ogive qui rentrait dans un cadre en fonte et faisait un bon chauffe-lit, l'hiver –, le petit bloc brillant du nouvel appareil en acier, dressé comme une idole, attrapait la lumière de la fenêtre qui donnait au sud-ouest. Les reflets aveuglaient Thomas quand il se reposait sur le lit.

La maison était impeccable. Chaque chose à sa place. Aucun accroc, rien de bancal. Tout était reprisé, réparé. Rose avait un degré d'exigence redoutable.

« Papa, à table ! »

Fee et Sharlo étaient rentrées d'une projection de film organisée dans le gymnase de l'école. Elles avaient gardé leurs sachets de graines de tournesol à cinq *cents*, que les garçons leur mendiaient à présent. Rose avait fait revenir du lapin et cuit deux pommes de terre sous la cendre pour Thomas, saupoudrant le tout de petits morceaux d'ail du Canada. Après avoir dîné, il écouta un match de football américain à la radio avec Wade et Martin. Puis il y eut des allées et venues, chacun sortant à tour de rôle utiliser les latrines. Thomas tira les deux lits pliants de derrière la porte de la chambre, puis le lit de camp rangé près de la caisse à bois. Il ouvrit les deux premiers : ils étaient faits, draps et couvertures tout prêts du matin. Fee descendit du haut de l'armoire les petits oreillers plats et chacun prit le sien. Les filles aimaient l'intimité de la cuisine. La couchette de Noko avait sa place derrière la porte. Les garçons dormaient tête bêche sur un lit pliant. Une fois tout le monde installé, à murmurer et soupirer dans l'obscurité, Rose rejoignit la chambre. Thomas la suivit, ferma la porte, régla son réveil sur 23 h 05, puis éteignit les lumières. Rose passa sa chemise de nuit usée en flanelle.

« Douce comme la soie, dit Thomas en effleurant sa manche.

— Pfff. »

Ayant retiré ses vêtements, Thomas les posa à côté du lit, en veillant à bien marquer les plis, près de sa mallette, de sa veste et de son chapeau.

« Ma gamelle est dans la voiture ?

— Tu me poses toujours la même question.

— Sans le casse-croûte que tu me prépares, je serais incapable de tenir.

— Elle y est.

— Comme ça, je n'aurai pas besoin de te réveiller.

— Ton réveil s'en chargera.

— Mais tu te rendormiras, non ?

— Oui », dit-elle à contrecœur.

Elle se retourna. Quelques secondes plus tard, elle dormait. Thomas tendit la main en murmurant : « Mon trésor. » La chaleur du corps de Rose irradiait doucement vers lui sous les couvertures, lui réchauffant le côté gauche. Son côté droit était plus frais, la chaleur du poêle n'arrivant pas jusqu'à la chambre. Les nuits de grand froid, Rose ajoutait une courtepointe sur le lit et laissait Thomas se blottir contre son dos. Elle avait un sommeil de braise, tout comme ses paroles, parfois. Elle pouvait le réchauffer tout entier. Il commença à sombrer tandis que l'obscurité s'installait. Smoker aboya, deux fois, pour lui faire savoir qu'il était revenu de sa pâtée du soir chez Biboon ; il rentrait manger les restes qui l'attendaient dehors dans la casserole cabossée. Si quelqu'un grimpait jusqu'à leur porte en pleine nuit, Smoker se contenterait de grogner dans les pieds d'une personne familière – une façon de dire « Coucou, je suis là » –, mais se lèverait d'un bond, dans une frénésie protectrice, en présence d'un inconnu. Smoker était très attaché aux marches du perron.

Thomas ouvrit les yeux à 23 h 04 et éteignit son réveil avant qu'il ne sonne. Du temps où il ne travaillait pas à l'usine, il aurait entonné le vieux chant du coq des vagabonds : « Filez, serpents, le jour se lève sur les marais ! » Il le chantait encore, mais dans sa tête. Il enfila son pantalon, noua ses chaussures de travail et attrapa sa mallette. Dans le noir, il se fraya un chemin entre les enfants endormis et ouvrit lentement la porte d'entrée. Avant de sortir, il dit : « *Ooh yay ! Bizaan ! Mii eta go niin omaa ayaayaan. Ninga-maajiibiz endazhi-anokiiyaan.* » Smoker, familier de la langue chippewa, battit le sol de sa queue tandis que son maître descendait les marches. Lorsqu'ils s'étaient installés ici, Thomas avait ménagé une allée circulaire pour ne pas avoir à sortir en marche arrière. Il attendit d'être loin pour allumer ses phares. La route financée par le Bureau des affaires indiennes était plongée dans l'obscurité, la lune cachée derrière les nuages. Seule la grosse ferme disposait d'une lampe extérieure, dont la lumière se reflétait sur son silo argenté. Thomas traversa le village et quitta la réserve. Sur cette portion de route il se sentit soudain accablé. Comme si de longues et fines aiguilles lui transperçaient le cœur. Il concentra ses pensées sur son père, sur la vision d'eux deux assis dans le soleil couchant, absorbant la chaleur fugace des derniers rayons.

On n'est jamais rassasié des gens qu'on aime, se dit-il en se frottant lentement la poitrine pour vaincre la douleur. « Biboon est encore avec moi, à son âge avancé, mais je suis insatiable. Je veux qu'il reste plus longtemps. »

Sa poitrine se détendit progressivement, mais il était tracassé par une sensation plus vive encore, qui lui donnait envie d'arrêter la voiture et d'en sortir. Et que ferait-il alors ? Il jeta un coup d'œil à sa mallette, où se trouvaient les papiers que Moses lui avait procurés. Il avait passé des jours à s'efforcer de les comprendre, d'en digérer le sens. À préciser leur objectif incroyable. Incroyable, parce que l'impensable était rédigé dans un langage sobre et parfaitement inoffensif. Incroyable aussi parce que cet objectif, au final, était de défaire, de revenir sur la reconnaissance officielle. D'effacer en tant qu'Indiens lui-même, Biboon, Rose, ses enfants, son peuple : *nous rendre tous invisibles, comme si nous n'avions jamais été ici, de tout temps, ici.*

La mallette pesait sur le siège passager. Le fourmillement de l'angoisse s'intensifiait. Thomas se gara sur le parking. Le claquement ferme de la portière lui procurait toujours une forme de satisfaction. Il fit quelques pas les mains vides puis retourna à la voiture, se pencha à l'intérieur pour récupérer la mallette et l'emporter, comme un boulet. Il ne l'ouvrit toutefois que tard dans la nuit, lorsqu'il attaqua son sandwich, emballé dans un vieux foulard rouge bien propre. Il versa un peu de café noir dans le couvercle de son thermos. Il avait besoin d'en siroter et de grignoter la croûte brune et salée du pain bannique pour relire les papiers : ces petits réconforts lui donnaient de la force.

Il était veilleur de nuit depuis plusieurs mois. Au début, ses tâches de président du conseil tribal de Turtle Mountain pouvaient être accomplies entre la fin d'après-midi et le début de soirée. En général, il arrivait à dormir le matin, en sortant du travail, et quand il avait de la chance, comme aujourd'hui, il parvenait même à faire un petit somme supplémentaire avant d'aller travailler. Mais voilà que, de temps à autre, le gouvernement se souvenait de l'existence des Indiens. Et s'efforçait alors toujours de les *résoudre*. Pour nous résoudre, se dit Thomas, ils se débarrassent de nous. Et prennent-ils alors la peine de nous prévenir ? La bonne blague. Il n'avait reçu aucune notification de la part des autorités. C'est en lisant le *Minot Daily News* qu'il avait découvert que quelque chose se tramait, après quoi Moses avait dû soutirer les papiers à son contact d'Aberdeen. Il avait fallu dépenser un temps précieux pour seulement obtenir confirmation et découvrir cette fameuse résolution du Congrès des États-Unis qui disait, selon les termes de son auteur, que la Bande d'Indiens Chippewas de Turtle Mountain était visée par le projet d'émancipation.

É-man-ci-pa-tion. É-man-ci-pa-tion. Ce mot n'arrêtait pas de tambouriner dans sa tête. *É-man-ci-pés.* Ils n'étaient pourtant pas des esclaves. L'idée, c'était de les libérer de leur statut d'Indiens. Les émanciper de leurs terres. Les libérer des traités que son père et son grand-père avaient signés, des traités censés durer toujours. Comme d'habitude, on cherchait à se débarrasser d'eux pour résoudre le problème indien.

D'un seul coup, le travail du président du conseil tribal se muait en lutte pour que la tribu reste un problème. Pour que ses membres ne soient pas résolus.

Le cageot de fruits

Barnes l'avait vue reculer et disparaître dans la végétation. Elle était pieds nus, ce qu'il avait trouvé charmant. Tellement typique d'une jolie petite Indienne. Depuis qu'il était enfant, il y avait des images. Des publicités. Des illustrations aguichantes sur les cageots de fruits et les briques de lait : dans sa jupe en daim volant au vent, une jeune et ravissante autochtone y tenait une courge, des pommes, des pêches, des concombres, ou bien tendait un petit pot de beurre. Des images dont le souvenir n'était peut-être pas étranger à la décision de Barnes de s'installer sur la réserve, loin de l'imprimerie de ses parents à Des Moines. D'autant qu'après le lycée, il s'était mis en tête qu'il n'avait pas très envie de reprendre l'affaire familiale. Il aimait les mathématiques. Très tôt il était tombé amoureux des divisions longues. Il brûlait de franchir chaque étape de la connaissance. Aujourd'hui encore, lorsqu'il ne boxait pas, il barbotait dans les polynômes. Les chiffres lui faisaient de l'œil toute la journée. Il remarquait des liens, des répétitions. Les plaques d'immatriculation et les numéros de téléphone devenaient des équations. Même la boxe reposait sur un nombre de minutes, de rounds, de pénalités, de points. Chiffres et nombres se rattachaient aussi aux gens. Il voyait Pixie comme un 26, bien qu'elle n'eût que dix-neuf ans. C'est qu'il aimait la descente en piqué du 2 et l'escargot du 6. Cela correspondait à la jeune femme. Il avait des sentiments pour 2 à la puissance 6. Ça n'allait pas plus loin. Il lui avait à peine parlé et attendait le bon moment pour se faire connaître.

Il envisagea soudain de se présenter chez elle. Serait-ce incongru ? Peut-être. Sans doute. Il avait espéré tomber sur elle par hasard, allant jusqu'à s'attarder là où elle passerait peut-être en rentrant du travail. Le bazar. Le magasin général. Le Henry's Café. En vain. Comme le vent ce soir-là avait séché les routes et, avec un peu de chance, le chemin des Paranteau, il raccompagna Pokey chez lui. Quand ce dernier descendit de voiture, Barnes descendit aussi.

« Je vais aller saluer tes parents. Je ne les ai toujours pas rencontrés. »

Pokey se tourna vers lui, bouche bée, puis se ressaisit et avança en disant : « Il n'y a que ma mère à la maison. »

Il espérait que c'était le cas, que son père ne serait pas étalé dans la clairière, à cuver. Il savait Patrice dans le train.

« C'est très bien. » Barnes cacha sa déception. « Je pourrai lui parler des progrès que tu fais. »

Pokey resta silencieux, mais répliqua en pensée : « Tu veux dire les progrès que *tu* fais. Ou que tu essayes de faire. »

Il poussa la porte. Quand Barnes se baissa pour pénétrer à l'intérieur, un choc le saisit. Il n'avait pas compris qu'il entrait dans une maison. L'extérieur lui avait laissé présumer un abri rudimentaire pour les bêtes, avec ses murs en rondins cimentés par une boue jaune pâle. Mais la semi-pénombre du lieu ne l'empêchait pas de voir qu'on en prenait soin. Il y avait la table parfaitement nettoyée. La lanterne en verre posée dessus. Derrière la lanterne allumée, une femme penchée sur ce qu'il prit d'abord pour un épais rouleau de papier, avant de se rendre compte qu'il s'agissait d'une écorce de bouleau. Au-delà de la table, un petit poêle à bois et une marmite en fer, fumante. Barnes identifia un ragoût de chevreuil au poivre, cuit avec des baies de genévrier et des navets sauvages. Comme c'était l'une des spécialités de Juggie, il en eut l'eau à la bouche. Sans un mot, la femme se leva et remplit deux bols en fer-blanc. Près de chacun, elle posa un morceau de pain bannique clair et, au milieu, un petit plat de saindoux. Puis deux cuillères.

Barnes s'assit à côté de Pokey pour manger. La femme ne souriait pas. Elle se mit à parler à son fils dans sa langue, puis remua les mains, lentement, précisément. Barnes était fasciné par ces mains – question de chiffres, peut-être. Il manquait à l'une l'auriculaire, et l'autre comptait un doigt supplémentaire, un pouce parfait. Les doigts de cette femme clochaient, mais ils étaient bien dix au total. Barnes était mal à l'aise au plus haut point. Après avoir mangé, il demanda à Pokey de remercier sa mère pour lui. Il voulait qu'elle comprenne qu'il avait trouvé le ragoût délicieux et faillit se frotter le ventre – il se retint au dernier moment.

« Ma mère voudrait savoir pourquoi vous êtes venu.
— Simplement pour lui rendre visite. Et lui parler de tes résultats en mathématiques, qui sont très bons. »

Barnes hochait la tête et souriait tout en parlant, s'efforçant de croiser le regard de la mère, mais – frustration – elle détournait les yeux ou regardait derrière lui, par terre. Elle avait l'air d'écouter, quant à savoir ce qu'elle comprenait... Après avoir débité tout ce qu'il trouvait à dire, il attendit. Rien. Elle sirotait son thé. Au bout d'un moment, elle s'adressa à son fils avec un signe de tête. Pokey resservit Barnes. Qui vida son assiette. Puis ils demeurèrent tous trois assis dans la lumière tremblotante de la lampe. Enfin elle parla de nouveau à Pokey qui fronçait les sourcils sans quitter la table des yeux.

« Qu'y a-t-il ? demanda Barnes.
— Elle vous remercie, mais elle sait que c'est pas la raison de votre visite. »

Barnes avait du mal à ne pas fixer les mains de la mère, et aussi du mal avec le silence. Cette situation était très différente des images des cageots de fruits ; il espérait qu'il ne s'en sortait pas trop mal. C'était comme s'il avait pénétré dans un autre temps, un temps dont il ignorait l'existence, un temps incommode où les Indiens n'étaient pas du tout comme les Blancs.

« Je ferais peut-être bien d'y aller, dit-il.
— OK », dit Pokey.

La mère parla.

« Pokey ? Qu'a-t-elle dit ?
— Rien.
— S'il te plaît. Allez.

— Bon, d'accord. Elle a dit que Pixie vous aimait pas.

— Hein ? Comment est-elle au courant ? Comment ? Demande-lui. »

Pokey eut un échange avec sa mère. De nouveau il parut réticent à traduire, puis céda.

« Elle dit que Pixie vous aime pas parce que vous sentez mauvais. »

Le choc était total. Barnes se leva, sidéré, sous le plafond bas.

« Remercie ta mère pour le ragoût.

— Ce sera fait. »

Barnes quitta la maison et prit le sentier sombre jusqu'à sa voiture.

« Purée, maman, lâcha Pokey quand la porte se fut refermée. Tu as insulté un prof.

— J'étais obligée, répondit Zhaanat en anglais. Elle m'a dit qu'elle ne l'aimait pas. Ce n'est pas vraiment qu'il sente mauvais. Elle veut seulement qu'il la laisse tranquille.

— Pourquoi tu lui as pas dit ça ? Maintenant il va se laver et croire le problème résolu.

— Même s'il se lave, il sentira toujours comme eux. Ce n'est pas une odeur qui part au lavage. Ils ont une transpiration âcre.

— Ah, donc tu crois qu'il va comprendre qu'il n'a aucune chance de sentir bon ? Et qu'il va renoncer ? »

Zhaanat hocha la tête, comme si c'était évident.

« M'man. Bon sang ! Il pense pas comme ça. Il pense que c'est *nous* qui sentons mauvais.

— *Gawiin geget !* Certainement pas ! » s'écria Zhaanat, scandalisée.

Une place dans le train

Des gens montaient à chaque arrêt. Personne ne vint s'asseoir à côté de Patrice, mais toutes les autres places furent bientôt occupées. Un homme aux cheveux et aux sourcils blonds qui lui rappelait Barnes (beaucoup d'hommes dans le train ou dans les gares lui rappelaient Barnes) descendait l'allée ; quand il jeta un regard à la place voisine de la sienne, Patrice ferma les yeux. Appuyée contre la fenêtre, elle sentait la fraîcheur de la vitre sur sa tempe. Elle perçut le poids du voyageur s'installant à côté d'elle et l'entendit parler à une femme, avant que cette dernière ne s'éloigne. L'homme resta immobile quelques instants, puis lui flanqua un coup dans le bras. Surprise et pétrifiée, elle ne réagit pas.

« Hé, mon épouse est à bord. Elle veut changer de place avec vous. »

Patrice garda les yeux fermés. S'il ne l'avait pas touchée, s'il avait demandé poliment ou s'il s'était excusé de l'avoir censément réveillée, alors peut-être qu'elle aurait accepté de céder sa place. Au lieu de quoi elle décida de s'enfoncer dans une posture froide et fermée dont on ne la sortirait pas. Il lui secoua de nouveau le bras.

« Hé, dit-il plus fort. J'ai dit que ma femme voulait changer de place. »

Patrice fronça les sourcils, comme si un rêve se déchirait, puis elle lui tourna le dos, enfonçant résolument sa hanche dans le rembourrage du siège. Le contrôleur arrivait. Comme il avait déjà poinçonné son billet, il ne la réveilla pas. Tandis qu'il prenait celui de l'homme aux cheveux couleur paille, ce dernier dit : « Je voudrais que mon épouse puisse s'asseoir à côté de moi. Elle peut prendre la place de cette femme.

— Miss, dit le contrôleur. Houhou, miss.

— Moi je veux bien changer de place », dit doucement une voix masculine quelque part.

Patrice s'était plongée, par la force de sa volonté, dans une torpeur têtue.

L'homme blond se leva.

« Ouais. Vous deux, vous irez bien ensemble », dit-il.

L'autre homme prit sa place sur le siège. Patrice avait la sensation étrange de longer des murs froids. Épuisée, elle sombra brièvement dans le sommeil. Avant d'ouvrir les yeux, elle eut l'impression qu'on l'observait. Quand elle se redressa et regarda autour d'elle, elle reconnut Wood Mountain.

« Salut, Pixie. »

Dans sa joie de voir un visage familier, elle oublia de lui dire de l'appeler Patrice. Elle n'était dans le train que depuis environ une heure, mais déjà elle avait le mal du pays. Elle n'aurait pas été fâchée que l'aventure se termine.

« Tu vas où ? lui demanda-t-elle.

— À Fargo. J'ai un combat. Enfin, peut-être. »

Ses cheveux récemment coupés, et gominés, retombaient en boucles sur son front.

« Tu t'es bien battu, l'autre soir. Tu aurais dû gagner.

— Ah, tu étais là ? »

Il savait parfaitement qu'elle était venue avec Valentine. Il avait voulu gagner encore plus fort, pour elles deux. Il avait senti leurs regards sur lui.

« Oui, ce fichu chronométreur a triché. Et tu t'es bien battu, répéta-t-elle.

— C'est ce que dit Barnes. »

Patrice hocha la tête. Barnes.

« Il passe son temps à chanter tes louanges, reprit le jeune homme. Il te plaît ?

— Non.

— Pourquoi ? Qu'est-ce qui cloche chez lui ?

— Y a rien qui cloche.

— Alors…

— Il devrait me plaire juste parce qu'il n'y a rien qui cloche ?

— Non, tu as sans doute raison. »

Ils se turent un moment, mal à l'aise. Puis le contrôleur annonça l'arrêt suivant, qui n'était pas assez long pour espérer se restaurer quelque part. Patrice avait emporté un peu de nourriture, pour économiser de l'argent. Elle sortit donc son petit seau jaune et en retira le couvercle. Il était rempli du pemmican de Zhaanat – venaison, baies d'amélanchier douces, baies de viorne musquées, suif au sucre, tous ces ingrédients séchés, puis frappés jusqu'à ce qu'ils soient réduits en poudre. Wood Mountain en prit une petite poignée. Patrice, une pincée.

« Ça cale, dit Wood Mountain.

— J'espère bien, renchérit Patrice. Je vais à Minneapolis chercher ma sœur.

— C'est ce que j'ai entendu dire. Et ton travail ?

— Valentine m'a donné ses jours de congé.

— C'est chic de sa part. »

N'appelant que l'approbation, cette remarque ne menait nulle part et ils restèrent donc à nouveau silencieux jusqu'à ce que le train s'arrête.

« On va se dégourdir les jambes ? proposa Wood Mountain.

— Je ne veux pas perdre ma place, dit Patrice.

— Si ce type essaye encore une fois de la prendre, je lui en colle une.

— Raison de plus pour rester. Je ne veux pas provoquer de combat. »

Wood Mountain descendit sur le quai, qu'il arpenta dans un sens et dans l'autre en courant. Patrice posa son manteau sur le siège voisin du sien pour indiquer qu'il était pris, mais quand montèrent les nouveaux passagers, une petite femme sèche s'arrêta tout de même à son niveau et demanda avec un hochement de tête : « C'est à qui, ce manteau ?

— À lui », dit Patrice en désignant du menton Wood Mountain qui se tenait debout dans l'allée. La femme fronça les sourcils devant l'incongruité de l'étroit manteau cintré et du grand Indien baraqué, mais elle n'insista pas. Wood Mountain s'assit, encore essoufflé, les mèches en bataille. Il se recoiffa en plaquant bien ses cheveux en arrière.

« Sprints courts, dit-il.

— Qu'est-ce que c'est ?

— Des pointes de vitesse. Brèves mais intenses.

— C'est logique. Tu combats par tranches brèves mais intenses. »

Il fut surpris qu'elle comprenne d'emblée. Elle l'interrogea sur son régime d'entraînement et il lui expliqua qu'il y avait une colline qu'il grimpait au pas de course une centaine de fois par jour. Il lui parla aussi des bidons qu'il avait remplis de sable avant de les sceller en les soudant, du saut à la corde, de la poire de vitesse suspendue à une branche. Il essayait de ne pas mentionner Barnes parce qu'il y avait quelque chose dans le fait qu'elle ne l'aime pas. Un sentiment. Il n'était pas du genre à mettre des mots sur les choses. Ou à chercher leur fondement. Ses sentiments étaient comme les aléas de la météo. Il les subissait ou les savourait. À cet instant Patrice sortit de son sac à main un petit canif pour couper un minuscule fragment d'un bout d'écorce en forme de pouce. Elle replia ensuite le couteau et mit le fragment sur sa langue. Quand elle ouvrit la main, il y avait un autre copeau odorant.

« Tiens. »

Il garda le morceau d'écorce d'un côté de sa mâchoire, puis de l'autre, laissant le goût velouté des épices lui envahir la bouche.

« C'est quoi, ce truc ? »

Elle secoua la tête. « C'est… je ne sais pas, du *miswanagek*.

— C'est bon pour quoi ?

— Les crampes.

— Quel genre de crampes ? »

Sous le regard de Wood Mountain, elle manqua de cran et détourna la tête en marmonnant : « Les crampes musculaires.

— Ça, je connais. » Il réprima un sourire, comme s'il n'avait rien remarqué.

« On peut aussi le prendre en infusion. Ça marche mieux.

— Et où tu vas aller, une fois à Minneapolis ?

— J'ai une adresse ou deux.

— Là où vit ta sœur ?

— Non.

— Alors tu comptes arpenter les rues jusqu'à ce que tu lui tombes dessus par hasard ?

— Peut-être bien.

— Ce n'est pas franchement un plan, ça.

— C'est possible. Mais qu'est-ce que tu ferais, toi ? Tu irais voir la police ?

— Pas exactement.

— Quoi ?

— Je n'irais pas exactement voir la police. Pardon de dire ça comme ça, mais elle s'est peut-être mise dans le pétrin. Alors, ma suggestion, ce serait plutôt d'aller voir la racaille.

— Ah oui, d'accord, mais comment ? Je la trouve où, la racaille ?

— Comme le pourri, sur le dessus. Regarde autour de toi. Trouve les gens louches qui tiennent les rênes.

— Les rênes de quoi ? »

Ne connaissant pas Pixie si bien que ça, il ne savait pas jusqu'où il pouvait aller.

« De trucs pas bien, finit-il par dire.

— L'alcool ?

— Oui.
— Quoi d'autre ? »
Il l'observa. Elle voulait seulement savoir.
« Tu m'inquiètes », dit-il.

Une proposition de loi

... visant à 1) assurer la termination de la tutelle fédérale sur les terres de la Bande d'Indiens Chippewas de Turtle Mountain dans les États du Dakota du Nord, du Dakota du Sud et du Montana, ainsi que sur les membres individuels de la tribu susnommée, 2) faciliter la délocalisation pacifique de ces Indiens vers des zones offrant davantage d'opportunités économiques, 3) d'autres choses.

Il était là, dans la première ligne de cette très sobre première phrase, le terme « termination », et aussitôt il remplaça dans la tête de Thomas celui d'émancipation, à la puissante aura d'ouverture. Dans la presse, l'auteur de la proposition de loi avait construit autour de son texte un nuage de grands mots – émancipation, liberté, égalité, succès – qui maquillaient sa vérité : la termination. Ne manquait que le préfixe. Le « ex ».

Le vent secouait les stores métalliques des fenêtres de l'usine. Thomas tira sur sa veste. Il n'avait fini le collège qu'à l'âge de dix-huit ans parce qu'il travaillait en parallèle avec son père. Ensemble ils moissonnaient, plantaient, arrachaient les mauvaises herbes, transpiraient. Un été, il avait creusé le puits. Après le collège, Thomas s'était efforcé de s'instruire tout seul, principalement en lisant ce qui lui tombait sous la main. Quand il avait besoin de calmer son esprit, il ouvrait un livre. N'importe lequel. Il s'en trouvait immanquablement revigoré, même si le livre n'était pas bon. Ce n'étaient donc pas les mots du reste de la proposition de loi qui entravaient sa compréhension, c'était la façon dont ils étaient agencés.

> *Qu'il soit promulgué par le Sénat et la Chambre des représentants des États-Unis d'Amérique assemblés en Congrès que le but de cette loi est d'assurer 1) la termination de la tutelle fédérale sur les terres de la Bande d'Indiens Chippewas de Turtle Mountain détenues en fiducie ou à titre privé dans les États du Dakota du Nord, du Dakota du Sud et du Montana, 2) la réallocation des terres fédérales acquises ou réquisitionnées pour la gestion des affaires de ces Indiens, 3) l'intensification d'un programme pacifique destiné à faciliter la relocalisation de ces Indiens et leur installation dans une économie indépendante afin qu'un terme puisse être mis à la tutelle fédérale de ces Indiens et aux services fédéraux leur étant destinés au vu de la conséquente inutilité de ces derniers, 4) la cessation des services fédéraux fournis à ces Indiens en raison de leur statut d'Indiens.*

Il jeta les pages par terre et partit faire sa ronde. Mais une fois de retour, il ramassa les papiers, les remit en ordre et les rangea dans sa mallette. Il était sans réponse. Se sentait creux. Martelé. Comme si son corps s'était fait tambour. L'impression que n'importe qui pouvait lui taper dessus et obtenir un son. Que ce son, même rebelle, serait vide de sens. Que quiconque tenait la baguette le savait et que cette personne, sans pitié, frapperait encore et encore jusqu'à user sa peau.

De qui s'agissait-il ? Qui battait ce tambour ? Qui avait conçu cette proposition de loi ? Thomas se le demandait bien.

Au cours de la matinée, il passa un coup de fil onéreux à son vieil ami et ancien camarade de pensionnat Martin Cross. Ce dernier présidait le conseil tribal de Fort Berthold, une réserve dans l'ouest du Dakota du Nord que se partageaient les Mandans, les Arikaras et les Hidastas, sa propre tribu. De camarade farceur, Martin était devenu une source de sagesse et un fin stratège de la lutte pour les droits des Indiens. Martin savait qui battait le tambour. Arthur V. Watkins.

« L'homme le plus puissant du Congrès, expliqua-t-il.

— Ce n'est pas une bonne nouvelle, répondit Thomas.

— Non. Et je ne sais pas si ça change quoi que ce soit, mais c'est un mormon. »

Thomas marqua un temps. Tout cela lui était vaguement familier.

« Tu connais des mormons ? demanda Martin.

— Je ne crois pas.

— Ils ne sont pas encore arrivés jusqu'à vous, mais vous ne perdez rien pour attendre. Leur religion leur demande de changer les Indiens en Blancs.

— Je croyais que c'était le rôle du gouvernement.

— C'est dans leur livre sacré. Plus tu pries, plus tu pâlis.

— Que je pallie quoi ? Mes péchés ? Je suis gourmand, j'avoue.

— Pas pallier, pâlir ! expliqua Martin en riant. Ils pensent que si tu te plies à leur dogme, ta peau s'éclaircira. Blancheur et bonheur, qu'ils disent.

— Ils vont avoir du boulot, avec ton vieux cuir tanné.

— Je te retourne le compliment. »

Thomas abrégea l'appel, se souvenant que les caisses de la tribu étaient vides. Elles étaient d'ailleurs bien plus vides qu'il ne le pensait quand il avait accepté le poste, censé lui rapporter trente dollars par mois. La vérité, c'est qu'il ne s'était encore versé aucun salaire. N'empêche que le sénateur qui avait proposé cette loi depuis son siège au Congrès avait désormais un nom. Arthur V. Watkins.

Qui ?

Au travail, le lendemain, il étala de nouveau les pages devant lui.

Alors on en est là, se dit Thomas en fixant la froide succession de phrases de la proposition de loi. On a survécu à la variole, à la carabine à répétition, à la mitrailleuse Hotchkiss et à la tuberculose. À la grippe de 1918 et à quatre ou cinq guerres meurtrières sur le sol américain. Et c'est à une série de mots ternes que l'on va finalement succomber. *Réallocation, intensification, termination, assurer, et cetera.*

Il était de retour à son bureau, venait juste de pointer : deux heures du matin. À quand remontait la dernière fois qu'il avait vraiment bien dormi ? C'était dans la vieille maison. Il repoussa le document et entreprit d'écrire à Archie. *Comme tu le sais, maman s'occupe désormais d'un jeune garçon vif et joyeux, Martin, qui fait un peu office d'enfant de chœur pour Wade. Loin de moi toute intention blasphématoire, mais quand je vois Martin tenir les chaussures de Wade, ou prêt à lui passer une fourche ou une pelle, bref, anticiper ses moindres besoins, comment ne pas penser à ce que je faisais moi-même à la Sainte Messe ? Et puis il l'écoute. L'autre jour, il m'a rapporté que Wade n'arrêtait pas de parler de mon réveille-matin et des grands coups que je lui donnais. Il a ajouté d'un air triste : « Avec tous ces coups, il doit être cassé en mille morceaux ! »*

Thomas enfouit sa tête dans ses mains, les doigts en visière. Quand il revint à lui, ce fut en sursaut, le cerveau en panique et le pouls rapide, certain que quelqu'un avait essayé de pénétrer dans l'usine. Il éteignit sa lampe et prit la torche en acier, qui pouvait aussi servir de gourdin. Il ne poinçonna pas sa carte, car l'écho du petit claquement se répandrait dans le bâtiment. En silence, il traversa la salle principale et gagna celle des bains acides. Il avait toujours pris au sérieux la possibilité que quelqu'un confonde pierres d'horlogerie et pierres précieuses classiques et entre par effraction dans l'espoir de découvrir un trésor. Il avait sa torche et son trousseau de clés. Il pouvait cogner avec l'une, et griffer avec l'autre. Mais cela ne suffirait sans doute pas à lui donner le dessus : il finirait ligoté et jeté dans les sanitaires. Pourvu que sa tête ne heurte rien. S'il n'était plus capable de réfléchir et d'argumenter, il ne pourrait pas s'opposer à cette loi.

Il continua d'avancer sans faire de bruit, mais chaque étape révélait une usine vide. Bourdonnant là où elle était censée bourdonner. Grondant et claquant aux endroits habituels. Puis il entra dans les ténèbres de l'atelier et vit le grand arc argenté d'un harfang des neiges collé à la fenêtre, les ailes déployées : il frappait la vitre de son bec, attaquant son reflet. Derrière lui, le ciel était noir, sans lune, brillant d'étoiles. Électrisé,

Thomas palpa ses clés et sortit sur la pointe des pieds pour aller voir la chouette de plus près.

Qui ?

Une fois dehors, il longea lentement le bâtiment. Le harfang tourna la tête pour l'observer, étira les panaches blancs de ses pattes, replia ses serres noires. Il semblait contrarié. Il cligna des yeux et fixa sévèrement Thomas. Après un dernier coup de bec soupçonneux à son rival de verre, il entreprit de se lisser les plumes. Thomas resta longtemps à le regarder. Puis l'oiseau s'envola sans un bruit et Thomas attendit de voir où il allait. En vain. L'obscurité l'avait avalé. Comme il n'avait ni veste ni cigare, Thomas rentra pointer. À côté de l'heure de pointage, qui aurait dû être l'heure pleine, il écrivit : *Suis sorti répondre au «qui ?» du Harfang des Neiges. Réponse jugée insatisfaisante par l'intéressé.*

Humour indien

Walter Vold ajusta ses lunettes et étudia plus attentivement la carte de pointage. Le Harfang des Neiges ! Il passa la carte à Doris Lauder, de l'autre côté du bureau.

« Humour indien typique », lâcha-t-il.

Il avait remarqué que la jeune femme avait cessé de se parfumer. Qu'elle se rétractait quand il s'approchait. Et, de près, il avait été surpris de trouver qu'elle sentait un peu le moisi.

« Comment ça ? répondit Doris. Je ne comprends pas. »

Elle s'était lavé les mains avec le vieux chiffon malpropre rangé sous l'évier. Comme tous les jours. Son odeur était le prix à payer pour que Vold ne vienne pas la renifler chaque fois qu'il passait près d'elle.

« Comment dire… »

Vold se tapotait avec ostentation le menton, qu'il avait dur comme le fer.

« C'est… c'est… »

À son grand soulagement, un mot lui vint à l'esprit.

« Cryptique.

— Ah. Je ne comprends toujours pas. »

De ses doigts qui sentaient le moisi, Doris saisit à nouveau la carte et relut l'inscription. LaBatte traînait devant la porte pour vider une poubelle dans une autre, plus grande. Vold reprit la carte des mains de la jeune femme.

« Mr LaBatte, appela-t-il avec force gestes et signes de la tête, comme s'il guidait un avion. Venez donc dans mon bureau nous faire profiter de vos lumières. »

LaBatte entra en connaisseur, précédé par le globe dur de son ventre. Vold lui tendit la carte de pointage de Thomas Wazhashk.

« Miss Lauder voudrait bien savoir ce que cela signifie. »

LaBatte éloigna un peu la carte de son visage et, sourcils froncés, articula en silence les mots. Puis il leva les yeux sur ses deux interlocuteurs et surjoua l'expertise.

« Ça veut dire que Thomas le Rat musqué est sorti fumer un cigare. Il lui arrive d'en fumer de la marque White Owl, "harfang des neiges". Je dirais qu'il s'est enfermé dehors et qu'il a dû rentrer par une fenêtre. À moins qu'il ait traversé le mur comme une brume. »

Sur ce, il sortit en riant, et Vold et Doris se mirent à rire aussi.

« Très drôle ! Traverser le mur comme une brume. Encore un parfait exemple de l'humour indien ! »

LaBatte cessa de rire dès la porte franchie et fila dans le couloir, les yeux exorbités, en poussant son chariot de plus en plus vite. La mention de l'oiseau était trop perturbante. Si Thomas avait vu un harfang des neiges, cela annonçait une mort. Prochaine. Il passa en revue la liste des gens susceptibles de mourir. Ceux dont la mort ne l'affecterait pas trop. Ceux dont la mort l'affecterait beaucoup. Ceux dont la mort, terrifiante, le dévasterait totalement. Et puis lui-même, si proche de Thomas en un sens, puisqu'ils étaient allés en classe ensemble et qu'ils se croisaient parfois au travail. Oui, il était suffisamment proche de Thomas pour être la victime. Sans compter qu'il était coupable et risquait donc d'être puni.

Tout bas, dans le couloir désert, il murmura : « Aide-moi, Roderick. »

Qui ?

Thomas appartenait à la génération d'après le bison, celle des qui-sommes-nous-désormais. Il était né sur la réserve, avait grandi sur la réserve, et tenait pour acquis qu'il mourrait sur la réserve. Il possédait une montre, n'avait jamais appris à lire l'heure en étudiant la position du Soleil et de la Lune. Il avait d'abord parlé l'ancienne langue, puis aussi l'anglais avec un petit quelque chose à lui et une infime trace d'accent. Un accent qui n'appartiendrait jamais qu'aux gens nés comme lui au début du siècle. Elle serait bientôt perdue, cette façon douce mais ferme de s'exprimer. Sa génération devrait se définir. Qui était indien ? Qu'est-ce que ça voulait dire ? Qui, qui, qui ? Et comment ? Comment leur identité pouvait-elle dépendre d'un pays qui, les ayant vaincus, essayait par tous les moyens de les absorber ? Ce pays continuait parfois à manifester sa haine frontalement, certes, mais, le plus souvent maintenant, ça passait par un déversement de grands sentiments glorieux. Guerres. Citoyenneté. Drapeaux. Cette loi de termination, Arthur V. Watkins était convaincu que c'était pour le mieux. Qu'elle les élèverait. Qu'elle leur ouvrirait même les portes du

Paradis. Comment les Indiens pouvaient-ils rester sur leur quant-à-soi quand il arrivait aux vainqueurs de leur tendre les bras pour les écraser contre leur cœur avec quelque chose qui ressemblait à de l'amour ?

Des drapeaux

Cette maudite année-là, son père avait le visage creusé, les pommettes saillantes. Thomas avait tout le temps faim. Il ne leur restait que la pitance du désespoir : de la graisse de chevreuil sur un peu de pain bannique. Les écoles de la réserve fournissaient un seul repas par jour, alors que le pensionnat financé par le gouvernement vous nourrissait matin, midi et soir. Ce n'était qu'à une journée en chariot si on se mettait en route bien avant l'aube. Lorsqu'il partit, sa mère – Julia, ou Awan –, en larmes, se cacha le visage dans les mains. Jusqu'au dernier moment, elle avait hésité à lui couper les cheveux. C'était ce qu'ils feraient, là-bas. Or, chez eux, se couper les cheveux signifiait que quelqu'un était mort. C'était une façon de faire son deuil. Juste avant le départ, elle avait tranché la natte de Thomas avec un couteau – elle la suspendrait dans les bois pour que le gouvernement ne puisse pas garder son fils, pour qu'il rentre chez eux. Et de fait, il était rentré.

La première chose que Thomas avait remarquée, au pensionnat, c'était l'accumulation de tissu rayé : des rayures rouges et blanches. Avec aussi un peu de bleu. Des drapeaux. Il y en avait partout, flottants ou pendus à des poteaux, épinglés au col des vêtements, autour des tableaux noirs, au-dessus des portes. Il avait d'abord vu là de jolies décorations. L'institutrice lui avait ensuite expliqué qu'il devait poser une main sur son cœur et répéter, en fixant bien l'étendard, des mots que les autres enfants savaient déjà. Thomas avait imité les paroles de la maîtresse sans les comprendre. Puis, petit à petit, les sons s'étaient organisés dans sa tête. D'autres pièces avaient complété le puzzle. Il était déjà là depuis plusieurs mois lorsqu'il avait entendu l'expression *un drapeau qui mérite qu'on meure pour lui*, et un lent frisson l'avait alors parcouru.

Le Rondin 26

Alors que le train arrivait à Fargo, Wood Mountain insista pour que Patrice lui donne ses deux adresses.

« Pourquoi ?

— Parce que tu es une gamine. Je veux dire, tu manques d'expérience. Comme ça j'aurai une piste si jamais tu te perds.

— Je sais trouver mon chemin.

— Dans les fourrés, c'est sûr. Toi et ton écorce à crampes.

— J'ai déjà été en ville.

— Pas une grande ville, Pixie.

— Et toi, tu t'y connais, peut-être, en grande ville ?

— Plus que toi. Une fois j'ai rendu visite à ma sœur. Et j'ai participé à des combats là-bas.

— Tu as gagné ?

— Non.

— Ah. Tu aurais dû. Très bien, voici où je vais. »

Patrice nota les adresses sur un bout de journal. Elle ne lui parla pas de celle d'urgence – Bernadette était la demi-sœur de Wood Mountain. Celui-ci empocha le morceau de papier, puis se leva et baissa les yeux vers elle. Sans réfléchir, comme si ça allait de soi, il lui décocha le sourire qu'il pratiquait devant son miroir de rasage. Oh, elle y était réceptive, non ? Elle le regardait d'un air interrogateur. Il sentit qu'elle ne le quittait pas des yeux tandis qu'il se détournait, descendait l'allée, passait la porte…

C'était quoi, ça ? se demandait Patrice. Ce sourire ? On aurait dit l'affiche d'un mauvais film hollywoodien. Ou son déjeuner de l'autre jour : triste et cru. Pas même mi-cuit. Patrice se cala dans son siège et sortit son petit seau. Elle mangea plusieurs pincées de pemmican en regardant le centre-ville de Fargo par la fenêtre. Elle voyait l'Empire Tavern. Et Wood Mountain qui marchait, son sac en laine au bout du bras. S'il entrait dans le bar, elle ne lui parlerait plus jamais. Il passa devant sans s'arrêter.

D'accord, à suivre, se dit-elle tandis que le train repartait.

Elle dormit avec un tel abandon que la texture du revêtement de son siège s'imprima sur sa joue. Quand elle porta la main à son visage en se réveillant, elle sentit les marques laissées par le tissu âpre. Ils avaient bien roulé et traversaient déjà St Cloud ; ils seraient à Minneapolis en un rien de temps. La petite femme sèche s'était installée à côté d'elle. Munie de fines aiguilles argentées, elle tricotait une écume de laine blanche, une couverture pour bébé qui évoquait une toile d'araignée. Les plis délicats coulaient de l'ouvrage et s'accumulaient sur ses genoux. Bien que Patrice ne la regardât pas, la femme s'aperçut que sa voisine était réveillée et se présenta.

« Bitty.

— Patrice.

— Qu'est-ce qui vous amène à Minneapolis ?

— Je cherche ma sœur et son bébé.

— Oooh ? » Le visage de Bitty avait tremblé. Un visage plat, émacié. On devinait son crâne sous ses mèches incolores. Ses lèvres étaient pâles et minces. « Comment va votre sœur ? Et son bébé ? J'imagine que vous leur rendez visite à l'occasion de la naissance. »

La bouche pincée d'inquiétude, elle plissait les yeux en fixant ses aiguilles.

« Pas vraiment. Ma sœur est perdue. On n'a plus de nouvelles, je veux dire. Je ne connais pas son bébé. J'ai peur qu'il soit arrivé quelque chose.

— Oh, mon Dieu, non, non, non ! Pas au bébé, j'espère ! »

Les aiguilles poursuivirent leurs allées et venues, et leur cliquètement d'insecte s'intensifia. La femme se tourna soudain vers Patrice avec l'air d'avoir trouvé la solution. « Je vais prier pour votre sœur, dit-elle.

— Merci. »

La tricoteuse ferma les yeux, sans lâcher son ouvrage et sans rater une maille. Ses lèvres crayeuses remuaient en silence. Une certaine douceur s'était déposée sur ses traits. Patrice se détourna et ferma les yeux à son tour pour éponger ce qui lui restait de sommeil. Quand elle s'intéressa de nouveau à sa voisine, cette dernière tricotait et priait toujours. La couverture s'était allongée. Patrice faillit parler, mais les lèvres de la femme s'agitaient encore, dans un murmure intense, presque audible. Patrice préféra se détourner encore une fois et regarder par la fenêtre.

Les vastes plaines de champs opulents avaient laissé la place à des chênaies et à des pâturages sableux dans lesquels broutaient des vaches. Au loin, elle aperçut d'un côté un groupe de constructions brunes. Puis les façades arrière de maisons en ruine et d'entrepôts en brique se mirent brutalement à défiler le long des rails. Le convoi décéléra et son allure se réduisit à un doux balancement tandis que la taille des bâtiments augmentait. De hauts immeubles se dressèrent bientôt de part et d'autre de la voie ferrée. Ils croisèrent le flou d'un autre train, à quelques centimètres, comme dans un rêve. Ils ralentirent encore et c'est en lambinant qu'ils pénétrèrent dans une structure d'ombres et de grands piliers où la locomotive s'arrêta dans un crissement strident.

« Voilà », dit la femme en ouvrant les yeux.

Elle roula la couverture vaporeuse et la tendit à Patrice.

« C'est pour le bébé de votre sœur, dit-elle avant de se glisser dans l'allée.

— Merci ! » cria Patrice, mais la femme ne se retourna pas.

Patrice porta un instant la couverture à son visage : elle n'avait pas d'odeur – pas même celle de la laine. Ah, si, ça sentait quelque chose. Un genre de chagrin intime, poudreux. La femme avait perdu un enfant, se dit-elle. Mais la couverture semblait lui garantir qu'elle retrouverait Vera et son petit. Tirant sa valise de fortune du porte-bagages au-dessus de son siège, elle y fourra le cadeau de bon augure avant d'emboîter le pas aux autres passagers dans l'allée.

Une fois sur le quai, elle suivit un panneau jusqu'au hall principal où se trouvaient la salle d'attente et les guichets. Il y avait là des bancs, semblables à ceux d'une église mais ponctués d'accoudoirs. Le bois était solide, réchauffé et patiné par tant d'usagers. Elle s'y assit. Elle pensa soudain à son rouge à lèvres et en appliqua une nouvelle couche à l'aide d'un miroir de poche, attirant les regards comme les attire toujours une femme qui se maquille en public. Parfois elle faisait ça à titre d'expérience, ou pour voir derrière elle, si elle se sentait menacée. Cette fois-ci, elle fixa le miroir pour raviver sa détermination. C'était inévitable. Fatalement, elle avait omis quelque chose. Prévoir l'étape suivante. Comment allait-elle se rendre de la gare à la fameuse adresse ? Elle était partie du principe qu'elle marcherait. Elle se moquait des kilomètres. Mais elle avait vu assez de la ville et de sa taille pour savoir que ce n'était pas qu'une question de kilomètres. Les rues succédaient aux rues à l'infini et toutes se ressemblaient à s'y méprendre. Elle avait besoin de conseils. Peut-être les guichetières pourraient-elles la renseigner. Elle rangea son rouge et se dirigea vers l'une d'elles.

« Prenez un taxi, mon petit. Vous n'avez qu'à attendre sur les bancs, dehors. »

Un taxi, bien sûr ! Comme dans les revues sur papier glacé. Patrice franchit les hautes et magnifiques portes décorées de cuivre et s'assit sur un banc en bordure de trottoir. Une voiture s'arrêta. Elle montra l'adresse au chauffeur et demanda combien ça lui coûterait de s'y rendre.

« Rien du tout, répondit-il. J'y vais de toute façon.

— Non, dit-elle. Je tiens à payer.

— On verra. Tarif spécial jolies demoiselles. »

Elle ouvrit la portière arrière.

« Montez donc devant, voyons ! dit le chauffeur.

— Non merci. » Elle était certaine qu'une histoire qu'elle avait lue dans un magazine parlait de la banquette arrière ; elle n'allait pas se faire avoir. Descendu de voiture, l'homme posa la valise de Patrice derrière et ouvrit la portière passager pour la faire monter. Tout cela en quelques secondes. Il était brun, costaud, avec des taches de rousseur sur le visage et les mains, et un costume froissé trop grand pour lui. Il semblait pressé. Voilà qu'elle était donc assise devant. L'homme dégageait la même odeur âpre que Barnes, mais avec une nuance, comme s'il avait déjà bu à cette heure. Elle regretta d'avoir pris ce taxi-là et s'étonna un peu que le chauffeur, qui n'avait cessé de parler depuis leur départ, porte un costume et une cravate. Il avait une conduite énergique, prenant ses virages avec de grands mouvements de bras et transpirant à profusion bien que la journée fût fraîche.

« Vous venez d'où ? Jamais entendu parler. À quoi elle ressemble, votre amie ? Elle portait quoi la dernière fois que vous l'avez vue ? Vous dites qu'elle a un bébé, hein ? Et vous venez d'où ? Jamais entendu parler. Y a plein de choses à faire, ici. Ça va vous plaire. Vous cherchez du boulot ? Y a du boulot. Je peux vous en trouver tout de suite, moi. Faut connaître les bonnes personnes. Je connais les bonnes personnes. Chauffeur de taxi ? Nan, je suis pas chauffeur de taxi. Je conduis des gens à droite à gauche, mais je suis pas taxi. Ah, voilà. Je dois m'arrêter là, j'ai quelqu'un à voir. Venez avec moi. Vous pourrez vous asseoir, vous détendre un peu. Non ? Je comprends pas ce que ça veut dire, non. Allez. Je vais vous motiver. »

Il s'était garé à un endroit marqué « Parking interdit jour et nuit ».

« Je m'appelle Earl. Mon surnom, c'est Taches-de-son. Et ce truc-là, c'est pour les autres », dit-il quand elle désigna le panneau.

Sitôt sorti, il se précipita du côté de Patrice, ouvrit la portière et tenta de la faire descendre. De grandes boucles de néon éteint formaient des lettres au-dessus de la porte. « Le Rondin 26 ». Ça avait tout l'air d'être un bar.

« Désolée, dit-elle, consciente d'avoir fait une erreur. Je ne fréquente pas les bars.

— Moi non plus ! C'est pas un bar, ici. Non. C'est un magasin d'appareils photo. »

Patrice se détourna, plongea vers la banquette arrière pour attraper sa valise puis ressortit de la voiture, le bagage dans les bras.

« J'y vais. Combien je vous dois ?

— Vous me devez rien. »

Il passa un bras derrière elle et tenta de la pousser vers l'avant. Il n'y serait pas arrivé sans l'apparition soudaine d'un autre homme, un maigrelet aux cheveux noirs coiffés en banane. Ils la prirent par les coudes tandis qu'elle serrait sa valise contre elle et, à eux deux, lui firent survoler le trottoir. Et franchir la porte. Il y avait une entrée crasseuse avec un tapis rouge. Une grande pièce sombre pleine de tables et de chaises. Un fond sonore de murmures paresseux.

« Où sont les appareils photo ? » s'exclama Patrice.

Au centre de l'établissement trônait un aquarium, énorme et luminescent, qui jetait sur les tables voisines un reflet verdâtre artificiel. Tout cela défila vite sous le regard paniqué de Patrice qu'on entraînait à l'autre bout de la salle, où elle se dit qu'elle avait intérêt à rester. Il y avait un mur couvert de miroirs reflétant des bouteilles d'alcool. Et un couloir sombre qui avait tout d'un piège. Comment avait-elle réussi à trouver la racaille aussi vite ?

Elle s'effondra par terre, en petit tas buté. Les hommes tentèrent de la relever, mais elle se fit la plus lourde possible. Wood Mountain ne lui avait pas dit quoi faire avec la racaille, seulement qu'elle devait la trouver. Elle s'obligeait de tout son poids à ne pas décoller du sol. « Lâchez-moi ! » finit-elle par hurler. Et ce hurlement déclencha quelque chose en elle. Une force insoupçonnée. Elle se cabra et balança un grand coup de sac vers l'homme aux cheveux noirs. Touché. Il se plia en deux dans un grognement. L'un des clients du bar glissa de son tabouret et marcha d'un pas vif jusqu'à eux. Il portait une veste grise et une cravate assortie. Son visage était mince, jaunâtre. Ses yeux cernés par la maladie brillaient sous le Borsalino gris qu'il n'avait pas quitté, même pour boire. Son pantalon flottait sur ses jambes maigres.

« Qu'est-ce qu'elle a ?

— Elle est souffrante.

— Pas du tout ! Ils essayent de me kidnapper.

— C'est vrai, Earl ? Elle m'a tout l'air d'une gentille fille. Qu'est-ce que tu fabriques ?

— J'essaye de lui trouver du travail !

— Eh bien offre-lui un siège et quelque chose à boire, comme dans un bar normal. Discutez-en. Ne la traîne pas ici comme ça. Qu'est-ce qui te prend ?

— C'est comme ça qu'on a eu Babe, la dernière fois.

— Vous avez traîné Hilda ici ? Vous êtes vraiment des brutes. »

Taches-de-son lâcha les bras de Patrice, les époussetant doucement comme en guise d'excuses. À moins que ce ne fût pour effacer toute trace de son comportement.

« C'est inconvenant, cette façon de faire », dit le buveur. Il adressa un signe de tête à Patrice. « Je suis désolé, miss.

— Je pense pas qu'elle serait entrée de son plein gré, reprit Taches-de-son. C'est pas un endroit convenable.

— Bien sûr que si, objecta l'homme en gris.

— Si tu le dis. N'empêche qu'on a besoin de quelqu'un ce soir. Et regarde-moi cette fille. Est-ce qu'elle a pas tout d'une aquaronne ?

— Pile la taille de Babe, intervint le maigrelet. Parfait pour la tenue.

— C'est aussi ce que je me suis dit.

— Ça suffit, maintenant », intervint Patrice. Elle avança d'un pas, tentant de rassembler ses esprits et de masquer le tremblement de son corps. De nouveau, ses actions stimulèrent son audace. Elle repoussa les mains des hommes et parla fort. « Je suis venue chercher ma sœur. Je dois rentrer chez moi d'ici la fin de la semaine. Il m'a dit que cet endroit était un magasin qui vendait des appareils photo. Je ne fréquente pas les bars et je n'aime pas les hommes qui les fréquentent.

Je dois me rendre à une adresse précise. Et retrouver ma sœur. Elle a des ennuis.

— C'est aussi une Indienne, votre sœur ? demanda le maigrelet.

— Mon Dieu. Le QI moyen plafonne à trente par ici, soupira l'homme au Borsalino. Évidemment que c'est une Indienne. C'est sa sœur, Dinky.

— Ben je savais pas, répondit ce dernier.

— Un magasin d'appareils photo ? » L'homme au teint jaune souleva le bord de son chapeau. Taches-de-son haussa les épaules.

« Je m'appelle Jack Malloy », fit l'homme en tendant une main que Patrice serra. Une main froide et sèche. Surprise, elle le considéra plus attentivement. Il était malade, c'était certain. À moins que : mains froides, cœur chaud. C'est ce qu'aurait dit Vera.

« Allez, asseyez-vous donc. Buvez quelque chose.

— Je ne bois pas. Et je veux aller à Bloomington Avenue.

— Pourquoi diable ? s'exclama Dinky. Y a que des Indiens là-bas.

— Tu viens de passer le mur du son de la bêtise, rétorqua Jack. Débarrasse-moi le plancher. Nous avons ici une charmante princesse indienne à qui nous essayons de trouver du travail et toi, tu passes ton temps à l'insulter. Écoutez, miss, vous boirez bien un soda. Billy en cuisine va vous préparer un hamburger. Cadeau de la maison. Tout ce que vous avez à faire, c'est d'écouter en quoi consiste le travail en question. »

Il reprit : « Vous êtes bien indienne, dites ? Parce que vous avez le teint clair, mais…

— Je tiens ça de mon père.

— Ah. La fille d'un chef ? »

Chef Eau-de-feu, pensa Patrice. Elle regarda autour d'elle. De petites fenêtres semblables à des hublots surplombaient certaines tables. Elle avait faim.

« Si on peut s'asseoir près de la porte sous l'une de ces fenêtres rondes, je veux bien écouter, dit-elle. Et je veux aussi le hamburger.

— Tout à fait. Après vous », répondit Jack avec un grand geste du bras. Patrice choisit son emplacement, s'assit sur une petite chaise noire, devant une table couleur prune et toute collante, puis posa sa valise sur la chaise d'à côté. Jack s'installa face à elle, un verre à la main.

« Votre bagage est charmant, dit-il. Rustique. » Il fit signe au barman.

« Les rafraîchissements arrivent. Ainsi que mes excuses. Ils ne savent pas ce qu'ils font.

— Je crois bien que si, répondit Patrice.

— Pas totalement », rectifia Jack.

Le barman apporta un soda à l'orange, bien frais, et le posa sur la table avec un verre plein de glaçons.

« Alors voilà. » Jack se pencha vers elle. « Cet endroit a changé de propriétaire l'an dernier. Avant, la décoration suivait une thématique marine. Le Palais de la Sirène, ça s'appelait. Des coquillages et des poissons partout. Et aussi le grand aquarium. Dans lequel une sirène professionnelle faisait des numéros.

— Une sirène professionnelle ?

— Ouais. Avec une queue à paillettes. Mais le type qui a racheté la boîte, W. W. Plank, a fait fortune dans le bois, alors en hommage à l'industrie forestière du

Nord, il a décidé de passer au thème bûcheron. D'où le nom : Le Rondin. Le 26, c'est juste un chiffre. Les boissons ont des noms qui font référence aux histoires de Paul Bunyan, vous savez, le bûcheron géant des contes populaires. Pareil pour le menu. On continue à retravailler la décoration. Et bien sûr l'aquarium, sur lequel repose la popularité de cet endroit. Vous avez déjà entendu parler de Babe ?

— Non.

— Babe est le bœuf bleu de Paul Bunyan. Il traîne les arbres abattus par le bûcheron. C'est son fidèle compagnon. Le voilà, le fameux costume. Babe.

— Un costume pour quoi faire ?

— Au lieu d'un costume de sirène, un costume de Babe. Que portait Hilda pour les numéros aquatiques. Des numéros de bœuf. Les gens en raffolent, ils viennent de loin, de toute la ville et même d'ailleurs. Ils adorent l'aquaronne. Je n'en reviens pas qu'elle ait déjà autant de fans, mais c'est un fait. Quel malotru je suis. Je ne vous ai même pas demandé votre nom.

— Doris, dit Patrice.

— Doris comment ? »

Sur le coup, rien ne lui vint.

« Doris Barnes.

— Vous avez aussi un nom indien ? Si ce n'est pas impoli de vous le demander. À moins que ce soit un secret ?

— C'en est un, en effet.

— Parfaitement légitime. Néanmoins, je vous verrais bien vous appeler… voyons… Princesse Cascade.

— Non.

— Eh bien, Doris, le travail qu'on vous propose vous intéresse-t-il ?

— Nager en costume de bœuf ? Pas vraiment.

— Vous n'avez même pas demandé le salaire.

— Je me fiche du salaire.

— Cinquante dollars la soirée. Et vous gardez l'intégralité de vos pourboires un soir sur deux. »

Patrice ne dit rien. En comptant les pourboires, qu'elle ne pouvait estimer, c'était plus qu'une semaine à l'usine. En une seule soirée.

« Je ne suis pas franchement tentée, dit-elle.

— Vous ne voulez pas voir le costume quand même ?

— Pour rire, alors, dit Patrice.

— Eh bien suivez-moi. »

Un homme joufflu et rougeaud posa devant elle une grande assiette sur laquelle trônait un hamburger accompagné de laitue, de cornichons, de pommes de terre rissolées et de coleslaw.

« Ça vous ennuie si je mange d'abord ? »

Jack sourit – ses dents étaient longues, brunes, cassées. Elle aurait préféré ne pas les voir. Mais elle les oublia dès qu'elle eut planté les siennes dans le burger. Elle dévora prestement, méticuleusement et efficacement tout ce qui se trouvait dans la grande assiette, puis s'essuya le bout des doigts sur sa serviette violette.

« Impressionnant, dit Jack. Bientôt, tout sera dans le thème bûcheron : serviettes à carreaux rouges et noirs, et cetera. »

Il réfléchit un instant, considéra l'assiette parfaitement propre et ajouta : « Bien entendu, on vous offrirait le dîner après le spectacle.

— D'accord, allons voir le costume, dit Patrice. Mais je veux qu'on allume la lumière dans ce couloir.

— Tout ce que vous voudrez. »

Elle prit sa valise et accompagna Jack, qui saluait ceux qu'il croisait d'un petit sourire sardonique. Au bout du couloir, ils montèrent un escalier étroit. Jack ouvrit une porte.

« Votre loge. »

Patrice y jeta un œil sans entrer. Une pièce ordinaire, au sol couvert d'un linoléum à volutes bordeaux et gris. Des flacons de fond de teint, tout un bazar de rouges à lèvres.

« Maquillage waterproof », dit Jack en désignant le désordre.

Le blanc de la chaise de la coiffeuse s'écaillait et son coussin à fleurs roses était taché. Jack alla ouvrir un placard et sortit de ses profondeurs une grande boîte. Il en tira un sac de toile dont il défit la fermeture Éclair pour révéler le costume. C'était une tenue de plongée en caoutchouc bleu, avec des sabots blancs peints au bout des jambes et des bras, et deux grands disques blancs à l'endroit des seins avec en leur centre un petit rond écarlate. Patrice tressaillit. Était-ce une ombre noire qu'elle voyait entre les pattes de vache ? Elle détourna les yeux. Jack tenait le costume avec révérence. D'une voix feutrée, il lui demanda si elle voulait bien l'essayer. Elle était toujours dans le couloir.

« Certainement pas.

— S'il vous plaît, tenez-le au moins devant vous, juste ça ?

— D'accord. »

Elle pressa la tenue en caoutchouc contre son buste. Les sabots absurdes pendouillaient dans le vide.

Jack la fixa, puis soupira en secouant la tête.

« Visiblement il vous irait. Parfaitement. »

Patrice lui lança le costume, qu'il replia très soigneusement, en veillant à ne pas tirer sur le caoutchouc. Une fois qu'il l'eut rangé, il ouvrit une grosse boîte à chapeau contenant un capuchon moulant en caoutchouc bleu avec de petites cornes blanches, qui se nouait sous le menton.

« Ça, ça va, dit Patrice en essayant le bonnet. Mais je n'aime pas les cercles blancs sur la poitrine de la vache.

— Du bœuf. Babe est un bœuf. Et puis, en tout état de cause, le costume est franchement pudique, reconnaissez-le, murmura Jack. Il n'est ni court, ni décolleté. On ne voit rien. Que du caoutchouc bleu.

— Non merci », dit Patrice. Mais les cinquante dollars minimum rendaient les choses difficiles.

« Bon, écoutez, reprit Jack. Parlons de votre sœur. Comment allez-vous la retrouver ?

— Je vais… chercher. En commençant par sa dernière adresse connue.

— Et où allez-vous dormir ?

— J'ai une amie.

— Une amie de chez vous ?

— En quelque sorte.

— Vous pourriez dormir ici. Vous auriez le gîte et le couvert, le temps de nous dépanner.

— Dormir sous une table ? Sans façon.

— On pourrait mettre un lit de camp dans la loge. »

Wood Mountain avait parlé de la racaille, mais sans donner de détails. C'était frustrant. Est-ce qu'elle s'en sortirait en évitant l'alcool ?

« Ça m'a tout l'air d'un piège.

— On mettrait aussi un bon verrou sur la porte. Ou, si vous préférez, il y a un hôtel à côté. Un hôtel standard. Propre. Les chambres n'ont pas de plafond en dur, c'est tout. Mais là aussi il y a des verrous aux portes.

— Je crois que je vais prendre un taxi pour aller là où je voulais me rendre. Maintenant.

— On pourrait vous aider.

— À trouver un taxi ? Un qui ne me kidnapperait pas ?

— Une fois de plus, je vous renouvelle mes plus plates excuses. Ce qui s'est passé est inqualifiable. Non, on pourrait vous aider à retrouver votre sœur. C'est une plaque tournante, ici.

— Je ne sais pas ce que ça veut dire.

— Un endroit central. Comme un terminal ferroviaire. Où tout le monde croise tout le monde. Écoutez. Il est pas loin de treize heures. Je vais personnellement vous conduire à votre adresse. Et partout où vous voudrez chercher. Si pendant ce temps vous trouvez un endroit où loger et une piste solide pour votre sœur, alors au revoir, adieu, et portez-vous bien. Sinon, vous revenez avec moi et vous assurez le spectacle de ce soir. C'est tout.

— Pourquoi feriez-vous tout ça ?

— Vous *êtes* l'aquaronne. »

Jack avait parlé avec emphase, la regardant droit dans les yeux. Le blanc des siens était jauni, comme du vieux papier.

« Qu'est-ce qu'il a de si extraordinaire, ce costume ? Ce n'est qu'un déguisement de vache…

— De bœuf. En caoutchouc bleu. »

Patrice haussa les épaules. Elle était toujours dans l'embrasure de la porte. Le regard de Jack se perdit rêveusement derrière elle.

« Pour faire faire ce costume… Il a fallu trouver un costumier à Chicago. Lequel a dû créer les moules pour le caoutchouc – du caoutchouc naturel, pas synthétique. Et la teinture. Difficile de trouver une teinture qui prenne sur le caoutchouc et qui ressorte aussi bleue, aussi lumineuse ! Aussi théâtrale. Difficile aussi de faire en sorte que ça ne déteigne pas quand Babe est dans l'eau. Un caoutchouc qui ne va pas se décolorer, ni se déformer. Dur à trouver. Un caoutchouc qui ne va pas se mettre à sentir le fauve – vous n'avez rien senti, si ? Nous utilisons à cet effet une poudre spéciale pour le sécher et le protéger des ravages des insectes, préservant ainsi son intégrité. C'est un costume très particulier, miss Doris Barnes. Et vous êtes la première femme que je vois qui pourrait potentiellement être à la hauteur de celle qui l'a porté en dernier.

— C'était qui ? demanda Patrice.

— Hilda Kranz.

— Et pourquoi n'est-elle plus là ? Qu'est-ce qui lui est arrivé ?

— Elle est tombée malade.

— Oh. Eh bien peut-être qu'elle va se remettre.

— Gravement malade.

— J'en suis sincèrement désolée. »

Ils retournèrent au rez-de-chaussée.

« D'accord, lâcha Patrice. Vous me conduisez là où je veux aller. Et on se sépare.

— Très bien. On se sépare si vous trouvez votre sœur. Dans le cas contraire, vous assurez le spectacle. Je vais demander mes clés à Earl.

— C'est votre voiture qu'il conduisait ?

— Il conduit toujours ma voiture.

— Je n'aime pas ça. »

Elle avait l'impression que son cerveau enflait. Que son crâne était trop étroit. Elle n'était pas fatiguée, mais désorientée. Il lui était arrivé plus de nouveautés en une seule heure, lui semblait-il, que dans toute sa vie.

Le rasage du matin

Thomas loucha, cligna rapidement des yeux. Se pinça. Se frotta la peau jusqu'à la brûlure. Parla tout haut. C'était l'heure la plus difficile. Et pas même un harfang pour l'entendre.

« Qu'est-ce que vous voulez, encore ? Qu'on vive sur la bordure d'un mouchoir de poche ? Fait. Qu'on meure le plus vite possible ? Fait. Qu'on meure en souriant gentiment ? Fait. En souriant courageusement ? Fait. En ayant prêté serment d'allégeance à votre drapeau ? Fait. Fait. Fait et refait. »

Falon fit une brusque apparition dans son pardessus vert olive. Puis traversa le mur comme une brume.

La paroi semblait spongieuse là où il était passé. Thomas s'approcha, posa les mains sur le plâtre peint. Le gris-vert terne était dur et froid.

« Les meilleurs partent toujours les premiers », lâcha Thomas à voix haute.

Il se détourna et jeta un œil à la scie à ruban. Roderick était perché là, avec le sourire du dément qui s'apprête à mordre la main du médecin.

*

Thomas se leva. Il avait apporté son nécessaire de rasage, à titre d'expérience. Appliquer un rasoir droit à sa propre gorge le maintiendrait peut-être éveillé pendant l'heure d'avant l'aube. Il se rasa aussi près et aussi minutieusement qu'il était humainement possible de se raser, contorsionnant sa langue derrière sa joue, traquant le moindre poil. Victoire. Ce matin-là, et tous ceux qui suivirent, il accueillit l'équipe de jour parfaitement rasé, peigné, alerte et exhalant l'after-shave.

Le vieux rat musqué

« Qu'est-ce que vous avez fait, tous, au début ? Pour garder notre terre ?

— C'était signer ou mourir.

— Comment avez-vous gardé ce qui restait ?

— D'abord ils nous ont donné ce petit bout de rien du tout, et puis ils ont voulu nous en chasser. Ensuite ils ont récupéré la plus grosse partie du petit bout. Et maintenant, d'après ce que tu me racontes, ils veulent nous pousser du bord du bout.

— Comment avez-vous tenu bon ? »

Biboon rit de son petit rire chuintant de vieillard.

« J'étais jeune. Mais j'ai participé. Et on a tenu bon, oui. On s'est accrochés. Bec et ongles. Et dents.

— Comment avez-vous fini par les convaincre ? De vous laisser cette terre ? Celle qu'on a maintenant ?

— On s'est rassemblés ici. On s'est serré les coudes et on n'a pas bougé. Aisens, Miskobiness, Ka-ish-pa, tous, et aussi Wazhashk, on s'est accrochés toujours plus fort. Il fallait faire face aux colons qui arrivaient dans la région. On a failli leur faire la guerre, mais on a gardé la tête froide. On savait ce qui se passerait si on tuait le moindre d'entre eux. On leur a résisté. On s'est serré les coudes. Et puis on a envoyé une délégation.

— Comment ça ?

— On a rédigé une pétition. N'oublie pas qu'on devait passer par le fermier responsable et l'agent des Affaires indiennes de Devils Lake. N'empêche qu'on les a convaincus. On a écrit une lettre. Ou plutôt on l'a fait écrire par un Indien qui était allé à l'école. Et quand on s'est rendus là-bas, on avait, comment on dit… des signatures.

— Une pétition.

— *Eyah*, oui.

— On pourrait commencer par là. Faire signer toute la tribu.

— Ce serait quelque chose.

— Ensuite il faudra peut-être envoyer une délégation. »

Thomas souffla sur le thé brûlant de sa tasse en fer-blanc. Biboon but une gorgée du sien.

« Je vais proposer au conseil l'idée de la pétition. On a une réunion d'urgence ce soir. Mais bon, notre avis n'est que consultatif. On dépend du Bureau.

— Écoute, dit Biboon. Cette affaire-ci, c'est autre chose. La survie ne passe pas toujours par les mêmes stratégies. Combien de gens seront perdants si le gouvernement nous abandonne ? »

Thomas dévisagea son père. Il avait parfois de ces trouvailles. Comme s'il suivait les rouages de la réserve sans mettre le pied au village. Ce qu'il sous-entendait… D'autres ont besoin de nous pour des raisons qui leur appartiennent. Certaines villes voisines ont besoin de nous. Ou ne veulent pas avoir affaire à nous. Ou pourraient craindre une invasion de pauvres. Thomas allait devoir réfléchir à tout ça.

« Nous ne sommes pas rien. Notre travail sert à des tas de gens. Il y a les enseignants, les infirmières, les médecins, les bureaucrates toujours portés sur le marchandage comme les marchands de bestiaux. Et puis les autres directeurs de ceci et de cela. Il y a les employés du département foncier et ceux qui tiennent les registres. »

Tous ces postes et tous ces titres pouvaient être formulés en chippewa, qui se prêtait bien plus que l'anglais à l'invention – et puis il suffisait de tordre un peu un mot pour le teinter d'ironie. Biboon poursuivit.

« Fais-leur comprendre, à Washington. On commence tout juste à tenir debout. À gagner assez pour avoir trois sous en poche. À faire tourner nos fermes. À exceller à l'école, comme toi. Tout ça en pâtira. Sera balayé. Et les malades, où iront-ils ? Ils nous ont donné leur tuberculose. Elle fait des ravages chez nous, mais on n'a pas de quoi aller dans leurs hôpitaux. C'était leur promesse, échanger cela contre notre terre. Aussi longtemps que l'herbe poussera et que l'eau des rivières coulera.

— Je vois encore de l'herbe. Et il me semble que l'eau des rivières coule toujours.

— Et eux, ils continuent à utiliser la terre, lâcha Biboon.

— Ça, tu peux le dire, renchérit Thomas. Mais ils font comme s'ils n'avaient pas signé de contrat, et n'avaient donc pas de loyer à payer. »

Le thé avait suffisamment refroidi pour que Thomas le boive. L'amertume du breuvage était réconfortante.

Une salle du local municipal était dédiée aux réunions et, ce soir-là, Thomas y convoqua le conseil consultatif. Ce dernier suivait les règles du plus fameux ouvrage consacré aux procédures des assemblées délibérantes, le *Robert's Rules of Order*, grossièrement traduites en chippewa. Thomas déclara la séance ouverte et la secrétaire, Juggie Blue, lut l'ordre du jour dans les deux langues. Certains membres du conseil parlaient chippewa ou cree. D'autres parlaient le mitchif, un mélange de cree et de français. Le tout saupoudré du sel d'un peu d'anglais. Ils avancèrent tant bien que mal, faisant passer de main en main un exemplaire de la proposition de loi, lisant des extraits à voix haute, discutant du sens à lui donner. À mesure qu'ils étudiaient le langage dans lequel elle était formulée, l'inquiétude gagnait la pièce.

« J'ai l'impression qu'ils veulent tout, finalement.

— Nous relocaliser. Nous chasser d'ici.

— Ils veulent l'*ishkoniganan*. Et même les restes.

— On avait un accord. Ils ne l'ont pas respecté. Sans prévenir. »

Figé sur son siège, Louis Pipestone, dont le fils avait failli mourir en Corée et poursuivait sa convalescence dans un hôpital militaire, fixait le dos de ses mains, posées à plat sur la table.

Joyce Asiginak intervint : « Ils veulent nous "relocaliser". C'est un mot sophistiqué pour dire "chasser". Combien de fois nous ont-ils chassés ? On ne compte plus. Et maintenant ils veulent nous envoyer à Minneapolis et à St Paul. »

Il y eut un silence, puis le bruit de papiers qu'on brasse. Moses lut les mots à voix haute :

relocalisation pacifique de ces Indiens

Il reposa la feuille, incapable de poursuivre.

« Ces Indiens. Ces Indiens que nous sommes, prononça lentement Louis Pipestone d'une voix de plomb. Ces Indiens qu'on peut gaspiller au combat. Le sergent a fait signe à mon fils d'avancer. Il est parti seul. *Prendre la température.* »

Tout le monde se tut. Le jeune Pipestone avait perdu la tête, disait-on, à cause de ses brûlures. Louis était allé le voir à l'hôpital. À son retour, il avait passé cinq jours sans prononcer un mot. Thomas rompit le silence en suggérant une pétition pour protester contre la termination. Il faudrait réfléchir à la manière de procéder pour faire signer le plus grand nombre de membres de la tribu.

« Je vais taper cette pétition, dit Juggie. On agrafera des pages au dos pour que les gens signent. On devrait aussi contacter Millie. »

Millie Cloud était la fille de Louis. Étudiante à l'université. Elle pourrait peut-être faire quelque chose.

« Et moi, renchérit Louis, je vais porter ce papier chez tout le monde. Comptez sur moi pour que les gens signent.

— Tu es sûr de vouloir te charger de ça ? » lui souffla Juggie.

Louis était imposant : une carrure de bison, avec une grosse tête, des épaules voûtées et de courtes jambes arquées, comme si elles avaient ployé sous le poids de son corps. Quand il souriait, ses joues se ramassaient : on aurait dit des petites pommes rondes – d'où son surnom, Cheeks, «les joues». Il sourit à Juggie et son gros visage s'adoucit.

«Il faut que je fasse quelque chose. Je ne peux pas rester ici à me tourner les pouces.»

Thomas savait bien que Louis ne restait pas ici à se tourner les pouces. Il possédait une parcelle en bordure de la réserve, des terres de pâture. Ce n'était pas l'aide qui manquait, certes : sa plus jeune fille travaillait avec lui et Wood Mountain venait parfois donner un coup de main. N'empêche. Un petit ranch, c'était difficile à faire vivre. Il avait deux ou trois chevaux de course, qu'il emmenait au Manitoba. Le fils de Louis avait écrit depuis le camp d'entraînement, se souvenait Thomas, racontant à son père que la discipline militaire n'était rien après Fort Totten. Ce que Louis voulait dire, c'est que ses rares moments d'inaction lui étaient insupportables.

«D'accord, approuva Thomas. C'est important de mettre tout ça en œuvre au plus vite. Il semblerait que cette proposition de loi… On ferait d'ailleurs bien de l'appeler par son nom, *House Concurrent Resolution 108*, HCR 108. Puisse-t-elle entrer dans l'Histoire comme l'infamie qu'elle est…

— Bien dit ! s'exclama Moses Montrose.

— Il nous en faut un autre exemplaire. Pour pouvoir faire circuler celui-ci avec la pétition. L'expliquer, partager ce qu'on sait, ce qu'on en pense. Qui souhaite procéder ainsi ?»

Il y eut une motion, un appui à cette motion, et un vote. Les papiers furent remis à Louis Pipestone.

«Par ailleurs, reprit Thomas, je propose que nous désignions la HCR 108 par les termes "proposition de loi de termination". Les mots comme émancipation et liberté sont un écran de fumée.

— Bien dit ! » répéta Moses Montrose avec une emphase qui fit rire les autres.

Le point suivant consistait à former un groupe qui irait voir le Bureau des affaires indiennes pour se faire expliquer le texte. Cette réunion se tiendrait à Fargo. C'était loin. Ils avaient une semaine pour organiser le voyage et se rendre au rendez-vous.

« C'est difficilement faisable, dit Juggie. Obtenir des jours de congé. Rassembler les gens. Personne n'a entendu parler de ce machin.

— Ils en entendront parler dès demain », conclut Louis.

L'aquaronne

Le 2214 Bloomington Avenue était un immeuble décrépit de trois étages, marron, avec de la peinture blanche qui s'écaillait et des fenêtres cassées placardées de carton. Un agglomérat de boîtes aux lettres était suspendu près de la porte. Avec quelque chose qui devait être la liste des occupants. Patrice arpentait la cour désaffectée en quête d'indices tandis que Jack fumait sur le trottoir.

« Je vais rester ici et guetter les signes de vie », dit-il.

Les marches qui menaient à l'entrée s'étaient effondrées et il n'y avait aucun moyen évident de gagner le perron. Patrice traîna des objets trouvés dans le bric-à-brac de la cour, les empila et escalada ce semblant d'escalier fait de cageots et de planches. Aucun nom dans la liste ne ressemblait à celui de sa sœur. Lorsqu'elle frappa à la porte, une boîte aux lettres rouillée se détacha brusquement et tomba avec fracas sur le sol du perron, crachant quelques enveloppes. Malgré le vacarme, personne n'apparut. Le bruit continuait à se réverbérer. Patrice eut soudain l'impression que le bâtiment l'avait prévenue. Elle se ressaisit et frappa à la fenêtre près de la porte. Il y eut comme du remue-ménage. Un chien se mit à aboyer. Un son râpeux, aigu, témoignant d'une volonté de vivre désespérée. Patrice se figea. Les larmes lui montèrent aux yeux.

«Jack», appela-t-elle. Il ne répondit pas. Les aboiements du chien faiblirent, jusqu'à cesser. Patrice attendit. Rien. Elle ramassa les enveloppes éparpillées pour les remettre dans la boîte, non sans jeter un œil sur les adresses. Un courrier était adressé à Vera Paranteau. À Vera et à elle seule, pas à son mari, qu'elle avait suivi à Minneapolis et qui ne l'avait pourtant visiblement pas épousée, puisqu'elle portait encore son nom de jeune fille. Patrice garda la lettre et descendit précautionneusement du perron.

Ayant rejoint Jack sur le trottoir, elle déchira l'enveloppe.

«Un délit, et sous mes yeux en plus», dit-il.

Elle fronça les sourcils.

«Violation du courrier.»

La lettre était un dernier avertissement (souligné en rouge) pour informer Vera que l'électricité allait lui être coupée. Elle datait de juillet, soit deux mois plus tôt.

«On continue, prochaine étape», lança Jack.

Patrice jeta un dernier regard à l'immeuble. Il y avait quelqu'un dans cet immeuble. Et le chien se faisait étrangler ou quelque chose dans ce genre.

«Croyez-moi, dit-elle, cet animal ne va pas bien.

— Peut-être qu'il n'aime pas que des gens montent sur le perron.

— Attendez.» Elle contourna le bâtiment. L'arrière dégageait une forte odeur de poubelles et d'urine. Il y avait deux autres fenêtres couvertes de carton, mais aucun signe de présence humaine.

« Vera ! appela-t-elle. Vera ! »

Rien. Si ce n'est le chien qui se remit à aboyer, déchaîné par l'espoir.

Elle retourna voir Jack.

« Il faut qu'on entre.

— Ce serait commettre une effraction, dit-il. Il est hors de question que j'enfreigne la loi. »

Les aboiements rauques s'estompèrent. Patrice hésita, marqua un temps d'arrêt. Elle sentait là quelque chose de radicalement autre, et de mauvais. Elle en avait la chair de poule. Tout essayait de lui délivrer un message, qu'elle ne parvenait pas à décoder. Un grillon s'échauffait dans l'herbe éparse. Elle finit par secouer la tête et tendit à Jack la seconde adresse, sur Stevens Avenue. Il y jeta un œil et une grimace de dégoût passa sur son visage. Il replia le papier.

« Quoi ? demanda Patrice.

— Je connais cet endroit. Si vous la trouvez là, ce ne sera pas une bonne nouvelle. »

Il y avait plusieurs corps de bâtiment en brique brune. La minuscule pelouse, sur le devant, était tondue. Les buissons, le long de la façade, taillés.

« Ce n'est pas si mal, dit Patrice.

— Méfiez-vous des apparences. »

Ils grimpèrent les marches du perron. Aucune Paranteau sur la liste des occupants. Dans l'entrée, les petites dalles octogonales en rosaces noir et blanc avaient été fraîchement nettoyées. Patrice se sentit de nouveau chanceler, comme si elle allait se liquéfier au travers des murs et des portes. Ils toquèrent tout de même à chaque appartement. Pas de réponse. Patrice porta sa main à son visage. Jack lui prit alors le coude.

« Êtes-vous… ? »

Elle ne voulait pas qu'il la touche. De sèche et froide qu'elle avait été un peu plus tôt dans le bar, la main de Jack était maintenant chaude et moite.

« Vous devriez vous reposer, dit-il en lui tapotant le poignet. Ce doit être mentalement épuisant pour vous. On vous fera installer un lit dans la loge. »

Elle se dégagea de son emprise humide, puis se surprit à lui donner une telle claque sur la main qu'il sursauta en la dévisageant. Il l'agrippa de l'autre main, mais elle repoussa ce bras-là d'un geste vif et brutal. Un geste de bûcheronne.

« Il y a un dernier endroit où je voudrais aller, dit-elle. Chez une amie. Bernadette Blue.

— Bernadette ? Vous voulez dire Bernie ? Bernie Blue ? C'est une copine à vous ? » Jack secouait ses mains endolories en considérant Patrice d'un regard plus dur, inquisiteur. Il alluma une cigarette avec celle qu'il était en train de terminer et ils sortirent de l'immeuble.

« Redites-moi ça. Bernie Blue est votre amie ? »

Il la scrutait, le visage luisant d'une sueur malsaine. Patrice renonça.

« Non. » Elle baissa la tête. L'air lui comprimait les tempes. « Je ne peux pas dire qu'on soit amies à proprement parler. Une camarade m'a donné son adresse pour que Bernadette m'héberge si j'étais dans le pétrin.

— Écoutez… » Jack avait l'air secoué, pour de vrai. « Vous auriez plutôt intérêt à dormir dans la loge du Rondin 26. Croyez-moi. »

Sur la route du retour, dans la voiture, Jack lança la conversation. « Vous semblez connectée à certains endroits, certaines personnes, alors que vous venez d'arriver. Du moins c'est ce que vous dites. » Il lui jeta un coup d'œil.

« C'est la vérité, je découvre cette ville.

— Peut-être êtes-vous déjà venue ?

— Non.

— En tout cas, vous n'êtes pas faite pour vivre ici.

— Ça, c'est sûr. Je rentrerais tout de suite chez moi si je pouvais.

— Bon, voici ce qui peut arriver à une jeune femme dans votre situation, ou dans celle de votre sœur. Entre les factures impayées et le reste, elle finit par planter son propriétaire, ce qui rend difficile de trouver un autre logement. Alors peut-être qu'elle change de nom ou qu'elle emménage chez quelqu'un. Une connaissance, disons. Qu'elle paye en argent. Ou en *services*. »

Il regarda Patrice après avoir prononcé ce dernier mot.

« Ma sœur sait faire des tas de choses, répondit-elle sans relever. Mais avec un bébé, c'est plus compliqué.

— Oh, un bébé.

— Oui, elle a un bébé.

— Alors là c'est une autre histoire. Un autre genre de complication. Il faudrait aller… eh bien, là où on peut se faire aider avec les enfants. Moi je n'y connais rien.

— On peut y aller tout de suite ?

— Mon Dieu. Non.

— On doit y aller. Je veux y aller.

— Ça va bientôt fermer. Et puis…

— Et puis quoi ?

— Il faudrait peut-être que vous vous reposiez un peu avant le spectacle.

— Laissez-moi sortir. Laissez-moi sortir immédiatement !

— Doris Barnes, calmez-vous. S'il vous plaît. C'était notre contrat.

— Non, dit Patrice. On n'a aucun contrat, vous et moi. Je n'ai jamais dit oui. J'accepte toutefois d'y réfléchir. Mais pas question de garder les pourboires un soir sur deux. Je veux garder les pourboires tous les soirs.

— Marché conclu. »

Au deuxième étage du Rondin 26, Jack installa un petit lit en toile et retapa un oreiller recouvert d'une taie froissée, mais propre, qu'il avait dégoté quelque part. Dans le placard, il y avait une couverture en laine rouge retenue par un ruban de soie de la même couleur. Laissée par Hilda, mais quelle importance. La couverture et l'oreiller manquèrent de faire pleurer Patrice. Titubante de fatigue, c'est à peine si elle parvint à gagner le lit. À retirer ses chaussures. À s'allonger. Un voile de ténèbres grésillantes lui tomba alors dessus, puis elle se dilua tout entière.

Assaillie par une forte et âcre odeur de café, elle se réveilla au son de *Doris Barnes, Doris Barnes*, tandis qu'on lui secouait le bras. Elle cria, se débattit. Pas la moindre idée de l'endroit où elle était. Ni, pendant une fraction de seconde, de qui elle était. Et puis la voix de Jack : « Allons, calmez-vous ! Vous allez vous ébouillanter ! » Sa réalité reprit forme, dans toute son horreur.

« Je ne peux pas faire ça.

— Nous avons passé un marché, dit Jack. Buvez ce café, mangez ce petit gâteau, passez aux toilettes au bout du couloir et enfilez votre costume. »

Il quitta la loge dans un grand grincement de porte en laissant la lumière allumée. Patrice mangea la pâtisserie, fourrée à la confiture de cerise. But le café, noir. Plongea la main dans son sac pour prendre une poignée de pemmican, qu'elle mâcha lentement, en ramassant les miettes du doigt. Pour finir, elle se rendit aux toilettes sales au bout du couloir. Au retour, la tenue de bœuf lui faisait face, dépliée dans sa boîte ouverte.

« Cinquante dollars, dit-elle au costume. Plus les pourboires. Tous les soirs. »

Elle poussa une chaise devant la porte, qui grinça de nouveau, puis se déshabilla soigneusement. Il y avait des clous au mur, des cintres vides. Elle suspendit son chemisier, sa jupe, son pull léger. Son manteau était déjà dans le placard, sans qu'elle se rappelle l'avoir enlevé. Son sac reposait sur l'autre chaise. Elle ne portait plus que ses sous-vêtements. Son soutien-gorge contenait tout son argent. Elle le retira à contrecœur, ainsi que sa culotte, regarda autour d'elle et finit par rouler le soutien-gorge en boule autour de l'argent, avant de glisser le tout dans l'interstice derrière un tiroir de la coiffeuse. Elle souleva la tenue en caoutchouc bleu et conclut qu'il valait mieux l'enfiler par le bas.

Les sabots peints étaient à la taille de ses pieds. Elle tira sur le caoutchouc souple et chaud, et le lissa délicatement sur ses chevilles. Les pattes du bœuf emprisonnèrent ses mollets, ses genoux, ses cuisses, l'enserrant dans une nouvelle couche de chair, ferme et solide. Elle déroula ensuite le costume sur ses hanches et son ventre, puis glissa ses bras dans les pattes avant. La tenue, astucieusement ajustée, se fermait de sorte à ce que l'eau ne puisse pas entrer. Détail ingénieux, les sabots étaient fendus, si bien que la pince du pouce et des doigts restait utilisable. La capuche, qui se portait sous le bonnet à cornes, était confortable et s'accrochait facilement sous le menton, lui couvrant les oreilles et étouffant les sons. La loge comportait un miroir en pied comme celui du magasin de vêtements à Rolla. Elle se plaça devant et observa la créature étrange et fascinante qu'il lui renvoyait. Les cibles blanches sur les seins n'avaient rien à voir, maintenant que le costume était porté : elles n'étaient plus dérangeantes. Et l'ombre entre les pattes n'avait été qu'un effet de la lumière. Derrière elle ondulait une queue bleue sinueuse, terminée par une touffe de poils mous. Elle enfila le bonnet à cornes et le noua sous son menton. L'effet n'était pas sans charme.

Jack toqua à la porte. Quand elle ouvrit, il ôta de sa bouche la cigarette qu'il était sur le point d'allumer et la tint entre ses doigts, stupéfait.

« Ça alors, dit-il doucement, les yeux écarquillés. Ça alors.

— Je suis prête.

— Oh que oui que oui que oui. La première représentation est dans une demi-heure. Vous vous sentez bien dans le costume ?

— C'est confortable.

— Vous voyez ? De grande qualité. »

Quand il se mit à tripoter le bonnet cornu, ajustant les lanières sous le menton, elle repoussa ses mains.

« Les objets au fond de l'aquarium sont des poids. Prenez-les pour rester sous l'eau, lâchez-les quand vous aurez besoin de remonter. Oh, j'ai oublié, vous savez nager ? »

Patrice le regarda, perplexe.

« C'était juste une question.

— Un peu tard pour la poser.

— Je vais donc supposer que la réponse est oui. Maintenant laissez-moi vous montrer les mouvements de base du numéro. »

Sa cigarette coincée entre les dents, la tête enveloppée de volutes de fumée et les bras repliés, Jack tendit les mains comme s'il tenait dans chacune le calice d'un verre à pied.

« Lever l'épaule droite, baisser l'épaule droite. Déhanché. Regard par-dessus l'épaule. Remuer le popotin. Bulles. Baisers. Remonter à la surface. Respirer. Replonger. Coucou-caché taquin. Remuer le popotin en montant et en baissant alternativement les épaules. Mouvements de sabots. En garde. Faux combat. Tonneau. Frétillement. Bulles. Baisers. Remonter.

Respirer. À répéter avec des variantes pendant vingt minutes. Je vous ferai signe. Une demi-heure de pause et rebelote. Quatre représentations.

— Et tout de suite après je touche mes cinquante dollars.

— J'ai dit ça ?

— Plus les pourboires.

— Vraiment ?

— C'est le contrat, Jack. Avec dîner offert après le spectacle. Et bien entendu je dors dans la loge. Sinon je pars sur-le-champ. »

Jack rit. « En costume de bœuf ? J'en doute.

— Attendez de voir.

— Vous maîtrisez la stratégie de la corde raide, vous, dit Jack. Je plaisantais. Bien sûr que c'est le contrat.

— Et je veux un verrou à ma porte. Ainsi qu'une clé. Sinon je ferai un trou dans le costume.

— Vous n'avez pas confiance, hein. Vous êtes certaine de n'être jamais venue par ici ?

— Mon père est un ivrogne.

— Ah, je vois, dit Jack. Le mien l'était aussi. »

Il retira de son trousseau une clé qu'il lui tendit – elle vérifia aussitôt qu'elle correspondait bien à la porte – et lui promit un verrou pour le lendemain. Puis ils sortirent. Elle ferma derrière eux, glissa la clé derrière son oreille, sous la capuche bleue, et suivit Jack au bout du couloir.

« Asseyez-vous », dit-il en effleurant une chaise avant d'ouvrir à grand-peine une trappe dans le sol.

Surgit alors un geyser de bruit. Et de lumière – une lumière aquatique, tremblante. Tintements de verres.

Rires. Éclats de voix. Jack laissa Patrice seule. Assise sur la chaise, elle attendit qu'on la descende dans l'aquarium. Pas plus tard que la veille, elle riait avec sa mère, toutes deux réjouies par l'effronterie de son déguisement. Que penserait Zhaanat à présent ? *Mayagi.* Bizarre. *Maama kaajiig.* Drôles de gens. *Gawiin ingikendizo siin.* Eux sont étranges, moi je suis étrangère à moi-même. Une nouvelle Patrice, plus dure et plus intrépide, avait remplacé celle qu'elle était d'ordinaire. C'était cette nouvelle Patrice qui avait forcé Jack à la conduire à droite et à gauche, et négocié une clé. Là encore, c'était le genre d'impression physique et mentale qu'on ne pouvait décrire qu'en chippewa, où l'étrangeté n'était pas sans drôlerie et où le danger qui infusait la situation était de ceux dont on pouvait rire, même si on risquait d'y laisser des plumes et qu'il y avait là des secrets, et aussi du désespoir, puisque de fait elle n'avait nulle part, après cet impensable futur immédiat de pirouettes aquatiques, nulle part où aller sinon la loge à l'autre bout du couloir du deuxième étage du Rondin 26.

Crochet du gauche

Barnes attendait que Wood Mountain fasse son apparition au restaurant du Powers Hotel, en plein centre-ville de Fargo : vitres d'un noir de jais, miroirs, petits déjeuners copieux, hôtesse snob à l'accent provincial qui ne conduirait peut-être pas un boxeur indien à sa table. Il s'inquiétait, mais Wood Mountain repéra tout de suite la tignasse couleur foin de son coach et le rejoignit – sans même que l'hôtesse lui coure après. Barnes avait lu le menu dans son intégralité, deux fois. Un bon petit déjeuner était pour lui source de grand plaisir. Wood Mountain s'assit en face de lui dans le renfoncement du box.

« Prenons le steak à cheval, dit Barnes. C'est moi qui régale. »

Wood Mountain était à peu près certain que Barnes lui offrait cette extravagance parce que le combat était annulé, et il avait raison. Il serra les poings, cachant sa déception.

« Dire que j'ai fait tout le chemin jusqu'ici.

— Bon, ça s'est joué à pas grand-chose. On va te présenter aux gars. Et au moins, comme ça, tu peux manger. »

Wood Mountain versa la moitié du petit pot de lait dans son café. Il s'était entraîné comme un beau diable, astreint au poids idéal, fait couper les cheveux : tout ça pour finalement ne pas combattre. Mais il avait rencontré Pixie.

« Vous savez, cette fille, là, Pixie ? »

Barnes était soudain tout ouïe.

« Eh bien ?

— J'ai voyagé à côté d'elle dans le train.

— Elle est donc ici ? » Barnes avait essayé de poser la question l'air de rien, mais Wood Mountain n'était pas dupe. Il prit son temps pour répondre.

« Elle n'a fait que passer. Elle allait à Minneapolis chercher sa sœur, Vera, dont le mari a déraillé. On est sans nouvelles d'elle.

— Est-ce qu'elle a quelque part où loger en ville ?

— Ne vous inquiétez pas. Elle est débrouillarde. »

Barnes considéra son boxeur d'un œil critique. Wood Mountain feintait. Il devait être évident pour tout le monde, supposa-t-il, qu'il en pinçait pour elle. Et qui pourrait rester indifférent ? Alors pourquoi faire semblant ?

« Tu es sûr ? Parce que mon frère vit là-bas.

— Oh, je doute qu'elle irait loger chez lui.

— Ce serait toujours quelqu'un à joindre en cas d'urgence.

— Vu que je n'ai plus rien à faire ici, je vais peut-être aller à Minneapolis et voler moi-même à son secours. »

Wood Mountain jouait avec le feu, mais cela lui était égal. Il en avait assez du petit manège de Barnes autour de Pixie Paranteau. Et il savait par Pokey qu'elle aussi en avait assez. Et puis Barnes ne lui avait pas dégoté de combat et Wood Mountain se sentait floué. Oui, il travaillerait plus dur – il n'était pas du genre à baisser les bras –, mais puisqu'il avait du temps libre et de l'argent, gagné en travaillant sur le ranch de Louis Pipestone, pourquoi ne pas poursuivre le voyage en train ? Pourquoi ne pas retrouver Pixie – et mieux encore, retrouver sa sœur, être le héros qu'il n'avait pas été sur le ring face à Joe La Tremblote ? Quand elle était dans le public, à le regarder.

« Ouais, je vais peut-être aller à Minneapolis », dit-il en découpant son steak. Il arrosa sa fourchetée de jaune d'œuf coulant et se mit à mâcher. Les galettes de pommes de terre étaient croustillantes sur le dessus, crémeuses à l'intérieur. Il se radoucit. Barnes était dévoué et l'entraînait gratuitement. Wood Mountain se demanda ce qui lui prenait : l'autre était suffisamment malheureux comme ça, à courir en vain après Pixie, ce n'était pas la peine d'en rajouter.

« Ou peut-être que c'est vous qui devriez y aller ? reprit-il. J'ai les adresses où elle est censée chercher. Vous pourriez vérifier qu'elle s'en sort.

— J'aimerais beaucoup, répondit Barnes lentement, sincèrement. Mais j'ai des cours à donner.

— Oh, les cours. Vous pouvez vous en dispenser, non ?

— Bien sûr que non », répondit Barnes en posant sa fourchette, offensé. Il eut soudain l'air sévère. « C'est le début de l'année. On révise et on pose les bases nécessaires à la progression pédagogique de toute l'année. C'est essentiel. Au fait, as-tu déposé ton dossier ?

— Pas encore.

— Quoi ? La boxe n'est pas un vrai métier, pas un métier pour la vie. On en a déjà parlé. Tu étais mon meilleur élève. Tu pourrais enseigner. »

Mais Wood Mountain ne voulait pas enseigner. Il ne voulait pas déposer de dossier à l'université du Dakota du Nord ni à Moorhead, dans le Minnesota, ni même à l'université publique de Wahpeton. Il voulait continuer à travailler dans les champs, à développer ses muscles, à boxer et à dresser les chevaux de Louis Pipestone. Il adorait les faire courir avec lui, les emmener à Winnipeg participer aux courses d'Assiniboine Downs avec Grace, la fille de Louis, qui débutait comme jockey. Il voulait aussi s'occuper de sa mère, même si Juggie se débrouillait très bien toute seule. Il n'en parlait pas trop, mais il faisait sa part quand elle restait au village pour son travail de cuisinière. Ou qu'elle dormait chez Louis. Wood Mountain, le boxeur, fils d'Archille, petit-fils d'un homme qui avait combattu aux côtés de Sitting Bull, voulait rester à la maison. Ce qui, au fond, était exactement ce que voulait son grand-père.

« Bon, dit-il, je suppose que je pourrais y aller, à Minneapolis. Aider Pixie. Mais je n'y tiens pas.

— Tu as dit qu'elle pouvait se débrouiller toute seule. Et puis elle a un endroit où loger.

— Ce n'est pas le genre de fille à s'attirer des ennuis, hein ?

— Non, répondit Barnes, pas le genre du tout.

— Alors je vais plutôt rentrer. »

Mais lorsqu'il retourna à la gare acheter son billet pour Rugby, il s'entendit prononcer des mots qui n'étaient pas les bons.

« Un aller pour Minneapolis.
— Quel train ?
— Le prochain. »

Louis Pipestone

Son père avait ramené le fameux cheval de la réserve de Red Lake et l'avait croisé avec un Paint Horse couleur daim en 1938. Un sacré cheval de course. Il lui en avait fait gagner, de l'argent – ce qui expliquait le pick-up Chevrolet 1947 vert comme les prés que Louis conduisait à présent, sans précipitation ni nervosité, sur la route principale. Il avait élaboré son itinéraire dans sa tête. Il commencerait par les coins les plus éloignés, au-delà de la frontière ouest de la réserve, où de nombreux membres de la tribu vivaient sur des terres incluses dans l'accord initial qui avait été rompu au bout de quelques années seulement. Là-bas, il trouva Awan, Moves Camp, Gardipee et son ami Titus Giizis. À peine la frontière repassée, il se gara à l'entrée de la propriété de Zhaanat, espérant attraper du même coup son mari et sa fille. Mais le père Paranteau était en virée et il apprit de Zhaanat que Pixie était allée à Minneapolis chercher sa sœur. Trop jeune pour signer, Pokey écouta néanmoins ce que disait Louis en chippewa et inscrivit en grosses lettres le nom de sa mère, geste qu'elle accompagna en lui frôlant le poignet.

«*Mii'iw*, dit Zhaanat. Un petit quelque chose à manger?

— C'est pas de refus.»

Elle apporta du pain bannique, du sel, de la bonne graisse de canard rôti et un plat de petits morceaux de cuisse. Il y avait aussi un bol de baies séchées, des navets sauvages bouillis et servis froids, du pemmican et du thé chaud.

«Un repas à l'ancienne, commenta Louis avec plaisir.

— J'ai peur de dormir», confia Zhaanat.

Louis attendit qu'elle poursuive.

«Peur de rêver de mes filles.

— Il paraît que ton oncle a vu Vera vivante.

— Avec un bébé.»

Louis hocha la tête, songeur.

«Je ne suis pas favorable à cette relocalisation. On perd nos jeunes. La grande ville les garde.

— Moi j'irai pas», dit Pokey.

Sa mère le regarda avec un mouvement de tête approbateur. «Brave garçon.

— Pixie sait se défendre, reprit Louis en remuant sur sa chaise. Personne ne viendra lui chercher des noises. Elle est menue, mais c'est une dure à cuire.

— Elle sait couper le bois, dit Pokey. Et elle l'empile tout bizarrement.

— Si ce Barnes l'entraînait, elle ferait un formidable poids plume.

— Elle veut pas qu'il l'approche», le coupa Pokey.

Louis haussa les sourcils, gonfla ses grosses joues et fit un clin d'œil à Zhaanat.

«Je connais quelqu'un d'autre qui en pince pour elle, dit-il. Je ne m'inquiéterais donc pas trop pour elle.»

Louis obtint sept autres signatures avant de s'engager sur la pente sinueuse qui menait chez Thomas Wazhashk. Un vent brusque emportait les feuilles jaunies des bouleaux gracieusement alignés le long du vaste pré de fauche. Thomas était occupé à remplir une boîte en fer-blanc de graines de soucis. Sharlo ramassait les petites têtes sèches des pourpiers à grandes fleurs, dont les graines étaient fines comme la poussière. C'était une jeune fille vive et fougueuse, au regard incisif. Elle ressemblait à sa mère.

«*Aaniin*, monsieur Pipestone, dit-elle. Où est Grace ?

— Sur un cheval, quelque part.

— Les gens ont signé ? » demanda Thomas.

Louis lui montra les signatures au dos de la pétition. Beaucoup étaient écrites d'une main appliquée d'ancien élève de pensionnat. D'autres étaient laborieuses, tracées par des membres de la tribu qui ne connaissaient que la forme de leur nom. Certaines enfin, apposées par des proches, s'accompagnaient comme autrefois de l'empreinte un peu floue du pouce de l'intéressé. Le nombre total était impressionnant, aux yeux de Louis comme de Thomas. Dans la valise en carton qui lui servait de bureau, ce dernier piocha une grande pochette et une enveloppe en papier kraft pour protéger le document. Désignant la signature de Zhaanat, il demanda des nouvelles de Pixie.

«Elle est à Minneapolis à la recherche de Vera.

— On n'a encore jamais perdu personne, au sens littéral du terme, suite à une relocalisation. La plupart reviennent au bout de quelques mois, observa Thomas.

— Il y en a aussi qui restent là-bas, de nos jours.

— Oui, les plus entreprenants.

— Ça ne t'embête pas, demanda Louis, qu'on perde justement les plus entreprenants ?

— C'est précisément pour les retenir qu'on s'est bagarrés afin que l'usine de pierres d'horlogerie soit installée par ici.

— Pixie a un bon travail. Elle reviendra.

— Elle ne quitterait pas Zhaanat de toute façon. La famille ne s'en sort que grâce à ça.

— Peut-être que je devrais autoriser Grace à travailler là-bas.

— Ça lui plairait ?

— Non, dit Louis en riant. Ce qui lui plaît, c'est de monter des chevaux de course.

— Qui a les meilleurs, ces temps-ci ?

— Un gros ranch à l'ouest de Winnipeg. Leur star s'appelle Cash Out.

— Et ta star à toi, c'est qui ?

— Avant, c'était Gringo. Maintenant on a Picasso et notre étoile montante, Darling.

— Tu pourras aller à Fargo avec ton pick-up pour la réunion d'information ?

— Bien sûr, répondit Louis. Et je peux mettre huit personnes à l'arrière.

— Oh, elle est bonne, celle-là. Imagine qu'on se ramène avec un gros tas d'Indiens tout secoués à l'arrière d'un pick-up.

— J'ai comme l'impression que c'est à ça qu'ils s'attendent, au Bureau des affaires indiennes.

— On peut prendre ma voiture. En se serrant, on tient à cinq. Moi compris, dit Thomas.

— Juggie aussi peut conduire.

— Il paraît qu'elle a une bonne voiture, maintenant.

— Bernadette lui a acheté une DeSoto.

— Hein ? Une quatre-portes ?

— Exact. Quatre portes. Et bicolore.

— Elle doit bien gagner sa vie, Bernadette.

— Voilà ce que c'est, une fille entreprenante.

— Comme sa mère. Juggie a toujours été une fonceuse, dit Thomas.

— Pareil pour Wood Mountain. Un jour il va s'affranchir et battre Joe La Tremblote.

— Je ne manquerai ça pour rien au monde », dit Thomas. Il marqua un temps. « Tu sais, Louis, on devrait réfléchir à monter une délégation.

— C'est si grave que ça ?

— Je crois.

— Aller à Washington ?

— Comme les anciens.

— Je n'arrive pas à comprendre, fit Louis en baissant les yeux. Mon fils a risqué sa vie.

— Comme Falon, répondit Thomas.

— Oui, comme Falon.

— C'est un certain Watkins, le sénateur derrière ce texte.

— On devrait chercher qui est vraiment ce type.

— C'est ce que j'essaye de faire. Il paraît qu'il veut nous apprendre à être autonomes, à tenir debout tout seuls. »

Les deux hommes se regardèrent.

« Il me semble que je suis debout et que personne ne me tient, dit Louis.

— Parfois je me demande.
— Tu te demandes quoi ?
— Si l'un d'eux dira jamais : Hé, peut-être que ces foutus Indiens auraient pu avoir une bonne idée par-ci par-là. On n'aurait pas dû tous les liquider. On y a peut-être perdu. »

Louis s'esclaffa à cette idée et Thomas l'imita.

Ajax

Thomas et Rose étaient couchés côte à côte dans la nuit pâle.

« Je suis allé boire un verre », lâcha Thomas.

Toutes les émotions réprimées de la journée affleurèrent sous la peau de Rose. Un fourmillement brûlant.

« Que ce soit le dernier. Sinon je te tue. »

Il ne dit rien, ne bougea pas, sachant que jamais elle ne porterait la main sur lui. Ni lui sur elle. Ils n'étaient pas comme ça.

Il se tourna vers elle tandis qu'il sombrait. C'était pire, bien pire que ce que tout le monde pensait.

Boire l'avait pris par surprise. Il n'y pensait pas, n'avait même pas lutté. Simplement, il s'était attablé avec Eddy Mink et il avait bu. Il s'était écoulé des années avant ce verre.

« Tu me tueras comment ? Avec du poison ? »

Il observa le visage de Rose. Elle avait les yeux brillants. Pleins de larmes ? Non. De flammes. Puis elle eut un petit rictus.

« Tu es déjà empoisonné.

— Ah bon ?

— Tu te souviens des biscuits que tu as mangés en rentrant du travail l'autre jour ?

— Non.

— Normal, tu dormais debout. C'est Wade qui les avait préparés. Il était fier. Plus tard il m'a expliqué qu'il n'avait pas trouvé la levure. "Alors j'ai pris ça", il a dit.

— Ça quoi ? demanda Thomas.

— Il tenait ma boîte de poudre à récurer Ajax.

— Pour du poison, c'est du poison ! » Thomas était remué.

« Il n'a mis qu'une pincée ou deux, reprit Rose en portant ses doigts à sa bouche. Je lui ai dit qu'il aurait pu t'empoisonner. Depuis, il t'observe de près. Mais comme tu semblais en pleine forme, je ne t'ai rien dit.

— Je suis trop fatigué pour mourir. » En fait Thomas était furieux. Quoi ? Ils s'étaient contentés d'attendre de voir s'il s'effondrait ? Puis il se rendit compte qu'il était en plein auto-apitoiement. Un soulagement. Car l'auto-apitoiement, il pouvait lutter contre.

« N'empêche, reprit Rose un peu plus bas, à contrecœur. S'il te plaît. Que ce soit la dernière fois. »

Le simple fait de dire « s'il te plaît » sembla l'adoucir. Elle leva la main et lui caressa la joue de sa paume dure et chaude. Thomas sombrait à nouveau, mais cette fois-ci dans le confort lumineux dont elle était le centre.

« Promis. C'est fini.

— Scellons cette promesse », murmura-t-elle en prenant le visage de son mari entre ses mains. Il mit les siennes sur celles de sa femme et ce fut comme s'ils le tenaient à deux. Puis il détacha ses mains et la rejoignit.

Une tulipe en fer

Dinky et Taches-de-son firent descendre Patrice au bout d'une corde lestée par une plaque en métal de dix kilos, sur laquelle elle se tenait debout. Elle prit une grande inspiration juste avant d'entrer dans l'eau. Quand la plaque toucha le fond de l'aquarium, elle jeta un œil aux visages tout autour : de vagues formes laiteuses, sans conséquence. Elle pivota autour de la corde, un sabot mignonnement levé derrière elle, et voulut attraper sa queue mais celle-ci, flottant au-dessus de sa tête, la suivait partout comme un serpent bleu à toupet. Alors qu'elle se sentait remonter, elle se souvint qu'il y avait des poids au fond. Des accessoires. Elle tendit la main vers quelque chose de rose avant de se rendre compte, au dernier moment, que l'objet était scandaleux. Elle ramassa plutôt, juste à côté, une tulipe en fer, qu'elle fit mine de humer en jetant de petits coups d'œil faussement timides par-dessus son épaule. Soudain d'humeur joyeuse, elle donna un coup de sabot et fit un saut périlleux arrière, le corps en arc de cercle. Puis elle lâcha la tulipe et remonta à la surface. Tandis qu'elle reprenait son souffle, elle entendit le public applaudir et siffler. Tant de bruyante reconnaissance électrisa l'eau : c'était une substance neuve dans laquelle elle replongea en tourbillonnant. Les mouvements venaient tout seuls, fluides. Des poses de magazines, arrachées à leurs publicités pour réfrigérateurs, boîtes de pêches au sirop, voitures ou lave-linge. Un doigt sur les lèvres, un déhanché, un regard vers le ciel, le lent lasso de sa queue tournoyant vers une tache lumineuse. Par erreur, elle ramassa au fond de l'aquarium une petite hache coquine. Les vingt minutes passèrent vite.

« Vous êtes un phénomène », lui dit Jack. Elle dégoulinait, assise sur un tabouret en bois près d'un petit radiateur électrique. « Ne vous approchez pas trop de ce machin. La chaleur risque de faire fondre le costume. »

Il avait un peu de couleur aux joues. Les parenthèses sardoniques qui cernaient son sourire s'étaient effacées. Il avait remarqué la réaction de Patrice envers les « instruments de plaisir » et annonça qu'il les ferait enlever. « La vulgarité n'est pas nécessaire. Sans compter que la municipalité pourrait nous contraindre à fermer.

— Je préfère m'en tenir aux fleurs, dit la jeune femme. Mais je pourrais peut-être faire semblant de couper du bois avec la petite hache si vous arrangez le bout du manche.

— Un objet d'un goût des plus douteux.

— Ah, et je souhaite être payée le soir même.

— Pourquoi pas le matin ? On pourrait vous faire un chèque.

— Je veux du liquide.

— Du liquide, soit », se résigna Jack.

Il lui donna une tasse de café brûlant, mais elle n'en but qu'une ou deux gorgées, pour se réchauffer. Il y avait encore trois représentations, lesquelles passèrent dans le flou du tourbillon de la nouveauté. Elle en était déjà à retirer le costume et à le poser soigneusement sur un tréteau pour le faire sécher. Le lendemain matin, elle tapisserait l'intérieur avec la poudre spéciale dont Jack disait qu'elle servait à le conserver. On lui apporta son dîner sur un plateau : un sandwich à la dinde nappé de sauce brune. L'épais pain blanc, imbibé de jus poivré, fondait dans la bouche. Il y avait des haricots blancs et des haricots verts. Elle aurait pu s'accorder un cocktail, mais elle ne voulait pas tourner comme son père. Elle opta donc pour du thé brûlant et sucré, une théière entière, qui glissa tout seul. Elle retourna aux toilettes. Laissa le plateau dans le couloir. Ferma la porte à clé. Puis elle passa la chemise de nuit qu'elle avait tirée de son sac. Une fois la lumière éteinte, elle se glissa sous la couverture rouge, pressant le rebord satiné contre sa joue.

*

Le lendemain, elle se réveilla tard et descendit dans le bar triste et défraîchi. Quelques gros buveurs – qui avaient fait la fermeture et dormi dans la rue, dans leur voiture, ou pas du tout – soignaient le mal par le mal, avachis devant des remontants maison. Les œufs du petit déjeuner leur étaient servis dans des shots de whiskey. Le toast de Patrice arriva multiplié par cinq, beurre à part. Elle mangea son œuf au plat frit des deux côtés et sauça le jaune succulent avec le pain beurré. Tout en buvant son café noir, elle mit au point son plan d'action.

« Je vais à la poste, annonça-t-elle au barman.

— Paraît que tu t'en es rudement bien sortie hier soir. »

Elle sourit et glissa une fourchette dans son sac à main. Elle avait retiré vingt dollars de sa cache d'argent. Au coin de la rue, elle trouva une station de taxis et prit une voiture jusqu'à Bloomington Avenue. Au moment de descendre et de payer le chauffeur, elle eut soudain l'idée de lui montrer le bout de papier où figurait l'adresse de Stevens Avenue.

« C'est un endroit louche ? demanda-t-elle.

— Pas que je sache, répondit l'homme.

— Vous êtes sûr ? Quelqu'un m'a dit que c'était dangereux.

— J'ai jamais eu de problèmes là-bas.

— Merci. »

Jack avait donc peut-être des raisons à lui de l'en détourner. Elle alla jusqu'à l'immeuble de Bloomington Avenue. Les mêmes fenêtres recouvertes de carton. Et toujours ce malheur diffus. En contournant le bâtiment, elle prit soudain conscience que le chien n'aboyait pas. Fourchette à la main, elle monta les marches abîmées menant à la porte de derrière et planta les dents dans le bois pourri autour de la serrure pour la déloger. Puis elle pénétra à l'intérieur. Trop d'immobilité. Cette maison abritait la mort. Elle avança lentement, cramponnée à la fourchette, son sac pendu à l'autre bras.

La cuisine était vide, à part quelques tasses répugnantes posées sur le plan de travail, pleines de mégots de cigarettes. Partout des taches et des giclures, et une vieille pellicule de graisse, duveteuse de poussière.

Des feuilles mortes avaient envahi le séjour et le petit salon, jonchant le sol intégralement dallé de travertin pâle. Elle monta prudemment l'escalier central dont les balustres cassés évoquaient une bouche édentée. Il y avait là une fenêtre en vitrail légèrement abîmée, mais imposante, avec pour motif encore une tulipe, rouge, et ses lances de feuilles vertes. Et un cadre d'or et de diamants d'un bleu marin. En haut de l'escalier s'ouvrait un couloir dont la peinture blanc sale s'écaillait, avec cinq portes fermées. Elle allait devoir les ouvrir une par une. Retenant son souffle, elle entra dans la première pièce et découvrit le chien, au bout d'une chaîne vissée au mur.

Livide et tout en os, la pauvre bête tenta de se mettre debout, mais s'effondra et ne bougea plus, trop épuisée pour seulement haleter. Il y avait un bol renversé et, dans un coin, un pichet en verre à moitié rempli d'eau. Çà et là, des crottes séchées. Une fenêtre ouverte. Patrice alla chercher le pichet et s'accroupit près de l'animal, faisant couler un filet d'eau entre ses babines enflées. Au bout d'un moment, la gorge du chien fut prise d'un spasme. La jeune femme se leva et ouvrit précipitamment la porte des autres pièces. Dans chacune, un matelas infect, une couverture rongée, parfois des excréments, une odeur d'urine, une chaîne vissée au mur et, au bout de la chaîne, un collier de chien vide. Elle examina chaînes et colliers. Dans l'une des pièces, un alignement de bouteilles de bière garnissait le rebord de la fenêtre. La dernière porte donnait sur la puanteur de toilettes sans eau. Des bandes de vieux drap déchiré. Du sang séché. Deux couches repliées. Patrice retourna près du chien et, cette fois, elle s'assit. Elle versa encore un peu d'eau dans la gueule de l'animal et posa la main sur ses côtes. « Tu sais où elle est. Je sais que tu sais. S'il te plaît. J'ai besoin que tu m'aides à la retrouver.

— Elle est morte au bout d'une chaîne, comme moi. »

Quatre nouvelles respirations enflèrent et désenflèrent sous la main de Patrice, avant que le chien ne laisse échapper un long soupir rauque. Elle resta à ses côtés jusqu'à ce qu'elle sente son corps refroidir et qu'une mouche vienne sautiller sur ses propres articulations. Alors elle se leva, descendit l'escalier et sortit du bâtiment.

Au même instant, Jack se garait devant.

« Je me suis douté que vous viendriez faire un tour par ici. »

Elle ouvrit la portière et monta en voiture. Elle n'était pas dans son corps.

« Retournons à Stevens Avenue, dit-elle.

— Oh non. Non, non, non. Certainement pas.

— C'est le contrat. »

Jack insista pour la suivre tandis qu'elle frappait à toutes les portes. Une blonde aux cheveux fins et aux traits ramassés apparut. Elle ne connaissait pas de Mr et Mrs Vivier, ni de Vera Vivier, ni de Vera Paranteau, ni de Vera tout court. Jamais croisée. Pas vu passer d'adresse de réexpédition. La porte se referma. Patrice toqua à la suivante et Jack leva les yeux au ciel. À chaque appartement, la même réponse. Pas de Vera. Alors qu'elle redescendait lentement le couloir, Patrice retourna précipitamment à l'une des portes.

Jack était déjà dans l'escalier. Personne n'avait ouvert la première fois. Elle frappa de nouveau, mais doucement.

« Allez, partons d'ici, lança Jack au loin.

— Qui est-ce ? demanda une voix, tout bas, de l'autre côté de la porte.

— C'est l'aquaronne », répondit Patrice.

La porte s'ouvrit sur une femme chauve et émaciée. Jack arriva en courant. Avant que la porte ne se referme brutalement, une voix cria depuis la pièce voisine : « Qui est là, Hilda ? »

Jack attrapa Patrice par le bras, en la pinçant : « Partons d'ici, j'ai dit ! » Elle le repoussa avec tant de violence qu'il tituba.

« C'était la fameuse Hilda ? Qu'est-ce qui se passe ?

— Elle m'en veut, dit Jack.

— Pourquoi ?

— Question de standards professionnels. »

Patrice se dégagea et retourna tambouriner à la porte.

« Elle ne vous ouvrira plus, maintenant. On est fâchés.

— Alors emmenez-moi voir Bernadette.

— Quelle vie », soupira Jack.

Touche de feu, flash de bleu, dents blanches, regard incisif lancé en direction de Jack. Et puis, lorsque Bernadette reconnut la jeune femme, tempête de chagrin intense. L'explosion glaça Patrice.

« Oh, ma chérie ! Oh, oh, oh !

— Quoi ? dit Patrice. Quoi ? Quoi ? Où est ma sœur ?

— Elle s'est sauvée ! »

Bernadette l'attira en haut des marches. La maison de ville était en briques rose orangé. Entrée en arc de pierre. Porte en bois sombre vernis percée d'un ovale en verre dépoli. Bernadette n'était plus l'adolescente timide et mal à l'aise d'antan, le garçon manqué portant des vêtements d'homme et marchant la tête rentrée dans les épaules. C'était une bombe. Kimono de soie rouge à fleurs roses, cheveux flamboyants teints au henné et coiffés en rouleaux à la façon des stars de cinéma, lèvres carmin, sourcils précis comme des ailes noires, yeux d'un éclat vide déconcertant.

« Elle m'a plantée avec le bébé, dit-elle à Patrice. Tu es venue chercher le bébé !

— Je suis venue chercher Vera. »

Bernadette ferma la bouche et jeta à Jack un nouveau regard sévère.

« Pourquoi tu es là ? Elle travaille pour toi ? »

Jack ignora ses questions.

« Elle veut juste retrouver sa sœur.

— C'est tellement triste qu'elle soit partie sans son petit, soupira Bernadette, d'une voix changée. Attends ici. Je vais te le chercher.

— Je ne prendrai pas le bébé tant que tu ne me rendras pas Vera.

— Parce que tu t'imagines que je sais où elle est ? Je sais pas. Jamais su. On me dit rien. Je suppose qu'elle s'est retrouvée à frayer avec des gens pas comme il faut. Là, assieds-toi donc. Je vais chercher l'enfant. »

La maison était silencieuse.

« Va plutôt me chercher Vera, insista Patrice.

— Emmène-la, dit Bernadette à Jack.

— Allons-y, dit Jack. Bernie ne sait rien.

— Je crois qu'elle sait très bien.

— Elle essaye d'aider ! » cria Jack. Il agrippa Patrice et tenta de l'entraîner dehors, mais elle balaya sa main et repoussa son bras.

« Je n'ai aucune idée d'où elle est, c'est la vérité, dit Bernadette en s'approchant si près que Patrice vit les bleus sous le maquillage. Si tu la fermes et que tu prends le petit, j'essayerai de me renseigner. Ce gamin m'épuise.

— Commence par la trouver. Je reviendrai chercher le bébé, dit Patrice, et tu as intérêt à ce que Vera soit là. Je crois que tu sais parfaitement où elle est. »

Cette fois, Jack lui attrapa le bras si désespérément qu'elle renonça à se libérer et se laissa entraîner dehors.

Beauté des Bois

Une fois descendu du train, Wood Mountain parcourut à pied le kilomètre et demi qui menait chez sa sœur, sur la 17e Avenue. Bernadette le fit entrer, tendit les bras et le serra contre elle. La vapeur fleurie d'un bain récent s'échappait voluptueusement de ses épaules, et le couloir déversait le délicieux fumet d'un rôti en train de cuire – sans doute le repas de Cal qu'elle était en train de préparer. Dans le salon, il y avait un chariot en bois sculpté avec des carafes en cristal pleines d'une eau-de-vie couleur d'ambre. Et aussi un canapé où s'enfoncer tandis que sa sœur, ou plutôt sa demi-sœur, allait et venait dans un peignoir rouge aérien.

« Elle est venue, dit Bernadette. Je ne peux pas lui apprendre grand-chose sur Vera. Elle a assuré qu'elle reviendrait. Vaudrait mieux que Cal soit pas là. Mais Jack était avec elle. Qui l'eût cru. Jack ! Il a rien voulu me dire.

— Jack… Ça, on peut dire qu'elle aura suivi mes conseils, dit Wood Mountain.

— À savoir ?

— Trouver la racaille.

— Ah, oui, effectivement. Jack ! »

Bernadette se laissa tomber près de lui sur le canapé.

« Il s'occupe d'un nouveau business. Le Rondin 26.

— Ça existe, ça ?

— Autant que ses autres trucs.

— Il ressemble à quoi ces temps-ci ?

— Plus maigre. Plus mal. Plus dopé. Plus jaune.

— Bref, un toxico.

— Paraît que ça fait des années. Une addiction maîtrisée.

— Il finira par déraper.

— Ils finissent toujours par déraper. Mais en matière de racaille, y a pire que lui, tu sais.

— Dis, tu peux m'héberger ?

— J'ai déjà le bébé. Celui de Vera. Cal n'est pas content. C'est Suze qui s'occupe du poussin. Le père est à Chicago.

— Et Vera ? »

Bernadette examina ses ongles.

« Elle bosse, quelque part.

— Où ?

— Pourquoi tu me demandes ? Comment tu veux que je sache ? »

Wood Mountain laissa tomber.

« Le bébé, garçon ou fille ?

— Garçon. Rachitique. Il m'inquiète, il pleure jamais. En tout cas ouais, tu peux coucher ici.

— Merci.

— Y a une petite pièce, après la cuisine. Je te donnerai la clé de derrière. Fais-toi vraiment discret.

— Il sait que je suis ton frère, hein ?

— Oui, je lui ai dit la dernière fois, mais il me croit pas.

— Alors je risque quoi… une balle ?

— Il te tirerait pas dessus. Il aime pas faire de bruit.

— Je vois. Bon. Je pense que je vais dormir ailleurs. »

Bernadette lui donna trois billets de vingt dollars. Quand elle alla pour l'embrasser, il recula, les bras en l'air.

« C'est bon, sœurette, merci. Mieux vaut que je file avant de me prendre un coup de couteau.

— Dans les reins. Il aime bien les reins.

— Mon Dieu. Au revoir. »

*

Wood Mountain prit la direction de l'ouest. Arrivé sur Hennepin Avenue, il la remonta vers le nord jusqu'à se retrouver, côté impair, en face du Rondin 26. Il examina les fenêtres, les gens qui entraient et sortaient – pour la plupart des types ordinaires, sans aucune femme pour les accompagner. Dans la vitrine, un tableau vantait la « Spécialité Maison : le Réconfort du Bûcheron ». Dehors, un pupitre de musicien présentait le menu. Jack soignait les apparences – ou peut-être qu'il était passionné par la restauration, pensa Wood Mountain en se demandant si la cuisine était bonne. Les billets chauffaient sa poche. Après un temps d'observation, il poursuivit un peu son chemin et entra au Decatur Hotel. Le portier l'arrêta. « On n'accepte pas les Indiens, ici. » Il ressortit donc, traversa la rue et prit une chambre à la Josen House, juste à côté du Rondin 26. Il paya sa nuit d'avance en glissant un billet sous la vitre épaisse du guichet. Recompta sa monnaie. Manger ou dormir ? Il savourerait mieux son repas après un petit somme, aussi décida-t-il d'aller s'allonger dans sa chambre.

Elle s'ouvrait comme une chambre normale, mais il s'aperçut, une fois à l'intérieur, qu'un grillage remplaçait le plafond. Un hôtel-cage. Bien qu'il soit sans doute trop tard pour récupérer son argent, il dévala l'escalier et fit valoir au réceptionniste qu'il aurait dû le prévenir. Ce dernier prit l'air peiné et se contenta de bâiller. Wood Mountain remonta dans sa chambre en traînant les pieds ; au moins pouvait-il sentir l'odeur rassurante d'un produit antipuces. Après inspection du matelas, il renifla l'oreiller, qu'il prit entre le pouce et l'index pour le déposer soigneusement à l'autre bout de la pièce. C'est sa veste roulée en boule qu'il glissa sous sa tête.

Quand il se réveilla, il était tard, l'heure du dîner passée depuis longtemps. Il sentait son ventre creux et douloureusement vide. Il se rafraîchit dans une salle de bain si puissamment désinfectée que les larmes lui montèrent aux yeux ; il dut retenir sa respiration pour se coiffer, vers l'arrière, devant le miroir ravagé. Après quoi il quitta l'hôtel et entra au Rondin 26, où l'aquarium luminescent au centre du restaurant était vide à l'exception d'un pin artificiel posé au fond. Il prit place dans un petit box. Sur la table un écriteau en carton tenu par une pince en métal annonçait : *Attraction exotique ! Beauté des Bois ! Notre mondialement célèbre Aquaronne !* Il étudia l'horaire des représentations. En commandant un dessert et un café après manger, il étirerait suffisamment son temps de repas pour assister au spectacle. Et puis il irait trouver Jack, et l'interrogerait. De quoi remonter jusqu'à Pixie. Il explorerait aussi les fameuses adresses. Pour l'heure, cependant, il faisait nuit, et se présenter aussi tardivement chez des inconnus n'était pas une bonne idée. Mieux valait qu'il se lance, frais et dispos, au petit matin. Mais pas question d'interrompre son entraînement pour autant ! Il décida de sauter à la corde après le dîner. Et commanda une double ration de pain de viande, sans pommes de terre, accompagnée d'une seule bière. Le vertueux renoncement aux féculents atténua sa culpabilité. La serveuse, une femme âgée aux cheveux couverts d'un filet à sequins, lui sourit en remplissant son verre d'eau. Il fit mine d'avoir besoin d'encore un peu de temps pour se décider. Quand elle se présenta une seconde fois, il passa enfin commande, en précisant qu'il n'était pas pressé.

« Vous voulez voir l'aquaronne, hein ?

— L'écriteau dit que c'est une beauté des bois.

— Oh, c'est une vraie poupée ! Mais c'est la troisième. Ils les usent vite. »

Wood Mountain hocha la tête en pensant à leur talent et leur physique avantageux.

« J'imagine qu'elles partent vers des horizons plus glorieux. »

La serveuse eut l'air interloquée.

« On peut dire ça comme ça. La première est morte et la deuxième est au bout du rouleau. Nous qui bossons au restaurant, on trouve ça scandaleux, mais la direction s'en tamponne le coquillard. Ils ont recruté celle-ci à la descente du train.

— Bizarre », murmura Wood Mountain. Il but une gorgée d'eau glacée. La serveuse s'éloigna et il écouta un jeune couple se chamailler dans le box derrière lui. La femme voulait partir alors que son ami voulait rester. Sans pour autant hausser la voix, ils ne mâchaient pas leurs mots. Elle trouvait l'attraction de l'aquaronne parfaitement idiote alors que lui la trouvait pédagogique. Elle le traita d'imbécile ; il la traita de rabat-joie. Et cetera. La dispute se poursuivait mollement quand la serveuse lui apporta sur un plateau un assortiment d'amuse-bouche typiques du Midwest.

« Merci, dit Wood Mountain, ravi. Je ne savais pas que ça accompagnait la spécialité de la maison.

— Spécial clients avenants », répondit la femme avec un clin d'œil, et les sequins de sa coiffe scintillèrent.

« J'adore ça », dit-il, faisant naître un grand sourire sur le visage de la serveuse. Et il était sincère : rien n'augurait d'un bon repas comme cette farandole de petites entrées – quand ils revenaient des courses de chevaux à Winnipeg, s'ils avaient gagné, ils s'arrêtaient dans un établissement entre restaurant et boîte de nuit qui en servait toujours. Il considéra ce qu'il avait là : des radis bien froids sculptés en rosettes, des bâtonnets de carotte, du céleri, deux sortes d'olives, du pâté de porc au piment, des rondelles de saucisse fermentée et des cornichons miniatures, sucrés et parfumés à l'aneth. Wood Mountain dévora le tout en regardant Jack, maigre et le teint jaunâtre, faire des amabilités aux clients. Il portait un costume bleu sombre en toile légère, finement rayé et parfaitement coupé. Il ne manquait pas d'élégance, tant qu'il gardait la bouche fermée – le jeune boxeur voyait son sourire sombre et accidenté depuis l'autre bout de la salle. Ses cheveux noirs épars, implantés en un V décentré, étaient coiffés vers l'arrière. Une bague en or brillait au majeur de sa main droite et une montre étincelait de tout son prix à son poignet. À mesure que la foule se densifiait, les amabilités se multipliaient. Wood Mountain essaya d'attirer son attention, mais Jack était dans une sorte de transe. On annonça plusieurs fois l'artiste programmée. Doris Barnes. C'était un nom courant, mais il faudrait tout de même que Wood Mountain raconte ça à son coach – qu'il le taquine, peut-être. Encore que ce dernier n'était pas très drôle à taquiner. Le plat de Wood Mountain fumait à présent devant lui : un bloc compact de viande bien poivrée, nappée de sauce tomate, avec en accompagnement des haricots beurre surmontés de haricots verts, eux-mêmes surmontés de rondelles d'oignon frites. Un énorme tas. Il embrocha pensivement haricot après haricot et mâcha en réfléchissant à la façon de retrouver Pixie.

Il ne prêta aucune attention à l'aquaronne lorsque enfin le spectacle commença et qu'elle se mit à nager. Il commanda une autre bière plutôt qu'un café. Jetant un œil distrait à l'aquarium, il jugea ce qu'il voyait sans intérêt. Quelle déception. Une fille en costume bleu avec de petites cornes. Et alors ? Remuant du popotin. Pfff. Encore que… Elle avait quelque chose. Mais pfff. Et puis il commença à se dire qu'elle avait vraiment quelque chose. À la deuxième ou troisième plongée, ses drôles de mouvements devenaient fascinants. Et puis. Et puis… Il fixa l'aquarium et croisa le regard de Pixie. Se levant d'un bond, il marcha vers elle à grands pas. De l'intérieur, se dit-il, la vision devait être déformée. Mais oui, cela ne faisait aucun doute, l'aquaronne qui laissait s'échapper de son nez et de sa bouche un collier de bulles était bien Pixie. Elle remonta à la surface, invisible depuis la salle. Pixie Paranteau. Doris Barnes. Il avait compris. Enfin, peut-être. Peut-être qu'elle avait épousé Barnes. Mais comment y croire ? Mariée à Barnes. En train de nager dans un bar. Elle redescendit soudain au fond de l'eau et quelqu'un dont la table jouxtait l'aquarium voulut le pousser, mais il tentait d'attirer l'attention de Pixie dont il criait le nom en gesticulant et en sautant dans tous les sens. Quand il leva le poing pour tambouriner contre la vitre, on se saisit de lui et on le tira vers l'arrière sans qu'il cesse pour autant de crier. Par deux fois il s'échappa, donnant des coups héroïques et repoussant ses assaillants. Mais le rouquin trapu et son acolyte, une petite fouine maigre et déterminée, finirent par le cadenasser de leurs bras et l'entraînèrent dehors.

Dans l'aquarium, Patrice lança le lasso de sa queue vers une tache lumineuse. Elle fit mine de voir l'ombre de poissons noirs derrière elle et opéra un tour sur elle-même avec un petit jeu de sabots pour plus d'effet. Il y avait de l'agitation et des remous dans le monde flou derrière la vitre, mais rien ne l'atteignait. Elle alla au bout des représentations prévues au programme et se laissa ensuite hisser vers le plafond. Après qu'elle eut retiré son costume, la serveuse du soir lui apporta son plateau dans la loge : « Tu as un admirateur, mon chou, et je peux te dire qu'il est du genre passionné. Je ferais attention si j'étais toi.

— J'aime bien votre filet à cheveux qui scintille», lâcha Patrice.

La serveuse vérifia qu'il n'y avait personne dans le couloir, ni d'un côté ni de l'autre, puis sortit de sa poche un papier plié.

«Faut que tu saches un truc…» La serveuse se pencha et lui chuchota sur un ton d'urgence : «Les aquaronnes ne font pas long feu. Tu ferais mieux d'arrêter tant que tu le peux.

— Qu'est-ce qui leur arrive ?»

Entendant Taches-de-son qui montait bruyamment l'escalier, la serveuse dit bien fort : «Pose le plateau devant ta porte quand tu auras fini. Je remonterai le chercher.

— Qu'est-ce qui leur arrive ? siffla Patrice. Et quel admirateur ? Pourquoi devrais-je faire attention ?»

Une chaise dans les bras, Taches-de-son avançait dans le couloir de son pas lourd.

«Les aquaronnes, elles meurent en moins de deux, murmura la serveuse, attrapant une serviette dans sa poche et la fourrant dans la main de Patrice.

«Reste pas là, toi, dit Taches-de-son.

— On discutait, c'est tout.

— Jack veut que le personnel respecte l'intimité de l'aquaronne. Chuis censé surveiller, chasser les intrus, les fans, tout ça.

— D'accord, j'y vais, dit la serveuse. Bravo pour ce soir, t'as été formidable.»

Sur quoi elle haussa les sourcils et fixa Patrice d'un air effrayant.

Taches-de-son posa la chaise devant la loge et s'y installa avec le *Minneapolis Star*. Patrice ferma la porte.

Son costume, qu'elle avait saupoudré du produit nécessaire le matin même, était déjà presque sec, mais elle laissa tourner le grand ventilateur. Et maintenant ?

Elle souleva la cloche : « Tant pis si c'est empoisonné ! » Tout en engloutissant le pain de viande, elle lut le message :

C'est moi. Wood. J'ai essayé d'attirer ton attention mais ces crétins m'ont éjecté. Je suis juste à côté, au Grand Hôtel Miteux. Viens me retrouver. Ch. 328.

Elle repensa au remue-ménage devant l'aquarium. Son admirateur ? Et la façon dont Jack l'avait saluée, avec un mélange d'aigreur et de soulagement en constatant qu'elle était dans sa loge en train de se préparer. C'était comme s'il la gardait prisonnière. Non. C'était exactement ça : il la gardait prisonnière. Taches-de-son était posté devant sa porte. Oui mais l'argent ? Elle l'avait. Cent trente-six dollars. En travaillant deux soirs de plus, elle dépasserait les deux cents. Et elle attirait les foules. Mais peut-être ferait-elle mieux de partir. Oui, elle avait déjà décidé de partir, n'est-ce pas ? À cause de… quelque chose. Ce que le chien avait dit. Ce que Bernadette avait dit. Presque dit. Non, les mots n'étaient pas sortis de sa bouche, alors peut-être Patrice avait-elle cru entendre ce qu'en vérité elle n'avait pas entendu. Et qu'elle ne comptait pas entendre. Sans doute ferait-elle toutefois bien d'être attentive à… ce qu'avait dit la serveuse ? Les aquaronnes avaient tendance à… Elle allait partir, de toute façon. Wood Mountain éclaircirait les choses. Elle décida qu'elle s'esquiverait dans une heure ou deux, tous ses vêtements sur elle, son argent caché dans son soutien-gorge. « Maintenant ou jamais », murmura-t-elle en faisant rouler une olive dans sa bouche. Maintenant ou jamais. Les olives donnaient de l'huile. De quoi graisser les gonds. Même si c'était dur de renoncer à tant d'argent. Et puis elle était tellement fatiguée. Tellement somnolente qu'il fallut cette détonation de clarté, cette image, pour réveiller sa mémoire.

Voilà qu'elle était de nouveau dans l'une des pièces de Bloomington Avenue avec les chaînes au mur. Ce collier de chien vide… Ce n'était pas un collier ordinaire. Il ne se fermait pas, on l'avait coupé. La chaîne à laquelle il était attaché – il aurait fallu une pince pour la retirer. Et les crottes sèches dans le coin : des excréments humains.

La femme moyenne et le réservoir vide

Louis Pipestone soignait la pétition comme si c'était un jardin. Il l'avait toujours sur lui. Au village, son regard s'aiguisait quand il repérait des membres de la tribu qui n'avaient pas encore signé. Où qu'ils soient – à la pompe à essence, au magasin général, au Henry's Café, sur la route, devant le dispensaire ou l'hôpital –, Louis les coinçait. Ils attendaient une naissance ? Il obtenait leur signature. Ils étaient en train de rire, de se disputer, d'accompagner un enfant à l'école ? Ils signaient. Quelqu'un était visiblement en pleine négociation avec le bouilleur de cru ? Deux signatures. Il décochait son sourire. Il en connaissait le pouvoir. « Cheeks » et ses bonnes joues. Des bras durs comme des poteaux. Une grosse tête de bison sur des jambes arquées.

En attendant, ils avaient un problème. Ils ne disposaient que d'un seul exemplaire de la proposition de loi et, malgré le soin extrême qu'en prenait Louis, cet exemplaire était déjà taché et froissé. Juggie s'employait à le copier sur un stencil de ronéotype pour pouvoir le reproduire. Certains tapaient plus vite qu'elle, mais Juggie était plus précise, corrigeant les coquilles au fur et à mesure. Elle était également chargée de rédiger le bulletin d'information de la tribu. C'était une idée de Thomas – un moyen de faire connaître les activités du conseil et d'habituer les gens à recevoir les nouvelles par un autre canal que le téléphone indien.

Juggie était justement en train de taper le tout premier bulletin du mois, un soir, quand Thomas passa la voir. Il avait la clé du bureau de l'école.

« Ça prend forme ? »

Juggie lui montra la première page, où chaque brève annonce était introduite par une rangée d'étoiles.

« Il faudrait ajouter des blagues, dit-elle.

— Ah, des blagues. »

Elle plaça ses mains au-dessus des touches, prête à taper sous sa dictée.

« J'attends. » Elle lui souriait, visage franc et yeux perçants. « Tu en as toujours une sous le coude. »

Mais il n'avait rien. Il ouvrit la bouche, la referma, fronça les sourcils en regardant le plancher, puis fixa le bord du bureau comme si une blague pouvait s'y trouver.

« Donne-moi un instant. »

C'était vrai. Il avait toujours une blague sous le coude. Les gens comptaient d'ailleurs sur lui. Au bout de deux phrases de conversation, il en sortait toujours une, qu'il l'ait entendue quelque part ou qu'elle lui vienne spontanément. On riait un peu, et puis la conversation reprenait. Sauf qu'il venait de se rendre compte qu'il n'avait ni raconté ni inventé de blague depuis… il ne savait pas combien de temps.

« Je suis à court de blagues !

— Très drôle, dit Juggie. En une phrase, s'il te plaît. » Il faillit se détourner et partir, et puis il pensa à Wade, son petit bonhomme, faisant de la pâtisserie avec de l'Ajax. Il pensa à lui-même, à son premier verre depuis des années, et à Rose.

« L'homme moyen est la preuve que la femme moyenne a le sens de l'humour.

— Attends, répète ? » demanda Juggie, qui tapait déjà.

*

C'était une de ces nuits. Fee avait caché une friandise à la mûre dans le rabat de son chapeau et le bonbon s'était collé à ses cheveux. Il le retira soigneusement, touché par le cadeau de sa fille – les douceurs étaient rares chez eux. Il décida de le garder pour se maintenir éveillé sur le trajet du retour. Il était en train de rédiger une lettre désespérée au sénateur Milton R. Young, s'efforçant de maquiller sa panique en cordialité. Vers deux heures du matin, sa tête heurta le bureau. Il se redressa. Il n'allait quand même pas s'assommer tout seul en s'endormant dans l'exercice de ses fonctions. Il se donna une claque, qui, au lieu de le réveiller, le plongea dans un genre de sommeil inédit. Il fit sa ronde, mais son cerveau avait globalement renoncé – il le sentait. Une grande partie de lui s'était rebellée et dormait. L'infime fraction encore éveillée faisait ce qu'il y avait à faire. Verrouiller et déverrouiller les portes. Examiner les recoins à la lampe torche. Manger son casse-croûte. Emballer le reste de sandwich dans le foulard propre avec lequel Rose l'avait initialement enveloppé. Refaire une ronde. Avoir une longue conversation avec Roderick.

« Comment fais-tu ça, Roderick ?

— Me transformer en moteur ?

— Oui.

— Je me suis mis d'accord avec ton cerveau. La partie qui dort.

— Ah, c'est drôle. Mais pourquoi est-ce que tu viens m'enquiquiner ?

— C'est pas pour toi que je viens. C'est pour LaBatte. Je l'ai déjà sauvé une fois, tu te souviens ?

— Oui, oui, je me souviens. Tu t'es laissé punir à sa place.

— C'était la première fois qu'on m'enfermait. À la cave. Y m'ont jeté là-dedans. J'avais avoué.

— Je t'ai fait passer un manteau, non ?

— Oui, mais il faisait quand même très froid.

— LaBatte pense que ça t'a été fatal.

— Non, pas la première fois, pas vraiment. La deuxième, peut-être. C'est sûr qu'en sortant, je toussais comme un malheureux. J'avais de la fièvre. Mais c'était rien.

— Il paraît que tu as dû aller sur la réserve des Sauks et Fox.

— Comment tu sais ça ? Le sanatorium. Oui, j'y ai été.

— C'était pour que tu guérisses.

— J'étais pas malade, cornichon.

— Beaucoup d'enfants l'étaient.

— C'est la triste vérité.

— C'est la triste vérité.

— Y m'ont gavé de beurre, cornichon. Gruau d'avoine au beurre. Double dose de crème dans les patates. Pour m'engraisser. Six gamins sont morts mais pas moi. J'allais sûrement pas rentrer chez moi entre quatre planches.

— Attends. Non. Roderick.»

Thomas prit une voix douce pour lui annoncer la nouvelle.

«Tu es mort. Tu es rentré chez toi entre quatre planches. Par le train.»

Roderick secoua la tête et gonfla les joues d'exaspération.

«Bien sûr qu'y m'ont mis entre quatre planches! Et hop, dans le train. Mais moi je rigolais. J'me suis dit qu'ils allaient avoir une sacrée surprise en me voyant me relever d'un bond.

— Ton père et ta mère sont venus te chercher?

— Personne est venu me chercher. Non! Pourquoi? Y savaient que j'étais pas mort. Que je faisais semblant.

— C'est pas ce que j'ai entendu dire, Roderick.

— Fallait bien que je me sauve du sanatorium.

— Pourquoi te sauver si on te nourrissait aussi bien?

— Y m'ont retiré un poumon, cornichon! Fallait que je me taille.

— Tu as été puni à la place de LaBatte. Il ne voulait pas que tu en meures. Il s'est senti coupable toute sa vie.

— Pourquoi? J'y ai pas laissé de plumes. Chuis un Indien sauvage, moi!

— Et donc tu te balades dans le coin?

— Je t'ai dit. Chuis venu pour LaBatte. C'était mon frère, là-bas. À Fort Totten. Comme toi. On était inséparables. Des cousins. Chuis venu le sauver.

— De quoi ?

— De lui-même, ce cornichon.

— Qu'est-ce qu'il fait ?

— Des trucs de corniaud.

— Par exemple ? »

Roderick hocha la tête d'un petit air sournois puis regarda d'un côté et de l'autre.

« T'aimerais bien savoir, hein. Tu vas cafter ?

— Jamais.

— LaBatte vole.

— Il vole quoi ?

— Tout ce qu'il peut fourrer dans ses poches. Tout ce que la direction compte pas. Trombones. Agrafes. Papier à lettres. Rouleaux de PQ. Café. Sucre. Il se sert à la cuillère dans le sac. Un petit peu à la fois. Il prend aussi du savon. De l'huile de carter. Il en verse un filet dans un pot. Et puis des bouts de métal. Il se prépare pour mettre la main sur les pierres d'horlogerie.

— Elles sont dans un coffre. Il ne pourra pas l'ouvrir.

— Qu'est-ce qui te fait croire ça ?

— Le coffre est fermé, en permanence. Il n'y a pas de clé. C'est un coffre à combinaison, encastré dans le mur.

— La combinaison est écrite quelque part, cornichon. LaBatte la trouvera. Le Grillon la connaît, mais pas par cœur.

— LaBatte n'est pas un voleur. Tu inventes, Roderick. C'est rien que des histoires.

— Donc c'est moi le cornichon, c'est ça ? Je crois pas. Tu sais pas tout, Thomas. Sinon, qu'est-ce que je ficherais ici ? Pose-toi la question.

— Mais tu n'es pas ici », dit Thomas en regardant dans sa main la croûte d'un sandwich, un sandwich qu'il ne se rappelait pas avoir mangé.

*

Comment un garçon tout droit sorti de son imagination pouvait-il dire la vérité ? Car Thomas savait que Roderick disait vrai. Il fallait mettre LaBatte face à ses responsabilités avant qu'il ne finisse en prison et ne prive d'autres Indiens d'un bon travail. Ce matin-là, Thomas attendit donc, sachant que LaBatte devait venir faire de la soudure. Quand son vieux camarade de classe descendit de voiture, Thomas sortit à sa rencontre. Il était trop remonté pour y aller par quatre chemins.

« J'ai vu Roderick cette nuit. »

LaBatte ouvrit de grands yeux. On aurait dit que ses cheveux en brosse se dressaient de peur. Il posa sa gamelle près de celle de Thomas, sur le capot de sa voiture.

« Roderick m'a dit qu'il venait te sauver. Que tu volais l'usine. Que tu te préparais à voler les pierres. »

LaBatte n'essaya même pas de nier. On ne discute pas avec un fantôme. Il fondit en larmes. Tout en s'essuyant les joues, il expliqua à Thomas qu'il croulait sous les ennuis. Que ça datait d'avant même le harfang.

« Quel harfang ?

— Ton harfang.

— Pour moi les harfangs sont de bon augure. Surtout les blancs.

— Pour moi rien ne va, Thomas.
— Qu'est-ce qui se passe ?
— Je suis encore fauché.
— Mais tu as du travail.
— Pas de quoi faire vivre vingt personnes. Ou trente. »

Sa famille était un entrelacs nécessiteux en perpétuelle expansion et LaBatte était le seul à avoir un emploi stable. Thomas sortit son vieux portefeuille mou et lui tendit ce qu'il avait. LaBatte prit les billets : « Merci, cousin. Je filais vraiment un mauvais coton. Mais je savais que Roderick m'aiderait. J'ai vu ton petit mot sur le harfang et j'ai cru que ma dernière heure était venue. »

LaBatte se remit à sangloter comme si son cœur lui déchirait la poitrine. Thomas posa les mains sur les épaules de son vieil ami.

« Arrête de voler. Tu as déjà vu les yeux d'un grillon ? »

LaBatte étouffa un gémissement. « Oh là là, Le Grillon. Il a sûrement des yeux derrière la tête. Quel cornichon, je sais pas ce qui m'a pris.
— C'est ce qu'a dit Roderick. »

Thomas chassa le frisson causé par les paroles de LaBatte.

« Tu ferais mieux de tout confesser et de passer à autre chose.
— Oui. J'ai confessé mes vols chaque semaine. Le prêtre perd patience avec moi. "Tenez, j'ai dit la dernière fois, un petit sachet de sucre pour vous." Et là il a hurlé : "Du sucre volé ?" Oh mes aïeux, il m'a chassé du confessionnal.

— Je dois y aller, le coupa Thomas en ramassant sa gamelle. Je suis en retard à l'une de mes éternelles réunions. »

Il ne voulait pas écouter le détail des problèmes d'argent de LaBatte. Tout le monde avait les mêmes, y compris lui, encore qu'avec le salaire de l'usine, les choses s'étaient considérablement améliorées. Mais il n'y avait pas assez de travail. Pas assez de terres. Pas assez de terres arables. Pas assez de chevreuils dans les bois, de canards dans les marais, et un garde-chasse vous arrêtait si vous pêchiez trop de poissons. Il n'y avait pas assez de tout, et s'il n'empêchait pas le peu qui restait de disparaître, plus personne ne s'en sortirait. Il ne pouvait pas laisser faire. Il ne laisserait pas faire. À mi-chemin du village, la voiture hoqueta et passa en roue libre. Il se rangea sur le bord de la route. Le réservoir était à sec et il avait donné à LaBatte l'argent avec lequel il comptait le remplir.

Thomas resta là un long moment, avec son réservoir vide, sur la route vide, à contempler les champs vides et le ciel vide. Pas le moindre nuage. Un bleu de paradis. Et puis, contre toute attente, LaBatte passa à toute allure dans sa vieille casserole, sans s'arrêter.

Thomas regarda s'éloigner les pare-chocs arrière dépareillés. On aurait dit que la voiture de LaBatte décollait de la route et s'enfonçait dans les arbres. Il tendit la main vers sa gamelle – peut-être avait-il quand même gardé un bout de sandwich. Mais c'était celle de LaBatte et elle était pleine. Un sandwich à la viande, tartiné de vrai beurre. Accompagné d'un autre morceau de pain, avec du beurre et du sucre, cette fois. Et aussi une pomme de terre au four, encore chaude. Et des pommes.

« Exactement ce qu'il me fallait, dit-il plus tard à LaBatte. Ça m'a requinqué pour aller à pied chercher de l'essence. »

LaBatte soupira. « Et moi j'avais rien qu'un petit bonbon poussiéreux. »

Les missionnaires

Deux jeunes gens descendaient en ce début d'après-midi la route de terre qui menait chez les Wazhashk, chemise blanche et pantalon noir, cheveux bruns gominés vers l'arrière, un sac en papier à la main. Il faisait chaud, pour une fin septembre. Thomas les aperçut alors qu'il sortait de la vieille maison pour aller aux toilettes. Il envisagea de renoncer à aller se soulager, mais les deux hommes avançaient lentement, apparemment en plein désaccord. L'un d'eux s'arrêta et fit volte-face, prêt à rebrousser chemin, mais l'autre le rattrapa et ils reprirent leur discussion. Lorsque Thomas sortit des toilettes, ils s'étaient rapprochés. Il entra chez lui se laver les mains et le visage, se sécha avec une serviette, puis ressortit dans la cour à la rencontre des visiteurs. Malgré leur jeune âge, on aurait dit des agents fédéraux.

« Bonjour », leur lança-t-il.

Il leur serra la main.

« Que puis-je faire pour vous ?

— Vous êtes-vous jamais demandé pourquoi vous étiez là ? demanda le plus grand en le fixant intensément.

— Non », répondit Thomas, surpris, mais de toute évidence ils venaient de loin, Bismarck peut-être, ou plus loin encore – Washington, qui sait. Ils semblaient aussi décontenancés par sa réponse que lui par la question. Après un temps, l'un d'eux demanda :

« Comment est-ce possible ?

— Parce que je connais la réponse, dit Thomas. Pas vous ? »

Le plus petit des deux se tourna vers son compagnon et aboya : « Tu vois ! »

L'autre baissa la tête en lui jetant un regard assassin.

« Voulez-vous un verre d'eau ? demanda Thomas.

— Oui, dit le plus petit, qui semblait avoir repris le contrôle de la situation.

— Suivez-moi. » Thomas se tourna vers la maison, grimpa les marches et passa le seuil. Les deux jeunes gens hésitaient.

« Pouvons-nous entrer ? » demandèrent-ils d'une seule voix.

Thomas hocha la tête et ils le suivirent donc à l'intérieur. Une fillette minuscule traversait la pièce à quatre pattes ; en les voyant, elle recula brusquement, tomba et se mit à pleurer. C'était un bébé du voisinage dont Rose s'occupait.

« Qui sont ces hommes ? » cria Noko en s'aplatissant contre le mur.

Rose sortit de la pièce voisine, les poings sur les hanches. Elle posa une main sur l'épaule de sa mère.

« Vous lui avez fait peur, dit-elle, menaçante.

— Toutes nos excuses », répondirent-ils en tripotant leurs sacs en papier.

Rose prit la petite fille dans ses bras, la secouant doucement pour la réconforter, et fit les gros yeux à Thomas.

« Ils veulent simplement savoir si nous nous demandons pourquoi nous sommes là, expliqua-t-il.

— Vous avez pris notre terre, lâcha Noko. Vous auriez voulu qu'on aille où ? »

Rose baissa les yeux vers la raie qui partageait les cheveux blancs de sa mère, impressionnée par sa réponse et son regard méchant.

« Pardon, s'excusa le plus petit. Je propose de tout reprendre depuis le début. Je suis Elder Elnath et voici Elder Vernon. Enchantés de faire votre connaissance.

— Elder ?

— La question était en fait de savoir si vous vous demandiez, vous, peuple antique, pourquoi vous étiez ici, sur cette terre.

— Je suis vieille, pas antique », fulmina Noko, dont l'ouïe était soudain parfaite.

Rose tapota l'épaule osseuse de sa mère.

« Humectez-vous le gosier, les gars », fit Thomas en inclinant le bidon. Il leur tendit à chacun un verre d'eau fraîche. « Et maintenant dites-moi, y a-t-il quelque chose que je puisse faire pour vous ?

— Elder Vernon ne vous a pas posé la bonne question. Nous présenter d'emblée aux gens ne nous a pas porté chance jusque-là, alors il a voulu essayer de briser la glace par une question de vaste portée – ce sont ses mots.

— De vaste portée ?

— Qui nous a mis sur cette terre. La raison de notre présence ici-bas. Ce genre de portée. Notre mission, en fait, c'est de vous proposer de lire *Le Livre de Mormon* et de prier avec nous.

— *Le Livre de Mormon* ! » Thomas recula d'un pas. « Est-ce que vous connaissez Arthur V. Watkins, jeunes gens ?

— C'est un écrivain, dit Elnath, surpris. Il a écrit *Le Berger des Néphites*.

— Et c'est un bon livre ? demanda Thomas.

— Oh, ça, oui ! Dans le chapitre "L'Éveil de Zemnarihah", le berger apprend qu'il fait partie d'une société secrète. Mais il y a des revers à cause des Lamanites qui expient toujours les péchés de Laman avec leurs peaux basanées.

— Watkins a écrit ça ?

— Je crois que c'est notre sénateur, dit Vernon, le plus grand des deux.

— Vous venez de l'Utah.

— Oui.

— Pourquoi veut-il se débarrasser de nous ?

— Ce n'est pas ce qu'il veut !

— Il veut que nous cessions d'exister.

— Mais non, pas du tout ! » Elnath s'enflamma. « Nous sommes chargés de vous apporter l'Évangile ! Vous êtes tous des Lamanites !

— Ici, il n'y a que des Chippewas, des Crees et quelques Français.

— Il a été révélé à Joseph Smith, dit Vernon avec un grand sérieux, que vous apparteniez à la maison de Jacob, que vous étiez des enfants de Lehi.

— Je n'ai jamais entendu parler de Joseph Smith ni d'aucun de ces individus, dit Thomas.

— Joseph Smith était un prophète.

— Beaucoup de prophètes viennent par ici, répliqua Thomas d'un ton amical. Mais j'ai déjà une religion. Ce qui m'intéresse nettement plus, c'est la politique. Pourquoi ce sénateur en a-t-il après nous ? Qui est-ce ? Quel est son message ? Voilà ce que j'aimerais savoir.

— Alors peut-être ceci vous intéressera-t-il. »

Vernon plongea la main dans son sac en papier et en retira un petit ouvrage à couverture noire. Thomas prit le livret et le remercia. Les jeunes gens finirent leur verre d'eau, puis Thomas les raccompagna dehors et les regarda disparaître sur le chemin. Ils ne se ressemblaient plus, mais tous deux suivaient la même ligne droite, pleins d'une mystérieuse résolution.

Le Commencement

Comme à chaque changement de saison, Thomas donna une pincée de tabac à son père et lui réclama l'histoire de son nom. Cette histoire les liait l'un à l'autre puisque Thomas avait reçu pour nom de famille le prénom que portait son grand-père. Le vrai Wazhashk, l'originel, était un petit rat musqué.

« Au Commencement, dit Biboon, le monde était recouvert d'eau. Le Créateur convoqua les meilleurs plongeurs parmi les animaux. Il envoya d'abord Pékan, la martre pêcheuse, qui était la plus forte d'entre eux, mais celle-ci remonta, en manque d'air, sans avoir trouvé le fond. Ensuite ce fut au tour de Mang, le plongeon huard, qui plongea comme plongent les huards. »

Biboon creusa sa main. « Mang fit ce qu'il pouvait, mais il échoua. » Thomas hocha la tête en signe d'approbation, se délectant de ces gestes qu'il connaissait depuis l'enfance.

« Le grèbe jougris se précipita alors dans l'eau, clamant qu'il serait victorieux. Et ce grèbe jougris alla profond, profond. Mais il échoua lui aussi ! »

Biboon attendit, puis prit une grande inspiration.

« En dernier vint l'humble rat musqué, à l'appel du Créateur. Wazhashk. Le petit animal plongea. Il partit longtemps, très longtemps, puis son corps remonta à la surface. Il s'était noyé, mais une de ses pattes restait fermée. Le Créateur ouvrit les doigts palmés et vit que le rat musqué avait rapporté un tout petit morceau du fond. Du contenu de cette patte minuscule, le Créateur tira la terre entière. »

Et Biboon de conclure : « *Mii'iw*. Voilà. »

Ils étaient installés dehors. Le vieil homme regardait fixement les feuilles vives du peuplier faux-tremble, qui frémissaient et exhibaient leur couleur en quittant les branches par paquets tourbillonnants. Il y avait eu un temps où les prairies sauvages étaient couvertes d'ossements. De gros os blancs, à perte de vue. Il avait ramassé et transporté les os de bison avec son père. Huit dollars la tonne à la gare de triage de Devils Lake. Toute sa famille avait touché le fond pour y ramasser un peu de terre. Mais aujourd'hui son fils était assis près de lui, leurs chaises légèrement renversées en arrière, appuyées contre le vieux mur de rondins passé à la chaux. Les rayons du soleil touchaient le visage de Biboon, mais d'une lumière sans chaleur, signe que celui dont il portait le nom pointait à l'horizon.

« Je ne suis plus qu'un vieux cheval décharné et toujours affamé. Cet hiver aura peut-être ma peau », dit-il. Sa voix était légère, amusée.

« Non, dit Thomas. Tu dois rester ici, papa.

— Je suis un poids pour toi, répondit Biboon.

— Ne dis pas ça. Nous avons besoin de toi.

— Je ne peux même plus déterrer une pomme de terre ! Hier, je suis tombé.

— Je vais t'envoyer Wade. Nous avons besoin de toi, je le répète. Cette chose qui nous vient de Washington, j'ai besoin que tu m'aides à la combattre.

— Bon, d'accord», dit Biboon en montrant les poings.

Le mendiant du temple

Après s'être enfermée dans la loge, Patrice se déshabilla et se regarda dans le miroir. Ce n'était pas son imagination. Un bleu subtil mais indéniable s'immisçait en elle. Elle toucha son ventre marbré. Ses aisselles, irritées, lui faisaient mal, et une odeur lui collait à la peau – le parfum chimique de la poudre antivermine avec laquelle on entretenait le costume. Elle s'observa sans complaisance. Était-ce vraiment Patrice qu'elle voyait là ? Cette femme bleue et pleine de démangeaisons, qui venait de faire mine d'être une bombe sexuelle aquatique, n'était-elle pas plutôt son double ? Pixie. C'était Pixie, oui, mais elle allait laisser cette fille derrière elle, et plus vite que ça.

Elle remit son soutien-gorge et y fourra tout son argent. Lorsqu'elle voulut prendre quelque chose dans son sac, elle trouva son bras sans force. Elle s'inquiéta de se sentir soudain épuisée au point de pouvoir à peine bouger. Elle réussit tout de même à faire sa valise et à préparer ses vêtements, puis elle éteignit la lumière et se coula sous la couverture rouge ourlée de satin. En s'assoupissant, elle intima à son corps l'ordre d'émerger deux heures plus tard. Elle s'enjoignit en outre de se rappeler exactement où elle était quand elle reviendrait à elle. L'obscurité serait totale. Il faudrait qu'elle s'échappe sans qu'aucune lumière ne filtre sous la porte. Elle comptait sur le fait que Taches-de-son aurait lui aussi besoin de dormir.

Elle se réveilla comme prévu. Ses jambes étaient en feu. Elle en fut effarée, mais s'abstint de crier. À l'air ambiant, elle sut que ce n'était que le milieu de la nuit. Elle se leva, alerte, trouva sa valise, ses chaussures, son manteau. L'argent était toujours logé entre ses seins, dans la petite poche du soutien-gorge. Elle s'assit sur son lit, invisible dans le noir, et passa en revue les instructions qu'elle s'était données avant de s'endormir. Une fois certaine d'avoir tout suivi à la lettre, elle se glissa vers la sortie.

Elle tourna la clé et le verrou, ouvrit doucement la porte. Les gonds huilés restèrent silencieux. Elle fit un pas et tomba sur Jack, assis par terre juste en face d'elle.

Il avait les jambes tendues, élégamment croisées aux chevilles. Sa veste de costume était posée, bien pliée, à côté de lui. Des mèches de cheveux gominés lui pendaient devant le menton. La peau de son visage frémissait comme de l'eau et tout un éventail d'expressions s'y succédaient sans transition : de la surprise à l'horreur en passant par la joie. Il tenta de fixer sur elle ses iris d'un jaune boueux, mais ses yeux partirent vers l'arrière, comme les rouleaux d'une machine à sous. Avec sa peau d'ambre et ses yeux dorés, ses manches de chemise retroussées et ses mains ouvertes, suppliantes, il ressemblait à une image qu'elle avait vue quelque part, dans une revue, peut-être. Un mendiant à la porte d'un temple. Tendant le bras, elle le recoiffa en glissant ses mèches de cheveux derrière ses oreilles.

«Jack ?»

Il lui sourit comme un enfant, le visage lumineux, puis ses yeux roulèrent de nouveau. Elle s'éclipsa en empruntant l'escalier de service, traversa la cuisine, sortit par-derrière. Au bout de la ruelle, un homme fouillait les poubelles. Il ne la remarqua pas lorsqu'elle passa près de lui pour rejoindre l'avenue, en quête de la Josen House. Le vent était vif, les températures en chute libre. Elle entra dans l'hôtel miteux, enjambant les corps des hommes qui avaient payé leur écot pour dormir dans l'entrée. Personne à la réception. Elle grimpa donc les trois étages. La chambre 328 se trouvait tout au fond du couloir, lequel résonnait des bruits des dormeurs – murmures, respirations, mouvements, ronflements – et du trottinement des rats sur les grilles du plafond. Le vent entrait par les fenêtres mal fermées dans un piaulement bavard. Un grondement de tonnerre se répercutait parfois. Arrivée devant la porte, elle toqua doucement. Elle entendit quelqu'un se lever et venir lui ouvrir.

«Pixie.»

Wood Mountain la tira à l'intérieur. Elle lâcha sa valise. La fenêtre laissait entrer la lueur des lampadaires et des enseignes au néon. Elle vit qu'il avait les lèvres enflées et des plaies au visage. Son propre corps était toujours en feu, mais elle gardait la tête froide. Tout ce qui s'était passé lui apparaissait très clairement, chaque incident parfaitement identifié. Ils s'assirent, elle sur le lit et lui par terre, sur sa veste, et parlèrent tout bas.

« Je sais, *je sais* qu'ils l'ont enlevée, dit-elle. Qu'ils ont enlevé Vera.

— Elle est peut-être morte », répondit Wood Mountain, moins délicatement qu'il ne l'aurait voulu. Patrice secoua la tête.

« Non. Ils l'ont emmenée quelque part, j'en suis sûre. Et puis j'ai dit que je retournerais chercher le bébé. Il faut aller le récupérer. *La* récupérer ?

— *Le* récupérer.

— Alors allons-y.

— On ferait mieux de dormir un peu. Si on débarque maintenant chez Bernadette, on risque d'y laisser notre peau. Prends le lit. Par terre, ça me va très bien. »

Elle lui donna la couverture, raide de crasse, et s'enveloppa dans son manteau, puis sa respiration l'entraîna dans une sorte de transe. Tandis qu'ils dormaient, profondément, le vent se leva et, au matin, une pluie froide battait le carreau. Patrice se réveilla couchée sur le côté et contempla l'étendue grise du ciel. Les cloisons de l'hôtel, un mélange de carton, de contreplaqué et de fer-blanc pliable, tremblaient furieusement. Elle se rendit compte que ce qu'elle avait pris pour des coups de tonnerre était en fait le bruit des occupants qui s'agitaient dans leur chambre. De temps en temps, quelqu'un heurtait une cloison et le choc se réverbérait alors dans tout le couloir. Wood Mountain était toujours étendu sur le sol. Patrice repensa aux yeux d'or antique de Jack. Des blattes cuivrées passaient à deux ou trois centimètres de la tête de Wood Mountain, fonçant et changeant de direction, petites créatures sensibles s'immobilisant au son du tonnerre factice pour reprendre leurs trajets industrieux à mesure que se dissipaient les vibrations.

« Everett Blue ? » dit-elle. Les insectes se dispersèrent. Il porta les mains à son visage avant d'ouvrir les yeux et de grommeler :

« Ces bestioles m'ont assailli toute la nuit.

— Il faut aller chez Bernadette maintenant. Et j'ai besoin d'utiliser…

— Les commodités, dit-il. Qui ne sont pas commodes du tout. C'est dans le couloir. Je t'accompagne, je te tiendrai la porte. »

Quelques minutes plus tard, ils sortirent par la porte de service. Au milieu de la ruelle, Wood Mountain enjamba ce qui ressemblait à un tas de vêtements. Patrice reconnut Jack. Elle se pencha et posa ses doigts sur le cou du gisant.

« Non, intervint Wood Mountain. Laisse-le. »

Elle chercha son pouls : faible, de plus en plus faible. Elle sentit l'esprit de l'homme se répandre autour de ses pieds.

« Il est encore là, dit-elle.

— Ce n'est pas quelqu'un de bien, Pixie. »

Elle se redressa et recula de la flaque qui était la dernière trace de conscience de Jack. La vie lui échappait dans un gargouillis sonore.

Patrice retourna à l'hôtel et se planta devant la réception. Sans bouger la tête, le concierge de nuit tourna les yeux vers elle.

« Il y a un homme à l'agonie dans la ruelle, derrière », dit-elle.

Aucune réaction.

« C'est Jack, qui travaille à côté. »

L'homme hocha la tête.

« On va s'en occuper. »

Après avoir regardé par la jolie fenêtre ovale, Bernadette ouvrit la porte en chêne. Elle portait un tablier blanc à froufrous et avait des baguettes chinoises dans les cheveux. Il se dégageait d'elle un discret épuisement.

« Ah, bien, dit-elle. Cal est sorti.

— Où est Vera ?

— Pas ici. S'il te plaît, dit Bernadette. Je pourrais avoir de gros pépins. »

Elle vérifia que le champ était libre avant de leur faire signe d'entrer. À l'intérieur, ça sentait le bacon en train de frire et les éternelles vapeurs fleuries qu'exhalaient les épaules de leur hôtesse.

« Vous avez faim ? demanda-t-elle.

— Toujours », répondit Wood Mountain.

Une femme à la peau miel sombre descendit l'escalier. Sur un geste de Bernadette, elle défit le petit ballot qu'elle tenait contre elle : le bébé fronçait les sourcils dans son sommeil. « Donne-le-lui », dit Bernadette à la femme, qui tendit l'enfant à Patrice. Il était étonnamment lourd, une densité de brique. Bernadette fila dans la cuisine, suivie un peu plus tard par Wood Mountain qui trouva la porte close. Derrière, quelqu'un parlait à Bernie. Il se pencha pour écouter, jusqu'à ce que la femme lui touche l'épaule pour lui remettre un sac contenant les affaires du bébé. Bernadette émergea alors.

« Et maintenant, dégagez-moi le plancher », dit-elle en leur donnant un paquet roulé dans du papier journal.

Une fois qu'ils furent installés dans le train en marche, Wood Mountain défit le paquet, qui contenait une pile de pancakes et du bacon. Il roula quelques tranches de bacon dans un pancake et tendit le tout à Patrice. Elle le saisit d'une main, gardant au creux du bras le bébé qui venait de siffler un biberon entier. Il avait entre les sourcils une ride minuscule où se concentraient ses craintes pour l'avenir. Patrice frotta la ridule, tentant de l'effacer. Mais le sillon semblait permanent.

« Regarde dans ma valise, dit-elle à Wood Mountain. Sors la couverture. »

Le jeune homme engloutit le reste de son petit déjeuner, se leva et tira d'au-dessus de lui une cascade de laine blanche qu'il tendit à Patrice. Grande et élastique, la couverture permettait d'envelopper deux fois le bébé. Son maillage sophistiqué donnait l'impression que Patrice et Wood Mountain savaient s'y prendre. Que c'était leur bébé. Qu'ils étaient un couple. Personne n'essaya de leur prendre leur place. Les gens s'installaient loin du petit ballot et de ses risques d'explosion. Patrice avait envie d'expliquer qu'elle n'était pas la mère, que Wood Mountain n'était pas le père, qu'il ne fallait pas se fier aux apparences. Mais elle se contenta de dire : « Tu veux bien replier ce journal ? J'aimerais le lire plus tard. »

Elle ne pouvait pas vraiment se lever pour déclarer qu'elle ne savait pas trop si elle aimait Wood

Mountain, ou si elle l'aimerait en retour au cas où lui l'aimerait. Elle voulait dire qu'elle travaillait, qu'elle avait un très bon poste et qu'elle y retournait parce qu'elle était douée pour ça. Il n'y avait aucune raison d'exprimer toutes ces choses. Aucune raison de penser. Elle se laissa aller contre le dossier de son siège, le nourrisson dans les bras, et s'efforça de ne pas réfléchir à ce qui était arrivé à Minneapolis. Mais son cerveau turbinait sans relâche. Toutes ces choses étaientelles bien réelles ? Le collier du chien ? Ses paroles ? Le costume de bœuf empoisonné ? Les yeux d'or antique de Jack ? Bernadette et ses baguettes chinoises dans les cheveux ? Qui croirait tout cela ?

« Je vais m'occuper de toi jusqu'à ce qu'elle rentre à la maison », dit Patrice au bébé.

Wood Mountain ne la quittait pas des yeux.

« Quoi ?

— Rien. » Il détourna le regard. Ce n'était pas à lui de dire quoi que ce soit, et puis il ne savait toujours pas quoi faire de ce qu'il avait entendu, de ces mots prononcés derrière la porte de la cuisine. Bonne ou mauvaise chose ? Il ne voulait pas en parler à Pixie tant qu'il n'était pas sûr.

Le bébé était assorti de six couches, d'une minuscule culotte en caoutchouc bleu pâle équipée d'élastiques à la taille et à l'aine, de deux biberons et quatre tétines, de deux maillots en coton s'attachant sur le côté et d'une gigoteuse grise bien chaude qui le couvrait de la tête aux pieds. On l'avait enveloppé dans une nappe brodée de dômes et de tourelles scintillants. Le second biberon était censé tenir tout le reste du voyage. Le premier avait été avalé si rapidement que Patrice avait craint de devoir courir racheter du lait à Fargo, mais le bébé dormait, encore et encore. On aurait dit qu'il ne voulait pas les déranger, remarqua Wood Mountain en caressant le tourbillon duveteux au sommet du petit crâne. Patrice redressa son bras et abaissa un peu le siège, l'enfant contre sa poitrine. Il collait à elle comme une bardane chaude et elle s'endormit aussitôt. Lorsqu'il se réveilla un peu plus tard en hurlant, ses braillements en rafales mirent Patrice à cran. Wood Mountain la suivit d'un pas mal assuré le long de l'allée tandis qu'elle emmenait le nourrisson dans les toilettes du train. Une fois qu'elle l'eut changé et nourri, elle le berça à n'en plus finir dans le petit couloir en accordéon qui séparait les wagons. Lorsque enfin il se calma, elle se rendit compte qu'elle avait le cou trempé de larmes. Ses propres larmes. Bien entendu, sa mère s'occuperait du bébé. N'est-ce pas ? Patrice ne pouvait pas s'en occuper toute seule. Elle ne pouvait pas s'en occuper tout court.

Elle redescendit doucement l'allée et se glissa à côté de Wood Mountain en lui passant l'enfant. Elle fut presque déçue de le voir accepter si volontiers et presser le nourrisson contre son cœur, comme s'il avait fait ça toute sa vie.

« Tu vas l'appeler comment ? lui demanda-t-il.

— Comment ça ? Il a déjà un nom. Celui que Vera lui a donné. »

Wood Mountain trouvait que l'enfant le fixait d'un air complice.

« Ce bébé m'aime bien, déclara-t-il.

— Ah, tu crois ? »

Malgré le regard vif qu'elle lui lança, ce n'était pas ainsi qu'il arriverait à la toucher. Wood Mountain et le petit plongèrent alors dans une fascination réciproque, les yeux dans les yeux. Patrice n'existait plus. Elle se tourna vers la fenêtre, même s'il faisait nuit et que la vitre ne lui renvoyait que l'image d'un spectre fatigué.

Le coq sauvage

Sur la route de Fargo et de la réunion qui prendrait acte de leur opposition à la loi de termination, le ciel s'était déchiré au moment où ils traversaient Larimore. La chaussée était mouillée. Avec la tombée de la nuit, elle devint verglacée et glissante. Thomas ralentit et Louis le dépassa en faisant rugir le moteur de la DeSoto bicolore. Quatre personnes s'entassaient à l'arrière. Juggie lui fit signe depuis le siège passager.

« Si seulement ils se mariaient, ces deux-là, lâcha Moses. C'est pas correct.

— Qu'est-ce que tu veux dire par là ? demanda Thomas, tentant de masquer sa surprise.

— Ah là là. Quel enfant de chœur tu fais », répondit Moses en riant.

Sa femme, Mary, intervint depuis la banquette arrière :

« Et toi, quel prétentieux, à croire que tu sais tout sur tout !

— Oh, tout ce que je sais, c'est toi qui me l'as appris, répliqua Moses avec une modestie feinte.

— Laissez Juggie tranquille, on ne la changera pas », les coupa Joyce Asiginak, assise au milieu.

Eddy Mink occupait la place derrière le siège passager. Oui, Eddy Mink. Sobre, c'était quelqu'un de brillant, doublé d'un habile orateur, raison pour laquelle Thomas buvait jadis avec lui. Il ferait son affaire des questions, d'autant que Thomas l'avait fait bûcher. Le tout était qu'il reste loin de l'alcool. Joyce et Mary y veilleraient.

« J'ai rien à dire sur le sujet, dit Eddy. Je vois pas l'intérêt du mariage. C'est du blabla de curé, tout ça.

— Voilà le rebelle qui s'exprime, commenta Thomas.

— Et comment ! Je suis un coq sauvage assis à l'arrière aux côtés de deux charmantes poulettes. Te retourne pas, Moses. Tu verrais quelque chose qui te choquerait, mon gars. »

Joyce et Mary le rouèrent de coups, hilares, mais le jeu prit de telles proportions que l'arrière de la voiture se mit à balancer d'un côté et de l'autre.

« Houlà ! cria Thomas.

— Arrêtez ! ordonna Moses.

— Nous sommes le dernier espoir de la grande Nation Chippewa, hurla Eddy. Ne nous faites pas avoir d'accident.

— Oh, tais-toi, idiot. » Joyce n'en pouvait plus de rire.

« Idiot ? Tu vas goûter à ma sagesse. Écoute donc. Le gouvernement fédéral, ça ressemble plus au sexe que ce qu'on croit. Quand ça se passe bien, on n'en fait pas grand cas. Mais quand ça se passe mal, on ne pense plus qu'à ça.

— Pas faux, le coq », commenta Moses à l'avant.

Ils poursuivirent leur lente progression, puis la route sécha et ils arrivèrent à destination sains et saufs. Ils n'avaient pas de budget pour l'hébergement, aussi Thomas déposa-t-il ses passagers ici et là près du centre-ville. Lui-même logeait chez la cousine de Moses, Nancy, et son mari George, qui habitaient un petit appartement avec un canapé convertible et un lit pliant dans la kitchenette. Au matin, Nancy, aussi ronde et mignonne qu'une oursonne, surprit Thomas. Il s'était endormi comme on tombe dans un trou et se réveilla dans le brouillard. Il ne portait pas de caleçon, aussi Nancy lui servit-elle son café au lit. Il le but en appui sur un coude tandis qu'elle préparait du gruau d'avoine. Il déclara se sentir comme un roi.

« Rose ne t'apporte donc jamais ton café au lit ?

— Non !

— Eh bien commence par lui en apporter, toi, et tu auras peut-être droit à une petite gâterie.

— Oh, sapristi.

— Je ne pensais pas à ça, voyons. Tu as vraiment l'esprit tordu !

— Hier on m'a traité d'enfant de chœur. »

Nancy rit. « Je connais des enfants de chœur très polissons.

— Est-ce que je peux reprendre du café ?

— Peut-être, mais seulement si tu t'habilles. »

Arthur V. Watkins

Si Arthur V. Watkins avait été boxeur – pure fiction –, il aurait fait partie des castagneurs. Difficile à croire d'un homme à l'image aussi respectable, aussi idéale. La panoplie complète du prédicateur, avec son début de calvitie angéliquement auréolé de cheveux blancs et ses lunettes. Un air agressivement pur et pieux : tel était Watkins. Cravate sombre. Costume clair. Né en 1886, avant que l'Utah n'intègre l'Union, et baptisé par Isaac Jacobs. En 1906, Arthur V. Watkins Senior – son père – écrivit à Joseph F. Smith : « Nous avons demandé des terres indiennes pour y établir notre maison. » C'était l'époque de « l'allotissement », quand les Utes de la réserve où se trouvait la propriété des Watkins se virent déposséder de plus de cinquante-cinq millions d'hectares de terres pourtant garanties par les décrets présidentiels d'Abraham Lincoln, d'abord, puis de Chester A. Arthur.

Arthur V. Watkins grandit sur une partie de ces terres que son père avait volées. En 1907, il fut « choisi », et de Vernal, dans le comté d'Uintah, il fut « appelé ». Il accomplit sa mission dans l'est du pays avant de revenir dans son État natal. Il entama ensuite une carrière politique, se faisant d'abord élire au niveau local puis progressant jusqu'au Sénat. Lors des auditions sur la termination, il dégageait apparemment « un air de rectitude morale presque terrifiant » et « hurlait d'une voix nasillarde » quand venait son tour de s'exprimer sur la question. Joseph Smith et les premiers mormons avaient fait de leur mieux pour assassiner tous les Indiens se trouvant sur leur chemin, sans toutefois y parvenir totalement. Arthur V. Watkins décida donc d'user de son pouvoir de sénateur pour terminer ce que le prophète avait commencé. Sans même avoir à se rougir les mains.

Fraîche, belle

Après le train, il y eut l'autocar. C'est par une fraîche mais belle après-midi d'automne que celui-ci les déposa près du village. Les feuilles s'envolaient par rafales. Ils poursuivirent à pied. La route était peu fréquentée et personne n'allait dans leur direction. Ils marchaient côte à côte, Wood Mountain portant leurs deux sacs, Patrice berçant le bébé dans ses bras. Et tout en marchant, elle priait : *Faites qu'il ne soit pas à la maison*. Si son père était là, à grogner et vomir, il n'était pas exclu qu'elle s'enfuie. Elle retournerait à Minneapolis. Elle avait l'argent pour ! Les pensées de Wood Mountain étaient bien différentes. Il réfléchissait à un prénom pour le bébé. Archille, comme son père à lui. C'était ainsi, il n'y pouvait rien. Il était bousculé par ces choses – ces émotions –, des sensations obscures dont la seule preuve résidait dans ses actions et décisions soudaines.

«J'ai pensé à un prénom pour le petit», dit-il au bout de deux ou trois kilomètres, se frottant le visage de sa main libre pour étouffer sa voix, pas certain qu'il faille parler mais incapable de ne pas le faire. Il regarda Patrice à la dérobée. Ajouta : « Un prénom temporaire, bien sûr. »

Toujours pas de réponse.

« Archille », dit-il. Et aussitôt il s'en mordit les doigts.

« Archille. »

Elle marchait toujours, tapotant le dos de l'enfant à chaque pas. Elle avait ingénieusement étiré et noué la couverture en coton autour d'elle, de sorte que le bébé était maintenu dans un genre de poche, bien serré contre sa poitrine. Sa poitrine ! Il se donna une claque, comme s'il chassait un insecte.

« Quand ma sœur reviendra, dit Patrice, on lui expliquera que tu as donné un prénom, un surnom, au bébé – celui de ton père. Mon oncle m'a raconté leurs épopées de jeunesse à bord des trains. Ton père était quelqu'un de bien. »

Elle n'était pas dénuée de compassion. Mais voilà qu'il se retrouvait à la raccompagner chez elle. Un énorme détour. Elle eut beau répéter qu'elle pouvait très bien se débrouiller, il répliqua que non, non, il ne la laisserait pas marcher toute seule avec le petit, d'autant que la valise et l'enfant pèseraient plus lourd à chaque kilomètre. Et qu'elle portait ses belles chaussures. Sans doute pas idéales pour marcher. Quoique très jolies bien sûr.

« Elles me font un mal de chien, dit Patrice. Je vais boiter, demain, au travail. »

Au moment de bifurquer à travers bois, Wood Mountain prit le bébé en plus des bagages tandis que Patrice se déchaussait. Il y avait des sentiers partout ; celui-là était un moyen parmi d'autres de rallier le chemin principal qui menait chez elle. Il fallait traverser une portion de marais, mais c'était praticable. Et puis elle adorait plonger ses orteils dans la boue. Elle reprit le bébé.

« Gwiiwizens », dit-elle en le posant contre son cœur. C'était comme ça que chez elle on appelait un petit garçon quand on ne voulait pas que les mauvais esprits le trouvent. Quand rôdaient la maladie ou le danger. Rien de bien original, juste Petit Garçon. Wood Mountain savait cela, et l'approuvait, mais il savait aussi que le fait qu'elle n'emploie pas le nom qu'il avait choisi pour le bébé était significatif. Ça voulait dire… Il chercha en vain tandis qu'il pataugeait dans la boue pâteuse du marécage, qu'il se rinçait les pieds et remettait ses chaussures, qu'il grimpait une côte en cognant son chapeau contre les *pukkons*. Tout ça pour elle. Ça voulait dire…

Ça voulait dire qu'elle était contre.

Oh, mais que les couleurs étaient belles, les ors et les jaunes des bois, les ocres, les touches d'orange, de pourpre, de vert et de cet autre vert, toutes ces nuances de vert sur lesquelles ressortaient les trouées et gerbes flamboyantes qui se déversaient sur leurs cheveux, leurs épaules, leurs corps en marche. Leurs jeunes corps sans douleur, à l'exception d'une pommette abîmée pour Wood Mountain et d'une ampoule au pied droit pour Patrice.

Et pourquoi ne voudrait-elle pas qu'il la raccompagne chez elle et qu'ils forment un couple, puisqu'il l'aimait peut-être et qu'en tout cas il aimait l'enfant ? Il était beau, bien bâti, il avait de l'avenir et il l'attirait, malgré ce sourire idiot. Qu'il n'avait d'ailleurs plus cherché à lui infliger. Tomber amoureuse de lui était dans l'ordre des choses. Non ? N'empêche qu'elle ne lui prit pas la main, cette main qui pendait pourtant, toute proche, animée de petits mouvements en direction de la sienne. Elle préféra tapoter le dos de Gwiiwizens.

« Pixie, dit-il. Oh, Pixie.

— Patrice. Je n'arrête pas de te le dire. »

Elle lui jeta un regard qui l'aurait rasé de près s'il avait eu de la barbe.

Il se tut.

La jeune femme se retrouvait à procéder comme avec Barnes. Elle disait des choses qu'elle savait décourageantes. Ignorait la main pendouillante, évitait l'étreinte toute prête, offrait des regards neutres là où des sourires admiratifs étaient attendus. Au cours du dernier kilomètre, elle s'avoua toutefois que c'était facile avec Barnes, mais beaucoup plus difficile avec Wood Mountain.

*

Zhaanat n'était pas comme tous ces autres adultes, enseignants, prêtres ou bonnes sœurs, qui avaient cherché à déchiffrer le monde pour Patrice. Son intelligence fonctionnait différemment. Sa pensée n'était pas compartimentée, ou peut-être les compartiments y étaient-ils d'une autre nature, ou invisibles. Les Indiens comme elle se voyaient affublés par les Blancs de l'étiquette *bêtes et bornés*. Mais l'intelligence de Zhaanat donnait le vertige tant elle était vaste. Il lui arrivait de savoir des choses qu'elle n'aurait pas dû savoir. L'endroit où un homme disparu était tombé au travers de la glace. Celui où une femme dérangée avait enterré son enfant mort de la diphtérie. La raison qui poussait un animal à s'offrir à un chasseur plutôt qu'à un autre. Ce qui faisait qu'une maladie frappait un jeune homme et épargnait son frêle grand-père. Pourquoi une drôle de pierre était apparue devant la porte, un beau matin, sortie de nulle part.

« Les étoiles nous ont envoyé un message », avait-elle dit alors.

Et Patrice avait dévisagé sa mère, qui n'avait certainement jamais entendu parler de météorites. Puisque tout était vivant, sensible à sa façon, susceptible de souffrir à sa façon, capable de vous punir à sa façon, la pensée de Zhaanat reposait sur le postulat qu'il fallait traiter avec le plus grand respect tout ce qui nous entourait.

Elle descendait la colline, son tablier rempli de branches de genévrier, quand Patrice et Wood Mountain arrivèrent à la maison. Elle laissa tout tomber et se précipita vers eux, le visage éperdu.

« On ne l'a pas encore trouvée », cria Patrice à sa mère qui courait, jupe au vent, tresses en bataille. Zhaanat la serra contre elle, le bébé au milieu. Wood Mountain baissa les yeux. Au coin de la maison, Pokey apparut, du bois plein les bras, et se figea.

« Je n'ai ramené que Petit Garçon, maman. »

Elle lui confia Gwiiwizens et Zhaanat regarda l'enfant avec appréhension d'abord, puis attention, cherchant les traits de Vera. Elle s'assit soudain, ou plutôt se laissa tomber au sol comme si elle ne tenait plus debout. Muette. Patrice savait que sa mère serait ailleurs, hors d'atteinte, jusqu'à ce qu'elle décide de revenir.

« Tu devrais y aller, maintenant, Everett », dit-elle à Wood Mountain.

Elle regarda prudemment autour d'elle. Aucun signe de son père.

Wood Mountain alla jusqu'au pas de la porte poser le bagage de Patrice, adressa un signe de tête entendu à Pokey, puis se détourna et partit.

Le bébé toujours dans les bras, Zhaanat finit par se relever et rentrer. Sitôt à l'intérieur, elle s'assit pour lui donner le sein. Pokey n'y prêta pas attention, mais Patrice, mal à l'aise, demanda à sa mère ce qu'elle faisait – ce n'était pas comme si elle avait du lait. Zhaanat répondit que dans l'ancien temps, quand la mère d'un enfant ne pouvait l'allaiter, il arrivait parfois que des femmes plus âgées puissent prendre le relais.

« Et je ne suis pas si vieille, dit Zhaanat. Mes seins ne sont pas encore de vieux sacs à pipe en cuir tout rabougris. » En chippewa, ça tenait en un mot. Elles éclatèrent du rire suraigu caractéristique des gens qui ont le cœur brisé.

Le tore

Le lendemain matin, Patrice attendit Doris et Valentine au bord de la route, impatiente de laisser derrière elle le nourrisson toujours affamé dont les mugissements étaient comme un robinet grand ouvert. Zhaanat le laissait téter, tout en essayant de lui faire boire du jus de flocons d'avoine bouillis. Pokey était parti tôt à l'arrêt du bus de ramassage scolaire. La route était déserte. Ses camarades l'avaient-elles oubliée ? Patrice entreprit de marcher dans leur direction. Ses pensées fusaient en tous sens, se posant ici et là comme des mouches avant de détaler. « Je sais, dit-elle tout haut. Je sais que je suis peut-être folle. Mais je suis obligée de croire que ma sœur est vivante. » Elle ramassa un petit morceau de quartz lisse et trouble puis le fixa, posé là dans le creux de sa main.

« Je suis en train de devenir folle », dit-elle en le jetant dans les fourrés.

Lorsqu'elle entendit le grognement d'un moteur, puis le crissement du gravier sous les roues de la voiture, elle ferma les yeux de soulagement. Doris se gara sur le bas-côté. Cinq jours durant, Patrice avait été quelqu'un d'autre, sur une autre planète, dans une autre temporalité.

« Bonjour bonjour ! dit-elle en ouvrant la portière arrière.

— On prend les vagabonds, cria Valentine. Grimpe !

— Tu as trouvé Vera ?

— Non, pas encore. Mais j'ai ramené son petit garçon à la maison.

— Un petit garçon ! »

Elles ne parlèrent que de ça pendant tout le trajet. À la fin de leur journée, Patrice avait accumulé des promesses et encore des promesses : des biberons de rechange, l'équivalent de plusieurs semaines de couches, une poubelle avec couvercle où les jeter, et puis aussi des vêtements et une couverture. Tout ce qu'il fallait à un nourrisson, sauf une mère.

« Je connais quelqu'un à qui il reste du lait en poudre, dit Betty Pye. Elle comptait le vendre, mais quand elle saura, je suis sûre qu'elle te le donnera pour rien.

— Je peux payer, dit Patrice l'aquaronne. Ce qu'elle veut. »

Mais c'était pour impressionner la galerie, car elle était certaine que les sacs à pipe de Zhaanat finiraient par donner du lait.

*

Si on fait tourner un cercle autour d'un axe, la surface de la révolution donne un tore. L'intérieur d'un tube. Le tore peut être vide ou plein, quand on considère le tore et son volume interne – un doughnut, par exemple, ou une pierre d'horlogerie. Une toupie métallique tourne dans un trou de pivot au centre d'une pierre d'horlogerie. Le trou a la forme d'un tore et le mécanisme rend possible l'idéal du mouvement perpétuel, exempt de frictions.

Nous ne sentons pas le frottement du temps. Le temps n'est rien sinon tout. Il ne se réduit pas aux secondes, aux minutes, aux heures, aux jours, aux années. Cette substance sans substance, ce façonnement par fléchissement, ce gauchissement, c'est pourtant ainsi que se comprend notre monde.

Zhaanat était allongée sur le lit de sa fille dans un froid rayon de soleil automnal, le bébé, épuisé, dans ses bras. Tous deux dérivaient dans un mouvement perpétuel, exempt de frictions, lorsque Patrice entra et retira ses chaussures. Elle se débarrassa de son chapeau et se coucha près d'eux avant d'ouvrir comme une aile son manteau bleu.

Des stores métalliques

La grande réunion de Fargo se tenait au palais de justice, un impressionnant bâtiment à colonnades en calcaire pâle et lisse. Les couloirs lambrissés de chêne verni, avec leurs chandeliers muraux en cuivre, menaient à de majestueuses salles d'audience, aux bureaux des juges, à des salles de délibération pour les jurys, ainsi qu'à bien des galeries et bureaux divers. La pièce dans laquelle pénétrèrent Thomas et les autres membres du conseil était elle aussi magnifiquement lambrissée. La partie supérieure des murs avait été récemment repeinte en un blanc crayeux terne, et un gris insipide filtrait par les fenêtres côté nord. Une petite femme en talons et jupe noire remonta les stores métalliques.

La lumière émoussée tombait en barres obliques sur une table vernie sous la fenêtre. À l'arrivée de Thomas et de ses compagnons, les quatre hommes assis derrière cette table se levèrent, tous en costume-cravate marron ou gris décliné en divers motifs et nuances. Ils avaient été dépêchés par le Bureau des affaires indiennes d'Aberdeen, Dakota du Sud. Chacun s'avança pour serrer la main de Thomas, des autres membres du conseil et de l'avocat de la tribu, John Hail, avant de se retirer derrière la table.

Thomas posa sa mallette sur une chaise au premier rang, entre John Hail et Moses Montrose. Les autres prirent place de part et d'autre, ainsi que derrière eux : ils étaient en tout quarante-cinq membres de la tribu. Thomas se passa la main sur les yeux et regarda par terre pour masquer son émotion de voir que tant de gens avaient bravé l'éprouvant voyage.

« Bienvenue, dit le directeur régional, John Cooper. Qu'il soit consigné que cette réunion a lieu le 19 octobre 1953, et qu'il est treize heures. »

Les doigts de la secrétaire se mirent à courir sur les touches de sa machine.

« Merci, dit Thomas. Nous sommes ici pour discuter des lois prévues suite au vote de la *House Concurrent Resolution 108*, qui doit mettre un terme aux aides fédérales destinées à l'agence de Turtle Mountain. »

Il prit une grande inspiration pour tenter de dénouer la tension dans son ventre. Il n'avait pas assez mangé au petit déjeuner, trop nerveux qu'il était. Il demanda que John Cooper lise la proposition de loi pour le bénéfice des autres membres de la tribu et s'assit. Mr Cooper passa une liasse de papiers à l'avocat du Bureau des affaires indiennes, Gary Holmes, qui commença la lecture de chaque article.

Au bout de quelques pages, Thomas sentit que l'air commençait à manquer dans la pièce. De brefs éclats de phrases retenaient son attention, laquelle s'égarait dans la densité du passage suivant. Gary Holmes lisait d'une voix calme, éraillée. Il s'interrompait souvent pour se racler la gorge ou émettre un long « hummm ».

réallocation des propriétés fédérales acquises

qu'un terme puisse être mis à... ces Indiens... au vu de la conséquente inutilité de ces derniers

procéder à la vente de ces terres et allouer les sommes ainsi acquises

la gestion en fiducie des

affaires de la Bande et de ses membres est

terminée

termination

terminer

Pire que d'écouter la lecture de la proposition de loi elle-même, il y avait le silence consterné derrière lui. Thomas ne pouvait pas se retourner sans manquer de respect à celui qui lisait, alors qu'il brûlait de croiser le regard de Juggie et de Louis, de Joyce et de Mary, et de toutes celles et tous ceux qui étaient venus de Fargo et de Grand Forks – qui, ayant eu connaissance de la situation, avaient, chacun de leur côté, trouvé le chemin de ce bureau obscur. Martin Cross avait traversé tout l'État pour les soutenir. Il y avait là une douzaine de personnes qui ne parlaient pas anglais, ou le comprenaient très mal, et pourtant elles avaient consenti l'effort et la dépense considérables pour assister à cette réunion. Tandis que les mots poursuivaient leur lent martèlement, Thomas pensa aux endroits où vivaient les siens. John Summer, le vieux Giizis, Clothilde Fleury, Angus Watch, Buggy Morrissey et Anakwad habitaient des baraques de rondins et de terre nichées dans les noues et les collines, à l'abri du vent. Ils tiraient leur eau des étangs ou de maigres sources, éclairaient leur maison au kérosène.

Chacun s'était pourtant présenté dans des vêtements impeccables, quoique usés. Comme des générations d'Indiens avant eux, ils tentaient à présent de comprendre un homme blanc appliqué à lire un document interminable.

Quand Holmes s'interrompit pour dire un mot à Mr Cooper, Thomas se retourna enfin. Les visages des membres de sa communauté étaient empreints d'une intense concentration, laquelle concentration, en l'absence d'orateur, se porta sur lui. Il les regarda tous en retour, un par un. Aucun ne détourna les yeux, comme c'est généralement le cas. Tous lui confièrent candidement leur expression et Thomas accepta le sérieux de leur considération. Revenant face aux envoyés du Bureau des affaires indiennes, il sentit que quelque chose lui avait été communiqué. C'était palpable derrière ses yeux, comme des larmes sèches. Holmes reprit là où il s'était arrêté.

La lecture terminée, Thomas se leva et se tourna de nouveau vers ses amis et parents pour solliciter les commentaires de l'assistance.

Louis Pipestone : Merci. Et maintenant, serait-il possible d'expliquer cette proposition de loi pour qu'un vieux rancher dur d'oreille comprenne de quoi il retourne ?

Mr Holmes : La proposition stipule simplement, une bonne fois pour toutes, qu'il n'y aura plus de services apportés aux Indiens pour les gens de Turtle Mountain. Vous serez désormais les égaux des Blancs aux yeux du gouvernement.

Joyce Asiginak : Eh bien on n'a pas la même idée de l'égalité. Nos droits se détériorent. Cette proposition de loi ne me convient donc pas du tout. Le gouvernement revient sur ses engagements. Vous nous avez laissé trop peu de terres, sans compter que la plus grande partie n'est pas cultivable. Le gouvernement ferait mieux de nous rendre des terres plutôt que de nous chasser de la misère qui nous reste.

Mr Holmes : Ah, bonne nouvelle ! Vous serez relocalisés dans des endroits où vous jouirez de l'égalité des chances. C'est spécifié dans la proposition de loi.

Il y eut soudain un parfait silence. Puis un brouhaha frénétique tandis que chacun répétait, et interprétait, ce qui venait d'être dit.

Juggie Blue : Nous ne voulons pas partir de chez nous. Nous sommes pauvres, mais même les pauvres peuvent aimer leur terre. Pas besoin d'argent pour tenir à sa maison.

Anakwad : *Gawiin ninisidotoosinoon.*

Louis Pipestone : Anakwad, ici présent, dit qu'il ne comprend pas, comme nombre de gens venus ici pour savoir ce qu'il allait advenir d'eux. Il demande que cette proposition de loi soit traduite dans sa langue pour qu'il comprenne.

Mr Holmes se tourna vers ses collègues, haussa les sourcils et sourit. Eux aussi sourirent avec complaisance et secouèrent la tête d'exaspération.

Clothilde Fleury : Je vais m'asseoir près des locuteurs indiens et traduire.

L'auditoire s'organisa en conséquence. Clothilde chuchota à l'oreille de Thomas, puis tout le monde attendit, dans l'expectative.

Giizis (traduit par Clothilde) : Je voudrais très respectueusement demander à Mr Holmes de relire la proposition de loi. La moitié des gens ici n'ont pas compris.

Holmes ouvrit la bouche, puis la referma. Toussa. S'entretint avec ses collègues. Après s'être ostensiblement versé un verre d'eau et avoir bu une longue gorgée, il se remit à lire. Au bout de quelques minutes, Mr Cooper l'interrompit.

Mr Cooper : Je propose que nous fassions une courte pause.

Thomas Wazhashk : Monsieur, avec tout le respect que je vous dois, nous n'avons qu'aujourd'hui pour saisir pleinement une proposition de loi qui vise à tout nous prendre. Peut-on envisager que ceux qui ont besoin d'une pause sortent discrètement pendant que nous poursuivons cette réunion ? Je propose par ailleurs que Mr Holmes répète sa version simplifiée de la proposition de loi. Il me semble qu'il a su en résumer le sens en quelques phrases.

Thomas fut surpris de sa propre audace, mais il tint bon. La réunion continua sur sa lancée, avec les allées et venues nécessaires, de sorte à préserver la concentration dans la pièce.

Mary Montrose : Je ne souhaite pas cette relocalisation. Et si vous relocalisiez plutôt certains de nos voisins qui ne sont pas indiens ? Ils occupent nos meilleures terres.

Mr Cooper (rire sec) : C'est hors de question. Nous représentons vos intérêts, mais nous ne pouvons pas faire ça.

Mr Hail : Nous savons que le département des Affaires indiennes n'est pas à l'origine de l'initiative d'inclure les Indiens Chippewas de Turtle Mountain et leur réserve dans cette loi. C'était une décision du Congrès. Certains membres du Congrès ont entendu dire, ou semblent croire, que les gens de Turtle Mountain ont atteint un tel niveau de développement que le gouvernement devrait s'en dessaisir.

Moses Montrose : Nous sommes développés par certains aspects, c'est vrai. Il y a beaucoup d'Indiens très intelligents dans cette pièce. Mais la plupart d'entre nous sont complètement fauchés. Nous travaillons, mais quand bien même nous deviendrions riches, ça ne changerait rien à notre accord avec le gouvernement. Rien dans le traité ne dit qu'en cas de progrès, nous perdrons notre terre.

Thomas Wazhashk : Je ne vois pas bien sur quelle étude repose l'information concernant notre développement, financièrement parlant, mais je peux vous dire qu'elle est erronée. La plupart des gens de notre peuple vivent sur des sols de terre battue, sans électricité ni eau courante. Je tire mon eau au puits, comme la plupart des Indiens dans cette pièce. Je me considère comme développé seulement parce que je sais lire et écrire. Est-ce que le fait de savoir lire et écrire devrait m'empêcher d'être indien ?

Mr Cooper : Personne n'essaye de vous priver de votre identité indienne.

Joyce Asignak : Si, c'est exactement ce qui se passe.

John Summer : Nous restons qui nous sommes, même en nous développant. En ce qui me concerne, je n'ai encore connu aucun développement.

Mr Hail : Le Congrès essaye de se libérer de son engagement vis-à-vis des traités signés sans limite de temps avec les Indiens. Vous connaissez l'expression « aussi longtemps que l'herbe poussera et que l'eau des rivières coulera ». Je représente un peuple qui a survécu à beaucoup de choses et qui a besoin d'aide pour se remettre sur pied.

Mr Holmes : Ce n'est pas nous qui avons conçu cette proposition de loi.

Eddy Mink (debout et droit, caressant sa cravate en soie) : Je souhaiterais dire quelques mots. Je peux ? Merci. D'après ce que je comprends, le grand État qu'est le Dakota du Nord devra reprendre à son compte les services fédéraux dans notre zone excentrée, pourvoir à l'enseignement, et cetera. Le comté devra désormais s'occuper de nos ponts et entretenir les routes. Il faudra aussi reprendre les services de police et tout ce qui s'ensuit. Je me demande simplement si nos merveilleux État et comté sont désireux de saisir ces opportunités gratifiantes.

Mr Cooper : Je ne suis pas certain que…

Eddy Mink : Bien entendu, si le gouvernement nous embarque et nous largue ici et là – je vous demande pardon, nous « relocalise » –, nous nous retrouverons pour la plupart à Minneapolis et à St Paul. Et si le Bureau des affaires indiennes vend notre terre, ça résoudra le problème.

Anakwad (traduit) : Voyez-vous quelqu'un de riche, ici ? Moi non. J'ai quelques *cents* en poche. Rien d'autre. Depuis que l'homme blanc est arrivé en 1492, il a dépouillé l'Indien de ses richesses.

Juggie Blue : Ils vont tout simplement nous prendre notre terre. Dans cinq ans, toutes les terres de la réserve seront aux mains des Blancs et nous, on se retrouvera sur la route avec nos enfants, en quête d'un endroit où nous installer.

Giizis (traduit) : Nous sommes absolument contre cette proposition de loi. Nous allons la combattre. C'est tout. Nous voulons que les choses restent telles qu'elles sont, et qu'elles continuent ainsi jusqu'à ce qu'on voie une réelle amélioration.

Mr Holmes : Pouvons-nous faire une pause maintenant ? Cette chaise est brûlante.

(Rires)

Buggy Morrissey : Il se trouve que je suis allé à Washington il y a quelques années. J'ai discuté avec le secrétaire à l'Intérieur et le commissaire aux Affaires indiennes. Ils m'ont dit qu'il faudrait plusieurs dizaines d'années avant que les Indiens soient autonomes. Alors je ne comprends pas cette proposition de loi. Peut-être l'avenir nous montrera-t-il que c'est possible.

Moses Montrose : Il n'y avait aucune clause en ce sens dans notre accord originel. Il était censé durer à perpétuité. Même si nous devenions autonomes, le traité vaudrait toujours.

Eddy Mink : Les services que fournit le gouvernement fédéral aux Indiens peuvent s'apparenter à un loyer. En échange de l'usage du territoire entier des États-Unis.

*

Les fonctionnaires eurent l'air un peu stupéfaits d'entendre la déclaration d'Eddy. Puis la réunion se poursuivit pendant encore deux heures, sans que rien de nouveau ne soit dit.

Alors que la séance était sur le point d'être levée, Moses Montrose prit soudain la parole.

Moses Montrose : Je me demande, et je vous pose donc la question, quand vous allez rendre compte de cette réunion, comment comptez-vous présenter ça au Congrès ?

Mr Holmes : Tous les commentaires faits ici ont été retranscrits.

Juggie Blue : Alors s'il vous plaît, retranscrivez aussi ceci. Nous sommes, collectivement et individuellement, opposés à cette proposition de loi.

Thomas procéda à un vote.

En faveur de la proposition de loi : 0.

Contre la proposition de loi : 47.

La séance fut levée. Tout le monde se serra la main et partit. Louis rejoignit Thomas au moment où ce dernier franchissait le seuil.

« Tu te souviens de ma fille Millie ? » Thomas dut avoir l'air un peu perdu, car Louis ajouta : « Qu'on surnomme *Checks*, Les Carreaux ?

— Ah, mais oui, Les Carreaux.

— La fille que j'ai eue avec ma première copine. Une Cloud, mais pas d'ici. Millie fait des études supérieures. Elle est venue sur la réserve poser des questions, rassembler des informations pour un jour se faire appeler professeure, tu te souviens ?

— Mais bien sûr, dit Thomas. Notre universitaire chippewa.

— Elle pourrait peut-être nous aider, avec ses recherches.

— Oui », dit Thomas. Il ne voulait pas afficher son désespoir. « Balançons-leur tout ce qu'on peut. On est dans les cordes, là. »

Derrière le voile cotonneux des nuages, la lumière du soleil était si diffuse qu'il était difficile de savoir l'heure qu'il était. Tard dans l'après-midi, estima Thomas. Il entendit Eddy tenter de persuader Joyce et Mary de s'arrêter boire un verre avec lui.

« Eddy veut se rafraîchir le gosier, dit Moses.

— Et moi donc, dit Thomas. Mais je ferais mieux de me contenter d'un soda avec mon repas.

— Alors ton juge tribal va faire pareil. »

Moses s'accordait un petit whiskey de temps en temps, sans jamais être manifestement ivre. C'était une des raisons qui lui valaient d'être juge. En renonçant présentement à boire, il marquait son soutien au vœu de sobriété de Thomas, qui en était conscient. Et qui, en dedans, voulait boire. Son cerveau le réclamait douloureusement. Une fébrilité nauséeuse l'envahit, comme un début de maladie. Ça empirait à mesure qu'il marchait. Il se sentait énorme ou minuscule, impossible de savoir. L'absence d'ombres, la linéarité des bâtiments et des trottoirs de Fargo n'aidaient pas. C'était en train de lui tomber dessus. Il aurait voulu se dérober. Il fit la grimace, pris de la même sensation que lorsqu'il était puni à l'école. Ou lorsqu'il entrait dans une banque ou achetait quelque chose de cher dans une ville en dehors de la réserve. Leurs regards qui l'opprimaient. Leurs paroles qui l'écrasaient. Leurs yeux qui le pressaient. *Isey*, disait sa mère. Mais il était tellement pire en anglais, ce mot qui voulait dire « honte ». Il lui glaçait le sang. Et cette sensation se transformait en une violente et douloureuse aigreur. Un dépôt sombre au fond du ventre. Ou un poignard dans la tête, si virulent qu'il risquait de le brandir dans un accès de rage. À moins que la lame ne demeure en lui, à durcir encore, jusqu'au jour où elle lui transpercerait le cerveau et le tuerait.

Ces fonctionnaires, avec leurs visages lisses et satisfaits.

Leur approbation lui était aussi détestable que leur condescendance. Cette vérité était toutefois enfouie si profondément en lui qu'elle n'émergeait, en leur présence, que sous la forme d'un sourire amical.

Plus tard, lorsqu'ils sortirent du restaurant qu'ils avaient choisi – une gargote italienne bon marché où ils s'étaient remonté le moral à grandes fourchetées de spaghettis et de boulettes de viande –, Thomas aperçut Paranteau. Il marchait sur le trottoir opposé, luttant contre la pesanteur, tanguant d'un côté et de l'autre. Tous les deux mètres, il s'arrêtait pour se stabiliser, s'accrochant à un poteau, un rebord de fenêtre, une boîte aux lettres. Les pans de son manteau lui volaient autour des jambes. Thomas laissa les autres partir devant et traversa la rue.

« Bonjour, *niiji.* »

Paranteau regardait droit devant lui, les yeux plissés, rivés sur la prochaine intersection, comme pour viser avant de se remettre en mouvement. Il ne sembla pas remarquer la présence de Thomas, mais il se ressaisit et fonça soudain en un galop maladroit. Il parvint au niveau d'un réverbère auquel il s'agrippa, tel un homme pris dans une tornade. Thomas le suivit, contourna la silhouette chancelante, se planta devant Paranteau et lui posa fermement les mains sur les épaules. Quelle vision. Ses cheveux sales lui collaient au crâne. Sa bouche tombait, la lèvre inférieure pendante, épaisse comme un cigare mouillé. Ses yeux rouges et exorbités n'étaient que détresse.

« Ami, cousin, c'est moi. Thomas. »

Paranteau oscillait comme un cheval se préparant à tirer une charge bien trop lourde. Ses pieds tentaient de s'arracher au lampadaire, mais ses mains refusaient de lâcher prise.

« Non, dit-il. Pas encore.

— Si, dit Thomas. Tu es ivre mort. On va te ramener chez toi.

— Non non non. Pas encore. »

Thomas tenta de lui ouvrir les doigts, toujours crispés autour du poteau métallique. Sans succès. Paranteau se mit à souffler et haleter avec intensité. Comme sous le coup d'un grand effort. Ses yeux lui sortaient tellement du visage que Thomas dut détourner le regard. Paranteau ne parvenait pas à lâcher. On aurait dit qu'il avait les doigts soudés au réverbère.

« Oh mon *niiji*, gémit Paranteau. Tu vois comme elle m'aime ! Ma douce ! Elle refuse de me laisser partir ! »

Il éclata d'un rire qui tenait du hululement et du croassement.

« Oh là là ! Oh là là ! Elle me tient, cousin !

— Tu peux t'échapper, dit Thomas. Respire profondément, détends-toi et elle te rendra ta liberté.

— Ah, oui. »

Au bout d'un moment, Thomas s'aperçut qu'un filet d'urine coulait de la jambe gauche du pantalon de Paranteau. Le ruisselet rejoignit le caniveau et Paranteau se mit à pleurer.

« J'étais premier de l'équipe. J'obtenais à chaque fois les meilleurs scores. Personne n'avait ma puissance de feu, impossible de me rattraper une fois que j'étais lancé. Et mes paniers à trois points. Et mon sang-froid dans les moments décisifs, hein ? Toujours au rendez-vous. Et ma détente, hein ? On m'appelait Le Pois sauteur. Tu te souviens ?

— Oui. »

L'équipe de basket s'était qualifiée pour le championnat d'État cette année-là. Deuxième division. Ils avaient frôlé la finale.

« Tu as fait le dernier tir. Failli nous faire gagner, dit Thomas.

— Exactement. Oh mon cousin, je suis malade, maintenant. Je suis mourant, tu vois. C'est la fin du chemin. »

Thomas entreprit à nouveau d'ouvrir les doigts de Paranteau, en vain. Ils étaient chauds, comme si ses mains, concentrant toute son énergie vitale, brûlaient d'une volonté propre. Lorsque Thomas finit par réussir à soulever le petit doigt, on aurait dit qu'il avait actionné un levier magique : les autres s'ouvrirent tous en même temps et ce fut un Paranteau sur ressort qui se dégagea, bondissant comme avant. Paranteau Le Pois sauteur. Et puis ses jambes se replièrent sous lui et il s'élança, tel un cerf, pour disparaître au bout de la rue, manteau au vent, méchamment poussé par la souffrance.

Laisse-le partir, se dit Thomas en revenant sur ses pas. Ramener Paranteau chez lui, c'était aussi plonger sa famille en enfer. Mieux valait le laisser dériver dans Fargo et espérer qu'il survive.

X = ?

Ses poings devenaient flous tant ils allaient vite ! Barnes frappait avec une rapidité telle que l'air faisait voler ses cheveux vers l'arrière et seuls ses yeux d'un bleu liquide, rivés à la poire de vitesse, gardaient une fixité d'acier. Il se voyait comme d'en haut. Puis sur un écran de cinéma. Puis par le mauvais bout d'un télescope. Que faire de cette trahison ? Cet abus de confiance ? Il avait appris de Pokey que Wood Mountain avait aidé Patrice à ramener le bébé par le train, chez elle. Jusqu'à la porte de sa maison. Si toutefois on pouvait appeler maison cette bicoque au milieu d'une vague clairière.

Il fit une pause, des gouttes de sueur plein les yeux, puis se remit à frapper.

Après tout le temps qu'il avait sacrifié pour ce gamin ! Après tous les secrets de boxe dont il avait été prodigue. Après les virées en voiture, aller comme retour, les prêts de chemise, de peignoir, d'équipement. Après lui avoir accordé toute sa fierté et ses espoirs d'entraîneur ! Après tout cela, sans compter les nombreux repas livrés depuis la cuisine de Juggie ou offerts au Henry's, et ce petit déjeuner fatidique au Powers Hotel à Fargo, comment Wood Mountain avait-il osé ? Et que devrait faire Barnes quand ce petit chien en rut se présenterait pour s'entraîner auprès de son brave crétin de coach coiffé en meule de foin ?

« Eh ben dis donc. »

Barnes s'immobilisa, fixant la poire tremblante d'un regard noir.

« Bonjour, coach ! Vous êtes sacrément rapide. »

Barnes se retourna. Ses poings le démangeaient. C'est en vain qu'il s'était demandé ce qu'il ferait puisqu'il se contenta de dire : « Il paraît que tu es allé à Minneapolis retrouver Pixie Paranteau.

— Elle veut qu'on l'appelle Patrice. »

Barnes bouillait de rage.

« Ah oui ?

— Oui. Mais baissez la garde. Elle n'en pince pas pour moi non plus. »

Barnes le foudroya du regard.

« Non pas que j'aie tenté quoi que ce soit. Seulement… je sais pas. J'ai juste pensé que peut-être elle aurait des ennuis. Je sais comment ils ramassent les filles à Minneapolis, ma demi-sœur est de la partie.

— Quelle partie ?

— Cal Strosky et sa bande.

— Qu'est-ce qu'ils font ? »

Wood Mountain regarda ses pieds.

« C'est uniquement parce que ma demi-sœur m'a raconté deux, trois trucs que je suis parti à sa recherche.

— Et donc est-ce que Pixie avait des ennuis ?

— Elle s'en est tirée. Elle portait un costume de bœuf.

— De quoi ?

— Non, rien. Elle n'a pas retrouvé sa sœur, mais elle a quand même récupéré le bébé et elle est rentrée. Je n'ai fait que l'accompagner. Il ne s'est rien passé d'important. Je tenais juste à vous dire que j'ai eu l'impression que, même si j'étais partant – et je ne le suis pas –, elle ne serait pas intéressée.

— Ah.

— Voilà.

— Bon.

— Bon.

— Et moi, tu penses que j'ai une chance ? » Barnes avait parlé d'une voix basse, qui se bloqua au fond de sa gorge dans une sorte de sanglot hoquetant.

« Mais je suis malade ou quoi », crailla-t-il en frappant la poire.

Wood Mountain ouvrit les mains, comme pour aider. Quelque chose se dénoua dans son ventre. Puis il parla.

« Vous n'êtes pas malade. Elle est…

— Je sais, interrompit Barnes. Jolie.

— Non, dit Wood Mountain en se ressaisissant. Redoutablement intelligente. Voilà ce qu'elle est. »

*

Plus tard, tandis qu'il essayait d'aider ses élèves débutant l'algèbre à déterminer l'identité du mystérieux x, comme dans $x + 12 = 23$, ses pensées dérivèrent vers l'élaboration d'une tout autre équation. Une équation amoureuse, disons. Il tenta de se considérer objectivement puis d'attribuer un chiffre à ce qui jouait pour et contre lui. Il estima ses chances dans la vie, confronta le total du physique avenant et de l'amabilité de Wood Mountain au total de sa propre amabilité avenante, de son poste de professeur et de ses autres attributs, tangibles et intangibles. Ce qui l'étonnait, dans la construction de cette équation, c'était d'ignorer si le fait de ne pas être indien constituait un plus ou un moins aux yeux de Pixie. L'équation n'arrêtait donc pas de bouger, refusant de s'équilibrer, faisant apparaître de nouveaux *x* et de multiples inconnues à résoudre.

Il finit par s'en sortir en notant négativement le fait d'être indien et en donnant à sa coiffure la même valeur qu'à celle de Wood Mountain. Mais au réveil, le lendemain matin, il trouva un paquet de cheveux sur son oreiller. Horrifié, il pensa à la calvitie en fer à cheval de son père. Il restructura donc l'équation en diminuant ses chances et en augmentant celles de Wood Mountain. Comment avait-il pu oublier le facteur âge ? Le facteur perte de cheveux? Ou bien n'était-ce pas important ? Le fait de ne pas être indien lui faisait-il gagner ou perdre… disons cinq ans et cinquante pour cent de cheveux ? Il modifia encore l'équation. En tentant de la résoudre, il se demanda si le bébé devait y figurer. Il lâcha son crayon, posa son menton sur son poing. Et avait-il vraiment entendu Wood Mountain dire que Pixie était déguisée en bœuf ?

« C'est le début de la folie », dit Jarvis lorsqu'il entra dans la classe de Barnes et trouva son collègue les yeux perdus dans un plan mouvant de chiffres qui ressemblait au vide intersidéral.

*

Wood Mountain regardait Picasso. Une robe brillante blanc et brun avec une carte de l'Amérique du Nord qui se déployait sur le dos et le garrot. Il avait prévu de partager cette fine observation avec Pixie (dans son for intérieur, il ne pouvait pas l'appeler Patrice, désolé), bien qu'elle ne soit pas de lui, mais de Grace. Grace, fine, coriace, acharnée. Étudiante en géographie. Qui aimait ce cheval encore plus que la nouvelle pouliche. Le monter, c'était chevaucher le monde, disait-elle. Le père du Paint Horse était vraisemblablement issu d'un pur-sang de la région du Bluegrass, un peu plus au sud. L'apparition de la robe pie, malgré l'ascendance de l'animal, restait mystérieuse. Outre la boxe et Gringo, le précieux cheval pâle, Wood Mountain misait sur Picasso pour l'avenir. Depuis qu'il avait pris le train avec Pixie et regardé le petit Archille dormir dans les bras de la jeune femme, il s'était mis à penser à son avenir. Voir Grace monter le Paint Horse lui avait donné une idée. Il s'exerçait désormais deux fois plus dur.

Pendant l'entraînement, il parla à Pokey. À la fin de la séance, ce dernier lui grimpa sur le dos et Wood Mountain détala comme un cheval de course. Ça ne plut pas à Barnes, et ça lui aurait encore moins plu de savoir que son poulain avait décidé de ramener Pokey jusque chez lui. Pour voir Pixie. Ou le bébé. Ou bien les deux. À la vérité, Wood Mountain s'était réveillé ce matin-là brûlant de savoir comment allait le petit.

Il dut poser Pokey deux fois, et il faisait sombre lorsque enfin il arriva devant la maison, le gamin sur son dos. Il aurait aimé qu'il y reste jusqu'à ce que Pixie sorte – il voulait voir son visage quand elle comprendrait qu'il venait de courir toute cette distance en portant son frère –, mais Pokey se laissa glisser au sol et fila à l'intérieur. Et puis seule Zhaanat sortit de toute façon. Il essaya de ne pas parler de Pixie, mais, bien sûr, les mots s'échappèrent tout seuls.

« Elle s'est endormie en rentrant du travail », dit Zhaanat, en secouant doucement le bébé. Celui-ci sembla étonné de voir Wood Mountain, et l'éclair de reconnaissance qui lui passa dans les yeux coupa le souffle au jeune boxeur.

Il s'approcha du nourrisson et lui parla en dakota, ce qui embrasa le regard de Zhaanat pour qui certains comptes n'étaient pas réglés. Il bascula donc vers le chippewa et Zhaanat se détendit, souriant même à l'engouement du jeune homme pour l'enfant. Wood Mountain s'anima, écarquillant les yeux et agitant les mains, et le bébé le suivit du regard jusqu'à ce que, d'étonnement, il laisse échapper un petit rire gargouillant. Wood Mountain refit l'andouille à l'identique et le bébé rit de nouveau. Ce rire enivra tant le jeune homme que Pixie fut reléguée dans un coin de son cœur. Le bébé, qui avait pris la place centrale, rit encore. Lorsque Patrice se leva et sortit de derrière sa couverture en se frottant les yeux, elle trouva Wood Mountain assis à table, en train de lui donner un biberon de lait d'avoine. Tout en tirant sans effort sur la tétine, le bébé faisait de grands gestes, agrippant parfois le visage du boxeur. Quand il lui saisit le nez, ce dernier émit un petit bruit de klaxon, pour la plus grande joie de l'enfant. La scène se poursuivit ainsi jusqu'à ce que le nourrisson fasse un rot et s'assoupisse. Wood Mountain se leva alors pour partir, mais Zhaanat l'obligea à se rasseoir pour manger des pommes de terre frites dans de la graisse de chevreuil et noyées de sauce brune. Il regarda l'antique fusil au-dessus de la porte.

« C'est avec ce vieux machin que Pokey a tué le chevreuil ? »

L'arme semblait dater de l'époque où son grand-père accompagnait Sitting Bull.

« Pokey ? » Zhaanat sourit et désigna Patrice du bout des lèvres. « C'est elle qui a eu le chevreuil cet été. Bien gras. J'ai séché la viande. »

Les pensées de Wood Mountain quittèrent le bébé pour retourner à Pixie. Bon sang. Il fallait bien sûr qu'en plus elle soit bonne tireuse.

Se souvenant du pemmican floconneux, il dit à Zhaanat qu'ils en avaient mangé dans le train et qu'il était délicieux. Pendant qu'il complimentait sa mère, Patrice prit le bébé et disparut derrière une couverture, dans une autre pièce. Wood Mountain ne s'attarda pas.

*

Barnes avait raccompagné Wade chez lui et passé un bon moment à discuter avec son père de la réunion à Fargo. Thomas avait pris un congé pour s'y rendre, et il avait encore une infinité de pommes de terre à rentrer. Il s'était défoulé en maniant la fourche, colline après colline, charge à Wade et aux filles de nettoyer les tubercules et de les enfouir dans la cave à sable. Les laissant à cette tâche, il avait invité Barnes à entrer boire une tasse de thé.

« Je ne comprends pas en quoi c'est tellement catastrophique, dit ce dernier. J'ai plutôt l'impression que ça va vous permettre de devenir des Américains comme les autres. »

La conversation se tenait là où se tenaient toutes les conversations quand Barnes raccompagnait ses poulains chez eux et qu'inévitablement, on lui proposait d'entrer : autour de la table – celle où la nourriture était consommée, cuisinée, mise en conserve, séchée et préparée, celle qui servait aussi à jouer au pinochle et au crib, à baigner les bébés dans un chaudron et à recevoir les visiteurs. Barnes savourait le thé chaud dans un vieux mug blanc qui pesait son poids. Thomas était un homme tellement tranquille et réfléchi que le professeur de mathématiques gardait certaines questions pour lui, assuré d'obtenir de sa part des réponses pondérées.

« Beaucoup de gens ici pensaient comme vous, avant, dit Thomas. Mais nous nous sommes rendu compte que nous tenons bon depuis… Christophe Colomb est arrivé il y a combien de temps ? »

Barnes s'adonna à son activité préférée : le calcul mental.

« Quatre cent soixante et un ans, répondit-il aussitôt.

— Alors disons depuis près de cinq siècles. Nous avons tenu bon malgré tout ce que les vôtres ont trouvé à nous faire subir. Et pourquoi avons-nous résisté ? Parce que nous ne pouvons tout simplement pas devenir des Américains comme les autres. Nous pouvons en avoir l'air, parfois. Nous comporter comme tels, parfois. Mais en dedans, non. Nous sommes des Indiens.

— Oui, mais regardez-moi, dit Barnes. Je suis allemand, norvégien, irlandais et anglais. N'empêche qu'au global, je suis américain. En quoi est-ce si différent ? »

Thomas le scruta d'un œil calme.

« Tout ça, ce sont des pays d'Europe. Mon frère y est allé. Pendant la Seconde Guerre mondiale.

— Oui, mais ce sont tous des pays différents. Je ne comprends toujours pas.

— Nous, nous sommes d'*ici.* » Thomas plongea un moment dans ses pensées en buvant son thé. « Réfléchissez. Si nous, les Indiens, nous avions levé l'ancre, vogué là-bas, tué la plupart des Européens et pris votre terre, hein ? Imaginons que vous ayez une grande ferme en Angleterre. Qu'on s'y installe et qu'on vous en chasse. Qu'est-ce que vous diriez, alors ? »

Ébranlé par ce scénario, Barnes haussa les sourcils avec une telle rapidité qu'une mèche de cheveux lui tomba sur le front.

« Je dirais qu'on était là les premiers.

— D'accord, dit Thomas. Imaginons qu'on s'en fiche. Comme vous avez survécu à tout le bazar, on vous autorise à garder un petit lopin et à y vivre, mais à condition que vous adoptiez notre langue et nos mœurs. Ajoutons que nous sommes des Indiens à l'ancienne. Vous devez donc devenir un Indien à l'ancienne et parler chippewa. »

Barnes sourit en pensant à Zhaanat.

« Je ne le pourrais pas, dit-il.

— C'est normal, reprit Thomas, et ça tombe bien, personne ne vous le demande. Eh bien moi non plus je ne peux pas devenir un homme blanc. C'est comme ça. Je peux parler anglais, planter des pommes de terre, tenir une liasse de billets, acheter une voiture, mais même si ma peau était blanche, je ne serais pas un Blanc pour autant. Et je ne veux pas renoncer à mon lopin de terre. C'est chez moi. Je l'aime.

— Je vois», dit Barnes. Il réfléchit. «Mais j'ai entendu dire que vous obtiendriez la citoyenneté. Ne voulez-vous pas être citoyens américains?

— Hein? dit Thomas. Nous l'avons déjà, la citoyenneté.

— Mais voter? Vous pouvez voter?

— Bien sûr, on a obtenu le droit de vote en 1924. Après l'homme noir, après les femmes. Mais on l'a obtenu.

— Oh. Et pour qui avez-vous voté l'an dernier?

— Pas pour Eisenhower. Les Républicains ont gagné partout de toute façon. Les deux Chambres. D'où cette loi. C'est indigne pour les Indiens.»

Barnes laissa échapper : «Est-ce parce que vous ne voulez pas payer d'impôts?

— Non, répondit patiemment Thomas. Nous payons des impôts, comme vous. Si nous gagnons suffisamment d'argent, nous en payons. La seule différence, c'est qu'il n'y a pas d'impôt foncier. Vous n'allez quand même pas nous faire payer pour le droit de vivre sur une réserve après nous avoir volé le reste de notre terre, si?»

Injuste en effet, pensa Barnes.

«Cette loi va morceler notre terre, voyez-vous, poursuivit Thomas. Pour le moment nous la possédons collectivement. C'est comme ça que ça marche. On peut vendre les uns aux autres, mais ça reste dans la tribu. Alors que cette loi, si elle passe, va fractionner la terre et permettre au Bureau des affaires indiennes de la vendre. Avec une petite commission, sûrement. Et nous, on sera relocalisés. Envoyés à St Paul et à Minneapolis. C'est là qu'on finira. Dans ces habitations empilées… comment les appelez-vous, déjà ?

— Des appartements.

— Voilà. Des petites pièces où se rendre visite. Des rues éclairées. Je connais. Rose et moi, on n'aimerait pas ça. Ça nous rendrait très tristes.

— Je comprends bien », dit Barnes. Dans cette maisonnette où le doux feu du poêle à bois diffusait exactement ce qu'il fallait de chaleur, où le mug de thé refroidissait sur la table abondamment scarifiée et cirée, où l'on entendait deux colombes chanter tendrement dans le pin devant la fenêtre, lui aussi commença à se sentir triste.

« Si j'épousais une Indienne, demanda-t-il, est-ce que ça ferait de moi un Indien ? Appartiendrais-je à la tribu ? »

Barnes était impressionné par le sacrifice qu'il était peut-être sur le point de faire.

Thomas considéra ce grand homme-enfant aux vigoureux épis couleur maïs et aux yeux bleu délavé. Ce n'était pas la première fois qu'il se sentait désolé pour un Blanc. Certains étaient comme ça – traversés par la pensée soudaine que devenir indien serait une façon d'aider. Mais en quoi cela aiderait-il ? Thomas voulait faire preuve de générosité. Pour autant, il résistait à l'idée que son travail sans fin, la chaleur de sa famille, cette identité qui faisait qu'on le suivait dans les magasins et qu'on lui interdisait l'accès à certains restaurants et cinémas, bref, que ce qui le constituait, en bien ou en mal, ne soit qu'un item de plus sur la liste de ce qu'un homme blanc pouvait acquérir.

« Non, dit-il gentiment, vous ne seriez pas indien. Mais ça ne nous empêcherait pas de vous apprécier. »

Barnes courba le dos. Ce que venait de dire Thomas le réconfortait néanmoins. Ça ne les empêcherait pas de l'apprécier. Il serait reconnu, apprécié, et c'était important, car, entre toutes les femmes du monde, son cœur avait élu Pixie. Oh, ce serait Pixie et rien que Pixie. Il devait se battre jour après jour pour se convaincre qu'elle pourrait, qui sait, malgré la figure toujours plus parfaite de Wood Mountain, tourner son somptueux regard incandescent vers lui et le récompenser du genre de sourire qu'il n'avait jamais reçu, mais qu'il avait observé, une fois, quand elle avait ri d'admiration à quelque exploit de son frère.

« Que tes yeux m'admirent, pensa-t-il en rentrant chez lui tandis que l'image de la jeune femme surgissait de l'obscurité. Oh, Pixie, rien qu'une fois, que tes yeux m'admirent. »

Les lumières et même les chiffres du tableau de bord brillaient d'un éclat solitaire. L'équation d'amour penchait d'un côté et de l'autre dans ses pensées, comme une balançoire à bascule. Y avait-il moyen de charger son côté de davantage d'attributs ? Par de modestes changements de garde-robe ? Un subtil désordre dans sa coiffure pour cacher les zones moins fournies ? Des cadeaux… Quelle femme n'aimait pas en recevoir ? Bon, Patrice, peut-être. Un cadeau pouvait éveiller ses soupçons. Mais quid d'un cadeau à son petit frère ? De quoi montrer la générosité de Barnes, sans créer d'obligation. Quel mal pourrait-il y avoir à cela ?

Rêves jumeaux

Le corps des femmes produit de tels miracles. Le bébé tétait intensément depuis une semaine lorsqu'un filet de lait apparut. Patrice avait cru sa mère, mais n'en fut pas moins surprise. Zhaanat lui dit avec une certaine assurance qu'en temps de disette, on avait même vu un homme donner du lait, et affirma que, d'ici au changement de lune, elle aurait un flux normal.

« Jusqu'au retour de Vera, c'est tout », ajouta-t-elle.

Le froid arrivait et, soir après soir, Patrice travaillait à préparer la maison. Elle recimenta les rondins avec de l'argile tirée du bord des marécages et combla les interstices de l'encadrement des fenêtres avec de l'herbe séchée. Grâce à son argent d'aquaronne, elle avait acheté des caisses de plâtre, de la chaux, des rouleaux de papier goudronné, des clous et un marteau. Elle cloua les bandes de papier goudronné à la charpente du toit et utilisa un mélange dense de foin et de boue pour fermer l'avant-toit. Après l'école et la boxe, Pokey l'aidait à plâtrer l'intérieur des murs. Dans le coin où il dormait, ils utilisèrent de la colle de peau de lapin pour afficher des images et des articles : dans la douceur du crépuscule, Rocky Graziano, Tony Zale, Jersey Joe Walcott, Sugar Ray Robinson et Archie Moore fixaient le lointain par-dessus leurs gants ronds. Ces pages ne venaient pas des revues que Valentine passait à Patrice, mais de magazines de boxe que Barnes donnait à Pockey – d'abord une pile, puis une autre, et encore une autre. Barnes avait beau sous-entendre qu'il les avait lus, pages et couvertures étaient impeccables. Puis il offrit à Pokey une veste d'hiver – pas une vieille chose de seconde main, non : une veste à carreaux rouges et noirs toute neuve qui rappelait à Patrice, non sans gêne, la thématique bûcheronne du Rondin 26. La veste avait des manchettes tricotées et un gros col en velours amovible. Barnes prétendait qu'on la lui avait donnée et qu'il se contentait de lui trouver un bon destinataire, mais Patrice était certaine qu'il l'avait achetée, ce qui la contrariait. N'avait-elle pas les moyens d'acheter une veste à son frère ? Ne l'aurait-elle pas fait si le vieux manteau de Pokey avait été usé ? Ce qui n'était pas le cas. Elle aurait d'ailleurs aussi pu lui acheter ce nouveau chapeau en laine marron avec visière et cache-oreilles.

« C'est Barnes qui t'a donné ça ?

— Oui. »

Pokey, tout sourire, caressa le devant de sa veste et effleura du bout des doigts le col de velours.

« Ah, super, dit Patrice, mais d'une façon qui le força à la regarder attentivement.

— Tu penses que je devrais le lui rendre ?

— Non. »

Après tout, pourquoi saboter ce qui faisait la fierté de son frère ? Si ce n'est que Pokey allait en baver quand les autres gamins découvriraient d'où venaient toutes ces belles choses.

« Pokey, ne te vante pas des cadeaux de Barnes, d'accord ?

— Jamais de la vie !

— Et n'accepte plus rien, compris ?

— Compris. »

Il baissa les yeux sur ses chaussures. De magnifiques bottes en cuir toutes neuves aux lacets chinés noir et blanc. Il craignit que Patrice ne dise quelque chose, mais elle était déjà en train d'enduire Tony Zale de colle, à grands coups de bâton, administrant à l'Homme d'acier la raclée de sa vie.

Avant l'aube, Vera revenait toujours. Patrice flottait dans le sommeil quand sa sœur faisait son apparition. Pas telle qu'elle était au moment de son départ pour Minneapolis, en bas et talons hauts, une valise en carton rose à la main. Pas le regard brillant. Pas un petit sourire sceptique au coin de la bouche, se préparant à éclater de rire à ce que venait de dire Patrice. Non, c'était une autre Vera qui venait les voir. Un matin, Patrice se retrouva dans la ruelle où Jack était sans doute mort. Elle s'arrêta une nouvelle fois devant le tas de vêtements sur le sol humide. Une nouvelle fois elle ouvrit le col de la veste. Sauf qu'à la place du sourire de squelette de Jack, c'était Vera, la bouche ouverte, déformée, pleine de sang. Un autre matin, elle se tenait debout dans la poussière d'une pièce vide où ne se trouvaient qu'une seule chaise, un collier en cuir découpé et un drap sale et froissé. Il y eut un bruit de pas et Patrice fit volte-face. Quelqu'un était là, on grattait aux murs et Vera prononça son nom.

Elle se retrouva plus d'un matin en aquaronne, nue dans l'aquarium. Des clients flous remuaient à l'extérieur. Et parmi eux, Vera, qui pressait avec curiosité son visage contre la vitre. Ce n'étaient pas des rêves, mais des scénarios vivaces qui inondaient la tête de Patrice. Comme si tout ce qui lui était arrivé dans la grande ville devait se produire encore et encore, mais toujours en présence de Vera, qu'elle ne trouvait pas mais qui se débrouillait pour la trouver, elle.

« Maman, je fais des rêves étranges », dit Patrice un matin, encore secouée.

Elles étaient en train de manger du gruau d'avoine tandis que le bébé dormait sur les genoux de Zhaanat. Quelques raisins secs agrémentaient la mixture, aussi prenaient-elles leur temps, s'assurant de ne manger qu'un raisin toutes les deux cuillerées, pour les faire durer tout le bol.

« *Wiindamawish gaa-pawaadaman.* »

Alors Patrice raconta ses rêves à sa mère, dont le visage se raidit puis se figea.

« Ce serait bien que Gerald vienne, mais il va être retenu par toutes les cérémonies qu'il doit conduire en cette période, dit Zhaanat. Nous allons devoir nous en occuper nous-mêmes.

— Nous occuper des rêves ? »

Zhaanat fixait la table, dont elle caressait le rebord de sa main extraordinaire. Celle-ci retomba soudain, inerte, sur ses genoux. C'était comme si elle était en train de se vider de sa substance vitale sous les yeux de sa fille.

« Est-ce que tu rêves aussi de Vera ? demanda Patrice.

— Je fais exactement les mêmes rêves.

— Exactement les mêmes que moi ? »

Zhaanat hocha lourdement la tête, fronçant les sourcils sans quitter sa fille des yeux. Et Patrice comprit. Le tremblement commença quelque part derrière son cœur, puis remonta bientôt jusqu'à sa peau. Son corps entier vibrait comme une flèche ayant tout juste atteint sa cible.

« Elle essaye de nous contacter », dit Zhaanat.

Le pow-wow des étoiles

Personne ne les vit arriver. Au lieu d'aboyer pour prévenir, comme d'habitude, Smoker alla à leur rencontre sur le chemin. Zhaanat avait enroulé l'enfant dans un plaid en tricot argenté plutôt que de le glisser dans un porte-bébé traditionnel ; il pendait dans les plis de la couverture comme un sac de sucre. Patrice marchait à ses côtés, en jean à revers, chaussures plates bicolores et chandail vert. Zhaanat aussi était en vert, vêtue de sa robe de calicot à minuscules fleurs dorées. Elles frappèrent à la porte et Rose leur ouvrit.

« Ah, c'est vous ! »

Son visage se détendit de plaisir. Particulièrement proche de Zhaanat, elle affectionnait les deux femmes et voulait justement voir le bébé. Elle le dégagea de l'écume laineuse et le tint dans ses bras, examinant minutieusement son visage et le cajolant pour qu'il lui sourie. Thomas était installé à la table de la cuisine, au milieu des allées et venues des enfants et des récriminations de Noko. Il reboucha son stylo. Il avait écrit une nouvelle lettre à Milton R. Young, ainsi qu'à deux autres membres du Congrès. Il organisait par ailleurs une rencontre entre Louis Pipestone et

Arnold Zeff, qui dirigeait la branche locale de l'American Legion : Louis était chargé d'expliquer que les Indiens qui avaient loyalement servi leur pays seraient livrés à la mendicité dans les rues des villes autour de la réserve. Il espérait que l'association des anciens combattants s'opposerait à la proposition de loi. De son côté, Thomas avait rendez-vous ce matin-là avec le directeur de l'école publique la plus proche, pour lui suggérer de reprendre à sa charge le financement de l'école de la réserve, une fois que le gouvernement fédéral aurait cessé d'apporter son soutien. Ces idées étaient nées des remarques de Biboon et d'Eddy Mink quant à l'impact qu'aurait la termination sur les communautés voisines.

Patrice et Zhaanat s'assirent à table. Sharlo débarrassa ses cahiers d'arithmétique et Fee emporta son livre dans la chambre. Depuis son coin, Noko lançait des regards noirs. Un châle gris hérissé de bouts de fils blancs tout raides sur les épaules, elle retenait sa rage de ses bras croisés. La faim commença à agiter le bébé. Zhaanat le reprit pour l'allaiter, tout naturellement, et Rose prépara du café. La tête de Noko bascula vers l'arrière, ce qui releva une partie de ses cheveux : avec ses yeux exorbités, elle ressemblait à une aigrette folle. Thomas ne manifesta pas la moindre surprise. Rose posa sur la table de grosses tasses éraflées pleines de café brûlant, puis s'assit près de son mari.

« Nous avons besoin de vos conseils », dit Patrice en offrant à son oncle une pincée de tabac.

Puis elle parla du chien, de ce qu'il avait dit, des pièces vides avec leurs chaînes fixées au mur et leurs colliers en cuir découpés qu'on avait abandonnés par terre. Elle n'évoqua que ce qui concernait Vera. Peut-être qu'elle ne parlerait jamais à personne de son bref emploi d'aquaronne. Elle termina son récit par le retour en train. Il y eut un silence, puis Thomas finit par prendre la parole. Le choc avait accumulé des larmes derrière ses yeux, sans qu'il les autorise à couler. Cette chose dépassait son entendement.

« Il faut aller voir la police. »

Il avait la voix chargée d'émotion, mais sa proposition était tout à la fois impensable et décevante pour Zhaanat et Patrice. Demander l'aide de la police des Blancs quand il s'agissait d'une femme indienne revenait presque immanquablement à mettre cette femme en tort. Peu importaient les faits, ce serait elle qu'on jugerait coupable et qu'on punirait. Il était donc impensable d'aller voir la police, et décevant que Thomas fasse confiance à leurs ennemis.

« Les policiers ne nous aideront pas, répondit enfin Zhaanat.

— Nous allons devoir chercher ailleurs, dit Patrice.

— Laissez la nuit me porter conseil », proposa Thomas, conscient que celle-ci serait blanche. Ils parlèrent laborieusement d'autre chose, du travail à l'usine, de sujets neutres, pour que l'inexplicable horreur sombre sous le palier de leurs pensées.

Lorsque Thomas se rendit au travail quelques heures plus tard, il ne prit pas sa mallette. Il savait qu'il serait incapable de se concentrer sur les nombreuses lettres de requête et d'explication en souffrance.

Il serait tout aussi incapable de préparer la réunion d'information qui devait se tenir dans le centre communautaire. Il voulait être certain de bien interpréter la proposition de loi pour cette réunion, mais il savait qu'il ne trouverait pas les mots après ce que lui avait raconté Patrice. Sur le trajet de l'usine, il fut assailli de davantage de craintes encore que d'ordinaire. La crainte de s'endormir. La crainte inverse de ne plus jamais dormir. La crainte que lui inspirait la situation, insaisissable dans sa magnitude. La solitude. Il devait faire face à des forces implacables et lointaines, mais qui pouvaient fuser de ce lointain et faucher tout un peuple.

Et maintenant, ça.

Ce que lui avait rapporté Patrice relevait d'un mal si abyssal que les fondations mêmes de ses croyances en étaient ébranlées. Il avait toujours estimé que la haine ou la violence auxquelles il avait pu être confronté s'expliquaient par l'ignorance, la faiblesse ou la boisson. Il n'avait jamais connu, directement ou indirectement, le genre de malfaisance dont il était question ici – les chaînes au mur, les colliers, ce que le chien avait dit du sort de Vera. Moses Montrose avait raison : Thomas était un enfant de chœur. C'était Biboon, un innocent aussi, à sa façon, qui l'avait élevé. Impossible de franchir le cap de conscience qui lui permettrait de comprendre tout ce qu'impliquait l'existence des pièces décrites par Patrice. Ses pensées déviaient lorsqu'il tentait d'imaginer ce que ces endroits signifiaient. Arrivé à l'usine, il déverrouilla la porte et gagna son bureau, mais fit les cent pas plutôt que de s'asseoir. Entre deux rondes, il resta à fixer les coins sombres de la pièce.

Il avait dû s'endormir, à moins que la fatigue ne l'ait plongé dans une transe. Un léger bruit de tambour le ramena au présent. Ce devait être le harfang, pensa-t-il, désorienté. La chouette était revenue et se cognait aux fenêtres de derrière en luttant contre son reflet dans la vitre. Thomas se leva d'un bond, poinçonna par réflexe sa carte de pointage et se précipita vers la sortie. Il était dehors, dans le froid mordant, quand la porte commença à se fermer lentement derrière lui. Il se rua vers elle. Trop tard. Elle claqua dans un grand bruit. Il n'avait ni veste, ni torche, ni clés – sauf celles de sa voiture, qu'il gardait toujours dans sa poche de pantalon, sur leur porte-clés en cuir décoré de perles. Le vent venait de l'Alberta, via le Manitoba où il se chargeait de glace. Chaque rafale était un coup de poignard. Thomas avait beau être endurci par des années de ce vent-là, il se mit à frissonner. Il se frappa les bras, la poitrine, les cuisses. Il n'y avait pas de harfang, pourtant le martèlement continuait. Pourquoi s'était-il précipité dehors ? Il devait regagner l'intérieur au plus vite. Mais, bien évidemment, il avait fait ce qu'il faisait toutes les nuits : vérifier chaque verrou, secouer les poignées de porte, veiller à ce que tout soit sécurisé. Il était impossible d'entrer, sinon par effraction, et Thomas n'était jamais, de toute sa vie, entré nulle part par effraction.

Il y avait bien eu cette fois où il avait ouvert la fenêtre de la cave pour Roderick mais ça ne comptait pas. On avait pour ainsi dire tué Roderick dans cette cave. Au moins Thomas était-il parvenu à ouvrir une fenêtre en utilisant du fil de fer volé dans l'atelier de Fort Totten. Il en avait tordu le bout pour faire comme un crochet et l'avait introduit par une fente pour tirer sur le loquet en bois – une opération simple, facilement menée à bien. Et puis il avait jeté le manteau, des pommes, quelques quignons de pain et des flocons d'avoine enveloppés dans un mouchoir. Il avait crié à Roderick qu'il s'était fait repérer. C'était faux, mais il fallait qu'il parte. Roderick sanglotait si fort… Thomas ne supportait pas le son de ces sanglots dans le noir.

À supposer qu'il ait présentement du fil de fer, il pourrait le glisser dans une fissure de la fenêtre pleine de givre des sanitaires pour femmes, à deux mètres de haut. Il aurait pour cela besoin d'une échelle – non, il pouvait rapprocher sa voiture et grimper dessus. Il se dirigea donc vers le véhicule en se frappant le corps avec les bras. Une fois au volant, il se frotta les mains et mit le moteur en route. Il fallut de longues minutes pour que la soufflerie rugisse enfin. Thomas se réchauffa les doigts un moment, puis approcha sa tête pour se réchauffer aussi le cerveau. Il nettoyait hélas obsessivement l'intérieur de sa voiture : ni couverture ni veste supplémentaire. Un fil de fer ? Dans le réseau électrique, peut-être. Non, il préférait passer la nuit dans sa Nash plutôt que de lui arracher un fil. La chaleur était merveilleuse. Il redoutait de devoir la quitter. Puis l'inquiétude le gagna : si on le trouvait endormi dans sa voiture devant le bâtiment qu'il était payé pour protéger, Vold en conclurait peut-être qu'il n'était pas à la hauteur. Que la présidence du conseil tribal représentait trop de pression pour lui permettre en plus d'être un bon veilleur de nuit.

Dehors, le tambourinement s'intensifiait. Thomas scruta les ténèbres de l'autre côté du pare-brise. On aurait dit que ça venait de loin. Par un tel vent, il aurait dû y avoir des nuages, mais le ciel était dégagé et les étoiles brillaient, toutes proches. Le tambour venait de là-haut. Thomas avait l'impression que les étoiles tambourinaient dans l'immensité sans lune. Et s'en donnaient à cœur joie. Oh, mais… D'un bond il sortit de la voiture pour aller ouvrir le coffre. Il y avait là une vieille couverture rapiécée qu'il avait récupérée à la mission. Quand il la saisit pour s'en envelopper les épaules, il découvrit un rouleau de fil de fer. Du fil bon marché qu'il avait acheté à son dernier passage au village pour fabriquer des pièges, un peu mou et trop souple, mais qui ferait sans doute l'affaire. Thomas retourna vite au volant, contourna le bâtiment et se gara tout près du mur. Bien sûr qu'il allait s'en sortir. Tout irait bien. Il mit le chauffage à fond et pensa à la source des battements de tambour qu'il entendait toujours, légers, dans le ciel. Le son lui redonna espoir et, à force de torsions, il parvint bientôt à couper un morceau de fil de fer. Il réfléchit au fonctionnement du loquet de la fenêtre et forma une boucle à une extrémité. Il attraperait la petite protubérance qui maintenait la fenêtre fermée, resserrerait la boucle et soulèverait le tout. Il sortit de la voiture pour mettre son plan à exécution.

Vingt minutes plus tard, les mains quasi gelées, il redescendit. Il comptait se réchauffer et faire une nouvelle tentative, mais cette fois-ci, lorsqu'il tourna le contact, il ne se passa rien. Il essaya encore et encore. Rien. Il attendit. Renouvela l'essai. Rien. Rien. Rien. Il avait maintenant extrêmement froid. Si froid que son cerveau ralentissait. Même ses aisselles étaient devenues insensibles et ne réchauffaient plus ses mains quand il les coinçait dessous. Il avait tellement froid qu'il savait qu'il fallait abandonner et marcher vers les lumières de la ville – pas marcher, courir – s'il voulait rester en vie.

Il sortit de la voiture, au grand air, quitta la route de gravier et s'engagea dans le pré luisant de givre. Il perdit l'équilibre, tomba violemment par terre et resta couché là, hébété. On aurait dit qu'il avait été jeté au sol comme un jouet. Ils vous écrasaient sans prévenir. C'était comme ça, de vivre avec eux. Oh que oui ! Thomas les avait observés. Il s'était efforcé de ressembler en tout point à ses professeurs. À ses patrons. Il avait essayé d'adopter leurs façons de faire. Même si elles ne lui convenaient pas, il avait essayé. Il avait essayé de gagner de l'argent, comme eux. Il avait pensé qu'en travaillant dur et en suivant leurs règles, il mettrait sa famille à l'abri du besoin et protégerait son peuple du pire. Mais rien de tout cela n'était vrai. La conscience empoisonnée de ce que des hommes avaient fait à Vera prit possession de son cerveau.

Il ne pouvait repousser les images. Son esprit en était déchiré. C'était insoutenable, ce qu'ils lui avaient fait. Ce qu'ils continuaient à lui faire, si elle était toujours en vie et entre leurs mains. Il cria. Le froid l'avait soudé à l'herbe comme le pauvre Paranteau à son lampadaire.

Les battements de tambour s'intensifièrent encore. C'est alors que, levant les yeux, Thomas les vit. Des êtres vaporeux et de même radiance. Qui descendaient aimablement des cieux. Ils avaient la silhouette de personnes ordinaires vêtues de vêtements ordinaires – chemises, pantalons et robes d'étoffe lumineuse. Thomas voyait à travers eux sans qu'ils soient vraiment transparents. Ils avaient visiblement travaillé dur. Mais les astres ne travaillaient-ils pas toujours dur ? Ce n'était pas si simple de briller, là-haut. L'un de ces êtres de lumière était Jésus-Christ, mais il ressemblait aux autres. Tous hochaient comiquement la tête en regardant Thomas, pour dire qu'ils comprenaient son étonnement. Soudain toute sa douleur s'évapora. Empli de clarté, il se leva, car il savait que les tambours voulaient qu'il danse. Au milieu des nuages et sur la terre, ils dansaient dans le sens contraire des aiguilles d'une montre, comme le font les esprits au royaume des morts, et ils voulaient que Thomas les rejoigne. Alors il dansa avec eux. Chaque fois qu'il posait le pied sur l'herbe rigide, une luminescence liquide jaillissait dans les airs. Il portait une coiffe imaginaire qui répandait de la lumière à chaque mouvement de tête. Il baissa soudain les yeux et vit dans sa main un bâton de danse fait d'aurore boréale. Les yeux brillants, le cœur rugissant, le sang propulsé jusqu'au bout des doigts, il se mit à entonner le chant qu'ils lui offraient.

Lorsque le tambour cessa, Thomas grimpa sur le toit de sa voiture, tira le fil de sa poche et ouvrit la fenêtre des sanitaires. Il se hissa par l'ouverture et se laissa tomber sur le sol en linoléum vert. Puis il regagna son bureau, récupéra ses clés, poinçonna sa carte et se précipita à sa voiture. Elle démarra du premier coup. Il la ramena à sa place de parking et retourna vite s'asseoir dans l'usine. Il n'avait que deux minutes de retard sur l'horaire de pointage. Il se versa une tasse de café et salua l'aube.

Agonie serait son nom

Les hommes sentaient l'essence chaude, la sueur alcoolisée, la viande gâtée, les cigarettes par millions. Ils parlaient la langue du carcajou. Leurs barbes s'écrasaient contre son visage jusqu'à ce qu'elle ait les joues à vif. Si elle voulait s'enfuir, elle devrait passer entre les lames. Si elle survivait aux lames, elle n'aurait plus de peau pour la protéger. Elle serait écorchée vive. Ne serait plus qu'une chose. Plus qu'agonie. Des moteurs géants grinçaient derrière le mur. Parfois, comme l'écho d'un gong, elle entendait sa mère crier son nom.

La fête de rentrée

Or vif sur fond vert, luisantes sous les trombes d'eau, les feuilles matelassaient les sentiers des bois. Tous les Wazhashk étaient au travail. Dans les marais, les petits rongeurs faisaient des réserves de brindilles tendres. Dans les champs, la famille ramassait à la fourche les dernières carottes. Des piles de courges – vertes et verruqueuses, orange ou encore brun doux – et de potirons denses emplissaient la cave, s'entassaient contre la maison. Il y avait des tresses d'oignons. Les ballons pâles et moelleux des choux. Des caisses de navets crème et violet. Des boisseaux de pommes de terre. Thomas transportait chargement après chargement. Wade et Martin se chamaillaient en grimpant à l'arrière du chariot, s'installant comme ils pouvaient entre les légumes. Ils se chamaillaient toujours lorsqu'ils déchargèrent les produits au café, puis à l'école et enfin au réfectoire du corps enseignant. Juggie Blue dirigeait les opérations, leur disant où poser ceci et cela. Le lendemain, il y aurait un défilé, un buffet, un match de football américain et le couronnement de la reine et du roi. Sharlo faisait partie des élèves de dernière année que leur contribution à la vie scolaire rendait éligibles à la couronne. C'était *Homecoming*, la fête de rentrée à laquelle participaient anciens et nouveaux.

« Tu vas défiler ? demanda Juggie à Thomas.

— Pas cette fois. Mon père compte regarder depuis la voiture. Je resterai avec lui.

— Et Rose ?

— Elle est en train de travailler à la robe de Sharlo.

— Oh ! Elle est comment, cette robe ? »

Le visage de Juggie s'était éclairé. Elle adorait les robes, même si elle ne portait que des salopettes.

« Longue, je crois. Peut-être… bleue ? »

Juggie plissa les yeux.

« Longue et peut-être bleue ? C'est tout ce que tu peux me dire ?

— Il y a des fronces quelque part.

— Tu parles d'une description ! »

Thomas avait observé Juggie attentivement pendant leur discussion. Il s'éloigna, rassuré par l'exaspération de son interlocutrice qui ne semblait pas le traiter comme si quelque chose clochait. Il avait aussi observé Rose avec attention. Avait-il changé depuis l'apparition des esprits dans le champ gelé ? Se comportait-il bizarrement avant cela ? Comment être juge de son propre comportement ? Thomas n'avait rien raconté de son expérience, de l'apparition des êtres de lumière. Il se confierait à Biboon en temps voulu, mais n'osait en parler à personne d'autre. Que pourrait-il dire au juste à quelqu'un qui n'était pas son père ? J'ai participé à un pow-wow d'étoiles ? J'ai rencontré Jésus-Christ et c'est un chouette type ? Les gens lui riraient au nez, penseraient qu'il avait recommencé à boire, craindraient qu'il soit en train de perdre la boule sous le coup de la pression. Et puis aussi – et c'était peut-être là le plus important – il ne voulait pas qu'on trouble la paix qu'il éprouvait depuis. La fatigue et la nervosité n'avaient pas disparu, mais la crainte s'était dissipée. Ses visiteurs avaient laissé quelque chose de leur présence réconfortante.

Toutes les nuits désormais, après avoir vérifié par deux fois qu'il avait ses clés, il sortait regarder les cieux. Il fredonnait tout bas, tâchant de se souvenir du chant sur lequel ils avaient dansé. Quant à Jésus-Christ, Thomas se dit qu'il ferait bien de retourner à la messe.

La pluie cessa et, quand vint le samedi matin, le temps était dégagé et l'air vif. Tous les participants à la parade se rassemblèrent derrière l'église pour défiler en méandres désordonnés à travers le village en direction de l'école. Un bouquet de fleurs en velours jaune épinglé à son manteau, Sharlo était perchée avec ses amies sur la banquette arrière de la décapotable du professeur d'anglais. Fee était de la partie comme trompettiste et Pokey sautillait sur le plateau d'un pick-up aménagé en ring de boxe, le regard noir, faisant mine d'échanger des coups avec les autres garçons. Les jeunes boxeurs auraient voulu rester torse nu, mais Barnes avait insisté pour qu'ils portent leurs vestes d'uniforme ; ils avaient toutefois été autorisés à mettre leurs gants neufs et marquaient la fin des rounds avec une cloche empruntée au guichet de la poste. Trois anciens en habit traditionnel de velours noir orné de perles dansaient à l'arrière du pick-up de Louis. Les jeunes danseurs venaient ensuite. Dans une tenue qu'il avait empruntée à son grand-père, Wade se balançait d'un pied sur l'autre, promenant par terre un regard de chasseur. Quelques femmes portaient des robes en coton marron frangé imitant le daim, et celles qui avaient les cheveux les plus courts s'étaient fabriqué de fausses nattes avec des bas en nylon remplis de crin de cheval. Elles arboraient des bandeaux perlés au métier à tisser et des médaillons scintillants. Deux danseurs excentriques exhibaient un caleçon long et rouge sous leur pagne et une rosace de plumes dans le dos ; ils se baissaient, virevoltaient, marchaient, riaient, saluaient le public et plaisantaient avec lui. Ils distribuaient aussi des crayons, sortant cérémonieusement chaque bâtonnet jaune de leur sac en toile et le tendant à un enfant ici et là.

En chapeau de cow-girl, jupe corolle à franges et santiags, Grace Pipestone montait la nouvelle jument, Darling. Celle-ci avait une robe rouanne bleutée particulièrement jolie, le regard souligné de grands traits couleur de nuit, et des fanons sombres qui donnaient à son trot rapide un air vif et précis. Il y avait d'autres cavaliers dans le défilé, mais aucun n'était vêtu de façon aussi tape-à-l'œil que le directeur de l'école, Mr Tosk, avec son gilet en daim frangé véritable et sa coiffe en plumes d'aigle – laquelle, toujours exhibée pour les grandes occasions, frémissait avec beaucoup d'allure sur sa tête et se prolongeait dans son dos. Mr Tosk montait un des chevaux les plus précieux de Louis, Gringo, à qui l'amour avait fait perdre son fabuleux sens de la course et qui servait désormais d'étalon. Il avait une robe rouanne pâle, presque cremello, des oreilles douces qui évoquaient un lapin et un visage crème teinté de rose. Sa crinière, soigneusement peignée, humidifiée et tressée la veille au soir, avait été dénouée et se déversait en vaguelettes blanches sur la courbe de son encolure. Grace avait fait de même avec sa queue, dont les ondulations lumineuses venaient frôler la route. C'était un cheval très glamour qui aurait vraiment mérité un autre nom – Wood Mountain l'avait souvent dit. Au volant de la DeSoto vert et blanc de sa mère, celui-ci tirait une petite remorque chargée de balles de foin où étaient assises Juggie et Deanna, déguisées en mendiantes. Juggie tenait une pancarte qui disait *Fauchées par la termination.* Mr Vold conduisait pour sa part un gros break marron enrobé de festons de papier crépon doré retenus par des pierres d'horlogerie en carton. Sur le toit voisinaient une énorme montre et une fusée conçues par Betty Pye.

L'usine était aussi représentée par la voiture des Lauder. Des écriteaux étaient suspendus aux fenêtres et le siège passager était occupé par nulle autre que Valentine, en grande discussion avec Doris sur le moyen de faire coïncider des motifs écossais sur le biais d'une jupe. Depuis la banquette arrière, Patrice et Betty Pye, chacune munie d'un petit sac de caramels faits maison soigneusement enveloppés de papier ciré, jetaient de temps à autre une poignée de confiseries aux jeunes gourmands qui regardaient passer le défilé – et dire que, deux ans plus tôt, Patrice et Valentine étaient au cœur de l'action, toutes deux en lice pour l'élection de la reine. Patrice et Betty avaient aussi prévu des boules de pop-corn, mais celles-ci perdaient trop souvent leur emballage en vol, quand elles ne s'écrasaient pas sur la chaussée.

Vernon et Elnath se tenaient sur le bord de la route, l'air mal à l'aise, à mi-chemin du trajet de la parade. D'abord identifiés comme les étrangers en costume noir, auquel s'étaient ajoutés des pardessus noirs, tout le monde les connaissait désormais comme les Mormons.

Patrice jeta deux ou trois caramels dans leur direction. Vernon se pencha pour les ramasser et en enfourna un dans sa bouche, sous le regard brillant d'indignation d'Elnath, bras croisés et sourcils froncés.

«Tu as vu ces deux types?» demanda Patrice à Betty.

Cette dernière se retourna. «Oh, ce sont les missionnaires. Grace Pipestone est en train d'en convertir un.

— Comment ça?

— Louis les laisse dormir dans sa grange. Et celui qui a la bouche pleine, eh ben il en pince pour Grace. Mais elle lui a dit que c'était même pas la peine d'y penser tant qu'il ne serait pas catholique. Alors il réfléchit.

— Je ne compterais pas trop sur Grace, lâcha Valentine depuis la banquette avant. Elle a d'autres chats à fouetter. J'ai entendu dire que Wood Mountain avait des vues sur elle.

— Mais elle n'a même pas seize ans, dit Patrice, scandalisée.

— Yeux verts qui cillent, yeux verts qui brillent, rétorqua Valentine d'un ton suffisant.

— Et ça veut dire quoi, ça ? »

Valentine se tourna vers Doris Lauder et toutes deux pouffèrent de rire.

Le défilé progressait lentement, mais toucha bientôt à sa fin. Véhicules, piétons et danseurs arrivèrent sur le parking de l'école. Les prétendants et prétendantes à la couronne descendirent de voiture et gravirent les marches pour se répartir sur le grand perron bétonné devant les doubles portes. Thomas avait déjà garé sa Nash à proximité afin que Biboon, assis sur le capot, puisse assister au couronnement du roi et de la reine. Le vieil homme frêle attendait, enveloppé dans une couverture de l'armée sous les faibles rayons du soleil, savourant l'excitation ambiante. Peu à peu, la foule fit silence.

D'un côté du perron, Mr Jarvis et Mrs Edges, professeure d'économie domestique, tenaient chacun une couronne fabriquée avec du fer-blanc, du fil de fer et de la peinture argentée à paillettes. D'autres enseignants portaient les capes rouges et les sceptres qui seraient remis aux monarques. Mr Jarvis s'avança le premier et couronna rapidement Calbert St Pierre, l'un des boxeurs les plus timides de Barnes. Il y eut des applaudissements, accompagnés de quelques hourras et railleries bienveillantes quand on drapa la cape sur ses épaules. Puis la foule fit à nouveau silence. On n'entendait plus que les hennissements et soufflements des chevaux arrachant des pousses d'herbe au bord de la route. Ce fut alors au tour de Mrs Edges de s'avancer : espiègle, elle tendit successivement la couronne au-dessus de la tête de chaque fille, avant de finir par la poser sur les boucles brunes savamment travaillées qui formaient un halo flou autour du visage radieux de Sharlo. L'assistance retint son souffle. La nouvelle reine écarquilla les yeux de surprise, puis ses traits se tordirent, déformés par l'émotion soudaine. Le temps qu'elle se ressaisisse et retrouve le sourire, certains spectateurs étaient en proie aux souvenirs.

Thomas vit sa fille, quatre ans, crier depuis le sommet d'une meule de foin avant de se jeter dans les airs. Il avait fait volte-face en une fraction de seconde et plongé vers elle. La fourche qu'il avait négligemment abandonnée sur la meule tomba avec l'enfant et se ficha dans le sol, tout près, tandis que père et fille roulaient sur le côté. En regardant l'outil qui vibrait devant ses yeux, Thomas avait senti un sanglot d'horreur lui déchirer la poitrine. Sharlo lui avait alors tapoté la joue, avec sur le visage cette même expression mystérieuse d'arrêt en plein vol qu'à l'heure de son couronnement.

Rose vit son fer à repasser rutilant trôner fièrement sur l'armoire.

Patrice fut brutalement ramenée au jour où elle avait été couronnée reine sur ces mêmes marches. Ce jour où, la cape rouge sur les épaules et le faux sceptre à la main, elle avait regardé la foule, qui lui avait semblé si loin. Elle avait senti son cœur se gonfler, telle une pierre dans sa poitrine. Et elle s'était souvenue. Souvenue comment chacune de ces personnes s'était moquée d'elle quand elle était petite, si pauvre, alors, qu'elle venait en classe avec des chaussures découpées sur le devant pour laisser passer ses orteils, des sous-vêtements cousus dans un sac à farine, dépourvue de manteau jusqu'à ce que la maîtresse lui en dégote un, et coiffée des longues nattes traditionnelles. On l'avait traitée de squaw. Même les autres filles. De souillon. Et puis quand Vera avait été assez grande pour récupérer ou coudre des vêtements, quand les seins de Patrice avaient poussé et que, d'affamé, son visage était devenu elfique puis charmant, on avait changé de regard sur elle. Voilà à présent qu'elle était reine. Mais elle n'avait pas oublié. Elle n'oublierait jamais. Et soudain, oui, sous le poids de la couronne, soudain elle avait eu envie que tous, tous, ils s'inclinent. Elle voulait que les garçons qui l'avaient traitée de squaw, eux surtout, se mettent à genoux, comme à l'église. Comme devant la statue de la Vierge, parfaite, brillante, bénie et souriante. Oui, qu'ils s'agenouillent ! Oh, elle voulait qu'ils baissent la tête de peur, comme si le petit sceptre qu'elle tenait était une épée. Elle voulait voir les enseignants faire la révérence, lever peut-être le regard vers elle, béats d'admiration, puis vite rebaisser la tête, de crainte qu'elle ne s'aperçoive qu'ils avaient daigné poser les yeux sur elle.

Et les femmes qui parlaient dans son dos ou se moquaient des mains de sa mère, elle voulait que ces femmes la redoutent. Et les hommes arrogants qui la reluquaient de haut en bas et lui lançaient des clins d'œil. Ces hommes. Qu'ils détournent la tête comme sous l'effet d'une gifle.

C'est en transe que Patrice avait redescendu les marches du perron, pourtant personne ne s'était incliné. Rien de tout cela n'était arrivé. Il y avait simplement eu des cris et des applaudissements, et tout le monde avait été très gentil. Sauf Valentine. Dont l'amitié, dès lors, était devenue peu fiable. Oui, se dit Patrice, elle aurait dû forcer Valentine à s'incliner, la forcer à tenir la pose et à cesser de toujours chercher à la déstabiliser.

Tandis que les vedettes du défilé se fondaient dans la foule et que les gens se consultaient en petits groupes sur la suite du programme, Gringo, le cheval monté avec tant de panache par le directeur, poussa un hennissement retentissant et bondit vers Darling, forçant son cavalier à batailler pour reprendre les rênes.

Depuis l'autre côté de l'attroupement, au milieu des gens et des voitures, la jument de Grace Pipestone répondit d'un air aguicheur. Elle donna un grand mouvement de tête vers l'arrière, voulut s'immobiliser, puis lança des œillades à Gringo. Grace la talonna pour procéder à une rapide manœuvre d'évitement. Elle contourna au trot la DeSoto de Juggie, laquelle, dans son déguisement de mendiante, se précipita vers Gringo et tenta en vain de saisir son licol. Darling tourna alors sur elle-même et Juggie s'aperçut qu'elle était en chaleur : sa vulve dilatée s'ouvrait et se fermait.

Barnes passait à ce moment derrière la jument et s'arrêta, pétrifié de peur – il n'avait jamais rien vu de tel. Il agita les bras et courut rejoindre Wood Mountain. Juggie se rua alors vers Darling et sa cavalière en criant :

« Grace, descends ! Elle cligne de la vulve ! »

Peut-être que Grace n'entendit pas, ou peut-être qu'elle voulut malgré tout guider sa monture loin des gens. Elle réussit à sortir de la foule dans l'idée de gagner la cour de l'école. L'idée seulement, car Darling n'était pas d'accord : elle traînait, clignant toujours de la vulve en direction de Gringo, et refusait de galoper, du moins jusqu'à ce que Grace ait recours aux éperons décoratifs de ses bottes. Elle fusa alors, et les oreilles de Gringo se dressèrent aussitôt. Mr Tosk eut beau tirer sur les rênes, les yeux ronds d'inquiétude, l'étalon secoua la tête, lança un cri scandalisé et se précipita après Darling, qui galopait maintenant à pleine vitesse vers les balançoires – d'épaisses planches de bois au bout de chaînes accrochées à un portique de trois mètres de haut. Grace parvint à diriger la jument entre les balançoires, mais Mr Tosk, hurlant et gesticulant, fonça droit dans l'une d'elles. Gringo fut pris à la gorge, sa noble gorge, comme dans un piège. Il se cabra et s'enroula dans la chaîne avec son cavalier, brisant le rachis des plumes d'aigle, manquant de s'étrangler. Louis jeta une couverture sur la tête du cheval et libéra prestement le directeur tandis que Grace mettait pied à terre. Dès qu'il ne sentit plus les chaînes, Gringo s'élança puis, d'un bond, se dégagea du portique pour galoper le long de la piste de course et rejoindre Darling, laquelle entra tranquillement dans les broussailles du petit bois qui séparait le terrain de l'école d'un champ de foin.

Plus tard ce soir-là il y eut le bal et on dansa. Les couples, sur leur trente-et-un, attendaient les uns derrière les autres que vienne leur tour de s'élancer dans le gymnase obscur. Chaque couple était arraché aux ténèbres par le projecteur de Mr Jarvis. Tout le monde pouvait participer, ce n'était pas réservé aux élèves du lycée. Les gens s'attablaient, derrière la piste, pour manger des tourtes aux amélanches, des petits pains fourrés à la gelée et des parts carrées du grand gâteau au caramel de Juggie Blue. Ils buvaient du punch, servi dans des saladiers posés au milieu des desserts, en regardant le défilé des danseurs.

Debout près du mur, Thomas et Rose sirotaient un mélange de jus de fruits et de soda au gingembre. Le roi et la reine du jour ouvrirent le bal sur une marche mitchif entraînante, jouée par deux violons. Le projecteur découpait un halo tremblotant sur Sharlo. Sa couronne, surmontée d'une étoile d'argent, attrapait ce qu'il y avait de lumière, et la jeune fille semblait flotter plutôt que marcher. Peut-être ne touchait-elle pas le sol. C'est ce que se dit Thomas, un peu perdu, en la regardant se déplacer comme par magie dans la pénombre. Elle faisait partie de ces êtres de lumière. Une étoile ayant reçu forme humaine le temps de son passage sur terre.

Puis Angus et Eddy attaquèrent le concert pour de bon et les couples se séparèrent, remuant bras et jambes, passant à gauche, à droite, changeant de main, s'étreignant parfois dans un cha-cha, l'espace d'un instant, là, sur la piste. Entre deux danses, Grace Pipestone se mit à la guitare, bientôt imitée par Wood Mountain. Toujours attablés, les plus âgés regardaient les danseurs en grignotant une part de tarte et en buvant du café. La musique oscillait entre bop et quadrilles endiablés. Puis, à la grande surprise des anciens, Mr Jarvis annonça qu'il allait utiliser un haut-parleur permettant de diffuser des disques suffisamment fort pour qu'on puisse danser dessus. Pour la première fois, une version rocailleuse de « Night Train » de Jimmy Forrest emplit le gymnase. Le morceau, qui jouissait d'une immense popularité, passa en boucle et fut bientôt repris en live par Angus et Eddy avec quelques variantes. Personne ne voulut danser sur autre chose de toute la soirée.

À la fin du bal, Mr Jarvis récupéra son disque et le rangea dans la pochette cartonnée. Il souffla respectueusement sur la tête de lecture de son électrophone, remit le bras sur son support, puis débrancha l'appareil avant de refermer délicatement le boîtier et d'emporter le tout. Il avait payé le projecteur de sa poche et l'emporta donc aussi.

Barnes fut le dernier à quitter l'école. Il s'attardait sans raison, encore vaguement anéanti que Patrice ne soit pas venue au bal. Un peu plus tôt, des larmes brûlantes lui étaient montées aux yeux quand il avait compris qu'il ne la verrait pas. Encore des larmes ! Qu'arrivait-il à sa virilité ? Il s'était précipité vers l'amie de Patrice, Valentine, pour l'inviter à danser. Cette dernière avait la taille fine et acquiesçait à tout ce qu'il disait.

Elle était encore là lorsqu'il émergea du gymnase.

« Et si on vous déposait ? » s'exclama-t-elle en lui prenant le bras. Elle sentait un peu le whiskey. Lorsqu'ils descendirent les marches d'un pas leste, Barnes regarda autour de lui : personne. Valentine grimpa à l'avant de la voiture de Doris Lauder.

« Merci, mais j'habite en face, dit Barnes. Je peux rentrer à pied.

— Certainement pas ! beugla Valentine. Allez ! On va à un bal sauvage ! »

Il avait toujours voulu connaître ça – il y aurait de la musique rapide, des danses frénétiques, de la bière artisanale, du vin, et peut-être Pixie. Il monta donc à l'arrière et s'installa au milieu de la banquette. Au bout d'un moment, il étendit ses bras de part et d'autre du dossier. Comme il n'avait pas l'habitude d'être conduit par une femme, il lui semblait opportun de prendre le plus de place possible.

Le bal sauvage

Une fois l'acte sexuel consommé, ils s'ennuyaient, irrités. Et puis il n'y avait rien à manger. Ils ne se séparèrent pas vraiment, mais réussirent à s'ignorer tout en marchant d'un pas lourd en quête d'herbe savoureuse. Il y avait bien le champ de foin, mais il avait été fauché et le chaume était sec. Ils firent donc demi-tour et traversèrent le bois. Darling entendit la voix de sa cavalière qui l'appelait, mais cela n'eut pas le même effet sur elle qu'une heure plus tôt. Elle continua d'avancer à côté de Gringo, lequel faisait totalement abstraction des sons humains et savourait encore la perfection de ses sensations. Ils passèrent entre des chênes, puis des bouleaux, puis par un autre champ de foin décevant, avant d'arriver sur un terrain à l'abandon où ils broutèrent tout leur saoul et évacuèrent en crottin le stress de la parade.

Ils s'abreuvèrent au milieu d'un marécage, se roulèrent dans la boue. Peu à peu le monde s'assombrit. Ils auraient pu se reposer, mais le vent était froid et ils commençaient à regretter de n'être pas au chaud, près de ces êtres pénibles qui, malgré tout, leur offraient à l'occasion une friandise ou deux. Une pomme noueuse, un morceau de carotte, une croûte de pain bannique. Ah, ça ! Gringo trotta vers l'odeur que charriait l'air ambiant et qui précédait généralement la croûte, la carotte, la pomme. Ils se trouvaient près d'une maison.

Et de cette maison jaillissaient les sons de créatures qui étaient peut-être de leur espèce, ou d'une espèce proche, ou de l'autre espèce : hennissements, gloussements, halètements, mugissements, barrissements aigus et bruyantes expirations. Ils se rapprochèrent, marchant sur du gravier puis de la terre, se retrouvant enfin sur une vague pelouse piétinée et fade à attendre qu'on leur donne de la vraie nourriture. Du grain glisserait tout seul. Mais les cavalcades et les couinements se poursuivaient sans discontinuer au cœur de la chaleur familière. De temps à autre, il en sortait un ou deux humains, qui criaient ou se rejoignaient par paires à l'arrière de voitures nauséabondes. Personne n'avait l'odeur qu'il fallait. Personne n'avait à manger. Pour finir, la tête basse, ils regagnèrent la route en traînant des sabots et parcoururent les quelques kilomètres qui les séparaient du sentier herbeux menant à leur propre champ. Trop accablés pour sauter par-dessus la barrière, ils attendaient qu'on les fasse entrer lorsqu'une rafale de vent ouvrit grand le portail. Alors que Darling s'avançait, Gringo la bouscula sans ménagement et, soudain, elle éprouva pour lui la plus parfaite répugnance. D'un coup de son joli petit sabot, elle lui entailla méchamment le ventre, déchirant l'or teinté de rose de sa robe. La seule imperfection qu'il aurait désormais.

Meule-de-foin

Il avait mal, spirituellement mal. Il alla donc à l'église et s'assit sur un des bancs austères. Le bal sauvage avait duré toute la nuit. Barnes avait maladroitement bougé son corps, sur la base de son jeu de jambes de boxeur. Il avait aussi bu du whiskey et, comme toujours, ça lui était aussitôt monté à la tête. Le jeu de jambes s'était transformé en gigue grossière et il avait fini par sortir en trébuchant. Au gré d'excursions séparées dans les bois, d'abord en compagnie de Doris, puis de Valentine, il avait été embrassé avec un degré d'enthousiasme alarmant. Et mordu – Valentine avait laissé ses marques. Toujours visibles. Il était à peu près sûr que les choses auraient pu aller plus loin. Mais c'était pour Pixie qu'il avait des sentiments ! Non ? Peut-être se laissait-il gagner par la débauche. Comment pouvait-il continuer à enseigner, à boxer et à entraîner d'autres boxeurs, notamment son poulain, en étant maintenant attiré par trois femmes différentes, lesquelles étaient par ailleurs, se figurait-il, les meilleures amies du monde ? C'était un soulagement, mais un soulagement perturbant, que de parvenir à penser à quelqu'un d'autre que Pixie Paranteau.

L'atmosphère de l'église était apaisante, relevée d'une légère touche épicée. L'encens, peut-être. Il n'était pas catholique. Ne sachant pas faire le signe de croix, il agita sa main devant son torse dans un geste suppliant et leva les yeux vers la statue de la mère de Dieu. Elle était installée dans un ovale aux extrémités dentelées. Cela lui rappela la jument de la veille et il s'empressa de penser à autre chose. L'ovale était bordé de rouge et décoré de pointes dorées vivement dirigées vers l'intérieur. Au centre, la figure flottait, dardant son regard ici et là à mesure que la lumière changeait – un effet inquiétant. Elle l'avait à l'œil, c'était certain. Et ne manifestait pas la moindre approbation. Plusieurs fois, même, elle suggéra qu'il ferait mieux d'abréger la rencontre. De partir et de laisser les gens d'ici vivre leur vie sans que s'en mêle ce Mr Barnes. Mr Meule-de-foin – ça ne lui plaisait pas, mais tout le monde ici avait un surnom, et le sien aurait pu être pire.

N'empêche que, pour le moment, il était là, et il tenait à regarder les choses en face.

D'abord, il y avait Pixie, bien sûr. Oh, tout ça, il l'avait ressassé. Pas une once de connu qui ne fût aimée, désirée, cartographiée, mais il restait une bonne part d'inconnu.

Ensuite, il y avait Valentine. Un nom en forme de cœur pour une femme au tout autre visage, fin, étroit, avec des yeux fuyants. Elle était un peu sournoise, le genre renarde. Oui, une jolie renarde trottant dans les bois avec un lapin mort dans la gueule. Pas vraiment…

Il appuya sur sa veine jugulaire, son épaule, l'endroit sur sa poitrine où elle l'avait fait saigner. Était-ce normal ?

Enfin, étonnamment, il y avait Doris, sa peau humide et blanche comme une pomme pelée. Et cette délicieuse touche de gras enfantin sous le menton et à la taille. Ses bras ronds, ses jambes solides. Les reflets de miel brun dans ses cheveux ondulés. Attachés, ils n'avaient guère d'allure, mais quand elle les laissait libres ! Oh, c'était une pêche, une pêche auburn. Une exquise tentatrice. Et puis il était en territoire connu, puisqu'elle n'était pas indienne. Par là même moins exotique et fascinante, certes, mais peut-être avait-il eu sa dose de fascination. Peut-être voulait-il simplement une brave fille qu'il n'aurait pas de difficulté à impressionner. Quelqu'un avec qui il saurait à quoi s'en tenir et qui saurait à quoi s'en tenir avec lui.

« Vous ici », dit Thomas Wazhashk, qui se glissa sur le banc à côté de Barnes en ôtant ses mitaines. Il était vêtu comme en plein hiver, avec un gros manteau et un cache-nez tricoté. « J'ai pris un coup de froid, expliqua-t-il.

— Je voulais juste prier un peu, dit Barnes.

— Pareil pour moi, répondit Thomas. Mission accomplie. J'ai eu ma petite conversation avec Jésus tout au fond, dans le coin. J'attendais que vous sortiez pour vous dire un mot, mais comme je vais devoir partir, j'ai pris la liberté de venir vous déranger. Je ne veux toutefois pas m'imposer.

— Non, ne vous inquiétez pas, dit Barnes, flatté que sa solitude puisse inspirer à autrui la crainte de s'imposer. De quoi vouliez-vous me parler ? J'ai fini de prier.

— Il s'agit de mettre sur pied une affiche de boxe. Nous allons devoir récolter des fonds pour envoyer une délégation.

— C'est lié à la proposition de loi, c'est ça ? »

Thomas hocha la tête. « Ce n'est pas comme si le gouvernement allait nous donner de l'argent pour venir témoigner contre son projet. Il va donc falloir financer ça nous-mêmes. Les autorités ont fixé un calendrier. Notre audition est prévue pour mars. Il faut qu'on soit fin prêts d'ici là.

— Vous voulez dire que vous allez... » Barnes cherchait comment bien agencer les mots. « ... apporter des témoignages ? Ce genre de choses ?

— Amasser des preuves à charge. C'est ça. Nous cherchons aussi à contacter une universitaire de la tribu. Ce sera peut-être notre arme secrète. Et puis il nous restera à acheter des billets de train, et à payer le logement.

— Je vois. D'où les combats de boxe.

— Avec entrée payante. Je me dis que si on remet Wood Mountain face à Joe La Tremblote, on fera salle comble.

— Vous avez sûrement raison. Mais qui sait s'ils auront envie de se battre ? Ce n'était pas un beau match. Je me pose des questions.

— Vous n'êtes pas le seul. C'est précisément pour ça qu'une deuxième édition attirerait les foules.

— Oui, dit Barnes. J'imagine. On pourrait faire ça dans le centre communautaire. Je demanderai à Mr Jarvis d'installer un système de haut-parleurs. Et on trouvera une vraie cloche, pas celle de la poste.

— Et des cordes comme il faut.

— Et aussi des jolies filles. Pour l'affichage du score, suggéra Barnes, plein d'espoir.

— Non, fit Thomas.

— C'était juste une proposition. »

Thomas hocha la tête. Il ne voulait pas voir Sharlo se balader en brandissant un chiffre au-dessus de sa tête sous les sifflets et les regards lubriques de types grossiers. Ce serait un combat honnête, avec d'autres boxeurs sur le tableau avant le match phare de la soirée.

« S'il doit encore affronter Joe La Tremblote, dit Barnes, je ferais bien de commencer à le préparer dès maintenant. »

Cette conversation l'avait libéré, pensa-t-il en sortant de l'église. S'il entraînait Wood Mountain pour le bien de son peuple, alors rien – ni ses sentiments délicieux mais dérangeants pour les trois jeunes femmes, ni même sa rivalité secrète avec son champion – ne serait plus important que de mettre ce dernier en capacité de battre Joe Wobleszynski.

*

Par un heureux hasard, qui donc entra aux Quatre Abeilles cette semaine-là pour s'offrir un bon petit déjeuner ? Joe Wobleszynski en personne. Or il y avait là Barnes, ses cheveux encore humides peignés bien à plat, de sorte que sa coiffure évoquait un pancake doré comme ceux qu'il était en train de dévorer. Il salua Joe quand celui-ci passa près de lui, lui serra la main et l'invita à sa table, puisqu'il était seul. Joe était censé retrouver un ami : il préférait donc attendre avant de commander à manger, mais ne voyait pas d'objection à prendre un café avec Barnes. Nulle acrimonie entre eux. Nulle acrimonie tout court, du reste, chez Joe La Tremblote. Ça ne l'intéressait pas de démolir le coach de son adversaire, ni d'ailleurs son adversaire, en dehors du ring.

« Tu serais partant ? demanda Barnes après avoir décrit la salle et la raison du combat.

— Je toucherais un pourcentage ?

— Comme je l'ai dit, c'est pour financer leur voyage à Washington, pour qu'ils puissent être auditionnés. Personne n'en tirera un quelconque bénéfice financier. Mais ça pourrait servir ta réputation de battre mon poulain pour de bon.

— Ouais, ça m'a pas plu, le coup du chronométreur. Ça donnait l'impression que j'étais en train de perdre.

— Tu es un type bien, dit Barnes.

— Peut-être. Mais je vois pas trop en quoi ça me concerne, qu'ils aillent à Washington.

— Tu ne connais pas d'Indiens ?

— Bien sûr que si, qu'est-ce que vous croyez ! On en a qui bossent pour nous.

— À la ferme, c'est ça ?

— La famille Stone Boy. Je sais pas ce qu'on ferait sans eux. De bons Indiens. J'ai commencé à boxer un peu avec Revard, figurez-vous.

— Il ne m'a rien dit ! J'ai bien vu qu'il avait fait des progrès. Maintenant je comprends, lâcha Barnes avec une générosité tactique.

— Il est costaud, ce gamin, commenta Joe en souriant, les yeux sur son café.

— Tu ferais un bon coach, dit Barnes en toute sincérité. Écoute. J'ai découvert deux, trois trucs. Si cette histoire de termination aboutit, on sera tous perdants. De mon côté, je n'aurai plus de travail. Les gens devront quitter la réserve – qui n'en sera plus une –, et les Stone Boy finiront à Minneapolis ou à St Paul. Cet endroit commence déjà à se vider de ses habitants.

— C'est vrai, dit Joe. Mon frère vit à Fargo, il dit que ça lui plaît.

— Moi, je n'aime pas trop les grandes villes. Je ne serais pas contre vivre ici. »

Joe prit soudain un air sérieux. « Va falloir qu'on vous trouve une petite copine. »

Barnes fit non de la main, sans allégresse. « Oublie. C'est fait. »

Plus que fait, se dit-il, tandis que Joe se levait pour rejoindre son ami qui venait d'arriver. Il le suivit des yeux. Cette armoire à glace penchait très légèrement vers la gauche, nota Barnes lorsque le jeune homme prit place dans son box. En observant encore un peu son dos, Barnes remarqua que l'épaule gauche était en effet légèrement plus basse que la droite. Bon à savoir.

« La Tremblote est de traviole, expliqua Barnes à Wood Mountain. Je ne sais pas quoi en penser, mais c'est une piste à creuser. »

Barnes avait craqué et acheté une poire de vitesse sur ses propres deniers. Wood Mountain était en train d'en faire bon usage.

« Il marchait un peu comme ça, et quand il s'est assis, ça faisait à peu près ça, dit Barnes en imitant l'inclinaison à gauche et l'épaule tombante. Peut-être qu'il s'est blessé. Ou qu'il y a une faille dans son entraînement, un problème. Il faut qu'on garde ça en tête.

— D'accord, dit Wood Mountain. Ou peut-être qu'il était juste un peu patraque ce jour-là. Ou que c'était une feinte.

— Une feinte ? Tu crois ? » Barnes fut saisi par cette possibilité.

« Je sais pas. Mais ce serait logique qu'il tente un truc de ce genre.

— Nous aussi, dit Barnes. Laisse-moi réfléchir.

— Vous gênez pas.

— J'y suis, dit Barnes. Tu vas porter un faux plâtre au poignet droit. Une semaine ou deux, c'est tout. Tu l'enlèveras seulement pour l'entraînement. Et surtout, que personne ne te voie sans. Je vais demander à Jarvis – il est fort, pour fabriquer des accessoires de théâtre.

— Vous n'y allez pas de main morte…

— Ha ha ha !

— Comment ça, ha ha ha ? Ah, "main morte", j'y suis ! Très bon ! »

Pendant la demi-heure qui suivit, ils ne cessèrent de revenir à la plaisanterie, la trouvant encore plus drôle à chaque fois. Ils regrettaient tous deux vivement de ne pas pouvoir la raconter à d'autres.

« Ce serait une blague d'anthologie », dit Wood Mountain, non sans mélancolie. Il faisait rarement mouche avec ses blagues.

« C'est ta victoire qui sera d'anthologie. Alors motus et bouche cousue », répondit Barnes.

Tchac

Wood Mountain s'inquiétait. Entendre Patrice manier la hache l'avait sexuellement excité, la dernière fois. Un peu, du moins. La coupe nette, l'assurance du geste, la conviction, le bruit de la lame contre le bois. Chaque coup, précis et puissant. Il y avait là quelque chose qu'il n'arrivait pas à décrire. Ce que ça lui faisait. Un frisson intérieur. Un frémissement fatal. Un raz-de-marée de sensations chaudes qu'il avait dissimulé en s'asseyant précipitamment au plus près de la table. Dans ses bras, le bébé l'observait en souriant de toutes ses gencives. Qui aurait pu résister, bon sang ? Se détournant du petit poêle, Zhaanat posa devant lui un bol en émail. Du gruau d'avoine. Sans raisins secs, ni sucre, ni rien. La famille tirait visiblement le diable par la queue, cette semaine. On était jeudi.

Zhaanat surprit son regard.

« Ne t'inquiète pas, dit-elle. Ma fille touche sa paye demain. »

Elle prit le bébé pour lui donner de toutes petites cuillerées de gruau. L'enfant se délectait ostensiblement, ce qui décida Wood Mountain à manger aussi, lentement, tandis que dehors Patrice coupait toujours du bois. *Tchac. Tchac.* Oh là là. Sa poitrine cédait. Une douceur se répandait. *Tchac. Tchac.* Comment est-ce qu'elle arrivait à faire ça ? Il la visualisa soudain en aquaronne. Il se serait giflé.

*

L'oncle de Barnes, qui avait accepté de venir partager sa science avec Wood Mountain, arriva le lendemain. C'était un homme maigre et monté sur ressorts, dont les cheveux – les mêmes que son neveu – dépassaient de ses oreilles des deux côtés comme une botte de foin en pagaille. Ce n'était pas pour rien qu'on l'appelait La Musique : il y avait réellement de la musique au programme de l'entraînement. Il avait apporté un électrophone et passait des disques, les dernières nouveautés, à plein volume – des airs endiablés pour stimuler le saut à la corde, simple, double, croisé. Il poussait le rythme des combinaisons de Wood Mountain avec des versions accélérées de « El Negro Zumbón » et de « Crazy Man, Crazy » de Bill Haley & His Comets. Les chansons s'incrustaient dans le cerveau du jeune boxeur qui n'entendait plus qu'elles. Elles coloraient son univers. Ses poings avaient désormais une vie propre.

Les amygdales

Depuis le week-end de la parade et ce que Valentine et Doris appelaient « les cui-cui », lesquels avaient visiblement quelque chose à voir avec un bal sauvage, les trajets de Patrice sur la banquette arrière étaient devenus encore plus pénibles. C'était comme si les deux autres parlaient un langage codé, se référant à certains événements avec des mots absurdes. Mais quelle importance – des gamines, voilà tout. Patrice les trouvait si juvéniles qu'elle les enviait, si ignorantes qu'elle les méprisait. Assise derrière, elle ravalait un dédain brûlant en regardant par la fenêtre, un masque de sérénité plaqué sur le visage. Elle avait largement de quoi occuper ses pensées. À la maison, Gwiiwizens était en train de sortir de la somnolence des nouveau-nés. En plus de son irrésistible rire en gargouillis, il commençait à utiliser son regard. Un regard déstabilisant. Pas doux, comme celui des autres enfants, mais dur. Quand ses yeux fixaient Patrice, ils la transperçaient jusqu'à l'âme. Comme s'il avait quelque chose à lui dire. Vera lui avait-elle confié un message ? Une adresse ? Une demande ? Est-ce qu'il s'en souviendrait lorsqu'il aurait appris à parler ? Elle sentit son cœur s'emballer. Il serait trop tard, alors. Ils n'avaient eu aucune nouvelle des gens que Thomas avait sollicités à Minneapolis et St Paul, aucune nouvelle non plus de celle qui savait peut-être. Qui savait forcément. Bernadette. Si Patrice retournait là-bas, si elle attendait devant chez Bernadette et l'acculait, découvrirait-elle ce qui était arrivé à sa sœur ?

Au travail, elle jaugeait attentivement ses collègues. Qui serait susceptible de lui donner ses jours de congé maladie, comme l'avait fait Valentine ? Sans se vanter inlassablement de sa générosité, comme le faisait Valentine ? La seule amie à qui elle aurait éventuellement pu demander, Betty Pye, avait déjà tout utilisé pour son opération des amygdales. Amygdales avec lesquelles elle était d'ailleurs peut-être allée un peu trop loin. La fois où elle les avait exhibées au déjeuner.

Ce jour-là elle avait sorti sa gamelle, à savoir une boîte en carton recouverte de papier aluminium, puis posé à côté un bocal contenant des tortillons d'un brun-vert sombre.

« Y a quelqu'un d'autre qui n'a plus ses amygdales ?

— Je me les suis fait enlever au pensionnat », dit Curly Jay depuis l'autre bout de la table.

Du côté de Betty et de son bocal, le silence régnait.

« Je garde les miennes parce qu'apparemment elles étaient extraordinaires. Et puis c'étaient les miennes ! » dit Betty à la cantonade avant de mordre dans son sandwich aux œufs en balayant d'un regard placide ses collègues. Lesquelles s'écartèrent insensiblement. Doris dit quelque chose et, comme toujours, Valentine éclata de rire. Seule Patrice ne se détourna pas, sans toutefois poser les yeux trop directement sur les amygdales, quoiqu'il fût difficile de ne pas les voir. On aurait dit deux limaces. Patrice avait faim et mangea la pomme de terre au four qui composait son déjeuner. Elle avait dépecé lapins, chevreuils, porcs-épics, rats musqués et castors, et plumé toutes sortes d'oiseaux : une paire d'amygdales ne lui faisait donc ni chaud ni froid.

« Tu as lancé tous tes caramels pendant le défilé ? demanda-t-elle à Betty.

— Non », répondit celle-ci, avant de plonger la main dans sa gamelle et de faire glisser vers elle une confiserie emballée.

Quelle surprise ! Patrice rangea le caramel dans son seau. Le visage de Zhaanat s'éclairerait quand elle le découvrirait. Rendre sa mère heureuse, ne serait-ce qu'un bref instant, était l'une des préoccupations majeures de Patrice ces temps-ci. Et aussi de Pokey. Même le bébé faisait de son mieux, elle le voyait bien, égayant Zhaanat de son grand sourire sans dents. Jamais, en revanche, il ne souriait à Patrice.

Mr Vold entra dans la salle du déjeuner, l'air pétri de sa suffisance. Il les informa que la hiérarchie viendrait prochainement inspecter l'usine. Tout devait être impeccable. Par ailleurs, et jusqu'à nouvel ordre, il n'y aurait plus de pause café l'après-midi. Il tenta de mettre un peu d'acier dans ses yeux falots avant de disparaître. Les femmes se regardèrent, ramassèrent jusqu'à la moindre miette sur la table et retournèrent travailler. Au bout d'un moment, elles se mirent à murmurer. Plus de pause café l'après-midi ? Comment feraient-elles ? Quand leur corps était sur le point de lâcher, quand leurs yeux commençaient à loucher et que leur nuque leur faisait souffrir le martyre, seule la perspective de la pause café leur permettait de tenir. Pas de pause ? C'était l'écroulement assuré. Patrice travaillait toujours à côté de Valentine et, quand Doris n'était pas dans les parages, il arrivait que Valentine lui parle encore. Elles tombèrent d'accord sur la question de la pause. Puis le ton de Valentine changea.

« Tu te demandes sûrement ce qu'on mijote, murmura-t-elle d'un ton faussement évasif.

— Ce que vous *mijotez* ?

— Façon de parler. Eh ben, il nous a embrassées. Toutes les deux.

— En même temps ?

— Ooooh *shaaa*. Non. »

Au bout d'un moment, Valentine reprit : « Tu ne veux pas savoir de qui je parle ?

— Barnes ? »

Valentine n'en revenait pas. « Il te l'a dit ? »

Obéissant à quelque chose de mauvais en elle, Patrice répondit : « Oui. »

La discussion en resta là.

Mais sur le trajet du retour, Doris et Valentine lui adressèrent la parole, sans qu'il soit question de « cui-cui » ou de Barnes. Comme c'était étrange. Elle-même ne pensait pas aux hommes, sinon aux inconnus qui avaient kidnappé sa sœur, ou qui lui avaient peut-être fait pire encore. Les seuls hommes qui occupaient ses pensées étaient des hommes abominables. Et une chose était sûre, elle ne pensait jamais à Barnes, à moins qu'il se trouve face à elle. Et elle ne pensait pas non plus à Wood Mountain, même si c'était plus difficile, car il passait régulièrement voir le bébé. Qui lui souriait ! Parfaitement ! Wood Mountain récoltait les sourires qui auraient dû revenir à Patrice. Si elle était jalouse de quelqu'un, ce n'était pas de Valentine ou de Doris, mais bien du boxeur.

En descendant le sentier herbeux, elle constata qu'il était de nouveau venu leur rendre visite. Le cheval pâle qu'il aimait monter était attaché à une souche et broutait ce que Vera avait toujours espéré voir devenir une pelouse. Patrice s'arrêta pour caresser le chanfrein et gratter les oreilles de l'animal. C'était mieux que de trouver son père à la maison. Infiniment mieux. À l'intérieur, le bébé tétait un biberon de tisane de cynorhodon, un tonique concocté par Zhaanat. C'était Wood Mountain qui le lui donnait. Il était seul.

« J'espère que tu n'as pas mis de sucre là-dedans, dit Patrice.

— Pourquoi ?

— Le sucre, c'est mauvais pour les bébés.

— Rien que de la tisane. Ne t'inquiète pas. Ta mère est sortie chercher du genévrier, pour lui préparer un bain spécial, j'imagine. »

Il poursuivit en disant : « Le genévrier, ça fortifie les bébés », comme si elle l'ignorait.

Elle passa derrière le rideau et troqua sa tenue de travail contre un jean. Lorsqu'elle reparut, elle remua le feu du poêle et mit de l'eau à chauffer.

« Tu veux bien le garder encore un peu ? Pendant que je remplis la caisse à bois ? »

Wood Mountain hocha la tête sans quitter le nourrisson des yeux.

Patrice sortit, aiguisa la hache puis coupa quelques bûches pour dénouer ses épaules et son dos douloureux. Wood Mountain ressentit chaque coup. Quand elle rentra, il tenait le bébé contre son épaule, allant et venant avec un léger rebond à chaque pas – le genre de marche à ressort qui endort les tout-petits. Il tapotait l'enfant en lui chantant un vieil air, une berceuse qu'il avait apprise de Juggie. Le boxeur était un expert-né en bébés. Il savait aussi dresser les chevaux. Ce qui ne voulait pas dire qu'elle était obligée de l'aimer. Mais ce pourrait devenir un ami, oui, peut-être, pourquoi pas.

« Pixie ? Je veux dire, Patrice ? »

Tiens, tiens. Il l'appelait enfin par son prénom.

« Tu veux du thé ? demanda-t-elle. Juggie nous a fait passer du pain tout frais.

— Volontiers. Patrice ?

— Oui, quoi ?

— Tu ne crois pas que le bébé aurait besoin d'une gigoteuse d'hiver ? Et d'un porte-bébé traditionnel ? »

Patrice l'avait évoqué avec sa mère. « C'est vrai qu'il a besoin d'une gigoteuse bien chaude. On réfléchissait à comment la confectionner pas plus tard qu'hier.

— Il faut deux couches de couverture, avec des roseaux à massettes au milieu. C'est comme ça que fait Juggie. Le porte-bébé, je peux m'en charger. »

Il avait dit ça l'air de rien, mais c'était quelque chose, de fabriquer le porte-bébé. Dans leur culture, en tout cas, c'était une tâche qui revenait au père.

« D'accord, tu te charges du porte-bébé, répondit Patrice comme s'il s'agissait d'un objet anodin. On va se procurer une couverture. Sinon il faudra couper l'une des nôtres en deux.

— Vous avez une couverture chacun ?

— Oui, bien sûr.

— Une seule ? »

Elle comprit où il voulait en venir. Ils devaient lui paraître bien pauvres. Mais elle était préparée. Comme il avait dû le remarquer, elle avait sorti des provisions de son sac. De la farine, du bacon, des carottes et des oignons. Du sucre dans une torsade en papier. Du thé.

« Dès que je toucherai ma paye, la semaine prochaine, on aura deux couvertures chacun, et une pour le bébé. J'ai économisé.

— Il y en a des gratuites à la mission, des surplus de l'armée.

— Je sais, dit Patrice, mais Zhaanat ne les aime pas. Elle dit qu'elles sont porteuses de maladies.

— C'est ce que pensent beaucoup de personnes âgées.

— Ma mère n'est pas une personne âgée.

— Mais elle est d'un autre temps.

— C'est vrai », dit Patrice en versant le thé. C'était une description de sa mère qui en valait une autre. D'un autre temps. Le bébé dormait, mais Wood Mountain le gardait contre lui, sous son blouson, le long de son bras.

« Et puis maman brodera une bande de perles sur la couverture dès qu'elle pourra, ajouta Patrice en caressant la tête du petit.

— Patrice. Je ne peux pas ne pas te poser la question. Tu penses que Vera va revenir ? »

La jeune femme se tourna pour prendre la tasse. Quand elle la tendit à Wood Mountain, sa main tremblait. Elle avait encore rêvé, toujours le même rêve. Une petite pièce. Un cachot.

« Oui, j'en suis sûre.

— Comment le sais-tu ?

— Je n'arrête pas de la voir. Je voudrais retourner la chercher, mais je ne sais pas où aller. As-tu eu vent de quelque chose ? Est-ce que Bernadette t'a raconté quoi que ce soit ?

— Non, mais elle a dit un truc qui me taraude.

— Quoi ?

— Elle parlait à quelqu'un dans sa cuisine, cette fameuse fois où on est allés chez elle, et elle a dit quelque chose comme "elle est dans la cave", ou bien "elle est dans la cage". Impossible de me souvenir, après coup. Pendant un moment j'ai même pensé que Vera était vraiment dans une cage. Mais c'est tout simplement impossible. »

Patrice se souvenait des voix. L'immobilité de la maison. Son impression de sentir Vera tout près. Elle eut soudain la bouche sèche. Incapable d'en entendre davantage, elle se boucha les oreilles.

« Non, attends. » Wood Mountain lui écarta doucement les mains. « Écoute. Ensuite ça m'est revenu : "la cale". "Elle est dans la cale."

— La cale ?

— Oui. Je ne comprenais pas jusqu'à ce que j'entende Louis discuter avec un vieux copain à lui, un ancien marin. Dans la conversation, le type a évoqué la cale de son bateau. C'est là que j'ai repensé à ce qu'avait dit Bernadette. "Elle est dans la cale."

— Il n'y a pas de bateaux par ici. Ni à Minneapolis.

— Il y a le Mississippi, Patrice. Et tout là-bas, sur nos anciennes terres, les Gitchi Gumi, les Grands Lacs. Il y a toutes sortes de bateaux, là-bas. »

Patrice s'assit avec son thé et regarda sans ciller Wood Mountain. Ça lui semblait absurde.

« Les bateaux, c'est plein d'hommes. »

Wood Mountain détourna les yeux et but une gorgée de thé. Il tapotait toujours le bébé endormi. Il finit par poser sa tasse et murmura, comme pour ne pas réveiller l'enfant :

« Patrice. C'est ça, la raison. »

Mais elle ferma son esprit à ce qu'il venait de dire et retourna dehors.

Une lettre envoyée à l'université du Minnesota

Chère Millie Cloud,

Vous serez peut-être surprise de recevoir cette lettre d'un vieil ami de votre père, mais c'est Louis qui m'a suggéré de vous écrire. Sachant que vous avez récemment mené une enquête sur les conditions économiques de la réserve, je viens solliciter votre aide. Comme vous le savez peut-être, nous avons reçu des nouvelles graves du Congrès. La termination de notre tribu a été programmée, en application de la House Concurrent Resolution 108. *Ce serait bien la pire chose qui puisse arriver aux Indiens. Je suis absolument convaincu que cette proposition de loi sera un désastre pour notre peuple.*

Je vous écris pour vous demander si vous accepteriez de participer aux auditions qui auront lieu devant le Comité aux affaires indiennes du Sénat des États-Unis. On nous a dit que cela aurait lieu en mars, mais nous n'avons pas encore la date exacte. Votre contribution dès que possible et votre aide pour la présentation de notre témoignage seraient extrêmement précieuses.

Très sincèrement vôtre,
Thomas Wazhashk
Membre et président du conseil tribal

L'universitarire chippewa

Millie Cloud avait sa table préférée dans la salle de lecture de la bibliothèque Walter à l'université du Minnesota. Elle aimait s'asseoir dos aux couvertures sang-de-bœuf des volumes reliés du *Bulletin annuel des maladies et statistiques à Minneapolis et St Paul.* Avoir à sa gauche les grandes fenêtres rectangulaires qu'ombrageaient d'immenses arbres l'été, mais qui laissaient passer toute la lumière à présent que seules des branches nues se tordaient sur le fond du ciel. À sa droite, le catalogue sur fiches, le bureau du bibliothécaire et un globe terrestre bleu tout en eau. Face à elle, la porte. Elle ne s'installait jamais à une place d'où on ne voyait pas la porte, ou qui n'était pas contre un mur ou un rayonnage. Elle n'aimait pas que les gens l'effleurent ou la touchent accidentellement.

De toute évidence, Millie affectionnait les motifs géométriques. Ce jour-là, sa tenue combinait doublement les carreaux : sur son chemisier noir et blanc, et sur sa jupe bleu sarcelle. Elle portait autour du cou un foulard à imprimé gris et or. Hors de vue, dans l'armoire minuscule de sa chambre d'étudiante, étaient suspendus cinq jupes à rayures, deux pull-overs dont les épais fils de laine entrecroisaient leurs couleurs, ainsi que trois kilts et un pantalon pas banal, jaune et bleu. Elle envisageait constamment d'agrémenter ses chaussures plates marron et blanc de fines lignes noires. Il faisait froid et elle regrettait de ne pas avoir mis son pantalon rayé. Elle avait replié ses jambes sous elle pour se tenir chaud et gardait son mince manteau de laine sur les épaules tandis qu'elle travaillait. Le manteau n'était déjà plus adapté, mais elle l'adorait parce que son motif cubique pouvait être vu de deux façons et faisait d'elle une illusion d'optique ambulante. N'empêche que le vent en transperçait sans mal la trame légère. Il faudrait qu'elle en achète un autre. Elle économisait aussi pour des bottes d'hiver.

En plus de servir toute la semaine le petit déjeuner au self de l'université et de taper à la machine le titre des ouvrages et les chiffres de la classification décimale de Dewey sur les fiches destinées au catalogue – ce qui l'occupait de treize à quinze heures dans le sous-sol de cette même bibliothèque –, Millie travaillait le week-end comme serveuse au Perroquet mauve. Elle avait un grand visage carré, avenant, encadré de lunettes à monture noire dont les coins supérieurs pointaient légèrement vers le haut. Nécessaires à sa vision, les lunettes étaient également des accessoires de mode censés détourner l'attention du petit cou puissant et des épaules massives qu'elle tenait de son père – voire les compenser. Elle était plus grande que Louis : le torse de bison dont elle avait hérité surmontait de longues jambes dégingandées. Elle avait également hérité des solides mains paternelles, mais s'en servait pour tenir un stylo plutôt que des rênes. Loin du caractère débonnaire de Louis, elle était irritable et déterminée : quand elle marchait, elle donnait l'impression de charger, et elle exprimait toujours ses opinions sans détour. En proie à d'éternels dilemmes de garde-robe, elle consacrait le gros de son énergie à associer des motifs et répugnait à acheter des vêtements unis. Une barrette toute simple retenait d'un côté ses cheveux coupés au carré. Son maquillage se limitait à du rouge à lèvres carmin qui soulignait tout ce qu'elle disait.

À terme, Millie envisageait une carrière de juriste. Le fait qu'elle ne lâche jamais rien serait sans doute un atout.

Ou un handicap.

Elle n'était pas très populaire et n'attirait guère les hommes. Ce dont elle se fichait, du moins le plus souvent. Elle était la fille unique de sa mère et voyait son père de temps à autre – elle avait même logé chez lui au moment de son enquête de terrain sur les conditions de vie économiques et matérielles de la réserve.

Elle avait fait du porte-à-porte, consignant chaque fois le type de construction, l'état de la toiture et des fenêtres – quand il y avait des fenêtres –, ainsi que le mode de chauffage et le nombre d'occupants. On l'invitait souvent à entrer, car elle avait beau être bourrue, elle savait se montrer amicale envers les inconnus. Le fait que son père soit très apprécié jouait aussi. Dans ces cas-là, Millie en profitait pour aborder les questions financières et approfondir ses observations. Cela lui avait par ailleurs donné l'occasion de rencontrer plusieurs membres de sa famille dont elle ignorait l'existence. Ses recherches et les conclusions qu'elle en avait tirées étaient devenues son mémoire de maîtrise, et ce long séjour sur la réserve comptait pour elle. Ayant grandi à Minneapolis, elle s'était interrogée. Mais maintenant qu'elle connaissait la réserve, elle savait qu'elle aurait du mal à y vivre.

D'abord, il y avait les chevaux. Dans sa famille, là-bas, tout le monde montait à cheval comme elle-même montait à vélo et circulait sur la chaussée et les trottoirs de la ville. Eux grimpaient sur leur monture et allaient ici et là au petit galop, même pour faire leurs courses ou rendre visite à quelqu'un, avec la plus parfaite nonchalance. Elle n'en revenait pas. Elle avait fini par essayer de monter la jument la plus calme, sans parvenir à la faire avancer.

« Donne-lui un petit coup de talon », avait dit Grace.

Millie n'avait visiblement pas donné le bon genre de coup : la jument était partie comme une folle et avait tenté de se débarrasser de sa cavalière en se frottant à une barrière. Quand Millie l'avait de nouveau talonnée, la bête s'était retournée et avait voulu la mordre de ses longues dents verdâtres. Millie était donc bien mieux ici, à compiler et comparer des données à la bibliothèque, assise à la grande table en bois que barrait un rayon de soleil neutre. Lorsque la nuit tomba, de bonne heure, elle alluma gaiement la lampe à abat-jour vert. Elle fit abstraction de sa faim encore un moment, puis, en pensant à la tourte parmentière qu'elle avait achetée la veille et laissée sur le rebord de sa fenêtre, elle décida de regagner sa chambre. Elle ferma son manteau autour de son torse épais et de ses hanches minces, se noua un gros châle écossais à franges sur la tête et mit ses moufles orange. Elle avait expressément demandé à sa mère de lui tricoter des moufles de cette couleur pour qu'on la repère bien lorsqu'elle traversait la rue. Des moufles épaisses et chaudes. Elle sortit en serrant ses livres contre sa poitrine. Moufles et livres lui servirent de coupe-vent. En chemin, elle s'arrêta à la poste du campus pour relever son courrier. Elle avait deux lettres, qu'elle glissa dans son manuel de statistiques, puis elle prit quelques grandes respirations derrière la porte du bureau des étudiants avant d'affronter le vent.

Sitôt arrivée dans sa chambre, elle brancha son cher Salisbury, un chauffage électrique qu'elle avait acheté avec une partie de sa bourse. C'était son bien hivernal préféré, le pendant du ventilateur électrique qui constituait son bien estival préféré. Millie était sensible aux variations de température et, lorsqu'il faisait froid comme aujourd'hui, elle contemplait avec amour le revêtement en métal doré qui habillait le serpentin. Sans retirer son manteau ni ses moufles, elle mit la bouilloire en route pour le thé. Elle avait une petite gazinière à deux brûleurs, et s'assurait systématiquement que l'un comme l'autre étaient bien fermés avant d'aller se coucher. Et puis elle entrebâillait toujours un peu la fenêtre, même par les températures particulièrement basses. Lors des nuits les plus terribles, elle était notoirement allée se coucher en pull, caleçon long et manteau, voire une fois, par moins quarante, avec des surchaussures aux pieds. Mais ce soir-là, le chauffage électrique émoussa tout de suite le mordant de l'air froid. Millie récupéra la tourte sur le rebord de la fenêtre et la mit devant le radiateur. Elle versa l'eau chaude sur les feuilles fripées dans la théière, et dès que le thé eut suffisamment infusé elle s'en versa une tasse avec une demi-cuillère à café de sucre. Assise sur son unique siège digne de ce nom, une vieille chaise de cuisine en bois, elle posa ses pieds déchaussés sur un tabouret bas, près du chauffage. Juste à côté, la tourte décongelait doucement dans une soucoupe, en attendant que Millie la fasse revenir dans une poêle avec un peu de beurre pour faire brunir la croûte. Dehors, le vent se déchaînait. La neige battait la fenêtre mais ne pouvait l'atteindre. Pour Millie Ann Cloud, c'était la plus parfaite félicité. Être assise au chaud dans sa chambre, à se dorer les pieds au Salisbury tandis que la neige tourbillonnait dehors. Avec son repas en bonne voie. Et deux lettres à ouvrir.

La première était tout à fait ordinaire. Elle provenait de sa mère, qui vivait maintenant à Brainerd et écrivait toujours de longues missives essentiellement consacrées aux dernières bêtises du chien, au chat et à ses amis bourlingueurs – des nouvelles réconfortantes, mais pas passionnantes. La seconde lettre était signée Thomas Wazhashk et, pour le coup, elle intéressa grandement Millie. En fait, c'était une lettre étonnante. D'abord, on se souvenait d'elle – un membre de la tribu qui n'était pas de sa famille savait qu'elle existait. Ensuite, on pensait que son travail pouvait servir à quelque chose. Enfin il y avait cette histoire de termination. Quels qu'en soient les tenants et les aboutissants, Millie ne serait sans doute pas impactée à titre personnel, mais le fait que la communauté de son père estimait qu'elle pourrait leur être utile la réchauffait plus encore que le Salisbury.

Ce dont elle avait besoin

Pour autant qu'elle s'en souvienne, Vera était malade depuis le début – ce n'était pas seulement le mouvement, le roulis, la niche puante où elle était enfermée et où les hommes venaient consommer son corps jour et nuit (bien qu'elle fût incapable de faire la différence entre les deux). L'aide-cuisinier, qui était censé l'approvisionner, consommait lui-même ce dont elle avait besoin, et l'agonie de Vera ne connaissait donc pas de trêve. C'était comme si on lui arrachait les entrailles. Son cerveau hoquetait dans son crâne. L'aide-cuisinier la rationnait en lui donnant des quantités toujours plus réduites. Et puis ce dont ils avaient tous les deux besoin s'épuisa. Elle se grattait, hurlait, gémissait comme un démon, se jetait contre les murs. Ça empira. Elle se mit à baver et à se faire dessus. Elle se rendit si répugnante qu'une nuit ils l'habillèrent avec les vêtements d'un mort et la descendirent à quai. L'homme qui avait consommé ce dont elle avait besoin savait ce que ça faisait de ne pas avoir ce qu'il fallait. Il conseilla aux autres de ne pas la jeter dans le lac, dont les profondeurs froides et dépourvues d'air conserveraient le corps qu'ils avaient consommé. Alors deux d'entre eux l'abandonnèrent, inconsciente dans sa couverture souillée, au bout d'une ruelle escarpée de Duluth.

Le Bonhomme Hiver

Il avait parfois l'impression que son esprit allait voler d'arbre en arbre comme un oiseau curieux. Il s'imaginait observer les vivants, chanter pour eux. Mais s'il allait trop loin dans cette idée, il finissait par se sentir seul : les vivants ne le reconnaîtraient pas. Non, il marcherait plutôt quatre jours durant jusqu'à la ville des morts. Là-bas, un festin battait son plein en permanence, avec tous les plats qu'il aimait disposés sur une grande table en pierre ocre. Tout dans cette ville serait doré, sauf peut-être la nourriture, qui aurait les couleurs appétissantes de la nature – des baies bleues et violettes, des rôtis bruns, des gelées rouges, des pains, des banniques. Il mangerait encore et encore. Le festin serait partagé avec tous les gens qu'il avait perdus et qui lui manquaient. Quand il verrait sa *niinimoshenh* bien-aimée, que ferait-elle ? Sifflerait-elle ? Leur code, c'était le chant de printemps de la mésange. Oui, il irait la rejoindre sans tarder. Il ne traînerait pas parmi les vivants. Qu'ils fassent ce qu'ils avaient à faire.

C'était dur de partir déjà.

La beauté des feuilles avait disparu, un autre quart de la grande roue de l'année avait tourné. Les branches élégantes étaient nues. Il adorait ce moment où la véritable forme des arbres se révélait. Il dormait et dormait encore. Pouvait dormir tout un jour et toute une nuit. C'était étrange, se disait-il, qu'avec si peu de temps devant lui, il choisisse de le passer délicieusement inconscient. Il éprouvait pourtant toujours l'envie folle de s'abreuver à la grandeur du monde. Les jours les plus doux, quand il s'emmitouflait pour s'installer dehors sur sa petite chaise, il sentait le murmure des racines sous la terre. Les arbres buvaient une dernière goulée des grandes eaux coulant dans les profondeurs avant de s'endormir. S'endormir, comme lui. Sous cette couche d'eau, il percevait la présence d'autres êtres qui bougeaient si lentement que les humains n'avaient généralement pas conscience de leur existence. Mais lui détectait leurs mouvements, tout là-bas dessous. Et plus profond encore, bien plus profond, sous ces êtres, il y avait le feu de la création, enterré par les étoiles au centre de la terre.

Biboon ajouta du bois dans le poêle et tira sa couchette un peu plus près de la chaleur. Puis il s'allongea et ferma les yeux. Il avait chaud sous la couverture, même aux pieds. Il regarda un cercle de femmes argentées danser dans un champ gelé. L'une d'elles se tourna vers lui et lui fit signe de son petit éventail en plumes de pic mouchetées. C'était Julia.

À vite, pensa-t-il. Mais il se réveilla le lendemain matin, toujours au chaud dans le creux de son lit, malgré le feu éteint qu'il ranima laborieusement. Wade viendrait bientôt renouveler son stock de bois pour la journée. Son petit-fils veillait aussi sur lui presque toutes les nuits. Mais Biboon avait tant à penser que ça ne le dérangeait pas d'être seul. Il urina dans le seau dédié. Fit bouillir de l'eau. Prépara son thé puis son gruau d'avoine. Tout en sirotant le thé et en mangeant le gruau, il chanta et réfléchit.

Quand il s'asseyait près de son oncle et que ce dernier lui touchait le genou, c'était le signe que Biboon devait prêter attention. Les étoiles avaient beau être impersonnelles, elles prenaient des formes humaines et s'agençaient de manière à indiquer la direction de l'autre monde. Le temps n'existait pas, là où il allait. Il avait toujours trouvé cela inconcevable mais, depuis quelques années, il comprenait que le temps était tout à la fois : des allées et venues en avant, en arrière, et aussi sens dessus dessous. En tant qu'animaux soumis aux lois de la terre, les humains voient le temps comme une expérience. En réalité c'est plutôt une substance, comme l'air, mais bien sûr ça n'a rien à voir avec l'air. En fait, c'est un élément sacré. Dans cette substance-temps, la cétoine dorée, ou *manidoons*, ce petit insecte-esprit qu'il avait récemment fait sortir d'une coquille de noisette, était venue à lui. Il était alors un tout jeune garçon et se tenait à la lisière d'une prairie en pente. De là, il avait vu les bisons émerger lourdement à l'horizon d'un côté du monde. Le troupeau avait traversé devant ses yeux pour disparaître de l'autre côté dans un continuum d'être. C'était ça, le temps. Tout se passait au même moment, et le petit esprit doré allait et venait dans l'élément sacré, vers l'avant, l'arrière, le haut et le bas.

Le porte-bébé

Wood Mountain s'entraînait seul avec Barnes, en secret, pour qu'on ne le voie pas utiliser sa main sans le faux plâtre. Il avait promis de n'en parler à personne, mais il culpabilisait de cette ruse lorsqu'il portait le bébé : c'était comme lui mentir. Une fois, il lui murmura donc : « Ne t'en fais pas, ce n'est pas un vrai plâtre. » Pour aller voir Archille, il prenait Gringo, qu'il fallait monter de toute façon, et qu'il attachait à un poteau en bordure de clairière, une couverture sur le dos. Louis gagnait pas mal d'argent en monneyant les services reproductifs du cheval. Les gens venaient du Canada et du Montana pour faire saillir leurs juments par un étalon à la robe aussi inhabituelle. Gringo connaissait maintenant bien la périphérie du terrain des Paranteau, l'orée des bois et les longues herbes gelées qu'il parvenait à brouter.

Intérieurement, Pokey se tracassait pour le combat. Tout le monde vendait des places, et tout le monde était au fait de la blessure, peut-être infligée par Gringo tandis que Wood Mountain grattait la boue de ses sabots. Le cheval l'avait-il mordu, lui avait-il marché sur la main ou tordu le poignet, l'avait-il fait tomber alors qu'il venait de se mettre en selle ? Wood Mountain refusait de le dire – non que cette blessure supposée fût difficile à décrire, mais il se savait incapable d'utiliser les mots du mensonge. Son visage le trahirait. Alors il désignait le cheval d'un mouvement de menton ou lâchait juste le nom de l'étalon en secouant la tête si on lui posait la question. Ce qui arrivait constamment.

« Comment t'es-tu blessé ? lui demanda Pokey lorsqu'il entra dans la maison.

— Gringo, répondit-il avec une grimace.

— Ce foutu cheval.

— *Shaaah*. Ne jure pas devant ton petit frère. »

Plus tard, de retour à l'écurie, Wood Mountain bouchonna l'animal et lui donna du grain, puis il attisa le petit poêle dans le coin où il dormait parfois. Assis sur un tabouret de traite, il se mit à travailler la pièce de bois avec laquelle il comptait fabriquer le porte-bébé. Pour compléter la planche de thuya donnée par un ami du Minnesota, il avait coupé une écorce de frêne qu'il faisait tremper pour créer la partie incurvée qui protégerait la tête. Il insérerait peut-être une pièce plate en dessous, de sorte que le bébé tenu à l'intérieur puisse y prendre appui quand il serait plus grand.

Grace pénétra dans l'écurie et vit Wood Mountain en train de raboter le genévrier.

« Hé ! Ta main va mieux ? »

L'air d'abord interdit, Wood Mountain chiffonna son visage.

« Aïe, dit-il en posant le rabot. J'aurais pas dû faire ça.

— Ça ne semblait pourtant pas vraiment te gêner, dit Grace, soupçonneuse. Tu t'es vraiment blessé ? Je dirai rien.

— Tu flirtes vraiment avec ce mormon ? Je dirai rien.

— Non. Il est parti.

— Pour de bon ?

— Je crois bien. Il commençait à, je sais pas…

— S'emballer, dit Wood Mountain.

— Peut-être.

— Qu'est-ce qui s'est passé ?

— Je l'ai pas dragué ou quoi que ce soit.

— Non, non, bien sûr.

— Je te jure ! On était en train de brosser les chevaux ensemble et, tout d'un coup, le voilà qui déclare que si sa semence se mêle à la sève d'une Lamanite il sera condamné aux flammes éternelles, mais qu'il est prêt à souffrir. Je lui dis de se calmer, que sa semence ne va pas se mêler à quoi que ce soit par ici, mais bon, par curiosité, je lui demande ce que c'est qu'une Lamanite. Il s'étonne que je ne sache pas. Je confirme. Alors il me sort que, moi, je suis lamanite. Quand je réponds que non, je suis chippewa, il dit que c'est pareil, mais que si j'embrasse la foi mormone, je deviendrai de plus en plus blanche jusqu'à scintiller dans le ciel.

— C'est plus difficile de faire le mur quand on brille dans le noir.

— Comment tu sais que je fais le mur ?

— Parfois, quand je suis trop fatigué pour rentrer chez moi, je fais un somme ici. C'est comme ça que, l'autre soir, j'ai vu ton petit copain sortir sur la pointe des pieds pour te retrouver. Il avait ses chaussures à la main et il montait très haut les genoux à chaque pas. Un vrai clown.

— C'est ce soir-là qu'il m'a parlé de sa précieuse semence.

— C'était complètement déplacé. Je vais lui en coller une.

— Avec ta main cassée ? La main dont tu te sers en ce moment même pour ouvrir le bidon d'huile à bois ?

— Aïe.

— Tu fais semblant !

— Ne le dis à personne ! Personne ! En fait, j'essaye de feinter Joe La Tremblote. »

Grace fut prise d'un tel fou rire qu'elle dut s'asseoir.

« Allez, Grace. Arrête un peu.

— Tu ne sais donc pas ? finit-elle par dire. Lui aussi il essaye de te feinter. À marcher tout tordu. Mais des fois il oublie de quel côté il est censé pencher. Toutes les filles sont au courant. »

Wood Mountain resta bouche bée. « Hein ? Quoi ?

— Je pensais que tu savais. Tout le monde le sait.

— Et lui, il est au courant que je feinte ?

— Pas à ma connaissance. Tu joues bien la comédie en tout cas. Même moi je t'ai cru jusqu'à ce que je te voie avec ce rabot.

— Je fabrique un porte-bébé. »

Grace recula d'un pas, les sourcils froncés.

« J'ai raté un épisode ?

— Mais non. C'est pour le fils de Vera.

— Eh bien tu devrais faire attention. Y a des rumeurs qui circulent.

— Quoi comme rumeurs ?

— Les gens disent que le bébé n'arrive pas de Minneapolis. Qu'il est à Pixie et toi. Que vous essayez de cacher ça au prêtre.

— Qu'est-ce que ça peut bien me faire ? Non, c'est vraiment le bébé de Vera.

— Alors pourquoi es-tu tout le temps fourré là-bas ?

— Est-ce qu'un homme ne peut pas aimer un bébé ?

— Si. Mais en général, c'est le sien.

— Je ne vois jamais Pixie. Presque jamais.

— Oui, oui, bien sûr.

— Je ne l'intéresse pas.

— Et ta main n'est pas vraiment cassée. Qu'est-ce que les hommes sont bêtes. »

Elle s'éloigna en secouant ses cheveux et en donnant des claques aux mangeoires, puis s'arrêta pour gratter Darling entre les oreilles.

« Et ne va pas raconter quoi que ce soit ! cria Wood Mountain.

— Tu parles de ta main ou de Pixie Paranteau ?

— Arrête. »

Il jeta par terre le chiffon avec lequel il était en train de faire pénétrer de l'huile dans le bois, puis se remit à raboter la planche de genévrier, trop fort, transformant la surface huilée en copeaux bouclés. Grace se retourna et faillit se remettre à rire, mais à voir la violente concentration du jeune homme, sa façon de cligner des yeux et de fixer la planche, elle eut de la peine pour lui. Et encore plus pour elle-même. Se penchant tout près de Darling, elle caressa ses douces oreilles, plongea ses yeux dans ceux, liquides et sombres, de la jument et lui murmura : « Il est sacrément mordu, mais il ne le sait pas. »

Pixie va lui briser le cœur, se dit Grace en traversant le jardin. Elle pensa au ventre entaillé de Gringo, les chairs à vif jusqu'à ce que son père le recouse. Ils savaient que c'était Darling, la responsable, parce qu'un fragment de la peau rosée de Gringo était resté coincé dans le sabot de la jument. Mais quelle importance. Wood Mountain verrait bien ce que ça faisait, tant pis pour lui. L'air était dur et froid. Ça sentait la neige. Grace leva les yeux : la lune était de travers, comme Joe La Tremblote. Il n'y avait pas de vent, mais à l'ouest les nuages s'accumulaient à toute allure, effaçant les étoiles. Fallait-il retourner prévenir Wood Mountain de l'orage à venir ? Non, les chevaux s'en chargeraient. Il n'aurait qu'à dormir dans l'écurie. Elle avait toujours su qu'il était trop âgé pour elle de toute façon. Elle en avait fini avec lui, il pouvait filer dans les bras de Pixie.

Le Choc des titans

Ce serait quoi ? Le Choc des titans, le Dernier Duel, la Cognée des colosses ? Thomas retournait le problème dans sa tête en préparant le tract du match pour l'imprimeur. « Émotions à foison » – l'expression était-elle ridicule ? Barnes et lui avaient appairé les garçons les plus âgés des clubs de boxe du coin, en plus du combat de Wood Mountain contre Joe Wobleszynski, qui serait le clou de la soirée. Thomas payait de sa poche des affichettes à coller un peu partout – minuscules épiceries au milieu de nulle part, écoles, bars extérieurs à la réserve, cafés et stations-service. En bas du tract, il avait fixé à deux dollars le « prix d'entrée suggéré », mais il savait qu'ils prendraient ce que la foule – il espérait une foule – serait en mesure de donner. Il se décida finalement pour « Choc des titans, combat caritatif ». Le texte disait : « Venez nombreux. Bonne soirée garantie. Émotions à foison ! Aidez-nous à envoyer vos représentants à Washington. » Sharlo avait dessiné, sur fond de drapeau américain, une grosse paire de gants que Thomas lui avait fait reprendre pour les rendre plus menaçants. Il composa le tout à son bureau jusqu'à trois heures du matin et déposa l'affiche chez l'imprimeur le lendemain à sa débauche.

Après une nouvelle réunion avec Moses Montrose, il fila droit chez lui et tituba de fatigue jusqu'à sa chambre. Là, il retira ses chaussures et posa comme toujours sa chemise et son pantalon soigneusement pliés sur le petit lit à côté du leur. Il se glissa sous les couvertures en slip, se couvrit les yeux d'un maillot de corps et se força à ralentir sa respiration. Mais les battements de son cœur lui tambourinaient dans les oreilles. Ses pensées fusaient en tous sens dès qu'il posait la tête sur le vieil oreiller aplati qu'il gardait jalousement pour lui. Surgissaient des images aussi nettes que si elles dataient de la veille. L'air de Roderick quand il avait émergé de la cave, clignant des yeux, terrifié, tremblant, toussant, hanté. À demi mort, déjà. Quelques semaines plus tard, Thomas était venu le réveiller dans le dortoir : immobile, le teint gris, il respirait à peine dans les draps tachés de sang. Oh, Roderick. Ces électrochocs de la mémoire cesseraient-ils jamais ? Pire, Thomas se rappelait avoir taquiné son ami, l'avoir défié, lui avoir même attiré des ennuis. Et LaBatte qui le pointait du doigt.

Qui a fait ça ?

Roderick, monsieur.

Il ne dormit pas autant qu'il l'aurait souhaité ; de fait, il était encore fatigué lorsqu'il se réveilla quatre heures plus tard. Smoker aboya à pleins poumons quand Noko s'éloigna de la maison, et une visiteuse vint demander Rose pour savoir si cette dernière pouvait garder son bébé hurlant et furieux cette après-midi-là. Thomas tenta de grappiller quelques heures supplémentaires au moment du coucher familial, mais son cœur s'emballa de nouveau et son corps restait tendu à l'extrême. Et puis quel braillard, ce bébé. Thomas voyait sans cesse Roderick sous ses paupières, après quoi il se demandait avec angoisse si le match de boxe permettrait de récolter assez d'argent, pour ensuite s'imaginer déjà à Washington. Il s'inquiétait de ce que serait l'expérience du Congrès, de ce qu'il dirait, de la résistance qu'on leur opposerait, du fait que sa gorge serait peut-être trop nouée pour qu'il puisse parler. Il savait que c'était inutile et ridicule de penser à tout cela si longtemps à l'avance, mais son esprit s'était engagé sur son propre chemin irrationnel et refusait d'être guidé par la logique. Thomas ne pouvait pas s'autoconvaincre de dormir.

Quand il finit par cesser de se battre avec sa tête et qu'il se leva pour aller travailler, il s'habilla dans le noir comme à l'ordinaire et se glissa dans la cuisine. Là, dans la faible lumière de la lampe à pétrole, il trouva Sharlo à la table, une couverture sur les épaules, penchée sur un livre avec tant de concentration qu'elle remarqua à peine sa présence. Il sortit aux toilettes et revint se débarbouiller à l'eau froide pour se réveiller. C'est tout juste si Sharlo leva les yeux. Il mit sa veste et son chapeau, prit sa mallette, sa gamelle et son thermos de café. Une fois à la porte, il se retourna pour saluer sa fille et lui dire d'aller se coucher. Elle soupira, secoua la tête – couverte de barrettes retenant ses boucles – et ferma son livre. Puis elle s'étira en bâillant.

« C'était drôlement bien.

— Il t'a tenue éveillée en tout cas. » Thomas lui caressa les cheveux.

« Tiens, tu devrais le prendre », dit-elle.

C'était un roman policier, mais Thomas avait trop de lettres à écrire, et puis il était décidé à explorer le livre que lui avaient laissé les missionnaires.

Après sa première ronde, il se versa une tasse de café et sortit le petit livret noir. Il estimait devoir le lire pour comprendre Arthur V. Watkins. Biboon ne lui avait-il pas dit, en l'envoyant au pensionnat : « Travaille dur, parce qu'il faut connaître l'ennemi » ? Au fil des années, il avait mesuré combien ce conseil était sage. C'est parce qu'il savait à qui il avait affaire qu'il avait pu convaincre les autorités d'installer l'usine de pierres d'horlogerie à proximité de la réserve. Il avait utilisé leur logique pour obtenir qu'ils rénovent l'école. Il avait mis à profit l'instruction qu'il avait reçue d'eux pour améliorer la situation de son peuple – il oubliait souvent que c'était pour ça qu'il avait étudié, comme l'y avait enjoint Biboon, mais c'était bien ce qui s'était passé. En chemin, le mot « ennemi » s'était toutefois brouillé. Les responsables du Bureau des affaires indiennes dans la salle de réunion de Fargo auraient pu être l'ennemi, mais ils semblaient plus déroutés par la proposition de loi que réjouis de devoir la mettre en œuvre. Quant à John Hail, l'avocat de la tribu, c'était un ami. Vold lui-même n'était pas vraiment l'ennemi – pas même un adversaire. Mais Arthur V. Watkins, lui, en était clairement un – de l'espèce la plus dangereuse : pétri de principes, persuadé d'agir pour le mieux. Thomas se refusait pourtant à le qualifier ainsi. Je vais considérer Watkins comme mon adversaire, se dit-il. Un ennemi, il faut le vaincre sur le champ de bataille, mais un adversaire, c'est différent.

Il faut se montrer plus malin que lui. Et donc bien le connaître. L'expérience avait appris à Thomas que ceux qui s'étaient gaillardement attaqués à ce qu'on appelait le « malheur » ou le « problème » indien pour tenter de le résoudre avaient tous une raison personnelle. Il se demandait quelle était celle d'Arthur V. Watkins.

La première surprise du *Livre de Mormon* fut que Joseph Smith, leur prophète, avait lui aussi été visité par un être lumineux et semi-transparent. Thomas posa le livre. Il éprouva d'abord une certaine confusion, voire une forme de vexation tant la description correspondait à ce qu'il avait lui-même vécu la nuit où il avait failli mourir de froid, mais ce sentiment, une fois dépassé, se mua en soulagement. Visiblement, ces êtres apparaissaient à d'autres. Ils étaient venus parler à Joseph Smith de plaques de cuivre censées être enfouies en divers endroits. Le livre n'était pas sans suspense. Il y avait par exemple le dilemme intérieur d'un dénommé Néphi, qui ne tenait pas particulièrement à assassiner de sa propre épée un homme ivre, mais que la voix du Seigneur avait convaincu d'agir. Se faisant passer pour sa victime, Néphi avait trompé le serviteur de l'homme assassiné et volé son trésor : ces plaques sur lesquelles étaient gravées des histoires. Les paupières de Thomas s'alourdirent. Il y avait des paysages sauvages, des femmes, des juifs. Et surtout il y avait ce Néphi. Allait-il être le narrateur de toute l'histoire ? Thomas tourna quelques pages. Ses yeux recommencèrent à le brûler. Il sentit sa tête partir vers l'avant et se réveilla en sursaut. La nuit s'annonçait très difficile.

Il persévéra encore une heure et parvint à l'arrivée des Gentils en Amérique, ce qui l'étonna, car il n'aurait pas cru que les choses aillent si vite – mais bon, le livre avait beau être truffé de formules archaïques, il puisait ses racines dans l'histoire américaine, aussi Thomas essaya-t-il de s'adapter. Il y avait beaucoup de colère indignée dans ces pages. Et une certaine fureur envers une grande église abominable que Thomas ne parvenait pas à identifier. Il y était aussi beaucoup question de l'immoralité des autres gens et de la pureté du peuple de Néphi. Quand il parvint à la chute des filles de Sion, Thomas eut le cœur serré pour elles. Si hautaines et orgueilleuses qu'elles fussent en apparence, leur châtiment lui sembla excessif. Il aimait l'idée des petits tintements accompagnant leurs pas, qui lui rappelaient les clochettes des danseuses de powwow. Mais il y eut un jour où le Seigneur supprima la hardiesse des coiffes et des parures tintinnabulantes des filles, et aussi leurs tours de têtes ronds comme la lune. Il supprima tout. Chaînes, bracelets, colliers. Diadèmes, parures de jambes, bandeaux, pendentifs et boucles d'oreilles. Bagues et bijoux de nez. Les innombrables tenues, capes, turbans et sacs brodés. Les verres, le linge de maison raffiné, les voiles et les capuchons. Au lieu de doux parfum, il y eut la puanteur. Au lieu d'une ceinture, une corde. Au lieu d'une coiffure bien ordonnée, une tête chauve. Chauve ! Au lieu du raffinement d'un bustier (peu importe ce que c'était), un pagne en toile à sac. Et, pire que tout, un teint brûlé au lieu de la beauté.

Thomas appréciait les vêtements chics. Il adorait quand Rose, les cheveux détachés, portait sa robe flamboyante et ses souliers noirs à brides et talons courbes. Il referma le livre, déprimé.

La première chose qu'il nota au sujet d'Arthur V. Watkins fut qu'il aimait sans doute les femmes aux tenues sobres, et s'habillait a priori lui-même de façon simple et passe-partout. Pas de grelots autour des chevilles. Pas de cravate tape-à-l'œil, de chaussures bicolores ou de chapeau à large bord. Un homme droit, assurément. Comment se battre contre quelqu'un comme ça ?

Après avoir répondu à plusieurs articles de presse et rempli un formulaire de commande pour un miméographe à l'usage exclusif de la tribu, Thomas se rappela que, lorsqu'il était au pensionnat, il agissait de façon stratégique. Le seul moyen de gagner contre quelqu'un de droit était de lui suggérer qu'accéder aux demandes qu'on lui faisait était la seule chose moralement acceptable.

Deux jours de route

Vera s'aperçut qu'elle marchait. Elle portait un gros manteau, un chapeau et des bottes. Elle suivait une route. Comme tout le monde dans son entourage, elle savait qu'après la mort, l'âme partait vers l'au-delà, cheminant sur une route comme celle qu'elle suivait à présent, sombre et solitaire, mais bien visible dans le clair de lune. C'était peut-être un soulagement d'être morte. Tout en marchant, elle s'efforçait de se remémorer les instructions nécessaires au voyage, car elle aurait plusieurs épreuves à surmonter. Elle entendrait les voix des vivants qui la rappelleraient à eux, mais il ne faudrait pas qu'elle se retourne. Elle devrait maintenir le cap à l'ouest. Il y aurait certains types de nourriture qu'elle ne pourrait pas manger, mais d'autres auxquels elle aurait droit. Il y aurait peut-être – elle ne se souvenait plus très bien – un pont ou un serpent, ou bien un pont avec un troll en dessous, à moins qu'elle n'ait entendu ça dans un autre contexte de sa vie ? Si elle allait suffisamment loin, elle entendrait les morts l'appeler, l'encourager, car elle serait fatiguée, après trois jours de marche. Elle craignait que les pleurs de son bébé ne lui parviennent depuis la ville des morts.

Elle ne voulait pas qu'il meure, mais elle se précipiterait vers lui, où qu'il soit. Au moins ne serait-il plus seul. Au bout d'un moment, l'atmosphère vira au gris clair et elle aperçut une pancarte qui disait : « Autoroute 2. » Puis une autre, écrite à grands coups de peinture noire : « Bois de cheminée à vendre. » Elle commença à se demander si elle était sur la bonne route. Si elle était seulement morte. Bien qu'elle ait déjà été morte de son vivant. Peut-être même pendant longtemps. Cela, elle en était certaine.

Boxer pour la souveraineté

La neige s'était abstenue de tomber et les routes étaient dégagées. On avait remorqué jusqu'au centre communautaire une machine à pop-corn d'occasion achetée par l'école pour les événements sportifs : le parfum d'huile chaude et la pétarade des grains de maïs qui explosaient réchauffaient la foule. Sharlo s'occupait de mettre le pop-corn en sachets tandis que Fee empochait les pièces. Juggie vendait les billets à l'entrée, Moses comptait l'argent, et Thomas distribuait le programme de la soirée tout en saluant chaleureusement les arrivants à la porte de la grande salle, où était dressé le ring. Grâce à un système de rideaux, les boxeurs y bénéficiaient d'un coin à part d'où ils pourraient émerger sous les applaudissements. Composé de poteaux, de cordes et d'une plateforme construite par Louis avec du bois qu'on lui avait donné, le ring ne manquait pas d'allure. L'arbitre, Ben Fernance – qui était aussi le représentant du comté –, portait des brassards et tenait un petit mégaphone blanc. Il faisait des annonces et accueillait la foule tandis que Mr Jarvis bricolait le haut-parleur défaillant.

Arrivées tôt, Patrice et Valentine s'étaient postées tout près du ring, derrière les chaises, lesquelles étaient réservées aux personnes âgées. Le public s'étoffait rapidement. Mr Jarvis apparut avec un microphone et un gong qu'il frappa, produisant une réverbération exotique. N'ayant pas pu se procurer de projecteurs comme il le souhaitait, il avait eu l'idée d'utiliser le son pour gérer la foule. Ce qui fonctionna. Le brouhaha cessa, dans l'attente de la suite, puis les boxeurs sortirent à la queue leu leu sous les hourras et on présenta chaque duo de combattants. Le gros du public était indien, incluant des Sioux de Fort Totten et Devils Lake, mais il y avait aussi tout un tas de gens venus des fermes et villages voisins dans un rayon de cent cinquante kilomètres. Le lieu du combat pesait toutefois dans la balance et il n'y avait presque aucune animosité dans l'air. Même la famille et les supporters de Joe La Tremblote étaient de bonne composition, serrant la main des frères Stone Boy, encourageant Revard et aussi son adversaire, Melvin Lauder.

Mr Jarvis, qui avait toujours rêvé de commenter un match, estimait de son devoir de rendre les combats aussi palpitants que possible. Après tout, les garçons pratiquaient ce sport pour se forger le caractère et non pour se réduire mutuellement en bouillie : ça ne nuirait pas de grossir le trait de leur esprit guerrier.

« Stone Boy encaisse le coup sans ciller, en vrai garçon de pierre qu'il est. Lauder maintient la pression, chaud pour le trot. Mais Stone Boy lui tourne autour comme un valseur ! Une droite dans la boîte à pain. Une gauche dans la mâchoire ! Lauder a un menton d'acier, ça ne l'émeut pas plus que ça. Stone Boy lui tourne autour, le jauge. Il se déchaîne avec une folle rafale de coups ! Mais Lauder fait la patate chaude ! Et le repousse ! Et c'est la clooooche ! »

Les gens continuaient d'arriver, remplissant la salle à craquer, tandis que se gagnaient et se perdaient les combats entre jeunes boxeurs. John Skinner, de St Michael, offrit un beau spectacle face à Tek Tolverson. La bonne humeur s'intensifiait, Jarvis faisant de chaque combat une sensation. À dire vrai, les matchs, gagnés aux points ou sur décision des juges, n'étaient en soi pas si enthousiasmants – une fois seulement on eut droit à un saignement de nez, mais à écouter le commentaire de Jarvis, on aurait dit qu'un barrage venait de céder. Même à l'annonce du grand final, le combat que tout le monde était venu voir, l'ambiance resta débonnaire. Le fait qu'il s'agisse d'une soirée de bienfaisance y était pour beaucoup. Jarvis n'arrêtait d'ailleurs pas de le rappeler et de remercier le public.

« Le moment que vous attendiez tous, mesdames et messieurs ! Le clou de la soirée ! »

Plus personne à ce stade n'ignorait que Wood Mountain et Joe La Tremblote avaient feint leurs blessures, aussi les deux boxeurs décidèrent-ils d'en jouer pour amuser la galerie. Joe sortit de derrière le rideau tellement penché à gauche qu'il faillit perdre l'équilibre. Wood Mountain portait encore son plâtre.

« Les voici, mes amis ! Applaudissons-les tandis qu'ils gagnent le ring ! Prêts à aller jusqu'au bout et à se battre malgré la douleur extrême de leurs blessures respectives. Mais quoi ? Que se passe-t-il ? La Tremblote se redresse ! Wood jette son plâtre dans la foule ! Il lâche le mouchoir qui le retenait et c'est Pixie

Paranteau qui récupère cette relique ! Ah, je vous le dis, mesdames et messieurs, c'est un miracle. Vous assistez à un miracle. Deux champions luttant pour la souveraineté recouvrent la santé sous vos yeux ! »

Pendant les deux premiers rounds, chacun testa les limites de son adversaire, donnant et recevant les coups. Wood Mountain était toujours le plus tactique des deux, forçant La Tremblote à regagner le centre, ne lui ouvrant aucune possibilité. Mais Joe Wobleszynski était potentiellement plus dangereux : sa force de frappe était intacte, et il avait peut-être compris que le combat précédent avait révélé son manque de stratégie. Au troisième round, les coups puissants de La Tremblote ne rencontrant que l'air, il devint clair que Wood Mountain avait l'intention de l'épuiser et, si possible, de le démoraliser.

Joe était légèrement plus mince que la dernière fois, alors que Wood avait pris un bon kilo sans rien perdre en vitesse – Barnes et son oncle y avaient veillé. Le jeune homme s'était entraîné là-dessus, encore et encore. Et puis il avait un sens inné de la ruse. Jarvis en personne l'avait préparé à un subterfuge, qu'il utilisa au quatrième round. Il fit mine de s'affaisser un peu, comme après un faux pas, pour provoquer la plus redoutable droite de La Tremblote. Rapide comme l'éclair, il s'effaça alors et répliqua d'une gauche visant l'endroit précis où le piton du menton de Joe rejoignait la ligne fluide de sa mâchoire : il l'atteignit avec force et s'esquiva quand Joe contre-attaqua. La Tremblote ne parvint qu'à le pousser dans un coin pour lui asséner quelques coups superficiels qui ne claquèrent pas, mais dont l'apparente brutalité arracha au public des exclamations. Coaché par Jarvis, Wood Mountain se souvint de faire semblant de grimacer de douleur sous l'assaut. L'autre retourna donc dans son coin convaincu d'avoir pris le dessus.

« Patience. Tu lanceras la musique le moment venu », dit Barnes en appliquant des poignées de neige sur la pommette gauche de son poulain. La musique en question était une version accélérée du French cancan, sur laquelle Wood Mountain avait répété une nébuleuse de coups qu'il pouvait activer si la situation s'y prêtait. La rafale passait alors à la vitesse supérieure et le boxeur devenait un essaim à lui tout seul. C'était comme ça que Jake LaMotta avait battu le Français Laurent Dauthuille au dernier round du championnat poids moyens en 1950. Aux yeux de tous les observateurs, sauf La Musique, l'accélération semblait sortie de nulle part, sinon de quelque réservoir d'énergie, mais le superbe changement de rythme avait été savamment préparé et chorégraphié, l'oncle de Barnes en était certain.

« Ils se tournent autour comme des fauves ! Mais pas d'entourloupe, mesdames et messieurs ! La Tremblote cogne comme un grizzli ! La Montagne cogne en retour ! De la force brute des deux côtés. Et voici qu'à nouveau ils se jaugent. Regardez-moi la dentelle de ce jeu de jambes ! »

Jusque-là, les boxeurs semblaient parfaitement indemnes. Ils dégageaient même une certaine splendeur : Joe tel un taureau de compétition à peau laiteuse, et Wood Mountain noueux et luisant, le regard perçant sous sa cascade de cheveux. Cela ne devait pas durer. Au sixième round, Joe La Tremblote se lassa de courir après son adversaire et lui asséna un coup massif qui lui dévia le nez.

« La Montagne se fait taper sur le bec ! »

En entendant le craquement, Patrice sentit ses jambes se dérober et Valentine devint grise comme un fantôme. Elles s'agrippèrent l'une à l'autre tandis que le match s'interrompait. Barnes s'affaira sur Wood Mountain avant qu'il ne regagne le ring, les narines de guingois, bourrées de coton. La cloche n'avait pas plus tôt retenti qu'il entreprit, avec un calme déconcertant, d'emprunter le crochet du droit de Joe pour mettre ce dernier à genoux. La Tremblote se releva, mais il était maintenant clair que le vrai combat avait commencé, un combat sans colère, tout de violence consciencieuse. Les deux rounds suivants filèrent dans le flou d'une déferlante de coups. Les adversaires restaient pourtant presque à égalité – Wood Mountain avait une petite avance aux points, mais rien de décisif.

« Arrêtez le match ! » hurla Patrice. Mais c'était en plein tohu-bohu : un vieillard avait accidentellement frappé un de ses congénères avec sa canne en bois de saule et leurs proches essayaient de démêler l'affaire. Sans compter que la famille de Joe, ne sachant trop que faire, se contentait de brailler, et que les supporters de Wood Mountain, hésitant à demander l'arrêt, causaient aussi un raffut de tous les diables. Jarvis dut frapper le gong une nouvelle fois.

« Mesdames et messieurs, calmez-vous. Les combattants refusent d'arrêter. Ils veulent tout donner. L'arbitre est d'accord. Ils disent qu'ils vont bien, même très bien, et qu'ils veulent aller au bout. »

Le nouveau round commença donc, dans le plus grand silence. Joe entailla profondément l'arcade sourcilière de Wood Mountain, puis reçut un violent coup au corps qui l'envoya valser jusqu'à l'autre bout du ring. Vers la fin, ils se cognaient mécaniquement, avec un sérieux embrumé. Jarvis se taisait. Il n'y avait plus de stratégie, plus de style.

« C'est horrible, maintenant », dit Patrice en se détournant.

Quand le gong sonna, la foule cria de soulagement. Les gens applaudirent, par désarroi, et quittèrent les lieux en grappes désordonnées. Wood Mountain avait fini par gagner aux points, mais là n'était plus la question. Assis sur une chaise, Joe Wobleszynski regardait dans le vide, hébété. Les deux boxeurs avaient les yeux tuméfiés et quasi clos, les lèvres fendues, les sourcils pansés, les oreilles qui sifflaient, le nez cassé et le cerveau qui enflait dans leur boîte crânienne. Le moindre os, le moindre muscle, leur étaient douloureux. C'était merveilleux, affreux, définitif. Ce fut leur dernier combat à tous les deux.

La promontion

Injuste, c'était tellement injuste. Que Valentine soit promue à la salle des bains acides, où elle porterait des lunettes de protection, des gants, une charlotte blanche et un tablier en caoutchouc. Tellement injuste parce que Patrice était plus rapide, plus précise, plus concentrée, et qu'elle rendait à chaque fois une plaque impeccable. Elle était aussi compétente que ça. Non que Valentine fût incompétente, pas du tout, simplement elle n'avait pas le niveau de Patrice. C'était un fait avéré. Mais insuffisant pour que Mr Vold la promeuve, apparemment.

« Très bon travail, très bon travail », venait-il de dire dans son dos. Aujourd'hui, il avait l'haleine chargée de thon en sauce. Patrice mourait d'envie de le frapper, comme Wood Mountain avait cogné Joe La Tremblote sur le ring. Direct du bras avant, puis direct du bras arrière. Une combinaison classique. Mais qu'importe. Elle imagina les yeux de Mr Vold rouler vers l'arrière tandis qu'il tituberait, sonné, dans le couloir. Ça coûterait sa place à Patrice, bien sûr. Elle essaya de se concentrer. La tristesse aidait.

Non, elle refusait d'être triste. C'était le premier jour de Valentine dans la salle des bains acides et, oui,

Patrice était jalouse, mais surtout elle regrettait la présence de son amie près d'elle, au coude à coude, et les raccourcis de communication qu'elles avaient inventés et qui accéléraient le passage des heures. Comme elles s'étiraient, aujourd'hui. Et pas de pause café. Vold les avait effectivement supprimées en vue de la visite des responsables de Bulova et du général Omar Bradley, sans les rétablir par la suite. Patrice avait mal à la nuque, à force de tension. Elle s'appliqua. Se réfugia dans le bourdonnement de sa concentration. Puis ce fut l'heure d'aller déjeuner. Elle passa d'abord aux toilettes, parce qu'elle redoutait d'entendre Valentine pérorer sur son formidable nouveau poste. Et son augmentation. Valentine commencerait bien sûr par annoncer qu'elle ne dirait rien, puis elle céderait et lâcherait le montant.

« Courage, se dit Patrice. Ce n'est pas comme si elle était devenue reine. »

Elle entra dans la cantine et s'assit près de Betty Pye, même s'il y avait une place libre à côté de Valentine. Celle-ci était de toute façon occupée à décrire à toute la tablée le poids du tablier et l'étrangeté qu'il y avait à porter des gants en caoutchouc toute la matinée.

« J'ai les mains complètement fripées ! Regardez ! »

J'aurais deux ou trois choses à raconter sur les tenues en caoutchouc, la peau fripée et la teinture bleue, pensa Patrice. Elle écarta l'idée. Son déjeuner se composait d'une galette d'avoine frite à la graisse de chevreuil et de quelques raisins secs. Elle mangea doucement, pour faire durer chaque bouchée. Elle avait tellement faim que son estomac lui semblait encore douloureusement vide lorsqu'elle eut terminé. Ou alors c'était Valentine qui lui donnait mal au ventre à parler de son augmentation. Laquelle était toutefois moindre que Patrice ne l'avait imaginé – quatre-vingt-dix *cents* au lieu de quatre-vingt-cinq *cents* de l'heure – et bien moindre que ce qu'elle-même avait gagné en tant qu'aquaronne. « L'Attraction principale. » Tous les yeux braqués sur elle tandis qu'elle plongeait et remuait langoureusement dans l'eau. Les gens n'étaient que des taches floues, certes, mais ils ne la quittaient pas des yeux. Ils l'admiraient, non ? Peut-être pas. Elle écarta aussi cette idée-là, l'envoyant valser à l'arrière de ses pensées. Valentine lui avait dit quelque chose et tout le monde s'était tourné vers elle, dans l'attente de sa réponse.

« J'ai dit, Pixie…

— Patrice.

— J'ai dit : Je donnerais cher pour savoir ce que tu penses !

— Tu n'as pas les moyens.

— Ooooooh, firent quelques-unes des ouvrières.

— Combien ? insista Valentine. Tiens. »

Elle posa un billet d'un dollar sur la table.

Patrice le prit, le secoua, puis le repoussa vers Valentine. « C'est pas assez.

— Bon, intervint Doris, je suppose qu'on ne saura jamais de qui Pixie est amoureuse.

— Je m'appelle Patrice. Et je ne suis amoureuse d'aucun des deux. Je vous les laisse.

— J'en prendrai peut-être un, dit Doris. Je dois aller au cinéma avec Barnes.

— Chouette. Quand ça ? demanda Patrice.

— Un de ces jours.

— Qu'est-ce que ça veut dire ? » C'était au tour de Valentine de questionner.

« Ça veut dire que j'ai dit oui quand il a proposé qu'on aille au cinéma un de ces jours, répondit Doris.

— C'est lui ou c'est toi qui as proposé d'aller au cinéma ? persista Valentine.

— D'accord. C'était dans l'autre sens. Mais il a dit oui.

— Tant mieux pour toi. Tu me raconteras », fit Patrice.

Valentine lança un « Tu ne manques pas de culot » et se leva pour remettre son attirail de protection.

« Arrêtez de vous chamailler, toutes les trois, dit tranquillement Betty Pye. C'est tellement plus agréable d'être en bons termes.

— C'est vrai, dit Patrice. Et le plus bête, c'est de se disputer pour des hommes. Valentine et Doris ne connaîtront pas le repos tant que je ne serai pas enfermée dans une tour, la bague au doigt.

— Tu es marrante. Va trouver une tour par ici !

— Peut-être un silo à grain ?

— J'ai de la chance d'avoir ce bon vieux Norbert, lâcha Betty. On avance tant bien que mal.

— Tu vas l'épouser ?

— Oh, on s'enfuira pour se marier si je tombe enceinte. »

Cette réponse laissa Patrice sans voix. Elles retournèrent vers la grande salle en enfilant leur blouse. Si seulement elles étaient voisines de travail. Patrice voulait en savoir plus sur ce « si je tombe enceinte » et, avec un peu de chance, Betty voudrait bien lui expliquer.

En descendant de la voiture de Doris, Patrice aperçut la Nash couleur mastic soigneusement garée le long de la route principale : Thomas Wazhashk était venu rendre visite à sa mère. Lorsqu'elle entra dans la maison, elle le trouva – visiblement, c'était le lot de tous les visiteurs masculins – avec Gwiiwizens dans les bras.

« Il y a du nouveau concernant Vera ? demanda-t-elle.

— Oui et non, dit son oncle.

— C'est-à-dire ?

— On ne sait pas où elle est à l'heure actuelle, mais on l'a vue. À Duluth. Elle a été arrêtée pour vagabondage, puis relâchée.

— Elle a donné son nom et disparu, compléta Zhaanat. Mais elle est vivante. Je le savais. Elle a essayé de nous appeler.

— Vous appeler ? » s'étonna Thomas. Le premier téléphone était à des kilomètres.

« En rêve, tu te souviens ? Ses rêves et les nôtres.

— Bien sûr. Je suis fatigué. Que fait-elle à présent ?

— Je ne sais pas, reprit Zhaanat. Pendant un temps elle a porté des chaussures vertes à talons. Ensuite, des vêtements d'homme. Elle marchait sur une route. Mais mes rêves se sont arrêtés.

— Les miens aussi, dit Patrice. La nuit dernière… »

Elle marmonna quelque chose et détourna les yeux. La nuit précédente, elle avait rêvé qu'un homme d'une publicité de magazine l'embrassait. Il était sorti de la page, avait écrasé sa cigarette, s'était penché et…

« Combien avez-vous récolté ? demanda-t-elle vivement.

— Plus de la moitié de ce qu'il nous faut. On y est presque, à supposer qu'on trouve quelqu'un pour nous héberger à Washington. Là-bas, les hôtels vous scalpent.

— Vous scalpent ? » répéta Patrice en riant.

Thomas avait soigneusement expliqué la proposition de loi à Zhaanat, qui était inquiète : si elle devait payer des impôts fonciers, elle ne pourrait pas garder sa terre. La famille n'aurait nulle part où s'installer. Comme l'avait dit Juggie, ils se retrouveraient sur les routes, à vagabonder. Encore qu'avec son travail, se dit Patrice, elle aurait sûrement les moyens de louer quelque chose, quelque part. Et ces moyens auraient été plus importants si Valentine ne lui avait pas volé sa promotion. C'était précisément ce dont elle avait accusé son amie, pour rire, sur le chemin du retour, et Valentine avait répondu : « Regarde-toi un peu, cramoisie de jalousie ! » Mais Thomas exposait à présent les grandes lignes de sa stratégie.

« J'ai un atout, maintenant. La fille que Louis Pipestone a eue avec cette jeune femme qu'il n'a jamais épousée. Enfin, c'était dans l'autre sens. Ses parents à elle n'approuvaient pas, ils trouvaient Louis trop indien. Ils ont brisé l'idylle.

— C'est triste !

— Oui, il a eu beaucoup de chagrin. Mais c'est vieux, tout ça. Maintenant cette fille est grande et elle a réussi à entrer à l'université. Elle fait même un troisième cycle.

On va voir si on peut utiliser le résultat de ses recherches. Le Congrès croit qu'on est tellement développés qu'on roule sur l'or. On sait bien que c'est faux, mais reste à le prouver. Parce qu'on ne peut pas se contenter de pleurnicher. Il faut des faits, des chiffres. Il faut une étude.

— Une étude ! »

Ça sonnait tellement professionnel aux oreilles de Patrice. Une femme de sa propre tribu menant des recherches. Elle-même aurait sans doute aimé ça. Aller à l'université. Faire des recherches. Elle en avait les capacités, elle était forte en mathématiques et ses rédactions étaient toujours les meilleures de sa classe. Mais elle se voyait comme une petite tente de peau, écartelée à la limite du déchirement. Sans elle, la famille s'effondrerait. On n'envoyait pas d'argent aux siens quand on était étudiante. Or le bébé avait besoin d'un tapis sur lequel jouer. Le sol était glacé. Mais même ce sol, ce petit bout de terre gelé, disparaîtrait s'ils devaient vendre. Ils ne tiendraient pas. Ce serait comme avant. Elle n'avait pas oublié.

Patrice passa derrière la couverture, dans sa chambre. Elle n'osait pas aller chercher sa tirelire sous le lino, mais elle ouvrit la boîte à épices. Il y avait là cinq dollars en petite monnaie. Elle en compta quatre sur le lit et revint mettre les pièces dans la main de sa mère. Zhaanat les posa sur la table.

« C'est pour Washington », dit-elle.

Thomas, visiblement ému, articula : « Merci, cousine. »

Le lendemain, Patrice fut exaucée. Mr Vold déplaça Betty Pye au poste voisin du sien. Il en donna l'instruction au déjeuner et Betty transporta ses affaires tout de suite après. Quel soulagement. Pendant un temps, elles travaillèrent en silence, Patrice s'étant promis de ne parler que si l'autre prenait l'initiative. Elle ne voulait pas risquer d'attirer des ennuis à sa camarade, au cas où celle-ci préférerait s'épargner les foudres de leur patron. Mais moins d'une heure s'était écoulée quand Betty lui demanda ce qu'elle avait prévu de faire pour le week-end. Patrice murmura qu'elle ne savait pas, puis retourna la question à Betty qui répondit qu'elle laisserait Norbert choisir le lieu et l'heure, mais qu'elle avait une idée assez claire de ce qui suivrait.

« Dis, Betty, demanda Patrice d'une toute petite voix, je sais en gros comment ça se passe, mais j'aimerais bien que quelqu'un m'explique les détails.

— Tu veux dire que tu l'as jamais fait ? »

Betty parlait trop fort. Heureusement que Curly Jay éternua à répétition au même moment, couvrant sa voix.

« Chhhhut.

— Pardon, c'est juste que j'arrive pas à le croire.

— Ça me fait peur à cause de… tu sais. La raison pour laquelle tu pourrais t'enfuir.

— On va aller boire un café quelque part et je t'expliquerai tout.

— Tu ferais ça ?

— Mon Dieu, il faut bien que quelqu'un s'y colle. »

Le samedi suivant, Patrice marcha jusqu'au village avec son frère. Il allait au club s'entraîner à la poire de vitesse et elle au Henry's retrouver Betty. Celle-ci était déjà là, attablée devant un café. Un feutre beige dodu comme une brioche et orné d'une jolie plume surmontait sa permanente brune. Avec le lapin blanc qui bordait son manteau rose, elle ne passait pas inaperçue. Son visage rond et joyeux respirait la gourmandise tandis que ses lèvres tendues enserraient le rebord de la tasse. Elle souffla délicatement sur sa boisson. Patrice commanda un thé. Elle ne buvait pas de café le week-end ; dans la mesure du possible, elle faisait une sieste l'après-midi.

« Alors comme ça, dit Betty, personne t'a jamais expliqué ?

— Non », répondit Patrice.

Ce n'était pas tout à fait vrai. Elle avait toujours su comment ça se passait. Elle vivait entourée d'animaux, aussi bien sauvages que domestiques. Une fois, près d'un marécage, elle avait regardé des visons s'accoupler dans les joncs. Elle avait vu toutes sortes de choses. Quand elle s'était retrouvée prise au piège de la voiture de Bucky et ses amis, elle savait ce qu'ils essayaient de faire. Sa mère lui avait parlé de tout ça, mais en chippewa. Elle avait donc une bonne idée de comment ça se passait en chippewa. Or elle voulait savoir comment ça se passait en anglais, parce qu'elle avait besoin de connaître le bon vocabulaire au cas où elle ferait ça avec quelqu'un qui ne parlait pas sa langue maternelle. Elle savait que ça pouvait se passer de plusieurs façons, mais pas comment le choix se négociait. Étrange, qu'elle ait pu faire l'aquaronne sans savoir. Elle était consciente que son ignorance avait sans doute été flagrante pour Jack Malloy. C'était peut-être pour ça qu'il l'avait embauchée. Elle se demandait parfois s'il n'avait pas eu pour mission de la déniaiser, mais il avait renoncé quand elle lui avait frappé le bras. Elle avait trop de force. Betty scruta les alentours. Le café était plein, mais pas bondé. Elles étaient dans un coin, personne n'entendrait ce qu'elle dirait. Elle expliqua à Patrice ce qu'était une érection. Patrice le savait déjà et s'efforça de ne pas penser à Bucky et sa bande. Betty lui conseilla de s'éloigner des hommes qu'elle n'aimait pas et qui avaient une érection. Là encore, rien de nouveau. Betty décrivit ensuite comment faire semblant de laisser tomber quelque chose et effleurer un homme l'air de rien, du moins si l'homme lui plaisait et qu'elle voulait s'assurer qu'elle lui plaisait aussi.

« Fais mine d'avoir une poussière dans l'œil et de ne pas voir où tu mets les mains. Ou bien penche-toi pour ramasser quelque chose à ses pieds, et frôle son machin en te relevant. Oups ! Et puis, si ce que tu as senti t'a plu, tu lui souris. Il saura. Mais si ça ne t'a pas plu, tu déguerpis aussi sec.

— D'accord », dit Patrice d'un air sombre. Elle pensait à nouveau à Bucky et à son œil torve.

« Parce qu'une fois que tu les as touchés là, même sans faire exprès, ils peuvent vouloir t'attraper. Alors sois prête. Mais si ça te plaît et que tu veux essayer, trouve un coin tranquille. En automne ou au début du printemps, les bois, c'est bien. L'été, tu risques d'attraper des tiques. Ça fait plutôt passer l'envie.

— Oui.

— Donc c'est mieux s'il y a une grange ou un lit, ou bien si le type a une voiture.

— Pas de voiture », dit Patrice, mais Betty n'en tint pas compte. Elle parlait avec un pragmatisme clinique, décrivant des positions que Patrice ne pouvait imaginer sans enfouir son visage dans ses mains en riant.

« Ne ris pas ! C'est comme ça que tu auras un wouh-ha.

— Un quoi ?

— Un wouh-ha.

— Jamais entendu parler.

— L'impression de t'envoler. Bon sang, t'es vraiment une gamine. »

Betty décrivit le wouh-ha avec tant de détails que les joues de Patrice s'embrasèrent. Sa mère ne lui avait pas parlé de ça, même en chippewa. Et ce bouton, au-dessus du trou. Quel trou ? Sans doute pas celui du nombril, plus bas. Voilà, se dit-elle, c'est bien pour ça qu'il fallait que je parle à Betty.

« Quoi qu'il arrive, je ne veux pas me retrouver enceinte. Comment l'éviter ?

— En mettant des capotes, mais les hommes n'aiment pas ça. Bon, imaginons que tu n'en aies pas sous la main et que tu veuilles quand même, ça ira si tu fais ça la semaine qui suit la fin de tes ragnagnas. Juste cette semaine-là, tu es tranquille. C'est ce qu'on fait, Norbert et moi. Et bien sûr on a son vieux tacot. On trouve un coin où se garer le week-end. Sur les petites routes. Tu comptes coucher avec qui ?

— Je voulais juste l'information au cas où, j'ai personne en tête.

— C'est pas ce que pensent tes copines.

— Elles sont franchement pénibles.

— N'empêche, j'ai l'impression que tu pourrais essayer avec l'un ou l'autre de ces types. Le seul problème, c'est de t'en débarrasser après si ça t'a pas plu. »

Patrice eut l'air complètement déroutée.

« Je sais. Normalement t'es censée le faire seulement si c'est pour que ça dure toujours. Le mariage, quoi. Mais ma tante m'a dit que si c'était sérieux, valait mieux essayer avant. Ça sert à rien de devoir faire ça avec la même personne toute ta vie si c'est pas bien. Dixit ma tante. Pourquoi se retrouver coincée avec un pétard mouillé ?

— Tu as mille fois raison ! »

L'admiration de Patrice pour Betty augmenta encore. Elle lui proposa de manger une pâtisserie et toutes les deux choisirent un éclair au sirop d'érable. Au moment où Betty glissait le sien entre ses lèvres pour mordre dedans, elle croisa le regard de Patrice et fut prise d'un tel fou rire qu'elle faillit s'étouffer. Elle reposa le gâteau.

« Oh mon Dieu, ça m'a fait penser !

— À quoi ? Oh… »

Betty léchait le glaçage sur le dessus et les côtés de sa pâtisserie. D'une langue épaisse, rose pâle.

Patrice regarda autour d'elle, perturbée. Ce que Betty semblait suggérer ne lui avait jamais traversé l'esprit.

« Et les hommes peuvent aussi le faire aux femmes. C'est comme lécher la confiture d'un beignet fourré. Wouh-ha garanti.

— Comment tu sais tout ça ? Ta tante ?

— Non, dit modestement Betty. L'expérience. »

Patrice fut prise d'un léger dégoût, puis d'un total émerveillement.

« Bon, va pas raconter que c'est moi qui t'ai tout expliqué.

— Jamais de la vie. »

Betty leva les yeux et sourit à quelqu'un derrière Patrice.

« Bonjour, Meule-de-foin. Oups, pardon, monsieur Barnes.

— Bonjour à toi, Betty. Et bonjour, Patrice. »

Patrice se retourna. La façon même dont Barnes avait prononcé le mot « bonjour » la mettait mal à l'aise, comme si la pression de l'air avait augmenté. Elle était gênée. Et s'il avait entendu leur conversation ? Et, pire encore, si elle essayait avec lui et que c'était un pétard mouillé ?

« Bonjour, monsieur Barnes », dit-elle d'une voix neutre.

Il recula d'un pas et sourit faiblement avant de se détourner.

Après son départ, les deux jeunes femmes apprécièrent de se faire resservir en thé et en café.

« Le truc, reprit Betty, les lèvres barbouillées de glaçage au sirop d'érable, en se penchant vers Patrice et en la fixant d'un drôle d'air, c'est que les hommes sont tellement demandeurs qu'ils sont prêts à payer pour ça. Tu vois ce que je veux dire ?

— Pas vraiment…

— Y a des types qui viennent ici, trouvent une femme et lui disent : Viens avec moi à Minneapolis, on se mariera là-bas. Et puis, une fois sur place, ils la laissent tomber et ils la vendent à quelqu'un qui la met sur le marché du sexe.

— Sur le marché…

— Dans la rue, à racoler, à faire payer des hommes pour coucher avec elles. Mais l'argent va au maquereau.

— Au quoi ?

— Tu connais vraiment rien ! Le maquereau, c'est le propriétaire de la femme. Celui qui empoche ce qu'elle gagne en échange du sexe, tu vois ?

— Non, je vois pas », dit mollement Patrice. Sauf qu'elle voyait très bien. Jack l'aurait un peu souillée, juste assez pour qu'elle ait honte quand le prochain viendrait, et puis la honte aurait augmenté jusqu'à ce qu'elle se noie dedans et ne soit plus elle-même.

« Laisse tomber, dit Betty, mal à l'aise. C'est des bobards, ce que je viens de te raconter.

— Bien sûr. » Patrice recula un peu. Elle ne voulait pas être perturbée. La conversation était allée trop loin. Elle voulait retourner au début. Quand il était question qu'elle puisse s'essayer au sexe et se débarrasser de son partenaire.

« Tu te moquais de moi avec les wouh-ha, les tu-sais-quoi ?

— Non. Ça, c'est pas des bobards.

— Tant mieux », dit Patrice. Elle déchira son éclair en petits morceaux, incapable de le terminer. La crème dont il était fourré se répandit dans l'assiette. Elle dut couvrir le tout de sa serviette pour pouvoir finir son thé.

Edith, chienne clairvoyante

Harry Roy, ancien médecin militaire – Seconde Guerre mondiale et guerre de Corée –, freina en voyant quelqu'un dormir au bord de la route, une heure environ après le lever du soleil. La vieille Studebaker s'immobilisa dans un grondement et son conducteur rebroussa chemin jusqu'à la forme recroquevillée parmi les herbes gelées le long du fossé. Il repoussa le bonnet de marin et découvrit des traits indiens, des joues gercées et un menton pointu féminin. Quand il lui prit la main, il fut certain qu'il s'agissait d'une femme. Ossature délicate, ongles rongés, reste de vernis rouge. Son pouls était faible et rapide. Il envisagea de la conduire à l'hôpital, mais il ne connaissait que trop bien cet endroit : on risquait de la traiter comme une ivrogne et, dès qu'elle se serait réchauffée, on la mettrait dehors. Il lui prit délicatement la tête d'une main, passa l'autre sous ses genoux, puis la souleva. Un paquet d'os, bien trop légère. Elle respirait normalement et ne sentait pas l'alcool. Une fois à la voiture, il se débrouilla pour la maintenir en place d'un bras tandis qu'il ouvrait la portière arrière. Pas moyen de l'installer sur la banquette tout en douceur, il dut tirer et pousser. Elle était à présent totalement abandonnée et il s'en inquiéta, mais le pouls s'était visiblement stabilisé et elle respirait toujours sans encombre. Il décida de l'emmener chez lui.

Harry vivait avec une chienne appelée Edith, brune, intelligente, d'apparence quelconque. Comme toujours lorsqu'un être humain vit seul avec un chien, Edith avait développé des dons de clairvoyance. Le temps que Harry arrive, elle savait qu'il avait ramassé quelqu'un sur la route. Elle attendait dans l'allée, en silence, sur le qui-vive. Elle s'approcha lorsqu'il se gara et se tint à ses côtés tandis qu'il plongeait à l'arrière du véhicule. Il en sortit l'autre être humain, tituba un peu en le soulevant dans ses bras, se redressa et se mit en marche. La façon dont Harry tenait cette femme fit comprendre à Edith qu'elle devrait monter la garde auprès d'elle. Elle lui renifla les jambes : la femme portait les vêtements d'un homme qui cuisinait gras, elle avait dormi dans la neige et la menthe sauvage, près du cadavre d'une mouffette, elle avait récemment été en ville et, avant ça, sur l'eau. Il n'y avait pas de maladie en elle mais elle était perdue, désespérée, et elle choisirait peut-être de dormir pour toujours. Edith acceptait tout cela. Quand Harry porta la femme à l'intérieur, la chienne suivit. Au garde-à-vous, les oreilles mobilisées, elle le regarda déposer sa charge sur le canapé qu'elle-même s'appropriait souvent lorsqu'il dormait. C'était un long divan moelleux et la femme était petite. Edith voulait bien partager.

Avant d'ouvrir les yeux, Vera détecta la présence d'un homme. Elle garda les paupières closes et tenta d'empêcher son cœur de déchirer sa poitrine. Il y avait une odeur de nourriture. Elle suivit le fumet de la tête.

« Ouvrez la bouche. »

C'était une voix d'homme – elle en trembla –, mais bienveillante.

« Je suis médecin. Vous vous sentez capable d'avaler un peu de soupe ? »

Elle ne devait pas ouvrir les yeux, mais ne put s'empêcher d'ouvrir la bouche. Elle accepta cuillerée après cuillerée d'une soupe miraculeuse remplie de morceaux de viande tendre, de carottes, d'oignons et d'orge. L'homme versa ensuite un filet d'eau entre ses lèvres et lui mit du pain dans la main. Les yeux toujours fermés, elle le mangea lentement. Progressivement, à mesure que la nourriture cheminait dans son corps, elle ressentit toute l'étrangeté de se trouver de l'autre côté. Comme si elle était passée par les entrailles d'une tornade. Elle était encore secouée à l'intérieur, jusqu'à la moelle. Une fois nourri, son corps réclama le sommeil. Aussi dormit-elle. Encore et encore. À chaque réveil, elle gardait les yeux clos. Elle ne voulait pas savoir ce qu'il y avait au-dehors.

Harry fit couler un bain et la guida jusqu'à la salle d'eau, puisqu'elle refusait toujours d'ouvrir les paupières.

« Voilà, dit-il lorsqu'elle entra. Là, c'est le lavabo. » Il lui fit toucher la porcelaine. « Juste à côté, il y a le trône. Et là, la baignoire. »

Il lui fit frôler l'eau du bout des doigts.

« Et voici le verrou », dit-il en la ramenant à l'entrée de la pièce pour lui poser la main sur le petit loquet métallique.

Quand il eut fermé la porte derrière lui, Vera poussa le loquet et tâtonna jusqu'aux toilettes. Elle urina une minute entière, puis se déshabilla, se fraya un chemin à l'aveugle jusqu'à la baignoire et se glissa dans l'eau chaude. La sensation était d'une beauté si intense que la peur lâcha prise. C'était un genre de naissance. Elle ouvrit les yeux. Du soleil entrait par une fenêtre embuée. Il y avait une plante verte sur une étagère. L'air doux et délicieux de l'automne. Elle était un petit bébé – la peau fragile comme le papier, les bras faibles comme le lait, le cerveau occupé à modeler les formes en pensées.

Le lendemain matin, elle entendit l'homme rire : « Bien joué, Edith. Elle t'a laissée lui tenir chaud aux pieds. »

La chienne faisait un sans-faute. Elle suivait la femme. Se couchait près d'elle. Comprenait à son odeur qu'il lui était arrivé des choses impensables et que ces choses pouvaient recommencer. L'animal n'influait pas sur son niveau d'angoisse, contrairement à Harry. Lorsqu'il entrait dans la pièce, la femme tremblait, ce qu'elle tentait de camoufler en glissant ses mains sous la couverture.

C'était sérieux, mais Harry connaissait tout cela. La nervosité, les tremblements, le regard instable, les mauvais rêves, les soudaines montées de larmes sans le moindre sanglot, les efforts pour cacher la peur. Assis dans la même pièce qu'elle, il lisait des romans policiers empruntés à la bibliothèque et passait des disques. Elle refusait de dire quelles chansons elle aimait. Lui-même avait un penchant pour la musique country, mais il se disait qu'il valait mieux s'en tenir à des morceaux sans paroles. Des mélodies calmes. Pas de Kitty Wells. Ni de Hank Williams. Et certainement pas les titres enjoués des Andrews Sisters ou des orchestres de jazz de la guerre. Il avait quelques vieux disques hérités de sa mère, de la musique apaisante, sans remous. Parfois les yeux de la femme roulaient vers l'arrière et elle se débattait, comme pour repousser quelqu'un. C'était pire s'il la touchait. Même Edith n'y pouvait rien. Alors il mettait Debussy et il attendait.

L'homme affamé

La neige était tombée pendant la nuit, massivement, recouvrant tout. Millie le sut dès qu'elle ouvrit les yeux. Dedans, l'air était différent, empli d'une lumière froide. Il lui coûta de quitter son lit près du radiateur, et la proximité réconfortante de la bouilloire allait lui manquer, mais elle devait faire ses bagages. Partir. Enfiler ses surchaussures à fermeture Éclair doublées de feutre et bordées de fourrure. Si peu seyantes. Le gros manteau qu'elle avait payé un prix raisonnable grâce à sa mère était une déception. Du tweed, avec une doublure matelassée marron. Chaud, mais émaillé de petites touches rouges dont la répartition arbitraire la perturbait. Millie était forcée de compenser tout cela avec son nouvel ensemble strictement constitué de lignes noires et blanches.

La dernière fois, on l'avait surnommée Les Carreaux. Serait-elle Les Rayures, cette fois-ci ?

Sa mère lui avait aussi acheté un caleçon long en laine. Qu'elle ne porterait sans doute pas, mais qu'elle fourra tout de même dans son sac au dernier moment.

Dehors, la luminosité était si vive que des lunettes de soleil s'imposaient presque. Les sons étaient étouffés. Elle eut d'abord l'impression de marcher sous des kilomètres d'eau claire, puis elle retrouva le bruissement habituel des roues et des pas sur la neige. Cette première neige avait beau annoncer les monceaux à venir, ça la mettait toujours en joie. Le bus était chauffé, et presque vide – un soulagement. Alors qu'elle s'éloignait de l'arrêt où elle était descendue, ses yeux s'accoutumèrent peu à peu au monde étincelant, mais lorsqu'elle entra dans la gare, ce fut comme si un rideau vert entravait soudain sa vision. Aveuglée, elle dut s'arrêter juste après la porte tambour et quelqu'un lui rentra dedans avant que ses yeux n'aient pu s'ajuster de nouveau. Elle n'aimait pas du tout se faire bousculer par des inconnus. Une fois remise, elle veilla à se déplacer avec une vigilance aiguë, évitant les gens par anticipation tout en maintenant son rythme, et ce jusqu'à ce qu'elle parvienne aux guichets. Là, au moins, l'interaction fut fluide. C'était un de ces jours où rien que descendre l'escalier jusqu'au quai constituait une épreuve, car il était à peu près impossible d'embarquer sans toucher quelqu'un. Agrippée à sa valise, elle se concentra sur ce qu'il y avait dedans. À savoir son mémoire, sur papier pelure. L'autre exemplaire était entre les mains de son directeur de recherche. Ce mémoire représentait plusieurs années de dur labeur et Millie n'avait pas encore eu le temps de le faire copier par les services administratifs : la fragilité même de son existence l'angoissait. Louis viendrait la chercher à Rugby, comme la dernière fois. Sachant qu'elle se sentirait mieux auprès de quelqu'un témoignant un vrai respect pour son travail et qui veillerait à le protéger, elle avait demandé à son père de se faire accompagner par Thomas Wazhashk.

Elle ne se rendait pas compte que la neige avançait dans son sillage comme une grande cape tourbillonnante. Le vent se leva alors qu'ils approchaient de la vallée de la Red River et se maintint jusqu'à la traversée de Fargo. De plus en plus violent, il provoquait des blizzards que le train traversait aisément mais qui forçaient la plupart des voitures à s'arrêter, si bien que lorsque enfin Millie parvint à destination, elle dut attendre que la gare fût presque vide pour voir apparaître Louis et Thomas. Son père la prit aussitôt dans ses bras, ce qui la plongea dans une grande confusion.

« Les Carreaux ! dit-il. Oh, je suis tellement content que tu sois venue nous aider. »

Thomas lui serra la main. Un geste rassurant. Les deux hommes étaient épuisés d'avoir dû dégager la voiture à la pelle plusieurs fois sur le chemin. Comme il était impossible de repartir dans la foulée, le chef de gare les autorisa à dormir sur les bancs avec d'autres voyageurs bloqués là. Millie tenta de s'installer, la tête sur sa valise.

« Ça ne m'a pas l'air bien confortable, observa son père. Prends plutôt ma veste comme oreiller.

— Il y a mon mémoire dedans et je ne veux pas le perdre. Ni qu'on me le vole ou je ne sais quoi. C'est mon seul exemplaire.

— Et si j'allais chercher la corde qu'il y a dans la voiture et que je nous accrochais à la valise, Millie et moi ? » proposa Thomas.

Oui, il témoignait bien au document le respect qui lui était dû, se dit la jeune femme avec soulagement.

Thomas et Millie s'endormirent de part et d'autre du bagage, la corde nouée à leurs poignets passant par deux fois dans la grosse poignée.

Pour Louis, la présence de cette corde annonçait surtout haut et fort que la valise contenait quelque chose de précieux et risquait de tenter les voleurs, mais aucun de leurs compagnons d'infortune ne semblait du genre à commettre le moindre larcin.

Au matin, ils prirent leur petit déjeuner dans un restaurant dont la vitrine vantait ainsi le plat du jour : «De quoi nourrir l'homme affamé.» Ils commandèrent trois plats du jour et s'amusèrent de voir Millie terminer le sien, plus ce qui restait des deux autres assiettes, plaisantant sur le fait que cette femme était bien plus affamée que n'importe quel homme.

«Parfois je rêve que j'en suis un», dit-elle. Le genre de déclaration auquel ni Louis ni Thomas ne savaient quoi répondre.

«Heureusement que la neige s'est arrêtée, constata finalement Louis en regardant par la fenêtre, les yeux plissés.

— J'espère qu'on n'aura pas à utiliser le câble de remorque, dit Thomas.

— Ça se dégage, de toute façon.

— Je m'en veux encore de ne pas avoir mis les chaînes sur les pneus. Peut-être qu'on devrait commander autre chose pour Millie ? Ça ne ferait pas de mal d'attendre que le soleil réchauffe un peu la route.

— Je veux bien un deuxième café, dit la jeune femme. Mais on risque de devoir s'arrêter sur la route. Je ferai ça derrière un arbre.»

Louis avait oublié que les conversations avec sa fille étaient presque toujours ponctuées par ce genre d'annonce déconcertante. Les deux hommes se tournèrent vers la serveuse lorsqu'elle vint débarrasser leurs assiettes, ne sachant décidément pas quels sujets on pouvait aborder en toute sécurité avec Millie.

« Un M, un E, deux L, deux I, me voici, lâcha Millie de but en blanc avant de sourire. Puisqu'on va encore patienter ici un moment, parlons des conclusions de mes recherches. »

Bonne nouvelle mauvaise nouvelle

Thomas ressassait l'étude dans ses moindres détails.

Bonne nouvelle : nous sommes suffisamment pauvres pour demander que le gouvernement maintienne, et même améliore, le *statu quo*.

Mauvaise nouvelle : nous sommes très pauvres.

Bonne nouvelle : le comté, l'État et nos voisins des villes hors réserve ne veulent pas nous avoir sur les bras.

Mauvaise nouvelle : ce n'est pas seulement parce que nous sommes pauvres, mais aussi parce qu'ils ne nous aiment pas.

Bonne nouvelle : nous avons tous un toit sur la tête.

Mauvaise nouvelle : 97 % de ces toits sont en papier goudronné.

Bonne nouvelle : nous avons des écoles.

Mauvaise nouvelle : beaucoup d'entre nous sont illettrés.

Bonne nouvelle : on a trouvé un remède au dernier fléau à s'être abattu sur nous, la tuberculose.

Mauvaise nouvelle : beaucoup de parents en sont morts et leurs enfants ont grandi au pensionnat.

Bonne nouvelle : nous avons ce mémoire.

Mauvaise nouvelle : ce que dit ce mémoire.

Voler au-dessus de la neige

Patrice épousseta lentement son poste de travail avec un petit pinceau à poils doux. La neige tombait à gros flocons : il ne serait désormais pas possible de mettre en pratique les informations de Betty Pye avant le printemps. Pour cette expérience, elle avait choisi Wood Mountain parce que si ça ne se passait pas bien, il serait moins « crampon » que Barnes. Elle avait à l'esprit ces petites têtes de bardane qui s'agrippent sur toute la longueur d'un pantalon ou d'un manteau, créant un nouveau pli dans le tissu : des crampons. Wood Mountain ne manquait visiblement pas d'admiratrices. Il avait même peut-être des vues sur quelqu'un, ce qui le rendrait moins susceptible de s'accrocher à elle. Et puis s'il y avait un accident, ce qui ne devrait pas être le cas, elle pourrait toujours lui donner l'enfant à élever. Oui, c'était une pensée scandaleuse ! Et totalement inédite, à sa connaissance. Mais Wood Mountain était tellement à l'aise avec les bébés. Le seul endroit que Patrice trouvait envisageable pour essayer le sexe était dehors, dans les bois, mais maintenant qu'il neigeait dru, ça ne marcherait pas. Sauf si elle s'arrangeait pour que ça marche. Elle ajusta son équipement et s'attela à son minutieux labeur. La veille, Betty Pye avait éternué sur sa loupe : Mr Vold avait été obligé de vaporiser un produit nettoyant particulier et de frotter avec un tissu doux. Aujourd'hui, un terrible rhume de cerveau avait mis Betty hors service. Il n'y avait donc aucune distraction. Valentine lui manquait affreusement. Les pauses café aussi. Sans parler de la lumière. La nuit tombait si tôt à cette période de l'année.

Doris et Valentine étaient déjà dans la voiture lorsqu'elle sortit.

« Pardon, lâcha Patrice en montant à l'arrière.

— On a failli partir sans toi, dit Valentine. Doris est pressée de prendre la route.

— Mais non, dit Doris. De toute façon, il fallait que je fasse chauffer le moteur. Tu exagères toujours, Valentine.

— C'est faux ! »

Patrice se laissa aller contre le dossier. Elle sentait la chaleur arriver tout doucement vers ses pieds, déjà presque gourds dans leurs minces chaussures. Il lui fallait des chaussettes plus épaisses. Et un pull. Sa belle trouvaille de manteau bleu ne suffisait plus depuis octobre. Elle pensa à Pokey, habillé si chaudement grâce à Barnes, et se sentit à nouveau coupable d'avoir choisi Wood Mountain plutôt que ce dernier, même si ce choix était théorique, vu la neige. Au moins la route était-elle à peu près dégagée et praticable. À l'avant de la voiture, la dispute virait à la taquinerie et aux rires, aussi Patrice laissa-t-elle ses pensées dériver librement. Et si elle débarquait chez

Wood Mountain en l'absence de Juggie ? Ou bien ils pourraient emprunter la voiture de cette dernière ? Et si... oh, et s'ils allaient dans ce vieux chalet abandonné dans les hauteurs, celui que Vera essayait de retaper dans l'espoir que cela devienne peut-être un jour sa maison ? Non, totalement ridicule. Il faisait aussi froid dedans que dehors, sans compter que des branches avaient peut-être entre-temps transpercé les murs. Mais le petit poêle rouillé s'y trouvait toujours, se dit Patrice, et elle pouvait apporter des couvertures. Cela signifiait toutefois qu'elle devait planifier jusqu'au moindre détail. Elle en eut le vertige et ferma les yeux. Le torse puissant de Wood Mountain, nu, chaud et luisant de sueur. Cet air, la première fois qu'il était tombé en adoration devant le bébé : ce même regard adorateur, mais tourné vers elle – houlà, elle n'en voulait pas ! Wood Mountain était une expérience. Elle comptait seulement l'essayer, elle ne voulait pas être adorée, ni aimée, ni quoi que ce soit qui puisse en faire un crampon comme Barnes. Mais ne l'était-il pas déjà un peu ? À toujours venir voir le bébé ?

Non, il n'avait rien d'un crampon. Il ne la regardait même plus. Et maintenant que la neige était là, il ne monterait plus Gringo pour venir leur rendre visite. Ce cheval était trop précieux pour qu'il risque de lui faire prendre froid. En fait, elle ne verrait plus Wood Mountain du tout. Elle eut un éclair de déception. Et de nouveau l'image du chalet dans les bois, de la voiture de Juggie. Cette voiture chic que lui avait achetée Bernadette. Avec de l'argent gagné allez savoir comment. Les pensées de Patrice prirent un autre cours.

D'où Bernie Blue tenait-elle cet argent ? D'une source peu recommandable, c'était certain. Elle vivait avec un homme louche et violent, qui lui en donnait peut-être. Pour une raison ou pour une autre. L'amour, qui sait. Mais est-ce qu'un homme louche et violent donnerait tant d'argent à une femme par amour ? Patrice l'ignorait. Elle-même en avait gagné un paquet en faisant l'aquaronne, alors il était possible que Bernadette en gagne un paquet en faisant d'autres choses. Des choses liées au sexe, dont Patrice ne savait pas, jusque-là, que ce pouvait être un travail, tout comme elle ignorait que nager dans un aquarium déguisée en bœuf bleu pouvait être un travail. Il y avait aussi le genre de drogue que prenait visiblement Jack : ça devait coûter cher, comme l'alcool. Peut-être Bernadette avait-elle quelque chose à voir avec les colliers de chien, les chaînes, la menace du bâtiment abandonné. Avec ce qui était arrivé à Vera. Et peut-être l'argent qui avait servi à acheter la voiture n'y était-il pas étranger non plus. Pareil pour ce dont Betty avait tenté de lui parler, et qui était vrai. Quant à ce que Wood Mountain s'était efforcé de lui dire, dans le train d'abord, puis quand par la suite il avait évoqué des bateaux si énormes que Patrice ne pouvait pas se les représenter, ça rejoignait ce dont parlait Betty. Et cela avait un lien avec ce qui était arrivé à Vera.

Il existait des possibilités que d'autres connaissaient, avaient toujours connues. Des choses auxquelles elle-même avait refusé de penser, mais qui l'assaillaient maintenant de toutes leurs forces. Elle laissa échapper un cri. Valentine aurait tout de même pu se retourner, mais non, son amie s'était lancée dans une diatribe enflammée sur l'ennui et l'agacement qu'il y avait à broder des napperons et des taies d'oreiller pour un trousseau, au point qu'elle ne supportait plus ça. Les religieuses lui avaient appris la technique. Mais terminé ! Elle ne broderait plus ! Pour rien au monde. Non au trousseau ! Elle se marierait sans trousseau. Ce que Doris approuva avec véhémence. Valentine secoua la tête et regarda par la fenêtre de toute sa colère, silencieuse à présent. La vitre reflétait son visage et, depuis la banquette arrière, Patrice voyait les yeux de son amie aller et venir, brillants de tristesse. Valentine n'avait jamais brodé pour se faire un trousseau. Elle avait brodé, petite fille, pour les bonnes sœurs du pensionnat, se piquant les doigts et s'appliquant à bien reproduire les motifs. C'était l'époque où sa mère avait failli mourir de la tuberculose, et elle, de solitude.

*

Patrice enfila son caleçon long, une salopette matelassée, deux paires de chaussettes en laine et les grosses bottes de son père, puis décrocha d'un clou près de la porte un rouleau de fil de fer. C'était son jour de repos, mais elle n'avait pas l'intention d'aller au village, ni à pied, ni en stop. La neige était à nouveau tombée pendant la nuit sans vent, et ce matin, en suspens dans les arbres, elle surlignait la moindre branche, le plus petit rameau. Il régnait un silence envoûtant. Une journée idéale pour piéger les lapins.

Zhaanat avait fabriqué pour sa fille des galoches de neige avec du frêne et des tendons. Ainsi équipée,

Patrice pouvait aller partout, en suspens elle aussi dans le froid blanc. Au bord du marécage gelé, elle recouvrit des traces de lapin d'un entrelacs de roseaux, assurant la stabilité de ses pièges. La taille ceinte d'un grand sac de toile, elle traversa la tourbière en récoltant les épis touffus des massettes qu'elle arrachait à leurs tiges rigides. Puis elle posa des pièges dans le sous-bois qui menait au chalet de Vera. Les genévriers plantés par Zhaanat aux endroits humides étaient presque noirs dans le froid, endormis, leur pouvoir médicinal affaibli. Patrice finit par grimper dans un enchevêtrement de framboisiers et de bouleaux jusqu'à la clairière où se dressait le chalet. Il apparut alors face à elle, petit cube de rondins et de boue couvert de neige. Les portes et les fenêtres étaient toujours en place, les vitres miraculeusement intactes. On apercevait bien quelques peupliers faux-trembles qui dépassaient du toit, mais, chargés de neige, ils participaient à l'atmosphère enchantée du lieu. Tout était si calme. Si précieux. Oh, Vera. Comment Patrice avait-elle pu envisager d'y amener Wood Mountain pour une expérience purement sexuelle, si grande que fût sa curiosité ?

Suis-je juste curieuse ou bien suis-je comme Betty ? Y a-t-il quelque chose de mal à être comme Betty ? Je ne vaux pas mieux qu'elle, se dit Patrice, envahie d'une sensation cotonneuse, dégoulinante et affamée. Non, je ne vaux pas mieux que les autres femmes. Mais cette pensée ne changeait rien à son désir pétri de honte. Elle se concentra plutôt sur le froid et l'obscurité qui régneraient dans le chalet, même avec du feu dans le petit poêle. Une mouffette y avait certainement élu domicile. Elle fit demi-tour, sans toutefois retracer ses pas. Elle voulait que le reste de neige qui tombait encore au ralenti couvre son odeur aux abords des pièges. Elle rentra donc chez elle par un itinéraire plus ardu, longeant une ravine où la neige accumulée rendait les appuis incertains. Elle était à mi-chemin lorsque le sol s'effondra sous ses pieds, la précipitant dans un trou tapissé de feuilles.

C'était arrivé si vite qu'après sa chute, elle resta assise là un moment, déroutée mais tranquille, sans besoin de bouger. Elle retira ses galoches. Du haut de la ravine lui parvenait le murmure d'oiseaux – de petites boules grises qui grattaient la neige en quête de nourriture et se déplaçaient en nuées. Ils n'avaient été que brièvement dérangés par le plongeon qu'elle venait de faire. Elle tourna la tête. Derrière elle, un étroit passage entre des racines encombrées de feuilles s'ouvrait sur une obscurité profonde et accueillante. Le lit de feuillage et les courbes des racines sèches dégageaient une sensation confortable. Ce pourrait être mon nid d'amour, pensa Patrice : s'il plaît à un homme, cet homme pourrait me plaire.

Mais oui. Le flanc du ravin, la grotte feuillue semblaient vivants. L'endroit palpitait. Il exhalait l'atmosphère épaisse et éminemment reconnaissable d'une tanière d'ours, mais c'était une odeur douce, qui montait tranquillement des feuilles de chêne tassées. Patrice se dit qu'elle aurait dû avoir peur, mais elle n'éprouvait rien de tel. L'animal dormait profondément, elle le savait. Elle regretta alors de ne pas avoir pris le fusil. C'était l'occasion idéale – la seule, en vérité – de tuer un ours avec la vieille carabine acariâtre que possédait sa famille. Sauf qu'elle serait tombée avec l'arme en bandoulière. Elle avait déjà bien de la chance d'avoir atterri sans dommage dans ses galoches. Elle remua un peu pour s'installer confortablement. Dehors, la neige traversait avec indolence les différentes couches d'air, flocon après flocon. La regarder tomber finit par mettre Patrice en transe. Elle sentait maintenant le lent gonflement et relâchement des poumons de l'ours. Elle avait de plus en plus sommeil. Peut-être les feuilles étaient-elles chauffées par le grand corps de la bête et la houle paisible de sa respiration. Patrice se pelotonna et ferma les yeux. C'était l'heure de sa sieste. Et puis ce n'était pas si souvent qu'une femme moderne et salariée avait l'occasion de dormir avec un ours vivant.

Elle se réveilla dans la grotte aux feuilles avec la sensation effervescente qu'une bonne chose était arrivée et arriverait peut-être. Puis elle se souvint qu'elle avait dormi tout près d'un ours. Elle remit ses chaussures et s'éclipsa discrètement le long du fond de la ravine, d'abord au pas, puis en cabrioles légères, levant les genoux pour que ses galoches repoussent la neige. L'air froid qu'elle avalait à grandes goulées l'énergisait. Sous l'effet de cet autre carburant qu'est le sommeil, elle bondissait, pleine d'entrain. Elle avait tellement plus de force qu'elle ne l'aurait cru. Et tellement plus de courage. En dévalant la pente, c'est tout juste si elle ne volait pas au-dessus de la neige.

« Ton père, il n'est pas loin, dit Zhaanat lorsque Patrice passa la porte.

— Comment le sais-tu ?

— J'ai trouvé des traces ce matin. Senti son odeur dehors. Des signes.

— Et puis c'est le moment où il n'a plus le choix. »

Toujours la même périodicité. Après deux ou trois mois d'errance, Paranteau faisait en général un retour titubant et vitupérant.

« Je jouerai les veilleurs de nuit », dit Patrice avant de sortir chercher la hache.

Le ciel était clair, mais le vent s'était levé.

De retour à l'intérieur, elle posa l'outil sur la table. Elle avait acheté du kérosène et pourrait garder la lampe allumée jusqu'au matin. Elle prit son livre, du papier, un crayon. Pokey se lova sur son matelas et Zhaanat partit se coucher avec le bébé.

Au milieu de la nuit, Patrice se rendit compte qu'elle n'avait pas pensé à Wood Mountain une seule fois depuis qu'elle s'était réveillée dans la grotte. Peut-être qu'il ne l'intéressait plus. L'intense concentration des pensées et des calculs qu'elle lui avait consacrés lui semblait lointaine. Pourquoi perdrait-elle son temps à comprendre les hommes, elle qui avait dormi avec un ours ? Elle était parfaitement réveillée grâce à sa sieste de l'après-midi. La force puisée dans ces minutes de sommeil demeurait. L'heure était aux idées d'envergure. Tout était possible, non ?

Au plus noir de la nuit, elle rechargea le poêle, puis enfila ses bottes et son manteau pour se protéger du froid qui assaillait la maison. Le bois crépita, brûlant. Puis les bûches fendues tournèrent au charbon. Il n'y eut plus rien. Elle écouta de tout son être. Rien, rien,

rien. Elle ne percevait que le souffle calme de la nuit. Elle mit les mitaines de sa mère, prit la hache et sortit. Dehors régnait un silence tonitruant. Et le ciel d'encre était un poème au-delà du sens. *Ce monde n'est pas conclusion / Il existe un au-delà / Invisible, comme la musique, / Mais réel, comme le son.*

Des pièges

« Doris et Valentine seraient ravies de me savoir dehors en train de poser des pièges ! dit Patrice à son petit frère le lendemain. Là, tu vois l'endroit où le lapin a sauté ? Tu l'accroches juste au-dessus.

— Je sais ! Arrête de me commander ! »

Pokey forma une boucle de fil de fer qu'il suspendit à une branche basse en surplomb.

« Tous mes amis chassent et attrapent des lapins, reprit-il. Tes amies à toi sont des bonnes à rien.

— Elles travaillent. Elles sont membres du Club des femmes d'intérieur. Elles cousent, jardinent, élèvent des poules.

— J'aimerais bien qu'on ait des poules, dit Pokey. Je pourrais les mettre dans le cabanon.

— Elles mourraient de froid.

— Peut-être que tu devrais sauter le pas, Pixie. »

Seul Pokey avait le droit de l'appeler Pixie.

« Quel pas ?

— Tu sais... »

Patrice, c'était celle qu'elle était avant que ses pensées ne s'emmêlent et avant qu'elle ne dorme avec l'ours. Elle se sentait aujourd'hui supérieure à cette jeune fille-là. Elle accorda un sourire à Pokey.

« Je suppose que tu parles de Meule-de-foin ?

— Il est gentil avec moi. Mais je sais pourquoi. Alors, pas lui.

— Wood Mountain ?

— Ce serait pas si mal.

— Mais pas si bien non plus. » Elle lui poussa légèrement l'épaule. « Moi je vise le meilleur. »

Pokey lui mit un petit coup. « T'es maline, hein. C'est ce qu'il dit, d'ailleurs.

— Il dit ça ?

— Il dit que t'es sûrement trop maline pour lui.

— Et il a sûrement raison. »

Pokey eut l'air dubitatif, puis découragé.

« *Gego babaamendangen, nishimenh*, ne t'inquiète pas. Allons plutôt voir les pièges que j'ai posés hier près du vieux chalet. »

Patrice avait parlé de l'ours à sa mère, mais en chippewa, que Pokey comprenait mal. Elle avait choisi les mots le plus compliqués possibles afin que son frère ne saisisse pas ce dont il était question et ne se mette pas en tête d'aller lui-même tuer l'animal. Zhaanat l'avait écoutée, les yeux brillants, le bébé assoupi contre son cœur.

En chemin, ils traversèrent les marécages gelés, fouillant soigneusement les abords des pièges. Ils découvrirent un gros lièvre à raquettes, congelé, et un lapin à queue blanche, plus petit. Puis ils grimpèrent la côte en traversant les broussailles et débouchèrent face au chalet. Devant le calme inaltéré de la petite bâtisse, Patrice éprouva un tel sentiment de solitude qu'elle interdit à Pokey d'y pénétrer quand il fit mine de s'en approcher.

« C'est chez Vera, dit-elle.

— Alors je vais juste jeter un œil par la fenêtre.

— Non. » Mais Pokey s'approcha malgré tout.

Il regarda par le carreau, les mains de chaque côté des yeux.

« Il y a quelqu'un qui dort. En boule près du poêle.

— Reviens », ordonna Patrice.

Quiconque était là-dedans ne dormait pas, elle le savait. Elle n'avait pas vu de traces de pas la veille. Aujourd'hui il n'y avait que celles de Pokey. À l'expression de son frère lorsqu'il la rejoignit, elle sut qu'il savait aussi.

« On rentre à la maison. Ne dis rien à maman.

— Promis, dit Pokey. Tu vas faire quoi ?

— J'irai au village. Chercher Moses Montrose. Ou oncle Thomas. Mais pas un mot à maman pour le moment.

— Je dirai rien. J'ai peur de qui ça peut être.

— Moi aussi. Tu as vu si c'était un homme ou une femme ?

— Le corps était enroulé dans une couverture.

— Je crois que je vais demander à oncle Thomas de venir. »

Tandis qu'ils se frayaient un chemin vers le chalet, la brûlure du froid étreignait Thomas, Patrice et Wood Mountain. Ce dernier tirait la luge dont Zhaanat et Patrice se servaient pour transporter le gibier sur la neige, et sur laquelle Pokey dévalait les collines – Pokey qui aurait bien voulu les accompagner mais qu'on avait obligé à rester avec sa mère, assise près du poêle à bercer le bébé d'un air absent. En apprenant la présence d'un corps là-haut, Zhaanat avait perdu l'équilibre. Elle était retombée sur sa chaise, comme si on l'avait violemment percutée.

Ils dégagèrent la porte et pénétrèrent dans le chalet. Patrice sut avant même que Thomas ne tire sur la couverture. On ne voyait pas encore le visage qu'elle avait reconnu les chaussures. Minces, avec des trous qui laissaient voir le carton dedans. Les chaussures de son père. Et les bouteilles d'alcool. Vides. Six ou plus. Il n'avait vraisemblablement pas souffert.

Les deux hommes reculèrent et portèrent leurs mains à leurs casquettes de laine, dont les cache-oreilles étaient noués sous le menton.

« Gardez vos chapeaux, dit Patrice, furieuse. Sortons-le plutôt d'ici. »

Thomas et Wood Mountain soulevèrent donc le corps et Patrice ouvrit la marche : le fait qu'il ait choisi de revenir mourir dans la maison de Vera la mettait dans une rage telle qu'elle en avait des bouffées de chaleur – l'endroit choisi par Vera était désormais souillé par la mort. Ses yeux n'arrêtaient pas de couler. Ce n'étaient pas des larmes. Elle ne pleurait pas. C'était le froid. Et la terreur rétrospective à l'idée qu'il aurait pu s'agir de sa sœur. Elle ne revoyait de son père que les fois où il rentrait chez eux, ivre, pour les entraîner dans son abîme de laideur. La fois où il avait jeté Pokey contre le mur. Et toutes les autres fois dont elle ne gardait aucun souvenir. Bon débarras, se dit-elle. Personne ne parlait. Ils portaient tous les trois des galoches et arrivèrent avant la nuit. Pokey sortit à leur rencontre. Son expression ne changea pas lorsqu'il découvrit l'identité du mort. Il aida à porter le corps dans l'appentis. Les hommes restèrent dehors, laissant Patrice entrer seule dans la maison. Zhaanat détourna le regard en entendant la nouvelle. Patrice savait qu'elle ne voulait pas que sa fille lise le soulagement sur son visage.

C'était au tour de Pokey de défouler ses émotions en coupant du bois. Peut-être avait-il aimé son père. Ou peut-être se disait-il qu'il aurait dû l'aimer. Avant de repartir, Wood Mountain et Thomas avaient traîné jusqu'à la maison un arbre tombé dans la forêt et l'avaient débité. Avec Pokey, ils entretiendraient un bûcher pour Paranteau. On ne savait pas depuis combien de temps il était mort, mais, d'après Zhaanat, son esprit rôdait sans doute encore dans les parages ; il fallait l'envoyer sur le chemin. Elle voulait que le corps soit enterré dans un endroit dégagé derrière la maison – « Comme ça, je pourrai le surveiller ». Wood Mountain revint le soir même avec un chargement de bois et alluma plusieurs feux sur le site funéraire. Il fallait amollir la terre pour creuser la tombe. Il avait apporté une pioche, une pelle et une grande casserole de soupe préparée par Juggie. De généreuses boulettes de viande nageaient au milieu des carottes et des pommes de terre tendres dans un bouillon poivré, épaissi de farine.

Cette nuit-là, Patrice fut réveillée par un son qui commença bas dans les graves et enfla jusqu'à devenir un cri perçant. Il venait de l'intérieur de la maison, là où dormait sa mère. À moins qu'il ne trouvât sa source derrière le mur, là où gisait le corps gelé de son père ? Patrice replongea avec indifférence dans les profondeurs du sommeil. À un moment, elle s'aperçut que Pokey s'était glissé près d'elle et pelotonné contre son dos.

Il lui coûta de partir travailler le lendemain matin. En quittant la maison, elle jeta un œil vers l'appentis. Le cadavre était toujours là, enroulé dans une couverture, sur la couchette où son père cuvait d'habitude ses beuveries. Ce qui aurait dû l'attrister, se dit-elle, sauf qu'au lieu d'être triste, elle était contente qu'il ne soit pas revenu à la vie et ça, c'était triste. C'était triste de ne pas être triste.

Lorsque la voiture s'arrêta, Patrice vit le regard noir de Valentine par la fenêtre arrière. Elle ouvrit la portière.

« Pourquoi n'es-tu pas devant ?

— Doris m'a dit de monter là. » Sur quoi Valentine croisa les bras et regarda droit devant elle, furibarde.

« Passe devant, dit Patrice.

— Non, répondit Valentine. J'obéis à Doris. »

Obstinément silencieuse, cette dernière faisait comme si de rien n'était. Elles s'étaient sûrement disputées pour une bêtise, pensa Patrice. Puis, se souvenant du chagrin qu'elle avait surpris dans le reflet des yeux de Valentine quelques jours plus tôt, elle dit : « S'il te plaît. Passe devant. Quelle que soit la raison de votre dispute, ça n'en vaut pas la peine. C'est ta meilleure amie.

— C'est toi, ma meilleure amie, corrigea Valentine doucement, mais assez fort pour que Doris entende.

— Toutes les trois, on est meilleures amies, reprit Patrice. Et tant qu'à faire, ajoutons Betty. Allez, passe devant. On va être en retard.

— Oui, renchérit Doris, on va être en retard. Allez.

— Dis que tu es désolée ! cria Valentine.

— Je vais m'énerver », dit Patrice, à son propre étonnement. Tant d'autorité dans sa voix. « Valentine. Passe devant. »

Valentine s'exécuta d'un air d'oiseau blessé. Elle portait un fin manteau marron avec un col en peluche qui lui allait très bien. À l'arrière, Patrice ferma les yeux. Un beau jour, elle aurait une voiture à elle. Et un manteau comme celui de son amie. Tout était possible à présent. Elle se souvint de son réveil au milieu des feuilles – de cette sensation effervescente qu'une bonne chose était imminente. S'agissait-il de son père ? Sa mort était-elle le bienfait en question ?

Patrice, tu es dure. Pitoyable, il était tellement pitoyable : pourquoi n'éprouvait-elle pas davantage de pitié ? Il avait dû mourir pendant qu'elle dormait dans la grotte aux feuilles. L'étrange entrain de cette journée lui revint à l'esprit. Elle se revit gambader au fond de la ravine. Elle ne savait pas qu'elle portait un fardeau. Jusqu'à ce qu'il disparaisse. La spirale de violence paternelle avait pesé sur la majeure partie de sa vie. Et la menace s'était à présent évanouie. Envolée à la mort de son père. Elle n'avait pas mesuré combien c'était lourd.

Elle passa toute la journée à l'usine. Incapable de feindre le chagrin, elle ne dit rien à personne.

Du berceau au tombeau

Thomas s'employait à construire la maison funéraire tandis que Wood Mountain terminait le porte-bébé. Ils travaillaient dans la grange de Louis parce qu'il y avait là tous les outils nécessaires : scies, rabots, râpes, fendeuse, étau, marteau et pierres d'affûtage. Ni l'un ni l'autre ne parlaient. Thomas utilisait un burin pointu pour façonner le bout des planches en queue d'aronde, car il n'aimait pas les clous dans les maisons funéraires. Il prépara ensuite quelques petits chevrons pour le toit puis rabota les bardeaux nécessaires. Il avait déjà vu des gens utiliser du papier goudronné ou des bardeaux achetés tout prêts, mais il se sentait proche de Zhaanat en travaillant – c'est à lui qu'elle avait demandé de construire la maison parce qu'elle savait qu'il procédait selon la tradition. Mais était-ce bien la tradition ? Biboon disait que son propre père se souvenait d'un temps où les morts étaient soigneusement enveloppés dans de l'écorce de bouleau puis suspendus haut dans un arbre. Ça semblait préférable. On y était mangé par les corbeaux et les vautours plutôt que par les vers. Le corps volait dans le ciel plutôt que d'être livré aux minuscules créatures souterraines. Les maisons funéraires étaient sans doute nés après la sédentarisation forcée sur les réserves. Aujourd'hui, les enterrements étaient le plus souvent catholiques. Thomas aurait bien demandé à Wood Mountain ce qui lui semblait préférable, l'arbre ou la terre, mais celui-ci était concentré sur sa tâche.

« Je crois qu'on ferait mieux de ne pas dire à Zhaanat qu'on a construit la maison funéraire et le porte-bébé en même temps, lâcha-t-il à la place.

— Tu penses que ça pourrait nuire au petit ?

— Je ne suis pas superstitieux. » C'était parfaitement faux, même s'il ne l'était pas autant que LaBatte avec sa peur des harfangs et sa propension à lire des présages partout. Wood Mountain proposa de brûler de la sauge et de plonger le porte-bébé dans la fumée pour éloigner le mauvais sort.

« Parfait », dit Thomas.

Pour poncer le porte-bébé sur toute sa longueur, le jeune homme utilisait le meilleur outil de Zhaanat : de la prêle des champs collée sur un morceau de bois. Cela faisait ressortir les fines lignes du thuya. Il y avait là un bocal de thé et un bocal de vinaigre dans lequel il faisait tremper de la petite monnaie depuis une semaine. Quand le porte-bébé fut bien lisse, il peignit le bas avec le thé pour lui donner une douce couleur brune, puis il passa le haut au vinaigre à piécettes, protège-tête compris, et le bois se teinta de bleu pâle. Il accrocha ensuite plusieurs morceaux de tendon au protège-tête. Lorsqu'il travaillait aux champs, il trouvait parfois de petits coquillages – des spirales, ou bien de minuscules coquilles striées. Il les perça pour les suspendre au bout des tendons.

« Barnes dit qu'autrefois, il y avait un océan ici, confia-t-il à Thomas.

— Au plus lointain des temps anciens.

— Tu te rends compte ? Le bébé de Vera va jouer avec ces petits trucs venus du fond de cette mer de jadis. Qui l'eût cru ?

— Ici, nous sommes liés aux gens des temps anciens de tellement de façons. Peut-être qu'une personne d'alors a touché ces coquillages. Peut-être que les petites créatures qu'ils contenaient se sont désintégrées dans la terre. Et qu'une infime partie de ces créatures est aujourd'hui en nous. Ces choses-là échappent à notre savoir.

— Penser qu'on est attachés depuis si longtemps à cet endroit, ça m'apaise, dit Wood Mountain.

— Voilà, c'est ça. Et nous allons confier un autre homme à la terre. C'était peut-être un ivrogne, mais il ne l'a pas toujours été.

— Parfois, quand je me promène, confia Wood Mountain, j'ai l'impression qu'ils m'accompagnent, ces gens des temps anciens. Je n'en parle à personne. Mais ils sont tout autour de nous. Je ne pourrai jamais partir d'ici. »

La veillée

Dans la clairière autour de la maison, un seul arbre avait été laissé debout. À ses branches solides, on pouvait suspendre un cerf et le dépecer. Ou un ours. C'était d'ailleurs ce que Zhaanat était en train de faire lorsque Patrice rentra du travail. Elle l'avait bien sûr débusqué : l'animal était une armoire à pharmacie ambulante. Tué pendant l'hibernation, sa viande était plus douce, plus suave. Patrice n'avait pas pu s'empêcher d'en parler à sa mère, mais elle avait espéré que cette dernière l'épargnerait. Et voilà que Zhaanat et Thomas tiraient soigneusement sur la peau de l'animal. Un ours dépecé avait l'air trop humain pour Patrice, aussi pressa-t-elle le pas. Elle entendit sa mère et son oncle chanter tout bas pour lui tandis qu'elle entrait dans la maison. À l'intérieur, l'atmosphère était chaude et lourde ; il y avait du monde autour du poêle et de la table. Juggie tenait le bébé dans le creux de ses bras et Rose préparait du pain bannique. Des gens étaient assis sur le lit de Pokey et le matelas de Zhaanat. D'autres avaient apporté une couverture, jetée sur une épaule, pour pouvoir dormir par terre. Patrice les connaissait tous, ou presque.

Son rideau ouvert laissait voir son lit, où était assise l'unique inconnue, seule, les doigts crispés autour d'une tasse de thé. Un peu plus âgée qu'elle, la jeune femme avait les cheveux noirs et plats, et des lunettes œil-de-chat. Elle portait un pull-over rayé déroutant, noir et blanc. Comme le couvre-lit. Qui était-ce ?

Une couverture suspendue dans un coin offrait un peu d'intimité. Patrice alla s'y changer. Elle enfila un caleçon long, une salopette, un vieux pull récupéré à la mission et un bonnet tricoté, puis attrapa ses moufles sur une étagère. Lorsqu'elle émergea, sa transformation surprit visiblement l'inconnue.

« Bonjour, dit cette dernière. Je suis Millie Cloud. »

Voyant qu'elle ne lui tendait pas la main, Patrice tendit la sienne. Millie l'examina comme une curiosité digne de celle de Zhaanat, puis s'en saisit avec une sorte de désespoir. Elle avait de la poigne. Autant qu'une personne blanche.

« Ta main est calleuse, dit Millie.

— J'aime bien couper du bois. D'ailleurs, c'est ce que je m'apprête à faire.

— Moi je n'ai jamais coupé de bois. À quand remonte la construction de ta maison ?

— Je ne sais pas.

— Je vois que vous avez fait bon usage du papier goudronné. C'est ton père qui s'en est occupé ?

— Lui ? Jamais de la vie. C'était un ivrogne.

— Tu es très directe.

— Oui, et c'est mon lit sur lequel tu t'es assise.

— C'est ce qui me semblait. J'ai remarqué ta pile de magazines. Ça t'embête que je reste là ?

— Qu'est-ce que j'y peux ? »

Elle se rattrapa avec une amabilité, marmonnant que Millie pouvait lire les revues, puis s'éloigna. Elle aurait largement préféré enterrer son père en petit comité plutôt qu'avec tout ce monde, et notamment cette fille qu'elle ne connaissait pas mais dont elle avait entendu parler – la fameuse universitaire chippewa. Elle aurait dû être plus avenante. D'autant qu'elle allait avoir besoin d'informations quant aux modalités d'inscription à l'université. Elle discuta avec deux ou trois personnes, laissa certaines la serrer dans leurs bras, mangea du pain et de la soupe de Juggie, puis sortit. Pokey était toujours en train de couper du bois.

« Tu peux faire une pause, dit Patrice. Tu y as passé la journée, on dirait.

— Pas vraiment. Faut tout le temps que je m'arrête pour me réchauffer les mains. »

Patrice retira ses moufles et saisit la hache. Elle sentit la chaleur circuler en elle ; lorsqu'elle fendait des bûches, ses mains mettaicnt longtemps à refroidir. Tandis que Pokey emportait une brassée de billettes dans la maison, elle trouva son rythme et tout le reste disparut. Elle oublia la drôle de jeune femme qui se confondait avec les motifs de son couvre-lit. Oublia ses émotions compliquées, ou les évacua via la hache dans le bois. Oublia la gentillesse de l'ours et comment elle l'avait trahi, même si peut-être, ainsi que le pensait toujours Zhaanat, l'animal s'était volontairement offert à elle. Elle avait pourtant l'impression que sa chute était un accident et que l'ours avait simplement accepté sa présence dans son sommeil. À moins qu'il ne l'ait pas remarquée. Ou peut-être qu'il avait rêvé d'elle, car il avait bien dû sentir son odeur et savoir qu'elle était là. Ça faisait quoi, qu'un ours rêve de vous ?

Ça ne devait pas arriver souvent aux reines de la fête de rentrée, ni aux aquaronnes. Et encore moins aux ouvrières d'une usine de pierres d'horlogerie.

Tandis que Patrice continuait à couper du bois, Wood Mountain piochait le sol gelé du site choisi pour la tombe. Ils se mirent à cogner en alternance, et c'était réconfortant. Elle y puisait de la force. Cela voulait dire que le travail avançait. Son père serait bientôt en sécurité et elle-même n'aurait plus rien à craindre de lui. Leur vie à tous serait plus simple. Sa mère n'irait plus se coucher avec un couteau sous l'oreiller et une hachette à ses pieds. Pokey ne grimacerait plus de douleur. Patrice n'aurait plus à éponger l'urine et les excréments de son père. Elle ne l'entendrait plus pleurer dans l'appentis et les appeler comme une âme perdue. Elle allait pourtant l'entendre une dernière fois.

Première veillée

Après avoir travaillé un certain temps, elle retourna à l'intérieur et avala un autre bol de soupe. Le feu sacré brûlait depuis qu'on avait trouvé le corps de son père. Elle revint près du bûcher avec un mug en fer-blanc plein de tisane et en offrit quelques gouttes aux flammes. L'infusion avait été préparée par sa mère avec d'odorantes aiguilles de genévrier et de la neige fondue. C'était la tisane préférée de Patrice. Cette eau qui avait tourbillonné dans les cieux et gelé avant qu'on la recueille et qu'on la fasse bouillir avait quelque chose d'unique. Impossible de mettre un mot là-dessus. Cette tisane, dont les ingrédients unissaient la terre et le ciel, diffusait à présent sa force pénétrante dans tout son corps. Picotement au bout des doigts, chaleur dans le ventre. Son sang se réveillait. Elle s'assit près du feu avec les hommes. Ils la traitaient autrement lorsqu'elle portait les bottes, le gros manteau et la salopette de son père. Elle les écouta parler des exploits de basketteur de Paranteau. Paranteau Le Pois sauteur. Des histoires qu'elle avait déjà entendues des centaines de fois. Et quand les anciens coéquipiers imitaient, geste à l'appui, le fameux tir en suspension, elle se laissait parfois aller à rire.

Deuxième veillée

Thomas partit poursuivre la construction de la maison funéraire, qu'il espérait terminer dans la nuit. Les autres se relayaient à la pioche et à la pelle, taillant la tombe dans l'enchevêtrement de racines et de terre imperméable. Leurs efforts formaient une toile de fond sonore. Des coups faibles, étranges, dont l'écho se réverbérait d'arbre en arbre dans les bois. Plus les creuseurs s'enfonçaient dans le sol, plus le son était étouffé. Les hommes finirent par quitter le feu pour aller manger à l'intérieur et Patrice resta seule. Un frisson lui parcourut soudain le dos. Elle regarda autour d'elle. Rien. Elle reporta donc son attention sur les flammes et entra en transe à force d'observer la manière dont l'extrémité du bois blanchissait tandis que rougeoyait le centre. Il y eut du mouvement à la périphérie de sa vision. Elle regarda à nouveau autour d'elle. À la lisière du bois, au bas du sentier, une forme se glissait parmi les arbres. Patrice suivit ses apparitions et disparitions entre les branches.

Troisième veillée

Au plus noir de la nuit, elle se retrouva une nouvelle fois seule près du feu. La tombe était terminée, il régnait désormais un calme absolu. Elle plaça une bûche au point le plus chaud. En regardant les braises absorber l'air et les flammes se cambrer pour fondre sur le nouveau combustible, elle sombra dans un état de fatigue si profond que son corps se mit à vibrer. Son esprit s'ouvrit. De nouveau, du mouvement. Elle tourna les yeux et le visible s'effaça au profit de l'invisible. Un être accroupi scrutait les environs depuis les fourrés. C'était son père, les yeux brillants dans les trous noirs de ses orbites, vêtu des habits usés qu'il portait lorsqu'on l'avait trouvé. Il fixait Patrice. Semblait attendre quelque chose de sa part. Il ouvrit sa bouche rouge et mélodramatique comme pour la supplier. Peut-être avait-il soif. Ou faim. Si misérable, si nécessiteux dans la façon qu'il avait de la regarder, lui qui était mort désormais, et que les autres morts appelaient à les rejoindre, mais qui violait les règles de la mort comme il avait violé celles de la vie. Oui, il voulait l'emmener avec lui, comme à son habitude.

Elle se leva, se disant qu'il partirait peut-être si elle bougeait. De fait, il se remit brusquement en mouvement, naviguant dans l'entrelacs d'arbres sombres jusqu'à l'endroit où attendait la tombe – Patrice en apercevait la balafre obscure. Son père s'arrêta au bord des ténèbres, les yeux rivés au sol. C'est alors qu'elle entendit sa voix, basse d'abord, puis s'aiguisant jusqu'à un sifflement strident. Cette voix volait vers elle, tordant l'air de sa plainte. Elle la vit fouetter le feu et aviver les flammes. Cingler les branches nues, chasser les nuages qui déguerpirent en fumée grise dans l'espace noir. Tenter de la vider de sa vie. Patrice se secoua. Son cœur tambourinait jusque dans sa gorge. Tandis que le vent tourbillonnait autour d'elle, agrippant son corps et griffant son visage, elle se sentit sur le point de décoller. Elle concentra tout son poids dans ses pieds, puis éclata de rire.

« Tu ne peux rien contre nous ! Tu ne peux plus rien contre nous ! » hurla-t-elle.

Une présence dans son dos la fit taire. Lentement, elle osa regarder. C'était sa mère, qui fixait la tombe où son père était en train de descendre. L'espace d'un instant, le visage de Zhaanat s'illumina, féroce, puis elle tourna peu à peu les yeux vers sa fille et Patrice eut l'impression de voir son propre visage, éclairé par en dessous comme par un miroir de nuages et d'eau. Ce n'était qu'un bol de soupe que sa mère lui tendait. De la soupe fumante, riche de viande d'ours.

Jour

Wood Mountain apporta la maison funéraire. Thomas allait dormir, après quoi ils procéderaient aux funérailles. Zhaanat et Pokey avaient emmailloté le corps de Paranteau dans une couverture, puis l'avaient enroulé dans de l'écorce préalablement dégelée. Gerald était arrivé pendant la nuit avec les siens et tous s'étaient couchés à même le sol de la maison, formant comme un grand puzzle de corps. Trois femmes occupaient le lit de Patrice avec leurs enfants. Elle se recroquevilla donc sous son gros manteau dans un coin où Millie dormait déjà, la tête recouverte d'un foulard, les pieds dépassant dans leurs surchaussures bordées de fourrure, bizarre et attachante, comme une enfant.

D'autres gens arrivèrent. Des familles entières. Certains apportaient de la nourriture, et d'autres venaient parce qu'ils avaient faim. Les LaBatte s'étaient munis d'un bol chacun pour pouvoir emporter les restes. LaBatte pleurait. Il avait bu avec Eddy et Paranteau à peine quelques jours plus tôt, mais il ne dit pas un mot, même s'il avait servi d'intermédiaire à Patrice auprès de Mr Vold afin qu'elle obtienne un congé pour les funérailles. Le froid restait intense. Bucky se présenta, une couverture sur les épaules en plus de son manteau. Patrice l'aperçut de là où elle se tenait. Il avait les cheveux sales, collés à son crâne comme une peau d'animal mort. Lorsqu'il entra dans la maison en traînant la jambe, tout le monde se tut. Il marcha à grand-peine jusqu'à Zhaanat et désigna son propre visage. La chair de sa joue pendait d'un côté. Sa bouche, de travers, ne se fermait pas. Il avait de la bave gelée dans le cou et louchait d'un œil.

Il se pencha et sortit de ses poches les chaussures qu'il avait volées à Patrice. S'agenouillant, il les poussa sur le sol. Le marmonnement plaintif qu'il émit alors ressemblait à : « Enlève-moi ça. »

Zhaanat regarda les chaussures, puis observa attentivement Bucky, sans méchanceté.

« Tes agissements sont les seuls responsables. Je n'ai rien à voir avec ça. »

Bucky s'effondra.

« Alors soigne-moi, s'il te plaît, soigne-moi. »

Dans le fatras incohérent de ses mots, il ne restait rien du Bucky d'avant.

Il est vulnérable, se dit Patrice. Comme je l'étais moi-même. Mais s'il se rétablit, il nous fera du mal.

Plus tard, tandis que Gerald parlait au corps de Paranteau et lui décrivait ce qu'il devrait chercher et ce qu'il devrait faire une fois de l'autre côté, Millie vint se poster près de Patrice et attendit que Gerald s'interrompe pour demander ce qu'il avait dit. Elle hochait la tête à mesure que Patrice le lui expliquait à voix basse – elle semblait sidérée, captivée. Enfin, munis de cordes, les hommes descendirent Paranteau en terre.

Deux mois

Thomas

La date était fixée. Les auditions auraient lieu la première semaine de mars. Ce qui donnait au conseil consultatif de Turtle Mountain environ deux mois pour sauver la tribu de la disparition.

Millie

Assise par terre dans son manteau d'hiver, Millie Cloud était penchée sur un cahier qu'elle pressait contre ses cuisses, y consignant des notes rapides sur les funérailles de Paranteau. Elle n'avait jamais assisté à un tel événement, jamais entendu ces chants répétitifs, étrangement agréables malgré leur fausseté. Jamais non plus elle n'avait entendu parler chippewa au-delà des quelques mots prononcés chez les Pipestone. Pendant son enquête, on s'était presque toujours adressé à elle en anglais. Elle comprenait maintenant que l'anglais lui était réservé et que la plupart des gens, y compris Louis et Grace, parlaient ici la langue traditionnelle. Fascinant. Elle pouvait difficilement prendre des notes pendant la cérémonie, mais elle en avait observé le déroulé avec la plus grande attention et, dès que possible, elle s'était installée avec son cahier dans un coin de la chambre qu'elle partageait avec Grace. Elle mourait de froid pendant que cette dernière dormait dans le lit sous deux grosses couvertures. Sitôt qu'elle eut noté tous les détails dont elle se souvenait, elle retira son manteau et traversa la chambre sur la pointe des pieds, dans ses chaussettes les plus chaudes et le caleçon long qu'elle avait invraisemblablement failli ne pas prendre, puis se glissa au chaud près de Grace.

Barnes

Il y avait une table en bois carrée dans ce qu'il en était venu à considérer comme sa cellule de moine. Sur cette table, Barnes posa le cadeau de Noël anticipé qu'il avait reçu de son oncle. On aurait dit une mallette en peau d'alligator décolorée, mais la peau était en plastique et, une fois ouverte, la mallette révélait une platine, un bras, une aiguille et des boutons. Il brancha le cordon électrique à la seule prise de la pièce, sortit un disque de sa pochette et le lança. Puis il se coucha sur son lit mou et ferma les yeux. La voix immortelle de Slim Whitman reprenant «Indian Love Call» emplit l'atmosphère. Le destin lui présentait trois femmes. Quel cours allait prendre sa vie? Il se tourna et enfonça sa tête dans l'oreiller. Chacune des trois lui tourbillonnait dans le crâne, laissant dans son sillage son parfum et son sourire. Il se retourna et serra contre lui son autre oreiller. Il lui en fallait deux pour être parfaitement bien. Un pour sa tête et un à étreindre toute la nuit. *Laquelle est faite pour moi ? Oh mon Dieu, j'ai le cœur brisé en trois.*

Juggie

Son fils ne le voyait-il donc pas ? Son visage était bousillé à jamais. Mais personne n'avait l'air de le remarquer. Il n'y avait qu'une mère pour comparer l'avant et l'après. Son cœur se serra. L'être parfait qu'elle avait créé avait été amoché par ces combats idiots. Tout ça pour quoi ? Pendant un temps, il avait été beau comme son père. Et intelligent. Et voilà qu'il semblait avoir perdu jusqu'au minimum de bon sens que possèdent la plupart des jeunes gens. Il lui avait apporté le porte-bébé pour qu'elle l'admire ! Lui avait fait toucher le bois.

Doux comme la soie, avait-il dit.

Ah bon.

Qu'était-elle censée répondre, nom de nom ?

Betty Pye

Norbert, Norb, oh, Norbie ! La poignée de la portière lui rentrait dans le dos et elle avait la nuque douloureuse à force de maintenir sa tête en place. Sans quoi elle se cognait l'arrière du crâne contre la vitre – et ça, ça faisait encore plus mal. Le début, comme toujours, lui avait aussitôt donné l'impression de s'envoler. Mais cette partie-là, elle n'y tenait pas plus que ça. Quand donc – oh, oh, oh, Norbert, Norb – quand – Norbie, oh – quand allait-il arrêter ? Par-dessus l'épaule de son partenaire, elle voyait la fenêtre opposée. Derrière la vitre épaisse, un visage apparut, flou et famélique. Betty ouvrit la bouche, mais un baiser gluant emprisonna son cri. Norbert baissa de nouveau la tête et elle renonça à crier. La porte était fermée. Si elle interrompait Norb, il faudrait tout recommencer. Et puis le visage avait disparu. Qui cela pouvait-il bien être, au milieu de nulle part, si loin sur la petite route qu'on ne voyait à la ronde qu'une faible lumière isolée ? Qui pouvait bien marcher seul ici en pleine nuit ? Oh, oh, oh. Norbie ! Enfin. Elle commençait à sentir la lame du froid se planter dans son dos. Ce visage ne lui était pas inconnu. Elle rabattit et défroissa ses vêtements, arrangea ses cheveux, ramassa le *biinda'oojigan* avec un mouchoir en papier puis le roula dans deux autres mouchoirs avant de glisser le tout dans la poche extérieure de son sac à main. Oui, elle avait déjà vu ce visage quelque part. Elle utilisa encore plusieurs mouchoirs en papier et grimpa sur le siège passager. Oooh chérie, oooh chérie, disait Norbert. *Niinimoshenh*. Oooh chéri, oooh *niinimoshenh*, dit-elle en retour. Elle prit le visage de Norbert entre ses mains potelées. Un doux baiser. Rentrons, maintenant. Allons rendre la voiture à ton oncle. Tout est bien nettoyé ? Tout est bien nettoyé. *Mii'iw*. Il fallait qu'elle réfléchisse. Qui était-ce ? Elle connaissait ce visage.

Louis

C'était devenu une mission sacrée – obtenir la signature de chaque habitant de la réserve. Il y avait les autres, ceux qui vivaient ailleurs, mais il n'était pas en mesure de leur mettre la main dessus. Son pick-up attendait d'être réparé et Juggie avait besoin de la DeSoto pour aller travailler. Alors quoi ? Est-ce qu'il allait seller un cheval et prendre les petites routes ? Le soleil était de la partie, il pouvait marcher. En galoches de neige, il suivrait les sentiers. Millie émergea de la chambrette qu'elle partageait avec Grace, laquelle était bien sûr déjà auprès des chevaux. Dans ses minces bottines, Millie n'était décidément pas équipée pour le froid. Il avait dû lui donner une paire de chaussettes à lui. Étonnamment, elle demanda si elle pouvait prendre un cheval pour aller chez Zhaanat. Et ce malgré la peur que lui avait laissée sa mauvaise expérience. Louis proposa de l'accompagner, après quoi il poursuivrait sa quête de signatures. Quel cheval serait assez calme pour Millie ? Aucun n'était calme tout court. Ils étaient tous irritables à force d'être enfermés, ou impatients d'échapper au vent et de retrouver l'écurie. Même la vieille Daisy Chain était agitée. Et puis elle était à la retraite. Mais Millie réitéra sa demande, déterminée, et il avait appris que dans ce cas il valait mieux céder tout de suite plutôt que de se lancer dans un bras de fer avec un autre lui-même.

Thomas

Deux mois et quelques jours pour sauver sa terre et son peuple. Alors pourquoi, avec si peu de temps devant lui, se retrouvait-il à contempler le vide, ou à écrire de longues lettres décousues, non pas à des gens essentiels à leur combat, mais à des parents et amis ? Pourquoi gribouillait-il ? Pourquoi était-il présentement en train de lire le roman policier de Sharlo, qui l'empêchait si facilement de dormir ? Pourquoi ne pouvait-il pas se concentrer et tout donner ? Parce qu'il avait peur, voilà pourquoi. Quelle attitude fallait-il adopter à Washington ? Comment s'y rendraient-ils ? Où logeraient-ils ? Et si Arthur V. Watkins ne faisait de lui qu'une bouchée ? Le sénateur avait sa réputation. Il démolissait les Indiens avec ses mots et ses mœurs. Et si Thomas échouait ? S'il n'arrivait pas à se faire entendre ? À défendre leur cause ? Si la tribu était dissoute et que tout le monde perdait sa terre et devait partir à Minneapolis et que lui-même devait quitter sa maison ? Que deviendrait sa famille ? Que deviendrait Biboon ?

Patrice

Juste avant Noël, ses yeux se mirent à la piquer. Peut-être l'éclat de la neige les avait-il brûlés alors qu'elle relevait ses pièges un jour de grand soleil. Peut-être le travail de précision de l'usine commençait-il à se faire sentir. Ce n'était pas trop pénible, au début, tant qu'elle résistait au besoin de les frotter. En clignant des paupières et en plissant les yeux, elle parvenait encore à se concentrer sur la plaque de perçage. Elle pouvait prendre les préparages, les coller correctement et mener sa tâche à bien. Mais trop lentement ; Le Grillon s'agitait. Puis la douleur s'accentua. Elle se réveillait le matin les paupières engluées de pus. Le soir, lorsqu'elle rentrait de l'usine, épuisée, elle se couchait sous plusieurs édredons et Zhaanat lui baignait les yeux dans une décoction de sapin baumier.

Ça la soulageait, et le lendemain elle était toujours en état de retourner travailler, mais la brûlure revenait. Elle emportait un petit flacon de la décoction de sa mère et se l'appliquait à la pause déjeuner, enfermée dans une cabine des toilettes pour éviter qu'on la voie et qu'on jase. Elle craignait de perdre son emploi.

Des mots

Le mot *baashkizige* – « éjaculation » – désigne aussi le tir d'une arme à feu. Le mot *biinda'oojigan* – capote – veut aussi dire « étui de revolver ». Millie consignait tout ça dans son cahier, fascinée.

Vera

Une après-midi, en présence d'Edith, ce bon vieux Harry s'agenouilla devant le canapé, sortit une bague et lui demanda de l'épouser. Elle garda les yeux fermés. Elle venait de se réveiller, mais elle était encore fatiguée et se rendormit avant de pouvoir lui répondre. Plus tard ce soir-là, il se remit à genoux. Cette fois-ci, elle laissa ses paupières s'ouvrir. Elle voyait en lui un moyen d'échapper à sa situation désespérée. Elle prit la bague et se la passa au doigt. Puis enfouit son visage dans ses mains. Il dit qu'il ne chercherait même pas à l'embrasser. Qu'il n'y aurait pas de parties de jambes en l'air avant très longtemps. Jamais, se dit-elle. Quelques jours plus tard, il s'astiqua en pleine nuit dans l'embrasure de la porte. Elle fut réveillée par les vibrations. Et les sons mouillés.

« Bonté divine, cria-t-elle en se redressant. Mais qu'est-ce qui vous prend ? »

Il alluma la lumière. Il tenait une bouteille de lait, qu'il secouait parce que le liquide avait gelé sur le dessus. Il n'arrivait pas à dormir et comptait s'en faire chauffer un peu. Est-ce qu'elle en voulait ?

LaBatte

Il n'avait pas plus tôt arrêté que le bruit se répandit. Francis Boyd lui demanda dans le plus grand secret de lui procurer un peu de café. Rien qu'une tasse – il utiliserait le marc quatre fois. Lilia Snow cherchait du papier toilette : elle en avait assez du catalogue Sears qui lui irritait le popotin. Junior Bizhiki voulait un vase en verre comme celui qu'elle avait vu dans la cuisine d'une de ses amies. « Je ne fais plus ça, lui rétorqua LaBatte, inquiet. Je veux dire, je n'ai jamais fait ça. Enfin, de quoi tu parles ? » Gordon Fleury lui glissa qu'il apprécierait s'il pouvait lui procurer des outils, n'importe quels outils. Cette fois, LaBatte fut scandalisé. C'était une insulte. Il claqua la porte de sa bicoque, manquant de la casser. Sauf que ça ne se faisait pas, sur la réserve, de claquer sa porte. Pas au nez de quelqu'un. Ce bruit-là aussi se répandit. On le surnomma La Claque. Ce qui n'était pas si terrible. Il le prit donc bien. C'était mieux que d'autres surnoms qu'il avait eus par le passé. Et mieux que Les

Doigts ou Les Poches ou Papa Noël – ou cet autre qu'il craignait qu'on lui donne : La Poisse. S'il risquait de s'en voir affubler, c'est parce qu'il en parlait tout le temps. Mais s'il en parlait, c'est parce qu'il savait ce qu'il savait. Par exemple, il savait que Pixie avait la poisse. Il suffisait de voir ses yeux.

La Soupe du Nouvel An

Que c'était bon. Ça vous remplissait le ventre. Vous mettait le sourire aux lèvres. Vous guérissait une gueule de bois. Vous poussait à bouger dans le froid. Une recette à base d'oignons, de boulettes de viande hachée, de pommes de terre pelées et bouillies juste à point. On ajoutait de la farine pour le bouillon, du poivre, du sel, et le tour était joué. Parfois on se contentait de découper la viande. C'était bon aussi. Impossible à rater, du moment que c'était chaud. On faisait du pain quand il y avait de la farine, on faisait frire la pâte quand il y avait de la graisse : en galettes de bannique que les Métis nomment *gullet*, ou en petits beignets qu'on appelle des *bangs*. Un plat qui faisait bien du profit. Zhaanat le préparait à la viande d'ours. Ça guérissait les coups de froid ordinaires. Les coups de froid extraordinaires. Mais pas le trachome. On ne pouvait pas se mettre de la soupe dans les yeux.

« Tu devrais aller voir l'infirmière, dit Wood Mountain. Et si je t'accompagnais au village ? Tu peux monter Daisy Chain et je courrai à côté de toi. Ma mère m'a dit d'arrêter les combats, mais je m'entraîne toujours.

— Vas-y, renchérit Zhaanat. Ma médecine ne guérit pas ça, elle ne fait que contenir le mal. »

Patrice se rendit donc au village sur le dos de la vieille carne. Comme elle avançait lentement, Wood Mountain partait devant au pas de course sur un kilomètre et demi, revenait, marchait un peu à ses côtés, puis repartait en courant. Ils finirent par atteindre le bâtiment de briques de l'hôpital. Dans l'austère salle d'attente, les sièges étaient durs. Patrice avait été vaccinée contre la variole au pensionnat – même Zhaanat avait été vaccinée : « À maladies d'homme blanc, remèdes d'homme blanc ». Mais pour tout le reste, Patrice s'en remettait aux traitements de sa mère. C'était la première fois qu'ils étaient sans effet. Elle n'avait jamais rencontré le docteur ni l'infirmière. Ni patienté dans cette petite pièce lugubre.

L'infirmière était une femme maigre aux cheveux poivre et sel tirés en chignon. Dans sa longue robe grise à col blanc amidonné, elle avait les manières d'une religieuse à qui on ne la fait pas.

« Qu'est-ce qui vous amène, jeune demoiselle ? » demanda-t-elle d'une petite voix sèche. Patrice cligna des yeux.

L'infirmière lui demanda de se rapprocher d'une lampe vive, lui dit d'ouvrir la bouche et lui aplatit la langue avec une fine languette de bois.

« Vous avez de bonnes dents. »

Elle regarda ensuite l'intérieur des oreilles de Patrice, prit son pouls. Enfin elle examina ses yeux, d'abord l'un, puis l'autre. Après quoi elle posa ses doigts propres et froids en dessous et au-dessus des yeux larmoyants. De près, sa peau était fine comme du papier, presque translucide, ridée de sillons minuscules. Patrice le voyait bien, même à travers ses larmes. L'infirmière tira les paupières du bas vers le bas, celles du haut vers le haut.

« Heureusement qu'on a pris ça à temps. Vous auriez pu devenir aveugle. »

Elle fit attendre Patrice dans cette pièce d'un drôle de vert, aux étagères chargées de bocaux pleins de boules de coton et de fines languettes de bois. Aveugle ! Aveugle ! Les mots de l'infirmière tournaient en boucle dans sa tête. De retour, cette dernière lui donna un petit pot de pommade.

« Vous vous en appliquerez sur chaque œil en massant du bout des doigts. »

Elle précisa que Patrice devait ensuite bien se laver les mains. Et guetter les symptômes chez les autres membres de sa famille. Le ton était sévère. « La cécité est liée au manque d'hygiène. Où vivez-vous ?

— À Minneapolis. »

Manque d'hygiène, se répéta mentalement Patrice. Qui sait si cette femme ne va pas venir chez nous. Faire un état des lieux officiel, dénoncer tout ce qui, dans notre mode de vie, ne correspond pas à ses standards. Les fonctionnaires de santé pourraient même essayer de prendre le bébé. C'était arrivé à d'autres. Mais, Dieu merci, Dieu merci, je ne vais pas devenir aveugle ! Son cou la démangeait, signe qu'il était temps de déguerpir. Elle remercia l'infirmière.

Avant qu'elle ne parte, celle-ci lui demanda de revenir voir le médecin spécialiste des yeux et lui indiqua le jour de la permanence ophtalmologique.

« Pourquoi ? »

L'infirmière se contenta de lui faire promettre.

Dehors, Wood Mountain attendait toujours avec Daisy Chain.

« Tu n'es pas obligé de me raccompagner à pied, dit Patrice. Je peux aller au magasin et trouver une voiture qui me déposera quelque part.

— On repart comme on est venus, insista le jeune homme. Elle a soigné tes yeux ?

— Je ne deviendrai pas aveugle.

— Aveugle ! répéta Wood Mountain. Ma grand-mère l'était à la fin de sa vie.

— Quelle horreur. Je perdrais mon travail. Je ne pourrais plus couper de bois. Sans parler du reste. Je raterais la totalité de tout. »

Elle était encore loin de ce qu'elle essayait d'exprimer.

« Toute la beauté.

— J'imagine que tu ne m'inclus pas dans le tableau, répliqua Wood Mountain. Toute la beauté. » On aurait pourtant dit qu'il espérait le contraire.

« Évidemment que je t'inclus », dit Patrice, toujours sous le choc de cette idée. Perdre tout cela. Elle n'y avait jamais vraiment pensé, et voilà qu'elle savait maintenant que ça aurait pu arriver.

« Ma grand-mère se débrouillait très bien, reprit Wood Mountain. Elle disait que ses autres sens s'étaient développés. Elle entendait tout, partout. Et les odeurs ? Elle reniflait ta présence même si tu ne faisais aucun bruit. »

Il avait parlé vite pour camoufler la décharge de joie que lui avaient procurée les mots de Patrice.

« Je ne savais pas », dit-elle.

La luminosité s'était émoussée et ses yeux la démangeaient déjà moins. Elle était stimulée par l'air frais. Je ne vais pas devenir aveugle. Bas dans le ciel, le soleil distribuait à l'oblique ses rayons impériaux. Tandis qu'ils avançaient au pas, la radiance dorée s'intensifia jusqu'à sembler émaner du paysage même. Des arbres, des fourrés, de la neige, des collines. Patrice regardait compulsivement. La route passait près de marécages gelés hérissés de roseaux en flammes. Les bosquets de saules rouges s'embrasaient. Les nerfs des branches et leurs dais de feuilles chatoyaient, vivants. Les nuages hivernaux dessinaient des motifs sur le gris intense du ciel : écailles, rouleaux de corde, arêtes de poisson. Le monde palpitait de sens.

« *Onizhishin*, comme c'est beau », murmura Patrice. Elle avait mis pied à terre et marchait à côté du cheval. Wood Mountain se pencha vers elle et l'embrassa. Il avait été le premier surpris par son geste et fut totalement démoralisé de la voir remonter en selle, frapper la croupe de l'animal et partir au trot. Il regarda la bête s'éloigner d'un pas lourd. Daisy Chain ne trotterait pas longtemps. Elle repassa d'ailleurs bientôt au pas, assez lentement pour qu'il les rattrape sans effort. En fait, il avait essayé de ne *pas* les rattraper, mais leurs rythmes s'étaient inévitablement synchronisés. Ils restèrent silencieux un moment.

« Je voudrais pouvoir retirer ce que j'ai fait, finit-il par dire.

— Il n'y a pas de mal, dit Patrice. Ça m'a surprise, c'est tout.

— Surprise ? Voyons, je suis tout le temps fourré chez vous. Les gens pensent qu'on est ensemble.

— Ils pensent même que c'est notre bébé », dit Patrice.

Puis elle éclata de rire, ce qui déstabilisa Wood Mountain.

« Si seulement, lâcha-t-il sur un coup de tête. Et si seulement on était ensemble. »

Les mots n'étaient pas plus tôt sortis de sa bouche qu'il eut l'impression d'avoir laissé échapper la vérité de son âme. Il avait besoin d'elle. Il la désirait. C'était sans appel. C'était elle et personne d'autre. Porté par une folle bouffée de certitude, il saisit le licol de Daisy Chain, stoppant la monture et sa cavalière, et se mit à crier presque frénétiquement : « Tu es faite pour moi ! C'est toi et personne d'autre ! J'ai besoin de toi, oh Pixie ! Je veux dire, Patrice ! S'il te plaît, je t'en supplie, épouse-moi. »

Il leva vers elle un regard illuminé. Le visage de la jeune femme se détachait sur le fond des nuages. Elle baissa les yeux vers lui, de doux yeux blessés qui diffusèrent en lui les sensations les plus exquises, bien qu'elle ne répondît rien. Ils reprirent leur cheminement, chacun dans ses pensées, elle, soulagée de n'avoir rien promis, lui, soulagé qu'elle n'ait pas dit non.

À la vérité, sur le moment, Patrice avait voulu dire : Moi aussi je te veux ! Moi aussi j'ai besoin de toi ! Oui ! Elle n'avait toutefois pas voulu dire je t'aime. Il ne l'avait pas dit non plus. Mais même au comble du transport, lorsqu'il avait si magnifiquement parlé, de tout son cœur, une part d'elle était restée en observation. Un coin de son cerveau réfléchissait, la prenait comme objet : « Ça la touche, elle a le cœur qui bat si vite qu'elle en a le vertige, regardez, elle est tellement contente, follement contente, elle perd pied, elle perd prise, elle perd… » De retour chez elle, elle s'était tout de suite attaquée au bois tandis que la voix continuait à lui parler. Certaines filles avec qui elle était allée à l'école étaient mariées depuis des années. Certaines avaient trois, quatre, cinq enfants. Certaines donnaient l'impression d'avoir cinquante ans. Elles lavaient le linge avec de la neige fondue. Le linge de toute une famille. Gelé en guise de séchage. Battu au soleil. Et puis Zhaanat n'avait pas le moins du monde suggéré qu'elle épouse Wood Mountain. Alors pourquoi Patrice se marierait-elle ? Elle fut soudain frappée d'une pensée décevante. Maintenant qu'il lui avait révélé ses sentiments secrets, Wood Mountain était un crampon. Elle ne pouvait plus l'essayer. Ça irait à l'encontre d'une des rares choses que sa mère avait dites sur l'amour : « Ne joue jamais avec le cœur d'un homme. Tu ne sais pas à qui tu as affaire. » Elle entendait par là que l'homme avait peut-être quelque pouvoir spirituel susceptible de nuire à Patrice s'il l'aimait et qu'elle le rejetait. Et puis Zhaanat avait dit autre chose que Patrice tenait pour parfaitement juste : on ne connaît jamais vraiment un homme tant qu'on ne lui a pas dit qu'on ne l'aime pas – c'est seulement alors que sa vraie laideur, restée masquée le temps de la séduction, peut faire surface. Après tout, c'était ce qui était arrivé avec Bucky.

Les noms

De l'avis de Zhaanat, les problèmes avaient commencé quand on s'était mis à nommer les lieux d'après des gens – personnalités politiques, prêtres ou explorateurs – plutôt que d'après ce qui s'y passait – l'endroit où l'on rêvait, mangeait, mourait, là où venaient les animaux. La confusion qu'opéraient les *chimookomaanag* entre la terre éternelle et la brève existence des mortels était typique de leur arrogance. Il lui semblait que ce comportement avait ouvert une faille dans la vie de ces lieux. Les animaux ne fréquentaient plus les sites souillés par des noms d'humains. Quant aux plantes, elles ne poussaient plus que par intermittence. Les plus délicates parmi celles que Zhaanat récoltait pour ses remèdes étaient même en train de disparaître, à moins qu'elles n'aient arraché leurs propres racines pour emporter leurs fruits et leurs feuilles vers des coins secrets qui lui échappaient. Et voilà que même ces endroits abîmés, portant le nom de saints, de colons et de prêtres, même ces endroits-là allaient leur être confisqués. L'expérience lui avait appris que lorsque ces gens commençaient à parler de prendre des terres, c'était comme si c'était fait.

Elnath et Vernon

Leur compagnie réciproque leur était devenue insupportable. C'est pourquoi, lorsque Milda Hanson leur proposa deux chambres dans sa ferme – oui, chacune la sienne –, des larmes de convoitise montèrent aux yeux d'Elnath. Sa gorge se serra au point qu'il ne put rien répondre. Vernon de son côté dut rassembler ce qu'il avait de voix pour décliner la proposition. Les règles de la mission et leur président étaient formels : ils devaient partager la même chambre, toujours. Ils ne pouvaient s'extraire de la compagnie de l'autre que le temps d'aller aux toilettes. Car si l'un d'eux devait céder à la tentation, l'autre en serait ainsi témoin et écrirait au président de leur zone, ou lui téléphonerait si l'urgence l'exigeait.

L'une des chambres avait toutefois deux lits, et la maison était idéalement située – hors de la réserve, à seulement un kilomètre et demi du village. Le Seigneur avait bien voulu que les lits ne soient pas côte à côte, mais de part et d'autre de la pièce. Ce qui n'était pas rien. Mrs Hanson était veuve, louait ses champs et vivait seule. Quand elle leur dit qu'elle les nourrirait, ils baissèrent la tête. De reconnaissance, mais aussi de vertige, tant ils avaient faim. Ce soir-là, leurs assiettes se remplirent de pancakes, et aussi de bacon. Mrs Hanson les regarda manger, rengorgée à l'extrême, radieuse à reluire, confite de fierté. C'est à peine s'ils reprirent leur souffle. Ils avaient tellement faim que, dans leur hâte, ils s'étouffèrent presque. Le regard de Mrs Hanson vira à la pitié et elle secoua lentement la tête. Son écheveau de cheveux fins était relevé en un chignon dont la forme évoquait un point d'interrogation. Qu'étaient-ils, déjà ? Quel genre de religion ? Elle n'avait pas fini d'en entendre parler.

Cette nuit-là, Elnath couchait à plus de trois mètres de Vernon : c'était merveilleux. Milda leur avait donné deux édredons chacun, auxquels ils avaient ajouté leur pardessus d'hiver. Ils avaient chaud, presque trop, mais ils savaient qu'au matin le poêle bien alimenté de leur hôtesse ne serait plus que braises et cendres, et que le froid serait mordant.

Malgré l'épuisement et, pire encore, l'exténuant ressentiment, Elnath ne dormait pas. Il bataillait avec la question de savoir s'il devait ou non passer l'appel fatidique à l'évêque Dean Pave. Il répugnait à dénoncer son frère dans le Seigneur, mais il ne pouvait pas le laisser s'égarer plus longtemps. Lors d'une visite – car il y en avait eu plusieurs – au ranch des Pipestone dans le cadre de leur mission, Vernon s'était absenté, comme pour aller au petit coin.

Dans la maison, Elnath avait continué à partager avec Louis les nombreuses et merveilleuses preuves de sa connaissance des Écritures, ainsi que les formidables avantages de sa foi. Il ne s'était tu qu'après avoir déclaré que sa religion était la seule à être née en Amérique.

D'ordinaire, cette affirmation suscitait un sourire approbateur, qu'on s'acheminât ou non vers un baptême. Mais l'homme taillé comme un taureau s'était penché en serrant les lèvres, le regard noir, précisément comme s'il allait charger sur lui. Elnath avait calé. Au bout d'un long moment, changeant d'expression, le visage de Louis s'était fendu d'un étonnant sourire angélique.

« Nous avons notre propre religion, ici, avait-il expliqué. Nos propres Écritures, même. Seulement, elles prennent la forme d'histoires.

— Bien sûr, avait répondu Elnath. Nous n'ignorons pas l'emprise du pape.

— Les gens de la région sont catholiques, certes, mais je ne parle pas de ça.

— Eh bien alors… »

Confusion. Elnath était obligé de se poser la question : quelque missionnaire du Mouvement de sanctification serait-il déjà passé par là ?

« Je parle de notre propre religion, celle de notre tribu, poursuivit Louis. Nous sommes reconnaissants d'avoir la place que nous avons dans le monde, mais nous n'adorons personne au-dessus de… » Il montra par la fenêtre le ciel qui s'assombrissait, les nuages pétrifiés, le soleil qui se dissolvait en s'y abîmant. On voyait aussi la grange. D'où émergea Vernon à cet instant précis, plutôt que des toilettes.

L'absence de Vernon avait été brève. Il n'avait pas eu le temps de commettre un péché de la pire espèce, bien qu'Elnath fût à peu près sûr que son compagnon convoitait la cavalière du défilé. Il se mit à rire, à la fois de surprise – celle causée par Vernon –, et de ce qu'il tenait pour une plaisanterie de la part de Louis : sa « religion » – quelles que fussent les croyances des Indiens, Elnath était convaincu qu'on ne pouvait pas appeler ça une religion. Il avait pensé que Louis se mettrait à rire aussi et serait impressionné que son interlocuteur ait pour une fois compris son humour pince-sans-rire. Au lieu de quoi Louis s'était embrasé d'un feu sombre et lui avait jeté un de ces regards... Et ce silence. Elnath en avait encore froid dans le ventre. Dire qu'il avait pris les habitants de cette réserve pour des Lamanites d'antan transformés en Néphites civilisés, comme le prétendait Vernon. Le silence dura jusqu'au retour de ce dernier.

« Il est temps de partir, Elder Vernon », avait dit Elnath.

Sa voix continuait à partir dans les aigus quand il était tendu.

À présent, comme pour ajouter à ses tourments, il entendait des souris : cavalcade, tours sur place, couinements, nouvelle cavalcade. Les sons faisaient écho aux pensées piégées dans sa tête qui s'agitaient entre les parois de son crâne. Il ne savait pas quoi faire. D'un côté il était à peu près certain que si la situation était inversée – hypothèse impossible –, Vernon le dénoncerait. Sans hésiter. Vernon haïssait Elnath encore plus que lui, Elnath, ne le haïssait. Enfin, ce n'était pas de la haine – un mot qui, lui avait-on appris, ne devrait pas exister. Non, c'était simplement qu'il n'avait pas d'amour pour lui. Un manque d'amour. Et c'était justement la raison de son dilemme. Était-il réellement inquiet pour l'âme de Vernon ? Ou voulait-il seulement se débarrasser de lui et recevoir un nouveau compagnon ? Et puis Vernon gagnerait-il à être dénoncé ? Il tomberait en disgrâce. L'argent que ses parents avaient économisé, que lui-même avait économisé pour financer cette mission, tout serait perdu. On ne se remettait pas comme ça d'un tel échec. Son renvoi chez lui pouvait sérieusement abîmer son crédit au sein de la communauté, peut-être pour le restant de ses jours. Mais si son âme était vraiment en péril, son crédit serait abîmé pour l'éternité. Les réflexions d'Elnath oscillaient, tournaient en boucle et puis se pétrifiaient, écartelées entre les deux options. Tandis qu'une autre pensée, sous forme de sentiment, s'approchait de lui comme un insecte rampant.

Il voulait fuir cette sensation, refouler cette pensée. Refusait qu'elle l'effleure seulement. Mais il la sentait revenir, encore et encore. Il n'avait pas de mot pour ça. Tandis qu'il sombrait, des mots finirent pourtant par s'assembler. Des phrases écrites sur un tableau noir, constamment effacées. Sauf une.

Parles-en à Vernon.

Il se réveilla en sursaut. Si une règle claire dictait de s'adresser à l'évêque, aucune ne disait : « Parle à ton compagnon. » Mais aucune ne l'interdisait non plus. Ce que Vernon faisait peut-être était toutefois si intime, si impossible à formuler clairement… Quels termes pourrait d'ailleurs utiliser Elnath pour aborder le sujet ? Pour s'exprimer sans détour ? On ne lui avait jamais appris que parler d'intimité était un péché, mais il le voyait comme tel. Les sensations qu'il éprouvait s'apparentaient aux symptômes d'une maladie appelée émotion. Vernon et lui allaient devoir prendre acte de ce trouble humiliant. Bien sûr, Elnath avait déjà témoigné de sa foi en public, mais cela n'avait rien à voir avec *ça*. Dans sa vie familiale ou religieuse, avec ses rares amis, on ne faisait pas ça. On s'adressait au Seigneur dans quelque cache secrète de son âme, une lumière enfouie au tréfonds des fortifications du cœur. C'était un endroit où l'on n'allait avec personne, et certainement pas avec une créature comme Vernon.

L'oiseau de nuit

Bucky avait toujours été dans sa classe, et il l'avait si gentiment invitée à faire un tour en voiture. C'était l'été. La vitre de la fenêtre arrière était baissée. Monte, je t'en prie. Allez. Et ce sourire. Il était toujours gentil. Plus gentil avec elle qu'avec les autres, parfois, ce qui aurait dû l'alerter. Mais jusque-là, elle n'était pas d'un naturel méfiant. Il y avait trois garçons à l'avant. Bucky était seul sur la banquette arrière. Dès qu'elle monta à côté de lui, l'un des gars de devant, Myron Pelt, se glissa aussitôt près d'elle, ce qui lui déplut – plus tard, elle regretta de ne pas s'être rebiffée tout de suite. Lorsque la voiture repartit, bien trop vite, Bucky passa à l'attaque. Elle le repoussa, mais il se jeta sur elle tandis que Myron lui tenait les bras. Elle se tortillait, essayait de donner des coups de pied. Bucky plongea les mains sous son chemisier et planta ses ongles dans sa chair, puis il tenta de lui écarter les genoux avec les siens tout en bataillant avec son pantalon. L'haleine rance du garçon. Le gluant de ses lèvres. « Ce n'est pas très sympa », dit-elle. Les autres éclatèrent de rire. Elle se figea. Puis répéta, plus fort : « Ce n'est pas très sympa *pour vous, les gars.* »

Elle sentit leur attention s'aiguiser. « Allons au lac. Dans les fourrés. Je connais un endroit. Je vous promets à tous du bon temps. » D'où cela pouvait-il bien sortir ? Elle n'en avait pas la moindre idée, mais c'est tout ce dont ils se souviendraient. Myron la laissa se redresser. Un jour, le moment venu, elle le tuerait, lui aussi. Ils descendirent la route cahoteuse qui menait au lac. Elle leur indiqua où se garer, au bord de l'eau. Bucky lui retira ses chaussures. « Comme ça, elle ne pourra pas s'enfuir en courant. » L'imbécile. Un peu qu'elle pouvait. Et plus vite que ça. Elle s'enfuit donc et plongea dans le lac. Ils la coursèrent, mais peut-être qu'ils devaient se déchausser ou qu'ils ne savaient pas nager. Elle-même était très bonne nageuse : c'est comme ça qu'ils se lavaient, l'été. Elle avait tant aimé nager avec Vera. Elle jeta ses bras vers l'avant et mit toute son énergie à gagner le large. Sa robe était légère. Elle la garda. Rien ne pouvait l'entraver. Les garçons étaient déjà minuscules sur le rivage qu'elle nageait toujours. Lorsqu'elle aperçut le bateau de son oncle, elle obliqua vers lui.

Ce soir-là, derrière la couverture, elle avait examiné à la lumière d'une lampe les griffures et les bleus, trouvant même une trace de morsure à l'épaule. Elle n'avait pourtant rien senti. Alors que les endroits où Bucky l'avait touchée, elle les sentait toujours. Tremblante, elle ferma les yeux et se glissa dans son lit. Au matin, il y avait de nouvelles ecchymoses sur sa peau. « Vouloir la peau de quelqu'un », disait l'expression. Elle avait montré les marques à sa mère, lui avait raconté tout ce qu'ils lui avaient fait. En plus de lui avoir pris sa seule paire de chaussures. Zhaanat avait expiré sèchement, deux fois, puis elle avait posé sa main sur celle de sa fille. Aucune des deux ne dit un mot ; ce qui valait pour l'une valait pour l'autre, elles le savaient. Plus tard, quand Patrice entendit parler de la bouche tordue de Bucky, de cette déformation qui gagnait tout un côté de son corps, elle scruta le visage de sa mère, serein et sévère, en quête d'indices. Mais elle se savait seule responsable. Sa haine était si venimeuse qu'elle s'était envolée comme un oiseau de nuit pour fondre sur Bucky et lui planter son bec dans la joue.

U.S.I.S.

« Tu as quoi ?

— Des Lucky Strike.

— Ah, bien. Enfin, merde. »

Juggie tendit une cigarette à Barnes et ils s'assirent à la table blanche émaillée où elle avait l'habitude de pétrir le pain tout de suite après le dîner. Tôt dans la soirée, elle avait fait passer la pâte levée dans l'anneau formé de son pouce et de son index tout en chantonnant avec la radio. Les petites miches cuites à point reposaient à présent sous des torchons propres sur la plaque de cuisson. L'odeur de pain chaud relevée de tabac embaumait l'air. Juggie avait baissé le volume de la radio, mais on entendait encore Johnnie Ray.

« La vraie vie, dit-elle avec satisfaction.

— La vraie vie, dit Barnes avec tristesse.

— Qu'est-ce qu'il y a ?

— Ce n'est un secret pour personne. »

Les coins de sa bouche s'affaissèrent.

Sûrement que tout, chez cet homme, s'affaissait, songea Juggie. Heureusement, le mien n'a pas ce problème. Elle se sentit coupable de cette pensée.

Puis elle éprouva exactement ce qu'il voulait qu'elle éprouve : de la commisération.

« Laisse tomber, fit-elle.

— Tu as beau jeu de dire ça. C'est ton fils qui m'a pris Pixie.

— Meule-de-foin, écoute-moi bien. Personne ne vole le cœur d'une femme, et surtout pas d'une femme comme Pixie. Elle a choisi à qui elle voulait le donner et tu ne peux rien y faire. Laisse tomber.

— Tu ne m'aides pas beaucoup.

— Regarde autour de toi. Turtle Mountain est renommée pour la beauté de ses femmes.

— C'est ce qu'on dit.

— Oh, ne me fais pas le coup du c'est ce qu'on dit ! C'est vrai, et tu le sais. Laisse tes yeux se balader. Sinon tu ne vas pas tarder à passer vraiment pour un imbécile.

— Je m'en fiche.

— Tu es sorti avec Valentine ?

— Elle me fait peur. Elle mord. Et puis elle s'est moquée de moi plusieurs fois depuis le bal.

— C'est ma demi-nièce.

— Hein ?

— Oublie. Contente-toi de sortir avec elle.

— Elle est trop maligne pour moi. Elle m'enverra paître.

— Tu veux que j'intercède ?

— Dis-lui de ne pas me mordre.

— Un grand gars comme toi ! Quelle poule mouillée.

— Je vais attraper la rage. » Il sourit. Les morsures n'étaient peut-être pas si désagréables que ça. Il éteignit sa cigarette dans le cendrier fourni par le gouvernement, et Juggie prit une grosse cuillère en acier marquée U.S.I.S., acronyme des Services aux Indiens des États-Unis. Elle remua son thé avec l'ustensile démesuré en attendant la réponse de Barnes. Il n'ajouta rien, ce qu'elle prit pour un oui.

Valentine habitait au bord de la route principale, où sa famille tenait une petite affaire de réparation de voitures. Il y avait donc des carcasses un peu partout, sur lesquelles prélever des pièces. Quand Juggie se gara près d'une bonne vieille Ford T posée sur des rondins, son demi-frère, Lemon, sortit de la jolie maison aux murs écaillés.

« C'est un beau troupeau de voitures que tu as là, lança Juggie.

— Au moins elles restent tranquilles, répondit Lemon. Pas comme Gringo l'automne dernier. »

Juggie éclata de rire. « Ce pauvre Gringo n'a plus jamais été le même. Où est Valentine ?

— Qu'est-ce que tu lui veux ? Elle ne devrait pas tarder.

— J'ai quelque chose à lui demander. Je vais l'attendre. »

Tandis qu'ils foulaient la neige grise déjà piétinée qui les séparait de l'entrée, un bruit de moteur se fit entendre et Doris Lauder tourna dans l'allée. Valentine sortit de la voiture en riant et agita la main pour saluer son amie qui redémarrait.

« Des histoires de bonnes femmes ? demanda Lemon.

— Ouaip. Allez, à la prochaine, répondit Juggie en se dirigeant vers Valentine.

— Bonjour, tantine.

— Bonjour, ma puce. Meule-de-foin voudrait sortir avec toi.

— Hmm. » Valentine fit la moue en regardant ses moufles, qu'elle ne portait jamais en présence de ses amies. « J'en ai marre de récupérer les restes de Pixie.

— Pixie n'y a pas touché. Il est tout neuf, en tout cas par ici.

— Pas touché. N'empêche. Il est d'occasion.

— Bon sang de bonsoir. Tu es la seule à y avoir goûté. À pleines dents. Il a peur de toi. Et même, mentit Juggie, il en a marre de cette Pixie.

— Ah bon ?

— Vraiment marre.

— Eh bien il n'a qu'à s'adresser à moi en personne, alors. » Le ton de Valentine était insultant.

« Je ne vois pas pourquoi il se fatiguerait, Miss Je-prends-tout-le-monde-de-haut, dit Juggie. En fait, je ne crois pas que ce soit une bonne idée qu'il te fréquente. J'ai changé d'avis. »

Et Juggie regagna sa voiture en maugréant.

« Attends ! » cria Valentine.

Mais sa demi-tante avait déjà mis le contact et démarra en trombe.

Ce soir-là, bien après le dîner, Barnes passa lui proposer une cigarette.

« J'arrête, dit-elle.

— C'est ma façon de te dire merci. »

Barnes était suspicieusement joyeux. Juggie était suspicieuse tout court.

« Valentine est venue d'elle-même me demander de sortir avec elle.

— Tiens tiens tiens, dit Juggie en acceptant finalement la cigarette. Ma demi-nièce qui entend raison. C'est une première.

— Ne t'avise pas dire du mal de ma petite amie, dit Barnes.

— Petite amie ! Ouh là là. » Elle souffla un rond de fumée, en envoya un autre au travers du premier et sourit de satisfaction. « Tu veux un conseil ?

— Oui et non.

— Tu vas l'avoir quand même. Contre une autre Lucky. La dernière avant que j'arrête vraiment. Ne lui cours pas après. Du moins pas trop. Elle est du genre à aimer qu'un homme garde un peu de distance.

— Tu penses que j'ai trop couru après Pixie ?

— Pour la dernière fois…

— D'accord, oublie Pixie. Je vois. Je serai charmeur et nonchalant. »

Tu parles, pensa Juggie. Typique d'un homme qui n'est ni l'un ni l'autre.

« Fais comme Cary Grant, finit-elle par lâcher. Ne laisse pas tes sentiments s'étaler partout sur ton visage. N'utilise que tes yeux. Et le coin de ta bouche. »

Bouche ?

Un vent de panique souffla sur Barnes. Il pensait aux jolies lèvres en arc de cupidon de Valentine, à l'éclat des dents pointues qu'elles laissaient entrevoir. Comment un homme prêt à encaisser des coups sur un ring pouvait-il être si perturbé par les quenottes d'une femme ?

Le coureur

En rentrant du travail, Thomas aperçut quelque chose de troublant du coin de l'œil. Un garçon courait à côté de la voiture, sans se laisser distancer. De quarante, cinquante kilomètres-heure, Thomas poussa à soixante-cinq, puis à quatre-vingts, mais le garçon courait toujours. Thomas sentait ses yeux sur lui. Il savait que si lui-même le regardait, il serait incapable de reporter ensuite son attention sur la route, car, bien évidemment, il reconnaîtrait Roderick. Il savait aussi que c'était une hallucination et que les deux ou trois heures de sommeil par nuit qu'il avait grappillées cette semaine ne suffisaient pas. Le garçon s'éloigna quand ils atteignirent le village et Thomas fut prudent tout le reste du trajet. Parvenu chez lui, la peur l'avait si bien réveillé qu'il craignit d'avoir du mal à s'endormir.

« J'ai encore vu Roderick, dit-il à Rose en prenant son petit déjeuner – chevreuil, pommes de terre, gruau d'avoine. Il courait à côté de moi sur la route.

— Ce soir, je t'accompagne », dit Rose.

Et c'est ce qu'elle fit. Le froid était intense et le vent s'était levé, balayant la neige au-dessus de la chaussée en volutes mouvantes dans la lumière des phares.

« Parfois je me laisse hypnotiser par les serpents de neige, dit Thomas.

— Je te pincerai si ton regard devient vitreux, répondit Rose.

— Alors pince-moi agréablement, à un endroit bien choisi.

— Tu es infernal. Une chose est sûre, je ne chanterai pas. »

Rose ne connaissait pour toutes chansons que des berceuses répétitives et sans paroles qui endormaient sur-le-champ les bébés qu'elle gardait.

« J'ai aussi prévu quelques surprises pour ton repas, dit-elle. Et la surprise du chef, c'est que tu vas me faire le plaisir de poser la tête sur ton bureau pour un bon petit somme pendant que je monterai la garde.

— Je ne crois pas que le règlement l'autorise.

— Personne ne le saura. »

Ils roulaient tranquillement.

« Sauf Roderick, reprit-elle. Mais il ne dira rien.

— Ne te moque pas de mon fantôme. On a bien renoué depuis la vieille époque.

— Vous parlez, tous les deux ?

— Ça tient surtout du monologue. Mais parfois, j'entends des mots dans ma tête. Des choses qu'il a dites il y a longtemps.

— Tu perds la boule, mon petit vieux.

— C'est bien ce que je crains, femme.

— Combien de temps ça va durer, ce cirque ?

— Après Washington, je ferai une pause.

— Tu ne le vois pas, mais c'est dur pour nous.

— Je le vois très bien. »

Thomas prit la main de Rose, sa main robuste et noueuse qui n'avait jamais été une douce main de jeune fille. Petite déjà, elle avait la réputation d'être travailleuse. Elle pouvait battre n'importe qui à la tâche. Même Noko le disait. Le socle de leur mariage, c'était le travail, chacun soutenant l'autre quand il flanchait, comme maintenant. Il serra la main de sa femme. Et elle serra la sienne en retour. C'est ainsi que parfois ils parlaient. Ils arrivèrent à l'usine au moment où LaBatte en partait. Il leur adressa un salut militaire, puis sortit ranimer sa voiture. Celle-ci crachota et cala plusieurs fois avant de démarrer dans un rugissement. Un peu plus loin, il y eut une pétarade et le véhicule s'immobilisa. Puis une autre pétarade avant qu'il ne reparte au pas.

« Il répare lui-même sa voiture, expliqua Thomas. Il ferait mieux de la confier à Lemon. »

Rose posa ses affaires près du bureau, rapprocha un banc. Elle suivit Thomas dans sa première ronde, puis passa un long moment dans les toilettes pour femmes. Comment ne pas se délecter de la plomberie ? Lorsqu'elle en sortit, elle souriait. Peignée, du rouge aux lèvres.

« De l'eau courante, et chaude.

— Un de ces jours », dit Thomas. Il la regarda de nouveau et se sentit soudain tout intimidé. « Tu t'es faite belle.

— J'essaye juste de t'empêcher de dormir.

— Ça marche. Et même très bien. »

Ils burent ensemble une tasse de café. Il était touché qu'elle soit venue avec lui, malgré toutes les tâches domestiques qui étaient les siennes, tout ce qu'elle devait inventer au quotidien pour faire avec ce qu'ils n'avaient pas, tout le soin qu'elle apportait à leurs parents, tous ces enfants de gens à dépanner. Elle s'occupait de tout le monde et voilà qu'à présent elle s'occupait de lui et qu'en plus elle portait du rouge à lèvres. Elle fixait modestement sa tasse de café. Puis elle redressa la tête et le regarda dans les yeux. Il la regarda en retour et le reste du monde disparut. Il n'y avait plus que Rose, seulement et toujours Rose. Ils se regardèrent si longtemps que la tension finit par les faire rire. Soudain, un bruit leur parvint du coin le plus sombre de la pièce.

Ils attendirent. Une ombre bougea. Il y eut un petit grincement. Peut-être les vieux murs du bâtiment. Et puis l'ombre s'éloigna sur la pointe des pieds, distinctement, et Rose en eut la chair de poule.

« C'est lui », murmura-t-elle.

Thomas ne dit rien. Si c'était Roderick, il voulait qu'elle le voie. Mais comme il ne se passait plus rien, ils se détendirent peu à peu. Rose dit à Thomas de poser sa tête sur le bureau, ce qu'il refusa. Ils firent ensemble la ronde suivante, Rose devant, lampe torche à la main. Après quoi elle lui sortit un casse-croûte de la gamelle – un sandwich au poulet bouilli avec un peu de sauce brune. Elle avait mis en conserve six poulets, l'automne passé. C'était le dernier.

« Pose ta tête et dors », ordonna-t-elle lorsqu'il eut terminé.

Elle avait parlé si fermement qu'il obtempéra. À l'instant où son front toucha ses bras croisés, il fut terrassé de soulagement et de bien-être. Une seconde plus tard, il dormait.

Roderick était assis derrière le moteur, et non dessus, là où Rose aurait pu le voir. Les mains devant la bouche, il faisait semblant de manger le fameux sandwich au poulet. Avec du pain fait maison. Il travaillait dans la boulangerie de l'école, au temps du pensionnat. C'était le meilleur moyen de se coucher le ventre plein. Voler le plus de pâte possible et la fourrer dans ses poches. On appelait ça « franger ». Tu frangeais la pâte et puis le soir, tu la mangeais, elle gonflait et elle te remplissait suffisamment le ventre pour que tu ne te réveilles pas avec une sensation de vide nauséeux. Pour être embauché à la boulangerie, il fallait se tenir à carreaux, et comme ce travail était tout pour Roderick, il se tint longtemps à carreaux. Mais un gamin finit par se faire prendre et Mrs Burton Bell vérifia les poches de tout le monde. Roderick fut renvoyé. Alors la digue céda et toute la mauvaise conduite à laquelle il avait résisté déferla. Il fugua. Encore et encore. Il devint un excellent coureur, à force, même si on le rattrapait toujours. C'est comme ça qu'il atterrit à la cave où il eut si froid. Tout ça à cause d'un peu de pâte à pain. Dont il ne sentirait plus le goût aujourd'hui, quand bien même il aurait pu croquer dans ce sandwich. Il avait commencé à venir là, à l'usine de pierres d'horlogerie, parce que c'était nouveau et qu'il en avait assez de toujours traîner dans les mêmes coins de la réserve. Et puis ça lui faisait plaisir de revoir son vieux copain Thomas. Il trouvait parfois un endroit où dormir un an ou deux, mais au réveil il était encore et toujours un fantôme, et ça commençait à le fatiguer.

Lorsque Thomas émergea, il ne savait plus où il était – c'est dire s'il avait dormi profondément. Il redressa la tête et ouvrit les yeux : Rose était là, couchée de côté sur le banc. Elle avait pris son manteau comme oreiller et drapé un pull sur le haut de son corps. Elle semblait tellement paisible. Il fit la ronde suivante mais ne sortit pas fumer son cigare, s'asseyant plutôt au bureau, à tripoter son stylo. Il était à deux doigts d'obtenir du représentant du comté voisin qu'il écrive une lettre s'opposant vigoureusement à ce que sa juridiction héritât des responsabilités fédérales envers les Indiens. L'assiette fiscale de la réserve n'était pas suffisante pour entretenir les routes, sans parler des écoles. Oh oui, vu la situation, il fallait effrayer autant de petits chefs blancs que possible. Il se mit à écrire.

Les pieds missionnaires

Bien que cette mission, qui lui semblait interminable, occasionnât assez de marche pour une vie entière, et bien que Vernon ait toujours hâte que la journée prenne fin (surtout maintenant que les attendait la nourriture bénie de Mrs Hanson), il se réveillait la nuit, toutes les nuits, parce que ses pieds bougeaient. Pourtant endoloris et fourbus, ses minces pieds osseux aux longs orteils pâles refusaient de rester tranquilles. Comme s'ils avaient une volonté propre. Vernon était incapable de les maîtriser. Il était reconnaissant au Seigneur de les avoir appelés, Elnath et lui, à un prochain transfert, mais il craignait aussi de devoir gagner Fargo à pied.

Encore que ses pieds s'en fichaient bien, et même se fichaient d'être gelés, pensa-t-il avec aigreur. C'était comme s'ils ne lui appartenaient pas.

Une seule chose s'était révélée pire que d'essayer de se rendormir malgré leur agitation frénétique : s'apercevoir qu'ils avaient décidé de quitter le lit. Parfois ils l'emmenaient en balade. Il lui arriva ainsi à plusieurs reprises de se réveiller dans le jardin. Puis dans l'allée, comme s'il allait chercher le courrier.

Sa famille, qu'il avait été tellement ravi de quitter, lui manquait. Sa grand-mère au sourire édenté lui manquait. Tout comme ses jolies tantes et ses vilains oncles. Par-dessus tout lui manquait le fantasme que quelqu'un l'aimait peut-être. Quelqu'un de délicieux qui descendait du plafond de sa maison d'enfance et se lovait contre lui dans ses rêves. Il devait faire très attention à ne pas laisser son esprit aller retrouver ce quelqu'un, même dans son sommeil. Et il devait surtout, surtout ne pas penser à Grace. L'essentiel de son corps obéissait, mais pas ses pieds. Ces appendices douloureux et rebelles n'écoutaient rien.

Une nuit, il se retrouva sur une route solitaire, au clair de lune. Il portait son pardessus mais il avait les pieds nus, brûlés de froid, entaillés par les graviers. En rentrant chez Milda Hanson, il vit un vieux tacot garé au bord de la route. Il s'arrêta et jeta un œil à l'intérieur. La banquette arrière était le siège d'un remue-ménage bruyant, des bruits d'animaux se battant dans la boue. Il poursuivit son chemin et ce n'est que plus tard, une fois ses pieds blessés enfin immobiles sous les couvertures, qu'il comprit ce à quoi il avait assisté. Il se figea de déception. Dire qu'il aurait pu empêcher deux âmes de pécher. Deux âmes désormais perdues.

Le duplicateur à alcool

« Tout juste sortie des presses », dit Juggie en déposant la dernière page du mémoire économique entre les mains de Millie.

Celle-ci se colla aussitôt le rectangle flasque sous le nez. Comme une enfant, pensa Juggie.

L'encre était effectivement fraîche et l'odeur d'aniline euphorisa la jeune femme. C'était peut-être son odeur préférée. Avec celles de l'essence des stations-service, du céleri frit noyé de babeurre et de la colle de caoutchouc. Elle était venue au bureau donner un coup de main à Juggie. Il y avait là trente-cinq exemplaires de son mémoire en caractères mauves de plus en plus baveux. Mais il y avait aussi quatre copies de luxe réalisées par une main fantôme ayant accès au photocopieur, plus sophistiqué, du bureau de Mr Tosk.

Ces dernières étaient destinées au dossier de Thomas. L'accès qu'avait Juggie au bureau du directeur était toutefois limité, et comme le miméographe commandé par Thomas n'était toujours pas arrivé, et n'arriverait peut-être jamais, ils devaient se contenter des polycopiés du duplicateur à alcool. Au bout de trente copies, la matrice se dégradait : Millie était donc venue en taper une nouvelle. Les exemplaires seraient envoyés à tous les responsables locaux et étatiques, aux journaux et aux stations de radio, ainsi qu'à tous ceux que pouvait intéresser la situation économique qui prévalait ici.

Après avoir retiré le feuillet de protection, Millie inséra la matrice avec le carbone dans la machine à écrire. Elle tenait absolument à ce que tout soit parfait du début à la fin.

« Ils se trompent toujours, là-bas », dit Juggie. Elle avait apporté ses fameux roulés à la cannelle. Une gâterie pour Millie. Roulés et café les feraient tenir tard dans la nuit.

« Il y a longtemps, poursuivit Juggie, ils ont envoyé ici un idiot de Wahpeton pour nous compter. Un certain McCumber. Sauf qu'évidemment, il n'était pas idiot, il savait très bien ce qu'il faisait. La plupart d'entre nous étaient à la chasse et lui ne comptait que les Indiens pure souche. Du coup, la réserve, qui n'avait déjà plus que vingt cantons, s'est trouvée réduite à deux seulement. C'est ça que j'entends par "se tromper".

— Effectivement, dit Millie, qui nettoyait à présent les touches de la machine à écrire avec un pinceau dédié. Effectivement. »

C'était le mot qu'elle avait résolu d'utiliser à la place de « ouais ».

« Or se tromper, ça voulait dire condamner des gens à mourir de faim. Depuis, on manque de terre et tout notre peuple ne peut pas vivre au même endroit.

— Le référentiel d'action du gouvernement relevait d'un principe consistant plus ou moins à prendre ses désirs pour des réalités, répondit Millie. Je crois que, comme toujours, ils en ont simplement après nos terres.

— Attends, dit Juggie. Laisse-moi noter ça. »

Cela fit tellement plaisir à Millie qu'elle se trompa de touche et commit une erreur. Se mordillant la lèvre de contrariété, elle tourna le rouleau de la machine, gratta soigneusement le carbone au dos du papier avec une lame de rasoir et couvrit la faute avec un crayon de cire. Elle appliqua ensuite de la pâte correctrice et inséra un petit morceau de carbone avant de frapper la bonne touche. Puis elle retira le carbone supplémentaire et se remit à taper. Juggie disait vrai. On avait utilisé un recensement erroné pour convaincre le Congrès que les Indiens de Turtle Mountain étaient prospères. Mais cela allait beaucoup plus loin que ça. Millie n'aurait pas su l'expliquer en un paragraphe clair et bien structuré. Cela tenait au fait même d'être indien. Le gouvernement se comportait comme si les Indiens leur devaient quelque chose, alors que c'était plutôt le contraire, non ? La jeune femme n'était pas passée par le pensionnat et on ne lui avait jamais rien appris au sujet des Indiens. Si elle s'en était tenue à l'enseignement de son école catholique, elle les aurait pris pour une bande de sauvages qu'on avait vaincus ou qui avaient eu la bonne idée de mourir. Elle connaissait à peine sa famille et elle était aussi assimilée qu'une Indienne puisse l'être. D'ailleurs il était rare qu'on l'identifie comme telle. Alors pourquoi se considérait-elle résolument comme indienne ? Et pourquoi y attachait-elle tant de prix ? Pourquoi n'aspirait-elle pas à l'anonymat de la blancheur de peau, à la facilité que celle-ci procurait, aux plaisirs de l'intégration ? Quand les gens apprenaient d'où lui venait cet air légèrement différent, ils disaient souvent : « Je ne t'aurais jamais prise pour une Indienne. » Et dans leur bouche, c'était un compliment. Mais elle le vivait comme une insulte. Pourquoi donc ? Elle pensa à Pixie. Ou Patrice – elle ne savait pas trop comment l'appeler. Elles étaient toutes les deux dans la même catégorie, pas en termes de beauté mais de carnation. Peut-être Pixie avait-elle démêlé tout ça. Puis Millie pensa à la mère de Pixie, si énergique, si élégante, si savante. Pixie savait tout ce que savait sa mère. Savait-elle à quel point elle était extraordinaire de tant lui ressembler ?

« Waouh. » Elle avait déjà tapé deux pages. Parfait. Sauf que penser à Zhaanat et Pixie avait distrait l'excellente dactylographe qu'elle était : elle avait mal positionné ses doigts sur le clavier et bousillé une ligne entière. Presque en bas de page, en plus. Cette fois-ci, elle dut retirer complètement la feuille de la machine, gratter la ligne ratée, retaper cette dernière sur un autre papier, couper celui-ci au rasoir et le coller sur la matrice avec du ruban transparent, et puis encore s'occuper du bout de carbone et s'astreindre à placer la ligne corrigée exactement sous la précédente. Évidemment, elle maîtrisait très bien tout le processus. Elle avait tapé l'intégralité de son mémoire de recherche, dont ceci n'était qu'un extrait. Tous ses camarades de promotion masculins avaient embauché des femmes pour taper le leur. Elle les méprisait pour ça.

Le temps qu'elle finisse, la nuit était déjà bien avancée et Juggie dormait sur une couverture dans un coin de la pièce. Millie but une tasse de café que le thermos avait maintenu au chaud et mangea l'intégralité d'un somptueux roulé, léchant le glaçage et la moucheture rousse de la cannelle sur la fourchette qu'elle avait scrupuleusement utilisée. D'autres gens mangeaient avec les doigts. Effectivement. Mais pas elle. Sachant cela, Juggie avait apporté des assiettes et des couverts. Laisse-la donc dormir, se dit Millie. Elle posa la première matrice sur le tambour de la polycopieuse, retourna le réservoir d'alcool, ajusta la pression, la mèche et la glissière. Puis elle actionna la manivelle, avec amour et joie, une joie qui ne fit que croître à mesure que l'odeur enivrante du liquide de duplication emplissait le bureau.

Prière pour 1954

Qui donc veille, cette nuit, de par les collines ?

Une jeune femme de plus en plus ravie actionne le tambour rotatif d'un duplicateur à alcool. Un missionnaire dégingandé trébuche dans son sommeil sur une route gelée. Une Indienne traditionnelle masse avec de la graisse d'ours un bébé qui peine à dormir. Un très vieil homme parle aux petites lumières venues lui rendre visite, et une très vieille femme rêve farouchement qu'elle a traversé les remous de la Red River pour échapper à ses ennemis. Un grand gaillard aux cheveux blonds comme les blés tente de passer à la vitesse supérieure avec une jeune femme mince qui se redresse soudain en disant : « Qu'est-ce que tu peux être maladroit. » Un type totalement ivre braille dans la neige, suppliant que soit levée la malédiction qui pèse sur lui. Un autre, à moitié ivre seulement, écoute ses frères lui dire au milieu d'une interminable partie de cartes que sa conversion au mormonisme est grotesque et va ternir la réputation de bons catholiques dont jouissaient les LaBatte. Dans le box voisin de celui où un jeune homme, abîmé mais puissant, nommé d'après l'endroit où il est né, dort près d'un petit poêle, un certain Gringo est insatisfait, bien qu'il soit le seul cheval à bénéficier du luxe d'une couverture. Il presse sa bouche contre les planches épaisses et mâchonne pensivement leur bois dense – de l'avoine ou de l'orge, ce serait tellement mieux. Il agite la tête d'avant en arrière et piétine dans l'espoir de voir apparaître son valet. Mais rien ne se passe et la nuit n'en finit pas.

Une femme robuste et fort lasse dort par terre dans les bureaux de la tribu. Elle parle dans son sommeil. Trop salé, dit-elle.

Une jeune femme au regard doux et vif, à qui ses enseignants trouvaient souvent une ressemblance avec un lutin, remplit le bon de commande du catalogue Montgomery Ward pour s'acheter une montre-bracelet.

Le type victime d'un mauvais sort rampe jusqu'à la maison de ses parents, où tout le monde dort profondément. Il estime avoir été assez puni pour des actes qu'il a commis simplement parce que ça lui chantait. Si son cerveau fonctionnait, il pourrait nommer des tas d'hommes qui ont fait la même chose et déambulent librement, en pleine forme, souriant de toutes leurs dents, capables d'ouvrir et de fermer les deux yeux. Oui, il la voulait pour lui. Oui, il l'avait quasiment eue. Mais il ne s'était rien passé ! Cela ne voulait pas dire qu'il n'aurait pas dû essayer. Seulement qu'il avait choisi la mauvaise fille.

À plusieurs kilomètres de là, dans l'usine de pierres d'horlogerie, un homme inquiet à la plume diserte met en pratique les exercices de la méthode Palmer : il bouge les poignets, s'étire les doigts, se tourne d'un côté et de l'autre sur sa chaise. Une fois qu'il en a terminé, il s'installe bien de face et rédige une nouvelle lettre à l'attention du sénateur Milton R. Young, laquelle expose sa stratégie et qu'il conclut avec une désespérance polie. Puis, sans davantage d'espoir, il en écrit une autre, courtoise et émaillée de plaisanteries, au second sénateur du Dakota du Nord, William Langer, favorable à la termination. Il n'y a rien à perdre et Thomas ne peut s'empêcher d'avoir un faible pour celui qu'on surnomme Bill l'Indomptable en souvenir du temps où, refusant d'être destitué, il se barricada dans sa demeure de gouverneur. Si Langer l'isolationniste l'avait emporté, peut-être Falon ne serait-il pas mort dans une guerre lointaine. Le monde n'y aurait certainement pas gagné, mais Thomas aurait toujours son frère pour de vrai, et pas seulement un fantôme qui traversait les murs de temps à autre. Et en parlant d'esprits solitaires…

Roderick n'était visiblement pas dans les parages cette nuit-là, mais l'ambiance n'en était pas moins étrange. Comme si l'équilibre de toute la réserve reposait sur le stylo avec lequel Thomas écrivait. Et écrivait encore.

Les fantômes indiens ne sont pas assimilables

Tout fantôme qu'il était à présent, Roderick ne se laisserait pas assimiler. Les fantômes indiens ne sont pas assimilables. C'est trop tard ! Il n'était pas allé dans leur enfer blanc. Ni dans leur paradis. Mais il était mort sur la réserve des Sauks et Fox, trop loin pour rejoindre à temps le paradis des Chippewas. Il avait donc suivi son cercueil jusque chez lui et il était resté dans les parages. Il écoutait ce qui se racontait. C'est après sa mort qu'il avait découvert le terme. Ce qu'ils manigançaient. L'assimilation. Leurs mœurs censées devenir vos mœurs. Il fit le bilan pour lui-même. Quand ils lui avaient rasé le crâne et que ses cheveux avaient repoussé en duvet ébouriffé, il avait plutôt bien aimé. On aurait dit de la fourrure. Il prenait plaisir à y passer la main. Certaines choses lui plaisaient franchement. Les pêches au sirop. Mais pas les chaussures rigides. Les trompettes, mais pas avant l'aube. Une veste en laine bien chaude, et les chaussettes assorties – mais bon, si on ne les avait pas tous tués, il aurait pu avoir une veste en laine de bison, et des chaussettes allant avec. La tuberculose. Ça, c'est sûr qu'il n'avait pas aimé. Y avait-il des maladies dans l'ancien temps ? Comme il n'en avait jamais entendu parler, il était bien obligé de se poser la question. Qu'est-ce qui faisait mourir les Indiens, avant ? Les animaux, les accidents, le froid, d'autres Indiens. Il avait entendu dire qu'il y avait alors tellement d'animaux, des animaux partout, que personne ne mourait de faim mais un cheval pouvait vous donner un coup de sabot ou un bison en furie vous encorner. Roderick était obsédé par ce qui aurait pu causer sa mort. Tout aurait été préférable à la tuberculose. Mourir sur le champ de bataille, par exemple, transpercé par une lance en combattant l'ennemi. L'horreur et la douleur qu'il avait connues, non, il n'avait pas oublié, toutes ces années. Des années qui, bien sûr, passaient comme des secondes pour le fantôme qu'il était. Il s'était rendu aux funérailles du père Paranteau en se disant qu'il arriverait peut-être à passer en douce ou à le suivre dans son voyage vers l'au-delà. Il était prêt à changer de décor. Mais Paranteau était mort en ivrogne et avait dévié de la route sacrée. Et puis Roderick n'avait pas pu s'empêcher de faire demi-tour lorsqu'il avait senti la viande d'ours brûlante que Zhaanat avait fait bouillir trois fois dans trois eaux différentes, comme sa mère. Oui, les odeurs, il les sentait. Et puis il aimait bien écouter Zhaanat parler. Non à l'assimilation ! Il n'y avait pas de jurons en chippewa, mais beaucoup de mots pour parler de sexe. Et Roderick aimait bien entendre parler de sexe. Il regrettait de n'en avoir pas fait l'expérience, mais aujourd'hui, bien sûr, il savait tout sur le sujet. Il en savait même trop. Il avait depuis longtemps cessé de hanter les gens quand ça devenait olé olé. Mais lorsque Zhaanat ou les anciens en parlaient, c'était drôle. Roderick riait alors de son rire de fantôme. Un son de stalactite qui goutte, ou de branchettes qui frottent l'une contre l'autre dans les bois, très haut. Mais le sexe en général ? Quelle blague. Comme de jouer les assimilés. C'est pourquoi il s'abstenait. Sauf que c'était dur d'être non assimilé et seul, et il aurait bien aimé rentrer chez lui.

Clark Kent

Dans le coin de l'hôpital qui accueillait la permanence ophtalmologique, des gens faisaient la queue devant la petite salle où le spécialiste de passage procédait aux examens. Patrice attendit une heure. L'examen consistait en tableaux, lumières et cartes aux lignes noires. Après avoir noté tous les résultats, le médecin lui abaissa devant le visage deux lentilles imposantes et changea de grossissement pour chaque œil jusqu'à ce que les formes devant elle se précisent. Il prit encore quelques notes et l'informa que la correction dont elle avait besoin était commune et qu'il pouvait dès à présent lui fournir des lunettes.

« Des lunettes ? Mais je n'en ai pas besoin ! »

Il n'était pas venu à l'esprit de Patrice que c'était là le but des examens, parce qu'elle voyait très bien ce qui l'entourait.

« Votre vision de près est plus que parfaite, expliqua le médecin. C'est pour voir de loin que vous avez besoin de lunettes.

— Mais je vois de loin.

— Vous verrez plus nettement. »

Il quitta la pièce et revint avec une boîte en carton d'où il sortit une paire à monture noire et carrée. Des lunettes des services de santé réservés aux Indiens comme tout le monde en portait. Il les posa sur le visage de Patrice et vérifia que les branches tenaient bien derrière ses oreilles.

« Voilà. Pile la bonne taille. Vous pouvez les enlever pour lire. »

Les lunettes lui pesaient sur le nez et Patrice se dit qu'elle ne s'habituerait jamais à voir le monde dans un cadre en plastique noir. Elle sentait les coudes des branches reposant sur ses oreilles. En sortant de l'hôpital, elle ne perçut guère de différence. Tout semblait parfaitement normal. Sauf que lorsqu'elle regarda Wood Mountain qui l'attendait en bas des marches, elle distingua tous les détails de son visage marqué par les combats. Elle y lut l'espoir impatient, l'amour qu'elle ne voulait pas qu'il lui déclare une seconde fois. En descendant vers lui, elle se rendit compte qu'elle n'avait jamais été capable de déchiffrer l'expression des gens à distance, tout simplement parce qu'elle ne la voyait pas. Elle découvrait aussi que, de loin, Wood Mountain avait changé. Il n'était plus si beau, maintenant qu'il avait le nez écrasé. Elle s'arrêta au milieu de l'escalier et regarda plus loin encore : les voitures, les maisons, les arbres et le château d'eau. La précision du monde était à couper le souffle. Le tranchant des lignes de briques. La lisibilité des écriteaux sur les portes. Les aiguilles des pins qui ressortaient nettement sur le fond des autres aiguilles et la texture sombre du tronc.

Quand ses yeux émerveillés se posèrent de nouveau sur Wood Mountain, il était visiblement au bord du fou rire.

« Qu'est-ce qu'il y a de si drôle ? »

Mais elle aussi trouvait qu'il y avait de quoi rigoler : elle portait un déguisement de plus.

« Tu ressembles à la petite amie de Superman.

— Pas du tout. Je ressemble à Clark Kent.

— Ah, *waa*, c'est vrai ! »

Wood Mountain lui tendit un bras qu'elle prit, comme dans les films, mais seulement parce qu'elle en avait besoin pour garder l'équilibre. Les lunettes lui donnaient l'impression que ses pieds étaient très loin.

« Quel chemin prendrons-nous pour rentrer, Clark Kent ? Le circuit touristique ou le raccourci ?

Un vent fort, chaud et sec avait soufflé la nuit précédente. Le monde, éblouissant de neige, ruisselait de lumière. La route détrempée scintillait dans la douceur de l'air. Et les oiseaux… Les oiseaux, de sortie, entonnaient leurs chants de printemps malgré le plein hiver.

« Ça m'est égal », répondit-elle.

À mi-parcours, Wood Mountain s'arrêta au beau milieu de la chaussée et prit le visage de Patrice entre ses mains. Il ne l'embrassa pas. C'est sur le coin de la monture qu'il déposa un baiser avant de repartir en lui tenant la main.

« C'était quoi, ça ?

— Pas pu m'empêcher. C'est les lunettes.

— Ça me fait ressembler à un garçon, dit Patrice en riant.

— Pas du tout. Ça te donne l'air intello. Je plains le gars qui cherchera à t'importuner. »

Ils poursuivirent leur chemin entre des congères si brillantes que leurs yeux ne pouvaient en absorber l'entière luminosité. Ils étaient forcés de les plisser pour ne pas tout recevoir, recréant un peu d'obscurité à la périphérie de leur vision. Quelqu'un avait fait passer un lourd traîneau à travers bois, ouvrant une piste. Ils la suivirent, enveloppés d'une lumière bleutée, plus douce.

« Importune-moi, dit Patrice.

— T'importuner. Je n'aurais jamais cru faire des avances à Clark Kent.

— Eh ben vas-y quand même. »

Wood Mountain attira le dos de la jeune femme contre son torse, passant les mains autour de sa taille rembourrée. Malgré leurs vêtements chauds, ils auraient tous les deux de la neige dans le cou et plein leurs sous-vêtements s'ils faisaient ça de façon traditionnelle. Patrice se retourna et l'embrassa à lui faire tourner la tête. Elle portait une jupe et des bas de laine.

« Trouvons un rondin, dit-il. Je m'assiérai dessus et tu pourras grimper sur moi. »

Elle ne comprit pas ce qu'il voulait dire jusqu'à ce qu'ils trouvent l'endroit idoine. Quand elle sentit les mains de Wood Mountain sur ses seins, sous son manteau, elle eut comme une absence. C'était si bon. Il arrangea leurs vêtements quand elle descendit vers lui. Peu après, elle se souvint de ce qu'avait dit Betty et posa la question. Il sortit alors une petite boîte de la poche intérieure de sa veste.

« J'ai veillé à en avoir à portée de main chaque fois que je te voyais », dit-il timidement, avant de mettre le préservatif. Puis il la pénétra, trop ardemment. Les larmes montèrent aux yeux de Patrice et ses lunettes s'embuèrent. Wood Mountain se retira. Elle ajusta ses lunettes puis haleta son désir de recommencer. Ils recommencèrent donc. Et c'était mieux. Ce n'était pas ce qu'il y avait de mieux au monde, comme l'avait dit Betty, mais Patrice se demanda si elle allait devenir accro, comme Betty l'avait dit aussi, et ne plus penser qu'à ça. Tandis que l'acte se déroulait, elle restait un peu indifférente. Mais quand Wood Mountain se trouva désemparé et comme fou, quand il s'immobilisa dans un cri, toute son indifférence s'évanouit. Elle tint la tête de son amant contre son cœur, entre les moufles orange offertes par Millie. Partout dans les bois, de petits paquets de neige tombaient des branches. Des ruisselets d'eau de fonte murmuraient sous l'épais tapis blanc du sol. Un pic martelait un tronc si violemment que le bois sonnait comme une cloche. Leur respiration ralentit jusqu'à une synchronisation parfaite. Peut-être pensaient-ils aussi à l'unisson. Mais Patrice ne voulait pas vérifier. Elle demeura donc silencieuse. Ils rajustèrent leurs vêtements et reprirent leur chemin. Ils étaient purifiés. C'est ainsi qu'ils le vivaient. Ils s'étaient momentanément débarrassés de leur désir et se sentaient comme des enfants. Elle riait pour un rien. Quand elle menaça de le débarbouiller à la neige, il la défia : elle en prit donc une poignée mais se contenta de lui effleurer la joue et de lui en donner à manger lorsqu'il ouvrit la bouche. Il trouva à cette neige un goût d'éternité et, à son tour, en donna à Pixie. La neige lui fondit sur la langue. Ses lunettes étaient pleines de buée. Elle commençait à redescendre. À atterrir. Mais ce ne fut qu'en apercevant la petite maison qu'elle sentit sa poitrine se refermer. C'est à peine si elle parvint à reprendre son souffle. Elle lui dit au revoir et refusa de le laisser entrer.

Les Carreaux

Millie avait un problème. Elle était à court de motifs. Grace l'emmena à la mission, mais il n'y avait là que des tissus à fleurs. Or elle les avait en horreur.

« Tu es difficile, dit Grace.

— Je sais ce que j'aime porter.

— Et ça ? »

Grace tenait une jupe corolle à lignes brisées, mais brisées d'une façon aléatoire qui rendit Millie légèrement nauséeuse lorsque Grace fit virevolter le vêtement avec un sourire engageant.

« Elle est faite pour toi, Les Carreaux.

— Je ne l'aime pas.

— Tu es vraiment très difficile ! »

Millie éprouvait ce qu'elle finissait toujours par éprouver en présence de vieilles choses en trop grand nombre : un genre de panique. Elle s'était autodiagnostiquée polyclaustrophobe. Et elle était à peu près certaine de ne pas pouvoir participer aux auditions à Washington. En tout cas pas dans les vêtements qu'elle possédait.

« Sortons d'ici.

— Attends ! »

Grace tenait un chemisier à carreaux noirs et jaunes, exactement de la bonne taille, avec un col pointu, des manches trois quarts et des pinces. Millie admirait la trouvaille quand Grace plongea la main dans les profondeurs d'une pile et en retira une pièce remarquable. Une robe longue, épaisse, composée de six tissus différents dont chacun présentait un motif géométrique propre. Les couleurs étaient les mêmes – bleu, vert, doré –, mais arrangées selon des combinaisons uniques et complexes. C'était de la serge, et les motifs étaient tissés dans la trame plutôt qu'imprimés sur le tissu. Millie tendit les bras, le cœur gonflé de joie. Elle paya les deux articles à la religieuse et s'assit dans l'entrée pour examiner la robe. Chaque pièce était aussi recherchée et mystérieuse que les multiples figures d'un tapis persan. Quand Millie fixait les motifs, ils l'entraînaient en dedans, en profondeur, au-delà du magasin et du village, jusqu'aux fondations mêmes du sens, et puis au-delà du sens, dans un endroit où la structure du monde n'avait rien à voir avec l'esprit humain, et rien à voir non plus avec les motifs d'une robe. Un endroit simple, sauvage, ineffable et exquis. L'endroit où elle se rendait toutes les nuits.

« “Leur haine était désormais immuable et, poussés par leur nature mauvaise, ils devinrent féroces et sauvages, un peuple assoiffé de sang, idolâtre et souillé de bien des façons, se nourrissant de prédateurs, vivant sous des tentes et battant la campagne, un petit pagne en peau de bête autour des reins.”

« Qu'en penses-tu, Rosie ? demanda Thomas. C'est de nous qu'il est question. »

Il lui relut la description.

« Non, dit Rose, c'est plutôt d'Eddy Mink. »

Thomas referma *Le Livre de Mormon* et se replongea dans l'étude de la proposition de loi. Il avait aussi écrit à Joe Garry, président du Congrès national des Indiens d'Amérique, pour se renseigner davantage sur Watkins.

« Le fait est que cet homme n'a aucun humour. » Telle fut la réponse de Garry, plus effrayante encore que la Bible mormone.

Watkins venait par ailleurs de refuser qu'on alloue un budget adapté aux Navajos – lesquels se trouvaient dans une situation désespérée, là-bas dans le désert du Sud-Ouest – au motif qu'ils étaient « habitués à la pauvreté». Mais sa remarque avait suscité de nombreuses réactions et peut-être en éprouvait-il quelques remords. Thomas décida de tout miser sur la détresse économique. On aurait dit que le sénateur voulait à la fois que les Indiens disparaissent et qu'ils lui soient reconnaissants de cette disparition. Et maintenant que Thomas était allé aussi loin dans *Le Livre de Mormon* que l'envie de dormir le lui permettait, il comprenait pourquoi cet homme ne tenait absolument pas compte de la force de loi des traités. Sa religion lui enseignait que les mormons avaient reçu de Dieu toutes les terres qu'ils souhaitaient. Les Indiens n'étaient pas blancs et plaisants : une malédiction divine leur avait infligé une peau sombre, de sorte qu'ils n'avaient pas le droit de vivre là. Qu'ils aient signé des traités avec les plus hautes instances gouvernementales des États-Unis ne signifiait rien pour Watkins. La loi passait après la révélation personnelle. D'ailleurs tout passait après la révélation personnelle. Et la révélation personnelle de Joseph Smith, intégralement consignée dans *Le Livre de Mormon*, disait que son peuple était le meilleur qui soit et devait posséder la terre.

«Qui pourrait croire à cette histoire tordue de pierre de voyant, de vision au fond d'un chapeau et de plaques d'or ? Ce livre n'est qu'un vaste prétexte pour se débarrasser des Indiens», dit Thomas.

En l'entendant, Rose se mit à rire.

«Toutes les histoires sont loufoques, quand on y pense», rétorqua-t-elle.

Ce qui fit réfléchir Thomas. Y avait-il un livre religieux qui vaille mieux ? La Sainte Bible, puissante et poétique, regorgeait tout autant de fables invraisemblables. Thomas les avait trouvées captivantes, mais au bout du compte ce n'étaient que des histoires, moins importantes que celle de la Femme dans le Ciel, des *manidoog* de la Création, et de Nanabush. De toutes les histoires qu'il connaissait, et notamment celles dépourvues d'humour du livre qu'Elnath et Vernon lui avaient laissé, Thomas préférait celles qui convoquaient la figure surnaturelle de Nanabush : Nanabush qui trompait les canards, s'énervait contre ses propres fesses et les brûlait, créait une montagne d'excréments pour descendre des hauteurs de l'arbre où il était coincé, avait un loup pour neveu et jamais le moindre sens moral, peignait le martin-pêcheur de couleurs ravissantes, nourrissait ses enfants par la ruse quand ils mouraient de faim, balançait son pénis par-dessus son épaule et ses testicules vers l'ouest, se transformait en souche en faisant passer son sexe pour une branche afin que le martin-pêcheur s'y posât, tuait un dieu en tirant sur son ombre. Nanabush qui avait créé tout ce qui était utile et presque tout ce qui était indispensable, comme le rire.

Le projet du Seigneur

C'en était arrivé au stade où Norbert ne prétendait même plus qu'ils allaient faire autre chose. Pas de préliminaires. Pas de bonbons pour Betty. Pas de mots doux, pas de minauderies. Fini les visites ensemble au distributeur de sodas, les balades en voiture pour admirer le paysage, les séances de cinéma le jour où sortait un nouveau film. Il n'était même plus question d'écouter la radio quand Norbert arrêtait le moteur. Il allait droit au but. Et Betty n'aimait pas ça, même si elle était toujours d'accord pour grimper avec lui sur la banquette arrière. Un soir, toutefois, elle parvint à le faire ralentir et cela se passait fort bien ; elle commençait même à avoir très chaud et à se sentir très heureuse lorsque l'une des portières s'ouvrit, éjectant Norbert comme une fusée. Il s'était ramassé d'un côté de la banquette en appuyant sa tête contre la fenêtre tandis qu'il s'échinait ; la portière s'était malheureusement ouverte alors qu'il venait de se retirer pour s'effondrer entre les seins de Betty, il avait glissé du corps de sa partenaire, battant des jambes et des bras, et s'était retrouvé couché, nombril au sol, sur la route humide. Betty croyait que le loquet avait cédé tout seul jusqu'à ce qu'elle entende, dehors, quelqu'un dire : « Puis-je avoir une minute de votre temps pour vous parler du projet qu'a le Seigneur pour votre âme ? »

Le comité

Louis ne voulait pas laisser ses chevaux et Moses boitait. Il allait falloir les persuader. Sans quoi le comité pour Washington ne serait composé que de Juggie Blue, Millie Cloud et Thomas Wazhashk. La secrétaire exécutive du Congrès national des Indiens d'Amérique, Ruth Muskrat Bronson, leur avait proposé de loger chez elle, d'où elle gérait tout le tralala étant donné que l'organisation n'avait pas encore de quoi se payer un bureau à Washington. Mais peu après qu'ils eurent accepté l'invitation, elle annonça qu'elle ne pouvait finalement pas les recevoir. Consternation. Ils durent se dégoter un hôtel bon marché.

« Je ne crois pas que je vais y arriver, confia Millie à Juggie. Je ne peux pas affronter un groupe de sénateurs. Je ne fais pas confiance à ma voix.

— Tu t'es déjà retrouvée aphone ?

— Non. Mais je dis des choses.

— Tout le monde dit des choses.

— Mes choses à moi ne sortent pas comme il faut. »

Juggie se tut. Il était vrai que ce que disait Millie blessait souvent les gens ou les faisait démarrer au quart de tour. Et si elle choquait un sénateur de la sorte et fichait l'audition en l'air ?

« Tu ne peux pas présenter mes recherches, toi ? demanda la jeune femme.

— Certainement pas, répondit Juggie. Je vais déjà devoir lire la déclaration de Thomas s'il a la gorge trop nouée. J'aurai bien trop le trac si je dois aussi prendre en charge ta partie.

— Demandons à Patrice de me remplacer.

— Ça va pas, la tête ?

— Tu as vu ses nouvelles lunettes ? Elle a l'air sérieux avec. Il n'y a qu'elle qui étudiera mon travail jusqu'à le connaître sur le bout des doigts. Et puis elle s'exprime bien. »

Juggie et Millie allèrent en voiture jusqu'à l'usine de pierres d'horlogerie et attendirent que Patrice sorte du travail. Elles l'entreprirent dès qu'elle posa le pied sur le parking.

« Je te raccompagne ? Millie et moi, on a quelque chose à te demander, dit Juggie.

— Non merci », répondit Patrice. Mais devant leur insistance, elle finit par faire signe à Doris et Valentine de partir sans elle.

« Alors ? » demanda-t-elle en prenant place sur la banquette arrière de la DeSoto. Millie se retourna et la fixa à travers ses lunettes déconcertantes. Patrice soutint son regard à travers ses propres lunettes, tout aussi déconcertantes.

« Tu vois ce que je veux dire, pour les lunettes ? dit Millie à Juggie tandis que la voiture débouchait sur la route principale. Elles cachent les yeux de

Pixie. Du coup elle est moins mignonne, mais c'est mieux.

— Pour quoi ? »

Décontenancée par la situation, Patrice éprouvait comme une sensation de déjà-vu. Ah oui, elle se rappelait. Il y avait eu Bucky. Et la dernière fois qu'on l'avait forcée à monter dans une automobile, elle avait hérité d'un costume empoisonné et d'un numéro dans un aquarium.

« Mieux pour quoi ? répéta-t-elle.

— Mieux pour être auditionnée à Washington, répondit Millie. Je ne peux pas. Je dois tout mettre par écrit avant de savoir quoi dire. Toi, tu as de la repartie.

— Pourquoi est-ce qu'il faudrait avoir de la repartie ? Tu ne dois pas simplement lire ton étude ?

— Ils voudront poser des questions.

— Ah non, je ne saurai pas répondre. Je ne connais pas tout ton travail. Je ne peux pas.

— Si, tu peux, dit Millie. Tu n'es pas si bête que ça. »

Patrice était habituée à la façon de s'exprimer de Millie.

« Je ne suis pas bête du tout, Millie. Mais je dois rester ici et travailler.

— Le conseil tribal parlera à ton patron. Et moi j'aiderai ta famille.

— Tu passes déjà beaucoup de temps chez nous, dit Patrice.

— À prendre des notes. J'envisage d'arrêter l'économie pour me consacrer à l'anthropologie.

— Qu'est-ce que c'est encore que cette histoire ? dit Juggie.

— C'est non, dit Patrice. Mais je vais t'aider à te préparer, Millie, pour que tu ne dérailles pas.

— Tu ferais mieux de venir avec nous. Au cas où je déraille.

— Ça, ça me plairait bien», répondit Patrice.

«La réunion va démarrer.»

Thomas commença par les formalités et, comme Millie était là et disait maîtriser la sténographie, c'est à elle qu'il revint de prendre des notes, y compris sur celles que Juggie avait prises à la réunion précédente. Le conseil devait surtout décider qui irait à Washington.

«Moses ?

— Ma jambe me fait des misères, ces temps-ci. Je crois que je vais passer mon tour.

— Louis ?

— C'est pas le bon moment pour les chevaux.»

Louis avait obtenu des responsables du comté et de l'État qu'ils signent une lettre de soutien. Il ne désespérait pas d'obtenir la même chose de la branche locale de l'American Legion. Avec son corps de taureau et son joli sourire, il pouvait aborder n'importe qui et convaincre les gens de signer. Il pouvait même obtenir des donations. Mais il ne voulait pas aller à Washington.

«Tu n'aurais qu'à faire acte de présence, pour qu'ils voient qu'on a une vraie délégation.

— Je ne servirais à rien. Je ne penserais qu'à une chose, comment ils ont détruit mon fils.»

Thomas baissa les yeux sur sa liasse de papiers et se passa une main sur le front. Il était particulièrement fatigué ce jour-là et luttait contre le vertige.

« On sait que Millie ne veut pas venir, dit-il, mais Patrice peut la seconder si on arrive à récolter un peu plus d'argent. Et puis Patrice pourra aussi témoigner sur l'usine de pierres d'horlogerie. Et toi, Juggie ? Ne me laisse pas tomber.

— Je ne raterais ça pour rien au monde. C'est pas une occasion qui se présente tous les jours.

— Ce n'est pas non plus un voyage touristique.

— Je sais bien. Mais je suis prête à lire ta déclaration si des fois l'eau de la ville te rendait malade.

— Ça n'arrivera pas, dit Thomas en agitant la main. Je ne touche plus à une goutte d'alcool.

— Et je vous engage tous à faire pareil, là-bas, ajouta Moses.

— Tu ferais mieux de venir nous surveiller, dit Juggie. Qui sait ce dont est capable une bande de Chippewas en goguette ?

— Arrête un peu avec tes manigances. Je suis un vieillard maintenant.

— C'est ta seule chance d'entrer dans le secret des dieux avant de mourir, *akiwenzi*. »

Après la réunion, qui avait agité tout le monde, Thomas raccompagna Patrice et Millie. Comme souvent désormais, Millie suivit Patrice chez elle. Là, elle s'assit à la table près du poêle, puis sortit son cahier et son crayon pour dessiner les plantes dont Zhaanat faisait régulièrement la cueillette. Elle bataillait avec l'énigme de ces feuilles séchées.

« Il faut que je revienne cet été, lâcha-t-elle. Je ne peux pas identifier les plantes quand elles sont desséchées comme ça.

— C'est de la *miskomin*, expliqua Patrice. Maman s'en sert pour tout. C'est une plante de femmes. Ça soulage les crampes, renforce l'utérus, stimule l'allaitement. Mais elle s'en sert aussi pour des choses générales, c'est pour ça qu'elle en a autant. Et ça, là, ce sont des *gagagiebag*, qui sont aussi destinés aux femmes.

— Effectivement », dit Millie.

Patrice avait profité d'une leçon de mise en conserve chez l'agent du gouvernement pour rapporter chez elle un plein cageot de pots en verre. Pokey avait de son côté fabriqué une solide étagère qu'il avait accrochée au mur. Millie avait été intriguée par ces rangées de bocaux remplis de feuilles écrasées et de racines. D'autres remèdes étaient suspendus au bord ou tressés en longues grappes, comme les oignons sauvages que Zhaanat aimait tant.

Millie tailla son crayon avec un canif et se remit à écrire. Patrice reconnut le cahier.

« C'est un cahier de l'école, dit-elle.

— Fourniture gouvernementale. J'ai rencontré le prof de maths et je lui ai dit que j'avais besoin d'un petit stock.

— Tu as rencontré Meule-de-foin ? Je veux dire, Barnes ?

— Oui. Avec Grace, on est allées chercher Wood Mountain à l'entraînement. Barnes m'a proposé de visiter sa salle de classe.

— Et tu y es allée ?

— Évidemment. Il a dit qu'il aimait bien mon chemisier à carreaux. Que ça lui donnait des idées.

— Elle est bien bonne, celle-là ! dit Patrice.

— Bien bonne ? Ah, oui, ça lui a donné de bien bonnes idées.

— Non, je veux dire… oh, tu sais.

— Oh ! Pas ce genre d'idées ! Mais comment enseigner les mathématiques en masquant certaines cases d'un tableau. J'ai compris ce qu'il voulait dire.

— Pour revenir à tes recherches, ils vont peut-être te demander d'où sortent tes données. »

Millie raconta alors que tout était parti d'une visite à son père, puis narra ses aventures au moment de mener les entretiens, le tout avec force détails. Elle parla du programme universitaire qu'elle suivait, expliqua comment elle avait obtenu sa bourse, dressa la liste de tous les articles qu'elle avait rédigés, de ses maigres qualifications, de ses références et de ses résultats. C'était au tour de Patrice de prendre des notes avec un crayon bien taillé. Il faudrait que Millie rappelle tout cela si l'un des sénateurs tentait de discréditer ses propos.

Maigrichon

Parfois, lorsque Valentine le regardait du coin de l'œil, les paupières mi-closes, Barnes avait l'impression d'être le petit lapin qu'il avait imaginé entre les mâchoires de la jeune femme. Naturellement, il avait espéré qu'elle se révélerait tendre sous sa carapace, comme un chocolat de la Saint-Valentin. « Fais-moi fondre. » Il était passé à la vitesse supérieure – enfin, presque, car elle était experte dans l'art de repousser ses mains d'une tape, voire de lui donner un coup dans les parties intimes. De peur, il en perdait ses moyens. Flasque ! Lui, Meule-de-foin ! Il voyait bien qu'elle ne deviendrait pas plus avenante sans le préalable d'une demande en mariage. Un strict catholicisme s'il en était. Bien sûr, Barnes respectait cela. D'un autre côté, il avait ses propres besoins. En conséquence de quoi, à force de tout donner à la poire de vitesse et de flouter si régulièrement la corde à sauter, il s'était délesté. De plusieurs kilos. Sous la garde de Valentine, il avait perdu du poids.

« Tu deviens maigrichon », avait-elle remarqué.

En plus d'être maladroit, voilà qu'il était maigrichon. Un qualificatif qu'on ne lui avait jamais attribué jusque-là. Il était bien bâti, il le savait, et, oh, il pouvait le prouver, si seulement elle voulait bien porter un peu mieux son prénom en forme de cœur.

Le voyage

Ils dormirent assis à leur place dans le train. Réussirent à avoir leur correspondance à Minneapolis. Passèrent une nouvelle nuit assis. Thomas relisait obsessivement sa déclaration, s'efforçant de ne pas trop annoter les feuillets qu'il était censé lire à voix haute. Patrice regardait l'heure à sa montre, encore et encore. Elle se faisait une joie d'en remonter chaque soir le mécanisme. Elle avait par ailleurs acheté la valise vendue si cher au magasin du village. Un tissu écossais, deux nuances de vert avec des lignes rouges, et un loquet qui s'ouvrait comme un ressort avec un *clic* sonore qui faisait très professionnel. Juggie avait hissé à bord un vieux nécessaire de voyage bourré de sandwichs, de biscuits, de pommes fripées, de carottes entières et de raisins secs. Ils ne voulaient pas dépenser leur argent à la voiture-restaurant. Après avoir dormi assis à leur place une troisième nuit, ils se réveillèrent à Washington. Ils traînèrent leurs bagages sur le quai en essayant de ne pas trébucher de fatigue, prirent une grande inspiration et grimpèrent avec leur chargement un immense escalier. Le cœur battant, ils se retrouvèrent alors sous une longue enfilade de voûtes monumentales.

Ils étaient abasourdis par la taille du lieu. La fumée des cigarettes formait un plafond bas au-dessus duquel tout n'était que lumière. Près du sol, l'atmosphère se taisait, mais l'espace autour d'eux était le réceptacle et la matière d'un grondement si fort qu'on aurait dit une unique présence physique, pourtant composé de vrombissements et reprises de moteur, cornes, klaxons, cloches, sirènes, sifflets, boums, bips, ronchonnements de freins et crissements de pneus, au-dessus de sons plus modestes : chuchotis de pas, froissements de papiers, murmures de conversations, entrechoquements de cuillères, fourchettes et tasses qu'on repose, bruissement de manteaux qu'on ôte et qu'on enfile, coups portés à des gongs en fer-blanc, tic-tac d'horloges et couinements divers – mouvements, caoutchoucs, plaisir. La petite troupe habitait son propre silence comme une poche.

Le brouhaha de la ville désorientait tellement Thomas et Moses qu'ils étaient incapables de bouger. Juggie le traitait comme la météo, ne cherchant pas à distinguer un son d'un autre, se fichant des détails. Millie, qui avait habité près du campus sur University Avenue, y était plus accoutumée. Quant à Patrice, elle s'était préparée. Ils finirent par s'organiser et s'entassèrent dans un taxi pour se rendre au Moroccan Hotel, petit établissement propre mais miteux. Leurs chambres donnaient sur la rue, au deuxième étage seulement : même avec les fenêtres fermées, le bruit était assourdissant. Une chambre pour Thomas et Moses, une autre pour les trois femmes. Juggie avait demandé qu'un des lits soit double, mais les deux étaient simples.

« On ne va même pas jouer ça à pile ou face, dit-elle. J'ai mal aux os et je bouge en dormant. Vous allez en partager un. »

Épuisés jusqu'à l'égarement, ils se restaurèrent dans un café sans prétention avant de se glisser l'un après l'autre dans un bain tiède. Puis ce fut l'heure de dormir. Millie portait un pyjama couvert de losanges et de pois, pénible à regarder, et Juggie une vieille liquette de Louis, déchirée et toute douce. La chemise de nuit de Patrice était en coton bleu, un tissu sans tenue qui venait de la pile gratuite de la mission. Elle se coucha dos à dos avec Millie et toutes deux se remontèrent les couvertures jusqu'au cou, bien qu'il fît chaud dans la chambre. Juggie et Millie s'endormirent aussitôt. Patrice demeura seule éveillée, le cerveau en ébullition. Elle avait l'impression que des gens parlaient à quelques centimètres de sa tête, même s'ils étaient à l'étage en dessous. Elle commença par écouter tous ces fragments intrigants puis, sans transition par le sommeil, se sentit revenir à la conscience, quand bien même elle garda les yeux fermés. Comme Juggie et Millie remuaient dans la pièce, elle se dit que ce devait être le petit matin, mais lorsqu'elle ouvrit les yeux il faisait encore clair. Ce n'était que la fin de l'après-midi. Elle referma aussitôt les paupières.

Quelque chose s'empara alors d'elle. Dans ce nouvel endroit, enveloppée d'autres sons et d'une autre atmosphère, ce qu'elle avait jusque-là repoussé trouva prise. Une sensation déchirante. Comme si on la coupait en deux par le milieu. Son cœur fut pris d'une folle embardée. Elle ne pouvait plus respirer.

Elle tendit les bras – si seulement il était là, pour la prendre dans les siens. Son visage s'adoucit. Si seulement il approchait le sien, pour l'embrasser. De la neige fondait sur sa langue.

« Réveille-toi, dit Juggie en la poussant légèrement. On a faim.

— Allons-y, renchérit Millie. Il y a un café un peu plus bas.

— L'endroit a l'air correct. » Juggie tira le pied de Patrice. « Remue-toi. »

Les yeux de faucon

Sa veste et son foulard encore humides de pluie, Patrice parcourut la galerie qui donnait sur l'hémicycle de la Chambre des représentants. C'était la veille de l'audition, ils essayaient de prendre leurs marques au Capitole. Elle s'assit. Jeta un œil las aux gens alentour. Remarqua une femme au rouge à lèvres vif et à l'allure saisissante. Une femme si singulière qu'elle avait du mal à détourner le regard. De son côté, la femme lui jeta un bref coup d'œil, puis se concentra sur l'assemblée en contrebas. Ses cheveux noirs peignés vers l'arrière tombaient en vagues sublimes sur sa nuque. Elle avait un visage de reine, des traits forts et un tailleur brun pâle composé d'une courte veste cintrée et d'une jupe mi-longue. Immobile, le regard fixe et les mains crispées sur le sac à main noir qu'elle tenait sur ses genoux, elle scrutait avec une intensité de rapace le demi-cercle des députés tantôt assis, tantôt debout. Dans l'hémicycle, les débats s'engagèrent sur l'économie du Mexique et, bien que Patrice eût du mal à suivre les prises de parole, les observateurs de la galerie semblaient ensorcelés par la solennité de leur présence en ces lieux de pouvoir.

« Vive le peuple libre de Porto Rico ! »

Patrice n'identifia les sons qui suivirent qu'après avoir tourné la tête et vu le pistolet dans la main de la femme. Debout, elle était grande. Elle cria de nouveau : « Vive le peuple libre de Porto Rico ! » L'arme ressemblait au trophée de guerre que Patrice avait vu un jour chez Louis Pipestone, un Luger. Oui, c'était un Luger. La femme visait le plafond, au-dessus de la foule, mais quelqu'un d'autre tirait vers le bas. Trop choquée pour se baisser ou seulement bouger, Patrice vit des hommes tomber dans l'hémicycle et d'autres se réfugier tant bien que mal derrière les bureaux et les estrades. Puis tout s'arrêta. Des gardes surgirent sur la galerie, s'emparèrent du pistolet de la femme, puis de la femme elle-même. Ils extirpèrent de l'allée un petit homme, puis un autre – combien étaient-ils ? C'est alors que les visiteurs s'affolèrent, horrifiés et perdus, avant d'apprendre qu'ils ne seraient autorisés à sortir que lorsqu'on les aurait interrogés.

Patrice fit la queue pendant une heure. Le garde à qui elle eut enfin affaire fronça les sourcils d'un air soupçonneux et lui fit signe de se mettre de profil. Elle fut soudain frappée de sa ressemblance avec la femme aux cheveux noirs : elles auraient pu être sœurs.

« D'où venez-vous ?

— Du Dakota du Nord.

— Vous êtes ici en touriste ?

— Oui, dit Patrice, craignant qu'on ne la laisse pas partir si elle donnait une réponse plus compliquée.

— Avez-vous une pièce d'identité ? »

Elle tendit le laissez-passer du sénateur Young et une petite carte rigide qu'on lui avait donnée à son embauche à l'usine, avec le sceau du département de la Défense. Le garde lui rendit le tout avec un sourire pincé.

« Avez-vous vu quelque chose ?

— J'étais assise près d'elle, la femme.

— Laissez-moi noter votre témoignage.

— Elle visait en l'air. Elle n'a tiré sur aucun membre du Congrès.

— Ah oui ? Tant mieux pour elle. » Le ton était sarcastique.

Patrice sortit par le plus long escalier qu'elle eût jamais descendu et chercha du regard les membres de sa tribu. Il y avait des voitures de police, des sirènes hurlantes, des essaims de policiers. Touristes et journalistes s'agglutinaient sur les trottoirs. On lui indiqua par où quitter le Capitole et elle trouva facilement Thomas et Juggie, qui l'attendaient. Moses était rentré à l'hôtel. Patrice n'avait pas eu peur de la femme. En fait – c'était affreux, elle le savait –, que celle-ci se lève et se mette à crier l'avait électrisée. Mais pourquoi cette femme avait-elle fait une chose pareille ? C'était quoi, Porto Rico ?

« Tu as vu quelque chose ? » lui demanda Juggie.

Incapable de répondre, Patrice prit conscience qu'ici, à Washington, elle avait assisté à une fusillade, alors qu'elle n'avait jamais vu ça avant, pas même sur la réserve, que le reste du pays considérait pourtant comme « sauvage ». Elle ne ressentait rien. Dans l'hémicycle, des hommes s'étaient écroulés, avaient peut-être crié, sans qu'elle réagisse. C'était la femme au tailleur pâle qu'elle avait regardée, ses yeux de faucon, ses cris intrépides, sa façon de tenir le pistolet des deux mains, sa tentative de dérouler un morceau de tissu rouge, blanc et bleu et de l'agiter – pas facile, avec un pistolet au poing. Patrice avait bien failli dire : « Attendez, je vais vous aider », et déployer le tissu pour elle. Un drapeau. Sans doute celui de son pays. Mais pourquoi ?

Tout lui sembla soudain énorme, écrasant : le Capitole, les monuments, l'intérieur des bâtiments, l'escalier, le sang – elle était sûre d'en avoir vu sur le bois verni, les coussins, les sièges. Elle tituba un peu. Elle avait besoin de rentrer à l'hôtel et de se rouler en boule dans son lit. Elle tremblait. Juggie lui prit le coude.

« J'ai tout vu. Oui, tout vu, dit Patrice. Il y avait une femme. »

Résiliation des promesses et contrats fédéraux conclus avec certaines tribus indiennes

AUDITION JOINTE DEVANT LES SOUS-COMMISSIONS
DES COMMISSIONS
AUX AFFAIRES INTERNES ET INSULAIRES
CONGRÈS DES ÉTATS-UNIS
QUATRE-VINGT-TROISIÈME CONGRÈS
DEUXIÈME SESSION

PARTIE 12
INDIENS DE TURTLE MOUNTAIN, DAKOTA DU NORD
2 ET 3 MARS 1954

DÉCLARATION DE THOMAS WAZHASHK,
PRÉSIDENT DU CONSEIL CONSULTATIF
DE LA BANDE DES INDIENS CHIPPEWAS DE TURTLE MOUNTAIN,
DAKOTA DU NORD, ACCOMPAGNÉE DES DÉCLARATIONS
D'AUTRES MEMBRES DU CONSEIL,
D'EMPLOYÉS D'UNE USINE DE PIERRES D'HORLOGERIE,
D'UN FANTÔME, D'UNE DOCTORANTE
ET D'UNE STÉNODACTYLO.

LES REMARQUES DU SÉNATEUR ARTHUR V. WATKINS SONT DES CITATIONS ISSUES DU PROCÈS-VERBAL DE L'AUDITION (JOURNAL OFFICIEL DU CONGRÈS).

Ils pénétrèrent dans une grande salle lambrissée de panneaux couleur miel. Une impressionnante structure semicirculaire en bois sculpté, divisée en sortes de box avec siège et bureau, et inondée d'une lumière douce provenant d'une grande fenêtre, faisait face à une longue table rectangulaire installée au centre avant de la pièce. Ils serrèrent tous la main du sénateur Milton R. Young, un homme doux et pensif au menton de boxeur taillé dans le granit. Il conversait avec Martin Cross, amical, buriné, malicieux, qui avait fait tout le chemin depuis Fort Berthold. Thomas discuta un moment avec les deux hommes tandis que le reste du groupe prenait place sur les chaises disposées derrière la table. Moses et Juggie entamèrent une discussion à voix basse. Patrice posa ses mains sur ses genoux. Millie, juste à côté, regardait droit devant elle, dans une transe terrifiée.

Elle fixait un panneau en retrait de l'endroit où s'installeraient les sénateurs. Peut-être une porte. Décorée d'angles nets à la verticale. La congruence porte chance, se dit-elle. De la chance, de la chance, de la chance. Et je ne suis pas superstitieuse. Comme elle le faisait toujours en cas de panique, elle observa l'alignement des objets dans la pièce. La porte, si c'en était une, était parfaitement centrée – rassurant. Mais les lourdes tentures qui retenaient le flot de lumière de la fenêtre tombaient légèrement de travers. Millie en aurait pleuré, elle qui ne pleurait jamais. Elle s'arma de courage, trouvant du réconfort dans les grandes appliques en bronze qui, de chaque côté, constituaient un véritable défi à la géométrie. On aurait dit des torches démesurées. Elles ne faisaient guère de différence dans la pièce déjà noyée de lumière. Ce fut une distraction, mais de courte durée : l'angoisse mit le sang de Millie en effervescence lorsqu'elle se leva pour prêter serment avec les autres. Elle s'assit ensuite au bureau situé à gauche de Thomas tandis que les sénateurs parlaient entre eux dans un bruissement de murmures. Pour se calmer, elle vérifia et revérifia l'ordre des pages de sa déclaration. Puis le sénateur Watkins prit la parole et elle paniqua pour de bon. Du moins jusqu'à ce qu'elle se décide à le regarder et voie là encore un homme qui ne savait pas taper à la machine.

Sur le côté, en contrebas de l'énorme bureau, une femme en tailleur austère avait posé ses doigts sur les touches de son sténotype et s'était mise au travail. Pfff. Parfaitement inexcusable. C'est alors que Millie comprit que cette femme, cette sténodactylo si bien équipée, prendrait aussi en note tout ce qu'elle-même dirait. Elle laissa l'idée distiller en elle une assurance secrète.

Le sénateur Young parla bien et dit exactement ce que les membres du comité tribal avaient espéré qu'il dirait. Il insista sur le fait que l'État du Dakota du Nord ne pouvait se substituer au gouvernement fédéral et en assumer les responsabilités. Et que ce même gouvernement fédéral ferait d'ailleurs bien de financer un grand programme de formation professionnelle sur la réserve.

Thomas prit alors la parole.

D'abord présentations, politesses, demande exprès que soit mentionné dans le procès-verbal le fait que le voyage des membres de la tribu à Washington avait été payé par la générosité des leurs, et non par le gouvernement. Nulle mention du match de boxe.

Derrière Thomas, assise parmi les soutiens et parties concernées, Patrice cligna des yeux et pensa à l'arcade sourcilière de Wood Mountain. L'espace d'un instant, ce fameux jour dans la neige, ses lunettes avaient glissé et elle avait vu la cicatrice au-dessus de l'os, une rupture vivante pas encore guérie. Qu'allait-elle faire, au sujet du boxeur ?

Au lieu de s'attaquer au postulat même de la termination, le comité tribal avait décidé de gagner du temps. Dire que le plan quinquennal du gouvernement fédéral était insuffisant, la réserve se trouvant actuellement incapable de subvenir seule à ses besoins. Enfoncer le clou. Et pousser l'avantage en réclamant plus d'argent.

Description de la réserve de Turtle Mountain.

Opposition franche. Puis grande louchée de sirop de maïs pour faire passer : reconnaissance des efforts et des égards du gouvernement envers la réserve – avec louchée supplémentaire pour le sénateur Watkins et le commissaire adjoint aux Affaires indiennes, R. Rex Lee, auteurs des deux mesures qui priveraient la tribu de tout.

Interruption de Watkins. Discours de Watkins.

Thomas, dans sa tête : Oh bon sang, tiens le coup, tiens le coup, ne le laisse pas te regarder de son air supérieur, ne le laisse pas te balancer ses mots grandiloquents, ne le laisse pas…

… Et soudain, apparition de Roderick.

Roderick

À la seconde où il aperçut le sénateur Arthur V. Watkins, Roderick sut exactement qui il était : le professeur qui lui avait enseigné la méthode Palmer, le petit bonhomme qui lui avait frappé les doigts de sa règle, tiré les oreilles, crié dessus, l'avait traité de bon à rien et puni pour avoir parlé indien. Celui qui l'avait traîné jusqu'à l'escalier de la cave en lançant à Thomas : « Souhaites-tu tenir compagnie à ton ami ? »

Le sénateur Watkins : Chez moi, les Blancs ont eu toutes les mauvaises terres de la réserve. En moins d'un an, cependant, les Indiens avaient loué leurs parcelles à d'autres. Ils ne voulaient tout bonnement pas les exploiter. C'est encore vrai aujourd'hui. Je crois que la plupart des parcelles indiennes sont louées à des Blancs. C'est pourquoi je doute fort que les Indiens aiment cultiver la terre.

Patrice, en son for intérieur

Encore un fermier blanc comme les Lauder, qui a récupéré des terres indiennes bon marché après qu'elles sont devenues imposables. Je sais pertinemment qu'il n'a pas eu de mauvaises terres parce qu'aucun Blanc n'en achèterait. Il a eu les seules terres arables.

Le sénateur Watkins : Si je puis me permettre, travaillez-vous, monsieur Wazhashk ?
Thomas Wazhashk : Oui. Je cultive mes terres.
Le sénateur Watkins : Quel dommage qu'il n'y ait pas davantage d'hommes comme vous, dans ces tribus.
Thomas Wazhashk : Les terres arables de ma réserve sont pour la plupart exploitées par des Indiens.
Le sénateur Watkins : J'ai remarqué que les Indiens, partout où j'en ai vu, se chargeaient des tâches mécaniques, des tâches qui requéraient une habileté manuelle. Ils semblent aimer ça.

Patrice

Ils semblent aimer ça ? Oui, sans doute qu'ils aiment ça. Sans doute que nous aimons ça.

Millie

Je ne vais pas regarder ma robe. Je ne vais pas me perdre dans mes manches. Tout ira bien, car je suis vêtue des bases de la géométrie. Mais je ne dois pas aller au-delà et plonger en moi-même avant d'avoir présenté mon travail.

Thomas Wazhashk : Tenant compte du fait que l'emploi est résolument à la baisse sur l'ensemble du territoire des États-Unis, il nous semble que le programme de relocalisation interviendrait à un moment inopportun et rencontrerait des obstacles insurmontables. Nous souhaitons souligner les limites de ce programme, qui ne répond pas à nos besoins.

Le sénateur Watkins : Je ne dirais pas, en effet, qu'il répond à tous les besoins. Non. Car, après tout, le gouvernement fédéral ne saurait résoudre vos problèmes à votre place. C'est aussi à vous de trouver des solutions.

Thomas

C'est toi, Roderick ?

Roderick

Oui, c'est moi. Tiens bon. T'énerve pas. Ça leur plaît pas qu'un Indien soit intelligent. Ignore ce pantin et dis ce que t'as à dire.

Le sénateur Watkins : Oh, c'est certain. Rien ne se résoudra pour de bon que vous ne résolviez vous-mêmes. Aucun gouvernement, si bienveillant soit-il, ne peut donner de l'ambition à ceux qui n'en ont pas. À eux de la développer. Ce n'est pas en légiférant qu'on peut instiller chez les gens la moralité, le sens du devoir, ni aucune autre de ces belles vertus. C'est en marchant que l'on apprend à marcher.

Thomas, en son for intérieur

Nous n'avons pas gagné la région des Turtle Mountains dans des chariots bâchés, nous.

Roderick et Thomas

Depuis ce jour où le professeur lui avait demandé s'il souhaitait tenir compagnie à Roderick à la cave, chaque fois qu'il y repensait, Thomas s'imaginait répondre : « Oui, oui, jetez-moi là-dedans, espèce de sale vermine. » Mais ce n'était pas ce qu'il avait dit. Non. Il s'était tu et il avait laissé Roderick endosser la faute. Il n'avait toutefois pas agi par pure lâcheté. Non. Car, après tout, ce n'était qu'une cave et Roderick avait vu pire. Et puis, dans le dos du professeur, Roderick avait secoué la tête pour lui signifier de ne pas venir. Il savait qu'on oubliait parfois les enfants là-dedans une semaine entière. Non. C'était stratégique. De l'extérieur, Thomas pourrait aider Roderick à s'échapper.

Le sénateur Watkins : Permettez-moi de vous poser quelques questions sur votre situation personnelle. Vous n'êtes pas tenu de répondre si vous ne le souhaitez pas. Je ne l'exige pas de vous, mais cela peut aider à comprendre le contexte. Comment gagnez-vous votre vie ?

Thomas Wazhashk : Comme je l'ai dit, je suis exploitant agricole. Et également veilleur de nuit à l'usine d'équipement militaire de Turtle Mountain, où l'on fabrique des pierres d'horlogerie.

Le sénateur Watkins : Qu'est-ce qu'une pierre d'horlogerie ?

Thomas Wazhashk : Nous vous en avons apporté un spécimen, ainsi qu'une loupe, dont vous aurez besoin pour voir la pierre. Nous sommes par ailleurs accompagnés d'une experte en la matière. Miss Patrice Paranteau. Puis-je l'appeler à témoigner en tant que telle ?

Le sénateur Watkins : Elle doit prêter serment, mais oui, tout à fait.

Patrice Paranteau (après avoir prêté serment ; le cerveau bourdonnant de peur, tenant la plaque, le spécimen et la loupe) : Le mince fil métallique que vous voyez là est fait à partir d'une languette d'acier. On l'insère dans la machine et on le fait aller et venir jusqu'à percer un trou dans la pierre. En regardant via la loupe, vous verrez qu'il y a un tout petit trou dans cette pierre et que l'ensemble est poli, intérieur comme extérieur. La pierre doit être de la dimension stipulée sur la plaque, que vous voyez ici, et creusée pour recevoir de l'huile lubrifiante.

Le sénateur Watkins (ignorant Patrice et s'adressant à Thomas Wazhashk) : Quelle rémunération peuvent toucher les gens formés à ce travail ?

Thomas Wazhashk : Je crois que le salaire moyen varie entre soixante-quinze et quatre-vingt-dix *cents* de l'heure. En ce qui me concerne, je gagne 38,25 dollars par semaine.

Le sénateur Watkins : Certaines mères de famille indiennes travaillent aussi là-bas, n'est-ce pas ?

Thomas Wazhashk : Oui, la plupart des Indiennes employées à l'usine sont mères de famille.

Le sénateur Watkins : Pourquoi l'usine emploie-t-elle des femmes plutôt que des hommes ? La réserve ne manque pourtant pas d'hommes, si ?

Thomas Wazhashk : L'usine fait passer des tests. Des tests de dextérité manuelle. Il semble que les femmes les réussissent mieux. Et maintenant, avec votre permission, je souhaiterais profiter de l'occasion : Miss Millie Cloud est ici pour présenter ses recherches de terrain sur les conditions sociales et économiques de la réserve de Turtle Mountain.

Millie

« J'aimerais que ce qui suit soit consigné au procès-verbal… », dit Millie.

Puis elle se lança.

La lecture de son mémoire fila en un éclair.

Elle suscita de nombreuses questions.

Ainsi passa une heure, et puis une autre. Enfin, il y eut une pause.

Roderick

Ce professeur blanc, tu te rappelles comment tu lui as léché les bottes jusqu'à ce qu'elles brillent ? À lui donner du Monsieur par-ci, Monsieur par-là. À le remercier à tout bout de champ, à solliciter ses conseils. Et puis comment t'as volé les clés dans sa poche de costume ? Après ça tu m'as fait sortir et ensuite t'as remis les clés en place.

« Tu crois que je devrais essayer ? » murmura Thomas.

Il regarda le sénateur Watkins descendre le couloir et disparaître dans l'escalier avec sa garde rapprochée. Il le suivit, trouva son bureau et entra. Il était sur le point de décliner son identité auprès d'une secrétaire lorsque le sénateur en personne fit son apparition.

« Tiens donc, dit Arthur V. Watkins. Que puis-je faire pour vous ?

— Je suis venu vous remercier, dit Thomas.

— Allons, allons.

— Je vous remercie pour l'intérêt que vous portez aux Indiens. Notre situation vous tient visiblement à cœur et j'ai été frappé par la gentillesse que vous nous avez témoignée en écoutant et en considérant avec la plus grande attention nos déclarations sur la proposition de loi de termination.

— De toute ma carrière de sénateur, c'est la première fois que quelqu'un me remercie de l'avoir écouté.

— C'est une omission, selon moi. »

En quittant le bureau du sénateur, Thomas se dit : Je suis, nous sommes dans un dénuement extrême, une situation désespérée. Désespérée au point que je suis prêt à m'asseoir sur ma dignité pour te lécher les bottes jusqu'à ce qu'elles brillent. J'espère que ça servira la cause.

Au revoir

Après l'audition du lendemain, la petite délégation avait hâte de quitter le Capitole. Ils s'attardèrent tout de même un peu, comme si leur présence pouvait encore avoir un impact.

Sur le chemin du retour

Thomas

Sur le chemin du retour en train, tandis que le gris de la neige et l'éclat de la neige et le noir des champs défilaient par la fenêtre, tandis que de grandes nuées d'oiseaux tempêtaient dans le ciel en spirales mouchetées surnaturelles, tandis que, silencieux à présent, il entrapercevait une succession infinie de fenêtres condamnées par des planches ou obstruées par des rideaux, d'escaliers de secours branlants, d'arrière-cours encombrées de détritus, de murs de briques noircies et de dépotoirs, Thomas passait en revue chaque instant, chaque mot de l'audition. Avait-il bien dit ceci et cela ? Quand le sénateur avait ajusté ses lunettes, qu'est-ce que ça voulait dire ? Qu'allait-il se passer maintenant ? Il était persuadé d'avoir ruiné toutes leurs chances. Il n'aurait su dire comment exactement, mais c'était certain. Et puis il y avait ça, aussi : le sénateur avait demandé à chaque témoin son degré de sang indien. Et le plus drôle, c'est qu'aucun ne le savait vraiment. Personne n'avait donné de chiffre. Ils ne faisaient pas tellement attention à ça et, à vrai dire, Thomas lui-même n'avait jamais décortiqué son ascendance – déterminé qui, parmi ses ancêtres, était un quart indien ou moitié ou trois quarts ou pure souche. Il ne connaissait personne qui l'ait fait. Tandis que le train avalait les kilomètres, cela commença à le chiffonner. On savait si on était indien ou pas, peu importait ce que disaient les registres ou le gouvernement : c'était une évidence, dans un sens ou dans l'autre. Il y avait bien longtemps de cela, dans un bar, un type avait esquissé son arbre généalogique. Thomas avait considéré la feuille et désigné tous ses ascendants indiens : il en ressortait qu'il était de pure souche, même s'il savait qu'il y avait du sang français quelque part. Puis le type avait refait l'arbre en rendant Thomas plus blanc, plus indien, puis plus blanc de nouveau. C'était devenu un jeu. Et c'en était toujours un, mais le sénateur Watkins s'y intéressait, ce qui en faisait un jeu susceptible de les effacer.

Ils achetèrent tous des journaux en souvenir, et lurent les comptes rendus de ce qui s'était passé à la Chambre des représentants. Il n'y avait eu aucune victime, mais un député restait dans un état critique. Rétrospectivement, c'était étonnant que l'audition n'ait pas été annulée. Et qu'ils n'aient fait l'objet que d'une fouille sommaire en arrivant le lendemain, alors qu'il y avait des tas de gardes disponibles, l'air parfaitement farouche et vigilant.

Patrice

Maintenant je sais, se dit-elle. Je sais comment Wood Mountain s'est senti après ce fameux combat.

Pas extérieurement, bien sûr, mais en dedans. Bien que vidée de toute adrénaline, de toute pugnacité, elle revoyait et ressentait clairement le moindre instant, le moindre détail du visage du moindre sénateur. Surtout du sénateur Watkins. Hautain. Le mot qui s'appliquait à chaque détail le concernant. Sa bouche pincée. Son aisance suffisante. Sa façon de se tenir, d'irradier l'atmosphère. De la remplir de sa piété ostentatoire et de son hypocrisie. Encore un mot fiché dans la tête de Patrice.

La presse parlait pas mal de Porto Rico : elle avait donc sa réponse. Et il y avait une grande photo de la femme qui s'était levée d'un bond pour ouvrir le feu. Son regard brûlant et lumineux, la blessure ouverte de ses lèvres peintes, tout était flou sur les pages imprimées. Patrice passa la main sur les images granuleuses et rangea soigneusement les journaux dans son sac. Puis elle s'abandonna contre le dossier de son siège et revit les yeux de la tireuse. Lolita Lebrón. Viva Puerto Rico. Cette femme voulait tant que son pays vive qu'elle avait été prête à tuer. Est-ce que quelque chose clochait chez elle ? Ou bien était-ce chez Patrice que quelque chose n'allait pas ? Si le témoignage de la délégation contre la proposition de loi échouait, s'ils perdaient leur petit bout d'univers, si sa mère était obligée de vivre en ville – ce qui la tuerait –, si on ne retrouvait jamais Vera, si, si, si le sénateur Arthur V. Watkins était à genoux devant elle et qu'elle tenait sa vie entre ses mains. Alors, hein ? Hein, Monsieur Content-de-lui ? Monsieur Hypocrisie.

Il serait en danger, se dit-elle. Je fais les choses à la perfection quand je suis furieuse.

Étonnamment, le train ne la berçait pas. Chaque fois qu'elle commençait à s'assoupir, une image s'imposait. Elle se voyait avec les mains de sa mère. Les doigts de sa mère, forts et surnaturels, serrés autour du cou de Taches-de-son, autour du cou de Bernadette, autour du cou du sénateur. Elle avait beau tenter de chasser ces images, celles-ci ne cessaient de revenir. Elle était habitée par un esprit vengeur, agité, assassin. Celui-là même qui avait fait éclore l'oiseau responsable des blessures de Bucky. Une fois rentrée chez elle, elle nettoierait la loge à sudation et demanderait à Zhaanat de l'aider à purger ses pensées.

Moses

Son épouse lui manquait. C'était une petite femme au sourire impertinent, gentille et ordonnée. Ils se connaissaient depuis l'enfance et n'avaient jamais été séparés. Jamais aussi longtemps. Moses avait emporté avec lui une écharpe rouge qu'elle s'était tricotée et qu'il tenait contre son visage en dormant, même dans le train. Leurs enfants les surnommaient «les tourtereaux à l'ancienne» parce que leur amour était ainsi – à l'ancienne. Ils se tenaient la main. S'embrassaient. S'appelaient *niinimoshenh*. Bonjour, mon petit cœur, lui disait-il tous les matins. L'idée qu'il puisse arriver quelque chose à sa femme en son absence le terrifiait. Peut-être qu'il pourrait téléphoner à cette cousine qu'elle avait en ville? Peut-être que c'était moins cher, maintenant ? S'il était arrivé quoi que ce soit, on aurait eu un télégramme, lui rappela Juggie, plusieurs fois. Il s'inquiétait pour rien, mais le mauvais pressentiment demeurait. Il décida de se changer les idées en faisant un tour avec Thomas : ils profiteraient de la halte à Minneapolis pour trouver un bureau de tabac et acheter quelques cigares, pour eux et pour Louis.

Thomas

Tandis qu'il avançait avec Moses entre les grandes colonnes en fer sculpté, Thomas s'avoua intérieurement que, depuis un certain temps, il ne se sentait pas très bien. Une sensation bizarre qui l'avait envahi l'air de rien. Oh, il savait déjà qu'il était mentalement dérangé – rien que de bien normal, après tout ça. Mais voilà que le corps aussi était atteint. Il s'appuya contre un pilier pour reprendre son souffle. Ses jambes le soutenaient de moins en moins et une douleur aiguë lui remontait le long du visage, côté droit. Moses se retourna pour lui dire d'avancer. Thomas repartit, dans l'espoir que la marche dissiperait le malaise.

Juggie

« Oh, qu'ils aillent donc chercher leurs cigares qui puent, dit-elle en riant. On a une bonne heure devant nous, les filles. On va se trouver du café et voir ce que donnent les beignets de la ville. *Ambe !* »

Les dalles du sol en pierre se soulevèrent. Il se retrouva à quatre pattes, puis plongea. Il nageait dans le noir le plus noir et se sentait parfaitement minuscule tandis que le monde, monstrueusement grand, enflait, enflait, toujours plus vaste, tout d'eau et d'espace. Derrière, quelque part au-dessus et tout autour, des tourbillons de mouvement, il le savait. Des cris, des appels. Il devait faire abstraction de tout cela et continuer à nager vers le bas, toujours plus bas, même si le noir s'épaississait et résistait toujours davantage, au point qu'il parvenait à peine à bouger. Il devait trouver un brin de force, et encore un autre, infime, pour continuer sa descente vers les profondeurs ténébreuses. Il devait atteindre le fond avant de pouvoir remonter. Telle était la mission du rat musqué.

« *Aandi ?* dit-il en se réveillant. Où suis-je ?

— À l'hôpital. Vous avez fait un AVC. »

Une grande infirmière se tenait face à lui, tout en blanc, avec une crinière grise et des yeux jaunes, des yeux de loup. Il n'aurait pas été surpris de voir deux oreilles pointer de chaque côté de l'éclatante coiffe amidonnée qu'elle portait.

« Avez-vous terminé de mesurer la terre ? » demanda-t-il.

Il n'était qu'un grain de poussière dont l'infirmière pouvait se débarrasser en secouant la queue. Elle avait de longues dents tachées. Oui, le loup avait terminé ses mesures, Thomas le vit et son cœur se serra dans sa poitrine.

Si

La première couverture était lavée tous les jours. La deuxième, toutes les semaines. Celle du dessus était en belle laine indigo savamment perlée. La plante grimpante dessinée par les perles blanches représentait le chemin de vie, à partir duquel se déployaient des feuilles d'érable, des roses multicolores, et les formes préférées de Zhaanat. Wood Mountain installa Archille dans le porte-bébé, puis bourra de peluches de massettes à larges feuilles l'espace autour des fesses et des jambes maigres de l'enfant. Une fois bien calé, ce dernier se calma, gagné par le sommeil, et Wood Mountain le coucha sur le lit de Pokey. Quelle frustration. Il était seul avec le petit dans la maison, c'était le moment idéal : le poêle chauffait bien, et Zhaanat était sortie ramasser du genévrier. Si seulement Patrice était là, il réitérerait sa demande. Épouse-moi. Il ne pouvait pas vivre comme ça. Et cette fois-ci elle dirait oui, n'est-ce pas ? Il y avait même du thé déjà infusé. Il entendit des pas dehors, sans savoir qui c'était. Quelqu'un parlait. Courait. Il sentit son cœur s'emballer comme s'il était sur le point de monter sur le ring.

Il y avait une femme à la porte. Le souffle court, au bord du vertige, il se retrouva soudain bouche bée, ne sachant que dire. Ce n'était pas Patrice. C'était une inconnue, ou du moins le crut-il d'abord. Elle avait les yeux perdus dans leurs orbites et le visage si mince que ses dents paraissaient immenses. Elle portait une veste en toile marron, une salopette et un bonnet en tricot. Il n'en revint pas lorsqu'elle dit : « Qu'est-ce que tu fais là, Wood Mountain ? »

Il secoua la tête.

« Tu ne me reconnais donc pas ? C'est moi, Vera. »

Un homme à la barbe grise se présenta derrière elle, tête baissée, l'air timide et dérouté. Il faisait sombre à l'intérieur, et l'homme cligna des yeux en disant :

« Je ne vais pas rester longtemps. Il y a mon chien dans la voiture. »

Vera le regarda longuement, puis se hissa sur la pointe des pieds et décrocha le fusil familial. Elle voulut le lui donner, mais il refusa.

« S'il te plaît », insista-t-elle. Elle avait les traits tirés, des larmes plein les yeux. L'homme sourit – un éclat de dents à travers sa barbe –, le regard triste. Il leva les mains pour réitérer son refus et dit que la famille aurait besoin du fusil. Puis il se détourna et partit.

C'est alors qu'Archille émit un tout petit son. Vera écarquilla les yeux et fixa Wood Mountain : il savait qu'elle était en train de faire le rapprochement entre lui, le bébé, Patrice, Zhaanat, et d'envisager toutes les hypothèses. Il savait aussi qu'elle n'imaginait pas que ce bébé puisse être le sien. La pensée folle qu'il pourrait prendre Archille et disparaître lui traversa l'esprit. Il alla chercher l'enfant, fier de sa beauté, totalement énamouré du petit visage endormi sous la capuche en fourrure.

«C'est ton bébé», dit-il à Vera, sans la regarder, les yeux rivés à Archille.

Elle s'effondra comme de la neige. Le temps qu'il la relève et lui donne l'enfant, Zhaanat était de retour : les deux femmes s'agrippèrent l'une à l'autre, le petit entre elles. Wood Mountain alla retrouver Daisy Chain dehors. Il avait les jambes qui tremblaient et les bras trop faibles pour se hisser en selle ; il prit donc le licol et s'engagea sur le sentier. Bizarrement, il n'avait jamais imaginé ce qui se passerait… si. *Si.* Et voilà que c'était arrivé. Il lui semblait inenvisageable de ne pas faire partie de la vie d'Archille.

Tosca

L'exaspération était mutuelle, Dieu merci. Lors d'une insupportable séance de pelotage, elle se redressa et dit :

« Ramène-moi chez moi. » Ce que Barnes fit avec plaisir. En sortant de la voiture, elle lâcha : « Adieu, et je le pense. » Il se pencha par la fenêtre tandis qu'elle longeait les carcasses de véhicules enneigées jusqu'à la maison paternelle.

« Tu veux dire, adieu pour de bon, pas au revoir ? »

Il sentit le fouet de la brise glacée sur ses joues et son front. On était en mars, bon sang de bonsoir ! Nulle part ailleurs il n'avait connu un froid pareil.

Elle se retourna avec une expression parfaitement éloquente : c'était bien ce qu'elle voulait dire. Il se laissa retomber sur son siège derrière le volant, incroyablement soulagé.

Il passa en voiture devant le gymnase sans s'arrêter. Allait-il s'entraîner un samedi soir ? Non. Il regagna sa chambre dans un état d'étrange euphorie. Et aussi d'abattement. Un homme avait droit à ses émotions, y compris contradictoires. Pourquoi pas ? Il venait de recevoir un nouveau cadeau de la part de son oncle. L'enregistrement d'un opéra. Ce genre musical ne lui semblait pas jouir d'une réputation très virile mais, secrètement, il trouvait le disque très bon. En fait, il pleurait en l'écoutant. De grosses larmes voluptueuses. Il le passait seulement quand il était seul. Après les larmes, il faisait souvent des rêves délicieux.

Le Salisbury

C'est Millie qui avait appelé l'ambulance et insisté pour que Thomas soit conduit à l'hôpital de l'université du Minnesota. Il avait aussitôt été admis, et se trouvait à présent bien bordé dans un lit, dans le calme des étages supérieurs. En tant que parente, seule Patrice avait accès à sa chambre. Assise près de lui sur une chaise en métal, elle laissa ses yeux se poser sur son visage. Pas totalement inconscient, il était toutefois plus qu'endormi. Malgré l'expression tranquille, douce et sereine qu'il arborait, elle fut submergée par la peur. Elle le sentait flotter hors de son corps.

Lorsqu'une infirmière entra pour prendre les constantes, Patrice craignit que sa brusquerie ne fasse fuir l'esprit de Thomas, mais, la quiétude revenue, elle sentit l'âme de son oncle se balancer doucement au-dessus du lit. Il était ce qu'elle avait de plus proche d'un père. Elle posa sa main près de la sienne et ferma les yeux. Au bout d'un moment, elle se mit à parler dans la langue de sa mère : vinrent les mots avec lesquels Zhaanat commençait toujours les cérémonies. Ces mots invoquaient les esprits des vents postés dans les quatre directions et ceux des animaux venus des quatre directions. Tous, elle les invita à entrer dans la chambre. Le temps n'existait plus. La vitre de la fenêtre se mit à vibrer sous l'effet de la brise qui se levait. On entendait les voix de gens qui passaient dans le couloir.

Plus tard, l'infirmière l'ayant assurée que les constantes de Thomas étaient stables, Patrice rejoignit Millie et toutes deux rentrèrent à pied chez l'étudiante. Il faisait froid dans le modeste studio ; Millie lui dit de garder son manteau et de prendre la chaise. Elle-même s'assit tout près sur un tabouret et alluma un petit radiateur. Quand le serpentin du Salisbury se mit à rougeoyer, une agréable chaleur vint leur envelopper les jambes.

« C'est chouette, ici », dit Patrice. Elle désigna la table du menton. « Qu'est-ce que c'est ?

— Une bouilloire électrique. Il n'y a pas d'évier, mais j'ai une salle de bain équipée et une plaque de cuisson. J'ai acheté des tourtes à la viande. Ma mère appelle ça des tourtes parmentières, mais dans le Michigan ça porte le nom de friands. Celles-là viennent d'une petite épicerie : ils les font eux-mêmes et ils les vendent aussi surgelées. Et puis j'ai acheté deux pommes.

— On tient notre dîner ! »

Millie se leva pour préparer le thé, remuant le sucre avec beaucoup de cérémonie. Elle avait épousseté et rangé sa chambrette. Le plaisir qu'elle prenait à recevoir Patrice était si extrême qu'elle avait du mal à respirer. Quelque chose bloquait dans sa poitrine. Elle tendit la tasse à son invitée, ainsi qu'une soucoupe assortie.

« Exactement ce dont j'avais besoin », dit Patrice.

Millie se rassit sur son tabouret et souffla sur son thé.

« Tu es ma première visiteuse.

— Tu as emménagé récemment ?

— Pas du tout. Seulement je n'ai jamais invité personne. Non pas que quelqu'un ait déjà voulu venir, mais ça s'est trouvé comme ça. Tu es la première.

— Eh bien, ça me plaît, chez toi. Ça me plaît qu'il n'y ait rien aux murs.

— Vraiment ? »

Millie avait du mal à contenir son euphorie. « Je me dis toujours que je devrais décorer un peu la pièce. Mettre des photos. Et puis je me demande, des photos de quoi ?

— Les gens mettent trop de trucs sur leurs murs. »

Millie but une gorgée chaude et sucrée. C'était délicieux. Bientôt elle ferait réchauffer les tourtes, après quoi elles mangeraient les pommes, puis retourneraient à l'hôpital voir Thomas avant de rentrer ici se coucher.

« Je suis désolée, je n'ai qu'un lit.

— On peut partager encore une fois. Tu es une dormeuse calme, c'est agréable. Quand il fait froid, il arrive que je nous fasse dormir tous ensemble, mon frère, ma mère, le bébé et moi. Pokey donne des coups de pied, mais c'est le seul moyen de rester en vie.

— Je laisse toujours la fenêtre entrebâillée à cause du réchaud à gaz. Parfois, au réveil, je vois ma respiration qui fait comme de la buée.

— Parfois, notre respiration à nous fait givrer la couverture. Ça forme une croûte qu'on casse au réveil.

— Parfois je me demande pourquoi j'aime tant vivre ici toute seule. Pourquoi je suis aussi heureuse.

— Tu n'as pas de petit ami ?

— Personne ne me plaît.

— Pareil pour moi. Même si de temps à temps je pense à Wood Mountain.

— Il est beau, il paraît. Je n'en suis jamais vraiment sûre.

— Il est beau, oui, même abîmé.

— Toi, tu es belle. » La voix de Millie s'épaissit et resta bloquée dans sa gorge. Elle ouvrit la bouche pour bredouiller des mots d'amour – elle n'avait pas vraiment su qu'ils étaient là, mais voilà que tout d'un coup ils s'échappaient d'une brèche dans son cœur. Elle émit un son, mais Patrice parla la première.

« Tu sais, Millie, je me disais, quand Vera sera rentrée à la maison, je me disais que j'aimerais bien t'adopter. Tu pourrais être ma sœur.

— Des sœurs. Oh.

— Tu voudrais bien ?

— Euh, bien sûr. »

Les entretiens qu'elle avait menés avaient suffisamment instruit Millie pour qu'elle sache qu'être adoptée par une Chippewa était une marque d'amitié et un honneur insigne. Mais, allez savoir pourquoi, elle ne recevait pas sans ambivalence les paroles de Patrice. Elle était heureuse et déçue en même temps. Ainsi se dévidaient ses sentiments dans le silence ambiant. Si amical qu'il fût, elle était déstabilisée, insatisfaite de la proposition. C'était comme si un motif merveilleux lui était passé devant les yeux et s'était désintégré avant même qu'elle n'ait pu en saisir les figures.

Le lac, le puits, le chant des criquets dans l'herbe

Thomas déambulait, allant et venant loin dans le temps. Il était sur le lac, en train de pêcher, le jour où Pixie avait pris une longueur d'avance sur lui. Il avait été surpris de la voir nager jusqu'à son bateau et l'avait aidée à grimper à bord. Elle gisait au fond de l'embarcation, à bout de souffle. Non, c'est lui qui était à bout de souffle. À l'hôpital. Et la surprise, c'était d'être encore dans son bateau. Pixie ne lui avait jamais dit pourquoi elle avait nagé jusqu'à lui, mais il avait vu les garçons sur le rivage ; même de loin, leur rage était palpable. Peu après, la bouche de Bucky s'était tordue. On disait que seuls les guérisseuses et guérisseurs les plus puissants pouvaient infliger ça. Ce qui était arrivé à Bucky avait effrayé les autres garçons, qui avaient avoué ce qui s'était passé dans la voiture. Thomas savait donc. Si ce jeune imbécile n'avait pas eu le visage en vrac, il l'aurait attrapé et battu comme les blés.

Il dériva un moment dans le lit blanc, puis se retrouva dans son bateau. Encore. Mais sans Pixie, cette fois. À l'ouest, le ciel était à l'orage. Pas d'éclair en vue pour le moment. Relançant le teuf-teuf de la petite embarcation, il tenta de regagner au plus vite le rivage et sa voiture. Trop tard – la tempête était sur lui, l'arrachant au bateau et le projetant haut dans les airs. Quand il s'abattit sur l'eau, le choc expulsa l'air de ses poumons. Infiniment lourd, il coula. Jusqu'au fond. Mais pas au fond du lac.

Non, il était de retour au fond du puits.

Au moment du New Deal, la Work Projects Administration avait financé des équipements pour creuser des puits sur la réserve. Biboon et lui s'étaient mis au travail, avec un treuil et les pierres qu'ils ramassaient depuis des années dans leurs champs. Ils avaient attaqué en septembre, par temps sec, pour s'assurer que le puits serait assez profond et toujours alimenté. Le gouvernement avait aussi fourni une buse en fonte. Ils avaient donc creusé l'intérieur de la buse et cimenté les pierres en cercle au-dessus, consolidant les parois à mesure que le conduit s'enfonçait, se relayant jusqu'à totalement disparaître dans le sol. Celui qui creusait remplissait de terre le seau accroché au treuil, et l'autre – c'était presque toujours Biboon à présent – le remontait à la surface avant de le redescendre chargé de pierres pour l'étayement.

Thomas était au fond, bien en deçà de la couche arable, dans la partie argileuse. Une glaise riche et épaisse, incroyablement dense – Biboon essayait désespérément de convaincre Julia de venir la récupérer avec une brouette pour en faire des pots, mais elle n'était pas intéressée. Au quatrième jour, Thomas n'en pouvait plus de cette glaise. Il la détestait. La nuit, elle croupissait au fond du puits : il en sentait le goût sur sa langue lorsqu'il creusait. Elle lui tapissait l'intérieur du nez d'une mucosité argileuse. Ses poumons lui faisaient mal et il avait un poids sur la poitrine. Il commença à se demander si quelque gaz n'avait pas envahi la cavité, où l'odeur de soufre se faisait de plus en plus forte. Mais là, dans son lit d'hôpital, et particulièrement la nuit, il se mit à trouver dans le puits un certain réconfort. L'odeur était intense, mais c'était peut-être de l'alcool isopropylique. Et la terre exsudait de la chaleur. C'était presque douillet. Il n'avait pas peur, ce qui le surprit, car tout le temps où il creusait, il avait eu peur.

À sa grande honte, il lui arrivait même de paniquer. De sentir sa gorge se serrer de terreur. Il devait s'empêcher d'imaginer que la terre allait céder sous lui et l'engloutir.

Il aurait parfois presque préféré mourir plutôt que de redescendre dans ce trou.

Cela n'avait plus d'importance désormais. Rien ne pouvait l'atteindre. Dans le bateau, dans le puits, dans le lit, il était à l'abri, car plus rien ne dépendait de lui et Washington appartenait au passé. Malgré le terrible risque qu'il courait de perdre la vie ou l'esprit, c'étaient des vacances. Du moins ça en aurait été si Rose avait été à ses côtés. Si seulement ils avaient été allongés ensemble dans la Nash, sur la banquette arrière dépliée en lit, à savourer leur seconde lune de miel en écoutant le chant des criquets dans l'herbe.

Le plafond

Les deux jeunes femmes s'étaient couchées et discutaient dans le gris diffus de la nuit. Après avoir rendu visite à Thomas, qu'elles avaient trouvé beaucoup mieux, elles avaient acheté du gruau d'avoine dont elles avaient mangé chacune un bol, agrémenté de beurre, de sucre et de cannelle. Elles avaient le ventre plein et chaud. Le froid était moins mordant. Que demander de plus ? Millie parlait des cours qu'elle suivrait au prochain semestre. Patrice écoutait les intitulés.

« Qu'est-ce que je dois faire pour devenir avocate ? » demanda-t-elle.

Et Millie lui expliqua.

Des silences se glissaient entre leurs mots à mesure qu'elles sombraient. Parfois on aurait dit qu'elles parlaient en dormant. Puis, à la respiration lente et profonde de Millie, Patrice sut que sa voisine avait lâché prise. Elle pouvait désormais s'abandonner aussi. Tandis qu'elle dérivait, les ténèbres du sommeil prirent les traits de Wood Mountain et elle se réveilla en sursaut. Après le demi-rêve à Washington, elle avait réussi à ne pas penser à lui. Pourtant ils avaient fait l'amour, les yeux dans les yeux. Ils avaient joué à être des enfants, débarbouillant l'autre avec de la neige. Elle l'aimait. Ou pas ? Comment savoir ?

Si Betty Pye avait été là, elle lui aurait posé la question. Mais à Millie, non. Impossible de demander à Millie. Patrice continua donc à sonder son cœur. Elle n'avait pas été *transportée*, ainsi qu'elle l'avait entendu dire dans un film. Mais elle ne voulait pas vivre sa vie comme dans les films. Ce qu'elle voulait, c'était savoir en toute certitude qui elle devait épouser. Ça aurait dû être évident, non ? Peut-être que lorsque Vera serait de retour, ça le serait. Elle ne pouvait pas partir avant. Il fallait que Vera rentre, la vie de Patrice en dépendait. Oui, sa sœur résoudrait tout.

Elle somnola de nouveau, puis se réveilla brutalement, les yeux grands ouverts sur le gris. Elle ne s'était jamais autorisée à imaginer que Vera puisse ne pas revenir. Elle savait, et Zhaanat savait aussi, que Vera était vivante et qu'elle finirait par rentrer. Une voiture passa dans la rue en contrebas, et la lumière des phares balaya le plafond : Patrice vit alors qu'il n'était pas lisse et pâle, comme les murs de la chambre, mais craquelé, écaillé, porteur d'une sombre menace. Oh, pourquoi fallait-il qu'il ressemble à cela ? Elle en vint à penser qu'elle se trompait peut-être. Qu'il était possible que Vera ne revienne pas. Et le chagrin s'insinua en elle.

Maudit plafond, pensa Patrice, il ne manquerait plus qu'une grosse araignée te traverse. J'ai besoin du scintillement des lumières.

Elle se glissa hors du lit et gagna la fenêtre, dont la vitre était à moitié mangée par les fougères du givre. Une autre voiture tourna dans la rue, et les motifs s'embrasèrent de vert et d'or. Vivante, semblaient-ils dire, vivante !

Une joie supérieure

« Tu as oublié de fermer ton cœur à clé, dit Elnath.

— Non, je n'ai pas oublié, répondit Vernon.

— Alors que s'est-il passé ?

— De ses yeux, elle a crocheté la serrure. »

Debout, côte à côte dans la lumière, ils se tenaient les bras croisés, mains sur les coudes. Sortir par ce froid était tout bonnement impensable, aussi l'un et l'autre avaient-ils feint d'être malades pour remonter dans leur chambre après le petit déjeuner. Voilà qu'ils clignaient des paupières en regardant la neige fraîche à perte de vue par le petit rectangle faisant office de fenêtre. L'éclat blanc les blessait jusque dans la semi-pénombre de la pièce.

« Elle a agité ses tentations sous ton nez, reprit Elnath.

— Ça ne s'est pas passé comme ça, non. Je ne peux pas dire qu'elle ait agi de façon délibérée.

— C'est pourtant ce qu'elle a fait. »

Vernon se tut.

« Ce que je veux savoir, c'est si tu renonces au péché.

— Je renonce. Ça, oui, je renonce.

— Très bien.

— Alors on appelle et ils viennent nous chercher ? » demanda Vernon au bout d'un moment, pétri de honte. Il osait à peine espérer. « Nous aussi, on renonce ?

— Je crois que nous ferions mieux d'endurer jusqu'au bout », dit Elnath.

Vernon lui trouva une voix détestable.

« Il fait trop froid, bon sang. Je ne vois pas où il est écrit qu'on est obligés de mourir.

— Je ne vois pas où ça n'est pas écrit. »

Vernon ouvrit et ferma la bouche. Tous deux étaient comme au garde-à-vous, les épaules raides. Ce qu'ils voulaient, c'était se jeter l'un sur l'autre et se battre.

Plus tard ce jour-là ils profitèrent de la voiture de Milda, qui se rendait au village. Pendant qu'elle faisait ses courses à l'épicerie, ils se débrouillèrent pour rendre visite à LaBatte. Vernon rappela les raisons de leur mission : les Indiens étaient réceptifs à l'enseignement, humbles, ouverts de cœur. Et si doux. Soucieux de faire plaisir, comme des enfants sages. Mais pas LaBatte. Il avait déjà rechuté, ne voulait plus être baptisé, ni même les laisser entrer. Comme il était leur seule option et que le froid les écorchait vifs, ils décidèrent de retourner à la voiture. Puis Elnath obliqua soudain en annonçant qu'il irait à pied jusqu'à la prochaine ville. Vernon savait que c'était la mort assurée mais n'avait d'autre choix que de le suivre. Dans le vent, son pardessus lui semblait de papier. Il ne sentait plus ses mains. Son visage le brûlait. Il trébuchait, ses pieds s'étant mués en blocs de bois. Quand Louis

Pipestone s'arrêta pour les prendre en stop et proposa de les déposer à Grand Forks, les larmes de froid accumulées dans leurs yeux se mirent à brûler. Là-bas, un membre de leur église pourrait les héberger. Ils demanderaient à Milda de faire suivre leurs maigres effets. Alors qu'ils dégelaient et que le sang revenait par vagues dans leurs membres, ils prièrent pour avoir la force d'endurer l'insupportable feu de la vie, et se surent appelés à une joie plus grande.

Les chouettes

Pendant que Barnes trempait son oreiller, Louis Pipestone conduisait la voiture de Juggie vers Minneapolis, où il allait récupérer les clampins. Il les appelait ainsi pour neutraliser le sentiment de culpabilité dont il n'arrivait pas à se défaire. Il le combattait pourtant, kilomètre après kilomètre, en traversant Grand Forks, Fargo, Fergus Falls et tout ce qui suivait. Royalton et St Cloud étaient déjà loin derrière mais la culpabilité demeurait. Louis savait que s'il avait accompagné la troupe à Washington, les choses se seraient passées autrement, Thomas ne se serait pas effondré comme ça. Pendant l'arrêt à Minneapolis, c'est lui qui serait allé chercher les cigares et, Dieu sait comment, il aurait sauvé Thomas, il en était certain. Il fallut qu'il arrive en ville, qu'après bien des difficultés il trouve l'hôpital et soit enfin admis en présence de Thomas, l'heure des visites venue, pour qu'il éprouve un début de soulagement.

Thomas n'avait pas quitté son lit, mais il était assis. Lorsqu'il vit Louis, son visage s'éclaira du grand sourire caractéristique qui laissait entrevoir l'or de ses dents.

« Tes chevaux ont dû s'évader encore une fois !

— C'est toi que je suis venu ramener à l'écurie, rétorqua Louis.

— Patrice dit que tu vas m'escorter en grande pompe.

— Tapis rouge jusqu'à l'automobile de Juggie. Et tu vas monter devant, à la place d'honneur.

— Tu aurais pu prendre ma voiture.

— Mais j'aurais alors privé Wade du bolide qu'il adore pousser à fond sur les petites routes.

— Tu es sûr que ce n'est pas Sharlo ? C'est elle, la grande conductrice.

— Sharlo, c'est vrai. Elle prend ses copines au passage quand elle va chercher de la farine – je l'ai vue batailler avec un gros sac qu'elle mettait dans le coffre l'autre jour.

— Je reconnais bien là ma fille. »

Millie et Patrice entrèrent dans la chambre en même temps que l'infirmière qui remplissait le formulaire de sortie. Louis redescendit surveiller la voiture.

Sur la route du retour, tandis qu'ils traversaient des champs de neige incandescents en plein soleil, Thomas tenta de raconter à Louis ce qui s'était passé à la gare, quand il était parti acheter des cigares avec Moses.

« Je n'ai rien senti en tombant par terre, mais j'ai levé les yeux et j'ai vu les chouettes. Toute une nuée de chouettes harfangs qui sont passées au-dessus de ma tête, comme une vague. LaBatte aurait sûrement dit qu'elles voulaient me tuer, mais moi je sais qu'elles étaient là pour me protéger.

— Pas mal, ton histoire, dit Louis. On devrait t'appeler l'Homme-harfang, maintenant.

— Pourquoi pas, mais je ne suis qu'un modeste rat musqué.

— En parlant de LaBatte et de harfangs, tu sais qu'il a repris tes rondes de nuit pendant un moment ?

— Il s'en charge toujours, pour autant que je sache.

— J'ai entendu dire qu'il avait démissionné parce qu'un harfang n'arrêtait pas de vouloir entrer.

— Je reconnais bien là mon harfang. Il doit habiter dans les parages, il attaque systématiquement son reflet dans les vitres. Il croit sans doute qu'un autre harfang braconne sur son territoire.

— En tout cas, il a fait décamper LaBatte. Le pauvre a dit qu'il ne retournerait là-bas pour rien au monde.

— Roderick y est peut-être aussi pour quelque chose.

— Notre Roderick ? Roderick de l'école ?

— Il vient de temps à autre. Pas méchamment. Mais il fiche une trouille de tous les diables à LaBatte.

— C'est pour ça que LaBatte joue les grenouilles de bénitier... Juggie dit qu'il va à la messe tous les jours en ce moment. Il essaye de se faire embaucher à l'entretien de l'église : il s'occupe de la route, il dégage la neige.

— Mince alors, ils vont me manquer, lui et ses mauvais présages.

— Ne t'inquiète pas, dit Louis, tu continueras à le croiser et il aura toujours un mauvais présage sous le coude pour toi.

— Mon petit harfang aussi me manque, dit Thomas. Celui que j'avais domestiqué. Il nichait dans la suture du toit de la grange. »

Louis lui lança un regard perplexe.

« La structure du toit », rectifia Thomas. Il se tut un moment, puis ajouta à voix basse : « Les chevrons. »

Dans l'arbre, le crâne d'ours peint en rouge regardait vers l'est

Quand Wood Mountain passa devant le crâne d'ours, il reconnut le geste de Zhaanat pour remercier l'animal. Patrice n'était pas encore rentrée et il voulait voir Archille. En approchant de la maison, il entendit les femmes pleurer à l'intérieur – ou peut-être rire. Ou bien les deux ? Il les appela et puis entra. Vera et Zhaanat regardaient Archille tenter de tenir debout sur le tapis en peau d'ours : il tombait, se redressait et tanguait avant de retrouver un équilibre précaire. Chaque fois qu'il essayait de faire un pas, il s'affalait par terre et laissait échapper un gargouillis de rire. Quand il aperçut Wood Mountain, il lui tendit les bras dans un petit rugissement d'amour. La réaction du bébé déstabilisa Vera. Muette, elle fixa Wood Mountain.

Celui-ci n'avait d'yeux que pour l'enfant. « Archille, dit-il en le serrant contre lui. Archille, mon petit. »

Zhaanat se tourna vers sa fille : « Tu vois, ce que je t'avais dit. »

Vera se leva pour mettre de l'eau à bouillir sur le poêle.

« Il s'appelle Thomas », lança-t-elle en direction de Wood Mountain.

Ce dernier poursuivit ses petits jeux avec le bébé, sans prendre acte de ce qu'elle venait de dire. Vera lui apporta du thé et récupéra son fils pour aller jouer avec lui sur le lit dans le coin de la pièce. Mais Archille lui échappa, décidé à rejoindre Wood Mountain. Tandis qu'elle regardait l'enfant rouler sur le tapis, la bouche de Vera se tordit. L'intense détermination du bébé était comique, certes, mais c'était plus compliqué que ça.

« Je te l'avais dit, répéta Zhaanat.

— Je le vois, maintenant, dit Vera. Il aime cet homme plus qu'il ne m'aime, moi.

— Ou moi, dit Zhaanat, à qui c'était égal.

— Ça changera, dit Wood Mountain en tenant le petit. Bientôt il ne se souviendra même plus que tu as été absente. »

Mais au fond de son cœur, il n'y croyait pas.

Il tendit un morceau de bacon à Archille pour qu'il se fasse les dents. Le bébé mâchouilla la graisse avec une délectation de jeune loup. Vera rit de nouveau, d'un rire étrange. Un rire-sanglot qui se prolongea en râle triste. Wood Mountain la regarda et remarqua qu'une cicatrice, blanche depuis peu, lui barrait le sourcil. Une autre lui courait le long du menton. Elle avait les cheveux coupés court, comme au début d'un deuil. Ses doigts avaient tremblé lorsqu'elle lui avait tendu la tasse de thé. En l'acceptant, il avait senti une décharge électrique. Malgré son visage marqué, il la trouvait fascinante. « Des beautés. » C'était ce qui se disait des filles Paranteau.

« Tu l'as appelé Thomas, comme ton oncle. »

Elle hocha la tête en se chauffant les mains devant le poêle. Au bout d'un moment, elle répondit :

« Et tu l'as appelé Archille, comme ton père. »

Wood Mountain passait tous les jours. Surtout quand Patrice était au travail. Et à chaque visite, il remarquait quelque chose chez Vera. Un lobe d'oreille déchiré, comme si on l'avait mordu. Un doigt de travers, comme si on l'avait cassé. Un œil qui déviait parfois, comme s'il avait pris un coup. Une dent en moins, dont l'absence ne se voyait que lorsqu'elle riait de tout son corps – car elle riait, oui, elle riait enfin. La même dent qui manquait à Wood Mountain. Partout où Vera avait été blessée, lui aussi avait été blessé. Au fil des jours, ses traits cicatrisaient et elle sortait de plus en plus, relevant les pièges et ramassant des roseaux à tresser ; elle fabriquait des paniers pour les vendre, comme sa mère, et cousait de petits vêtements pour Thomas Archille. Ou était-ce l'inverse ? Parfois, elle-même l'appelait Archille, désormais.

Un soir, de retour de l'usine Patrice les vit ensemble et sut aussitôt. Wood Mountain était penché sur Vera qui tenait le bébé, quand celui-ci éternua. Ils s'émerveillèrent en chœur. Ce n'était pourtant qu'un éternuement. Tandis que Vera et Wood Mountain cajolaient Archille, Patrice sentit sombrer, sans pleinement comprendre ce qui lui arrivait, tout ce qu'elle avait pu éprouver de confusion, de désir et peut-être d'amour. Ses sentiments se firent lourds et marécageux. Puis méconnaissables. Un jour, le hasard voulut qu'elle arrive au moment où Wood Mountain s'en allait – à pied, comme toujours depuis qu'il ne pouvait plus monter Gringo. Il émergea du chemin alors qu'elle sortait de la voiture de Doris. Il s'immobilisa en la voyant s'avancer vers lui.

« Patrice, dit-il sans affronter son regard. Il faut que je te parle.

— Je suis déjà au courant. »

Il leva les yeux vers elle. Elle ne détourna pas les siens.

« Je vous aime toutes les deux, tenta-t-il.

— Ce n'est pas vrai », dit-elle. Elle n'était pas en colère. Sinon peut-être par réflexe, ce qui ne l'intéressait pas. Ses sentiments n'étaient plus qu'une boue glacée dont elle devait se libérer.

« Tu n'as pas l'air furieuse. » Il se frotta le sourcil, soulagé. « Mais je ne veux pas que tu croies…

— C'était bien, dit-elle. C'était bien, là-bas. » Elle pinça les lèvres et désigna du regard l'entrelacs d'arbres où ils avaient fait l'amour. Une flèche fine comme un roseau la transperça. « Mais en rentrant chez moi, je me suis dit que ça ne collait pas.

— Ah bon ? dit-il, avec un peu d'empressement dans la voix.

— Quand j'ai regardé la maison, j'ai su que Vera reviendrait. J'ai pensé à ton amour pour Archille. Peut-être que je savais déjà qu'en la voyant avec le bébé, tu te reconnaîtrais en elle.

— Oui. Elle et moi, c'est pareil. »

Il avait l'air content, et elle se sentit plus légère, comme si, peut-être, elle s'était débarrassée de ce poids étrange et pouvait enfin passer à autre chose.

Ils retournèrent ensemble à la maison et Vera leva les yeux vers eux lorsqu'ils entrèrent. Elle était en train de terminer un panier – elle tissait des lanières rouges de saule fraîchement coupé sur les cadres en lamelles de frêne préparés par Wood Mountain. L'odeur du saule était forte, souterraine. Patrice se dit qu'elle devait passer outre à ses propres sentiments. Elle approuverait tout ce qui pourrait réparer le cœur dévasté de sa sœur.

Les esprits du duplicateur

Millie travailla tard à préparer une matrice pour diffuser à toute la tribu le compte rendu du président du conseil. Elle faisait une entorse à ses principes en tapant quelque chose pour un homme mais, dans le cas présent, elle avait interviewé Thomas et ajouté des précisions sur le voyage à Washington : elle voyait donc ça comme du journalisme. C'était une fraîche nuit de printemps et Juggie viendrait la chercher dans une heure. Sitôt la matrice terminée, elle inséra la première page dans le tambour du duplicateur à alcool et tourna la manivelle.

Cette fois-ci, avec chaque polycopié, l'appareil libérait un esprit – pas au sens spiritueux, mais au sens spirituel. En 1892, chacun de ces êtres aujourd'hui incorporels avait signé le premier recensement de la tribu de Turtle Mountain. Mikwan, Kasinicut, Wazhashk, Awanikwe, Kakigidoasin, Kananatowakachin, Anakwadok, Omakakiins, Mashkiigokwe, Femme-marécage, Kissna, Froid, Glace, Habits-de-pierre, Jour-de-brouillard, Pierre-qui-parle, Mirage, Nuage, Petite-Grenouille, Jour-jaune, Tonnerre.

Pour une raison ou pour une autre, tous avaient pris cette nuit la route des étoiles pour se promener sur leur vieux territoire, avant de regagner d'un coup l'autre existence. Il en sortait sans cesse du duplicateur. Voix-qui-vient, Celui-qui-arrête-les-jours, Éclair-furieux, Écorcheur, Trou-dans-le-ciel, Entre-le-ciel, Herbe-couchée, Centre-du-ciel, Lapin, Tétras-des-prairies, Lumière-du-jour et Maître-de-l'Homme-blanc. C'étaient ceux des origines, qui s'étaient mêlés aux Métis venus du Canada et du Pembina. Des Indiens unis à des Français qui avaient d'abord sillonné la terre en chassant le bison avant d'être rassemblés sur des parcelles de cette terre afin qu'ils la blessent et qu'ils apprennent la valeur d'un dollar, et la façon de transformer ce dollar en tas de dollars, et la façon de cultiver ces dollars en mode en vie.

Millie ne savait rien de tout cela car, à vrai dire, les vapeurs d'alcool l'avaient rendue un peu pompette. Elle se disait seulement qu'il se passait peut-être quelque chose d'étrange : elle entendait sans cesse des voix en tournant la manivelle. Des Oooh de surprise et des *boum* maladroits, comme si des enfants sautaient par terre. Et la pièce était pleine de chuchotements. Peut-être le vent s'était-il levé, dehors. À l'arrivée de Juggie, Millie ferma précipitamment le duplicateur et ramassa les pages sans bien les empiler. Lorsqu'elle fut sortie, le froid déclencha un tel martèlement dans son crâne qu'elle pressa ses tempes de ses poings nus et glacés. Une fois dans la chaleur de la voiture, son mal de tête se dissipa. Mais par-dessus le grondement du moteur, il lui semblait entendre des chants et des tambours. C'était encore plus fort au ranch des Pipestone, remarqua-t-elle tandis que les deux femmes marchaient vers la maison.

« Tu entends aussi ? » demanda-t-elle à Juggie.

Elles s'arrêtèrent, serrant leur manteau contre elles. Juggie désigna le ciel, et Millie leva les yeux vers l'atmosphère en mouvement : des lumières vertes et roses épandaient leur éclat en flammes dansantes. Il y avait comme un léger crépitement, mais les chants et les tambours s'étaient tus.

« Ils veillent sur nous, dit Juggie. Ces esprits dansants. Je suis frigorifiée. Je vais me réchauffer à l'intérieur. »

Millie resta dehors à observer le ciel jusqu'à ce que le froid lui morde les pieds et qu'un torticolis menace. Elle avait eu une drôle d'impression près du duplicateur, mais si l'aurore boréale et ses lumières avaient été de la partie, se dit-elle, elles auraient plutôt choisi un photocopieur et ses charges électrostatiques, puisqu'elles-mêmes étaient des impulsions électriques nées de puissantes différences de charge entre le Soleil et les pôles magnétiques de la Terre. Les paroles de Juggie – « Ils veillent sur nous » – faisaient écho à ce que disait Zhaanat, pour qui ces lumières étaient les esprits des morts, joyeux, libres, bienveillants. Bien qu'elle fût gelée jusqu'aux os, elle resta encore un moment à les regarder, décidant qu'une explication n'en excluait pas une autre, que des électrons chargés pouvaient être des esprits, que rien n'excluait rien, que les mathématiques étaient une forme méthodique de folie et qu'elle sortirait avec Barnes – elle était bien obligée puisqu'il le lui avait demandé avec une équation : comment résister à ça ?

À ta santé

Patrice voyait toujours parfaitement bien de près, et elle avait retrouvé toute sa vitesse et sa précision lorsqu'elle préparait les pierres au perçage. Elle se sentait travailler avec une extrême efficacité, comme quand elle était furieuse. Sauf qu'elle n'était pas furieuse. Elle était décidée à gagner de l'argent. Quand vint l'heure du déjeuner, elle commençait à avoir les épaules douloureuses et les doigts raides. Elle étira ses mains et les massa. Elle avait toujours son vieux seau à sirop d'érable cabossé.

Betty Pye entra nonchalamment dans la cantine.

« Maintenant que tu es allée à Washington, je suppose que tu ne daigneras plus me parler ?

— Exact. Assieds-toi. »

Betty se laissa tomber sur la chaise d'à côté et sortit un œuf dur de sa poche. Elle l'écala avec appétit et n'en fit qu'une bouchée. Suivie d'un *boogid*. En face d'elle, Valentine leva les yeux au ciel. Betty récidiva d'un deuxième pet, pour marquer le coup.

« Toutes mes excuses, dit-elle d'une voix faussement prude. Les œufs me donnent toujours des flatulences. »

Elle tapota les vagues de cheveux brillants qui tombaient en cascade sur ses oreilles, puis lissa le corsage à festons de sa robe fleurie.

« Tu pètes à la seconde où tu manges un œuf, dit Valentine. Incroyable. »

Betty claqua des doigts. « Comme ça. »

À la façon dont Patrice regardait le fond de son petit seau, on aurait pu croire qu'elle lisait son avenir. Elle soupira : une carotte et une pomme de terre bouillie. Ça passerait peut-être mieux avec du sel. Elle en demanda à Betty, qui lui tendit un morceau de papier torsadé tout en avalant un autre œuf.

« Pourquoi tu en manges si c'est le *boogid* assuré ? demanda Curly Jay.

— Qu'est-ce qu'un petit *boogid* ? dit Betty. J'aime les œufs. Vous avez signé la pétition ?

— Oui.

— Je crois que c'est Patrice qui devrait la porter à la direction.

— Ce serait mieux si c'était Valentine, rétorqua l'intéressée. Ou Doris.

— Doris ne voudra pas, répondit son amie. Elle ne veut pas… tu sais bien.

— Se retrouver avec du jus de grillon sur les mains », compléta Betty.

Patrice s'étouffa. Combien de fois le jus marron des grillons lui avait-il giclé entre les doigts ? La pensée de Vold… Elle referma son seau.

« Je m'en charge, dit Valentine. Je veux ma pause café. À la fin de la journée, c'est à peine si j'arrive encore à remuer les mains.

— C'était censé être temporaire, on devait la récupérer », rappela Betty. Elle péta de nouveau et leva l'index. « Tu peux me citer. »

Après le travail, depuis la banquette arrière de la voiture qui roulait sous le crachin printanier, Patrice pensait à l'argent. Il lui en fallait davantage. Elle travaillait particulièrement dur car elle comptait demander une augmentation. L'idée que sa sœur pourrait la remplacer à l'usine semblait maintenant absurde – Vera n'était pas en état d'affronter l'extérieur, et de toute façon elle ne voudrait pas quitter le bébé. Patrice avait donc désormais la charge de quatre personnes au lieu de deux. Mais, surprise : Wood Mountain était maintenant chauffeur de bus scolaire. C'était un bon emploi, un emploi fédéral. En plus de ce qu'il avait résolu avec Patrice, ce travail lui donnait la possibilité d'épouser Vera. Et ce n'était pas tout : le couple comptait aussi s'attaquer au chalet derrière la maison. Ils n'arrêtaient pas de parler des réparations qu'ils feraient pendant l'été. Une fois qu'ils auraient emménagé là-bas, Patrice ne serait plus responsable que de son frère et de sa mère. Et là aussi il y avait un développement inattendu : de retour à l'université, Millie avait écrit qu'elle changeait d'orientation, qu'elle avait décidé de devenir anthropologue et voulait étudier avec Zhaanat. Elle cherchait des financements pour rémunérer son informatrice.

« Ça ne fera pas beaucoup d'argent, disait la lettre, mais entre ça et ce qu'elle met de côté, peut-être que Patrice pourra reprendre des études. »

Doris et Valentine déposèrent leur passagère. La grosse voiture repartit aussitôt après et Patrice s'engagea sur le sentier spongieux. La neige pénétrait la terre, l'air était humide et riche, la sève montait dans les arbres. Zhaanat était sans doute en train de recueillir l'eau des bouleaux. Pendant l'hiver, elle avait taillé des goudrilles, ces petits tuyaux à enfoncer dans les veines des arbres, et accumulé les boîtes de conserve pour en récolter la sève. Froide, celle-ci était un formidable tonique pour le printemps. La boire, c'était partager le génie des bois. En approchant de la maison, Patrice vit sa mère assise sur une souche près du feu, veillant sur la marmite de sève qu'elle faisait bouillir. Elle alla se changer. Quand elle ressortit de la maison, Zhaanat lui tendit une tasse du précieux liquide qu'elle avait mise de côté. Elle ajusta avec un bâton les bûches du feu qui flambait bien, avant de lever sa propre tasse.

« Millie va te rendre célèbre, dit Patrice en l'imitant. Un jour ça donnera un livre.

— Ça, je m'en fiche, dit Zhaanat, mais le *zhooniyaa* nous sera bien utile. »

Avec un grand sourire, elle leva sa tasse de sève, comme les Métis leur verre de vin, et comme eux elle dit en français : « À ta santé. »

Elles trinquèrent. « À ta santé », répéta Patrice.

Elles burent ensemble. La sève glacée se répandit en elles comme la vie dans les arbres lorsqu'elle fait gonfler les bourgeons le long des branches. Patrice se pencha et posa l'oreille contre le tronc d'un bouleau. Elle écouta le murmure pressé de l'arbre s'abreuvant de la terre. Puis elle ferma les yeux et traversa l'écorce comme de l'eau, avant d'être aspirée en nuage au bout d'un bourgeon. Elle baissa les yeux sur sa mère et elle, assises près d'un petit feu dans les bois printaniers. Zhaanat renversa la tête en arrière et sourit. Elle fit signe à sa fille de revenir, comme elle le faisait quand, enfant, Patrice s'égarait.

«*Ambe bi-izhaan omaa akiing miinawa*», dit-elle. Et Patrice revint.

Roderick

Il avait encore raté le train. Mais il y avait tant de fantômes indiens à Washington qu'il décida de rester. Pendant un temps, il papillonna aux abords de la gare. Quand il y eut suffisament traîné son ennui, il fit le tour des sites touristiques dont il n'avait après tout guère profité, tant il avait concentré son attention sur les vivants. Il découvrit les monuments historiques, les statues, les bâtiments. Dans l'un d'eux, les voix étaient si nombreuses qu'il les entendait rire et se chamailler depuis l'extérieur. Il se coula au-dedans, fouina un peu partout, débarqua dans les aires de stockage. Mince alors ! Des vitrines et des tiroirs entiers de ses congénères ! Des fantômes indiens collés à leurs os, leurs scalps, leurs morceaux de peau. Certaines pipes sacrées chantaient des mélopées monotones. Ailleurs, des fantômes jouaient bruyamment avec leurs propres os. Il y avait des chemises spectrales portées jadis lors de la Danse des Esprits, de vibrants boucliers de guerre, de gazouillants *makizinan* de bébé, des rouleaux d'écorce sacrés bondés d'esprits. Des Indiens amenés ici depuis le haut ou le bas du monde pour servir d'attractions, puis aussitôt transformés en fantômes. Pendant des siècles, des Indiens étaient venus à Washington dans le même but que la petite délégation de Turtle Mountain : pour protéger leur famille et leurs terres. Se faire lyncher par des ivrognes en mal de bonne blague et finir pendu à un lampadaire faisait partie des risques du voyage. Des fantômes avec un collier de corde. La ville fourmillait de fantômes, crépitait de fantômes. Roderick n'avait jamais eu autant de compagnie. Et tous étaient bien contents de voir un petit nouveau se joindre à eux. Contents qu'il soit resté derrière. Ils faisaient leur possible pour le convaincre : pourquoi retourner là-bas ? Qui donc t'attend ?

Thomas

Il saisit la bouteille thermos calée sous son bras et la posa sur le bureau en acier, à côté de sa mallette toujours éraflée mais désormais moins pleine. Sa veste de travail légère et son vieux chapeau fatigué atterrirent sur la chaise, et sa gamelle sur le froid rebord de la fenêtre. Il inséra sa fiche de pointage. Minuit. Il prit alors le trousseau de clés et la lampe torche fournie par l'entreprise, puis fit le tour du rez-de-chaussée.

Il commença par vérifier la salle du perçage, testant chaque serrure, actionnant chaque interrupteur. Il franchit les portes blindées qui menaient à la salle des bains acides et pointa la torche sur les manomètres et les tuyaux. Il contrôla les bureaux, les sanitaires, et revint s'asseoir à sa table de travail, dont la surface était galvanisée par une lumière à présent bien plus vive : on lui avait procuré une lampe neuve. Ayant laissé passer un certain nombre d'anniversaires, qu'il notait consciencieusement dans un minuscule carnet jaune à spirale, il avait acheté au drugstore une pile de cartes gaufrées à motif floral pour tous ses petits-enfants, enfants, amis et parents.

Au bas de chaque carte, il signait « le rat musqué » et gribouillait une petite créature souple en train de nager dans l'eau, de se nettoyer les pattes, roulée en boule, ou encore simplement de prendre le soleil sur un rondin. Il s'était mis à dessiner de temps en temps. Ça lui avait pris lorsque les mots commencèrent à lui échapper. On l'avait déclaré guéri et parfaitement apte après l'accident vasculaire cérébral dont il avait été victime à la gare, mais son cerveau connaissait parfois des ratés, cachant dans ses replis le mot que Thomas avait sur le bout de la langue. Il devait alors se détendre et prendre le mot par surprise. Les gribouillages étaient une façon de gagner la partie de cache-cache qu'il jouait désormais avec sa mémoire. S'il arrivait que les images débusquent un mot, il arrivait aussi désormais qu'un autre lui manque lorsqu'il parlait : il lui substituait alors une longue phrase dont l'effet comique faisait rire son interlocuteur. Quelques jours auparavant, incapable de retrouver le mot « coffre », il évoqua « la grotte automobile à porte articulée », ce qui passa pour un trait d'esprit. Comme la fois où il avait demandé à Rose de mettre la robe assortie à son nom, parce qu'il ne trouvait plus « rouge » dans sa tête. Vermeil, écarlate, carmin. Rose. Tant de mots lui étaient venus ensuite. À Sharlo, il avait demandé « un livre aux pistes sinueuses » pour parler d'un roman policier. Elle avait bien aimé cette description. Personne ne semblait remarquer ses difficultés et il n'allait certainement pas le faire savoir. Mais lui savait. Comme il savait lorsqu'il commençait par penser d'abord en chippewa, la langue de son enfance. Régressait-il ? Parfois, tandis qu'il dessinait ses petits rats musqués, éclairé par le disque de lumière de sa lampe, il était pris d'angoisse à l'idée de ce qui pouvait encore lui être dérobé. Sa capacité cérébrale était tout pour lui, mais il n'avait pas la moindre idée de la manière de la protéger. Il se contentait de plonger, d'attraper le mot et de remonter à la surface. Il craignait que la bataille contre la termination et Arthur V. Watkins ne finisse par lui faire tout perdre.

Plus tard cette nuit-là, tandis qu'il somnolait à son bureau, il vit des rats musqués partout. Leurs petites formes souples remuaient industrieusement dans la lumière du soir, occupés qu'ils étaient à perfectionner sans relâche leurs terriers. D'autres arrachaient des roseaux tendres et tenaient entre leurs pattes minuscules des racines juteuses afin de les manger. « Quel est mon nom ? demanda-t-il à l'une des créatures.

— *Wazhashk gidizhinikaaz* », répondit-elle.

Son propre nom. Viendrait-il un moment où il ne saurait plus qui il était ? Ce bout de papier lui avait-il été donné pour que, dans le pire des cas, il puisse au moins retrouver comment il s'appelait ? Il se fourra le papier dans la bouche. Voilà qu'il était soudain assis avec son père devant le petit chalet du vieil homme. Il regardait le frémissement des feuilles de peupliers faux-trembles, dont la chute en gros tourbillons exposait les couleurs vives. Il avait les yeux pleins de jaunes frénétiques, de mordorés, d'orangés. C'est pourtant le printemps, se dit-il. Je ne devrais pas être là. Il m'arrive encore quelque chose. Il regarda autour de lui : la prairie était couverte de gros ossements blancs, à perte de vue.

Les os se rassemblaient dans des culbutes trébuchantes et les formes ainsi composées se couvraient de chair et de poils. Les animaux se croisaient en nombre de plus en plus grand dans les herbes ondoyantes comme les volutes d'une robe verte. La terre ne fut bientôt plus qu'un ruban vibrant qui s'envola et disparut dans le ciel.

Thomas se souvint du petit pain à la confiture qui attendait dans sa gamelle. Rose lui avait fait du café fort et brûlant. Il secoua la tête, se frotta les yeux et se remit au travail, soulignant certains mots des messages préimprimés sur les cartes d'anniversaire et ajoutant de son écriture soignée des vœux personnels, jusqu'à ce qu'il soit l'heure de pointer et de faire la dernière ronde de la nuit.

La Bande d'Indiens Chippewas de Turtle Mountain ne fut pas « terminée ».

*

Mon grand-père se remit de son AVC. Il travailla à l'amélioration du système scolaire de la réserve, rédigea une constitution pour Turtle Mountain, écrivit et publia la première histoire de la tribu. Il resta président du conseil tribal jusqu'en 1959. Il fut promu responsable de l'entretien de l'usine de pierres d'horlogerie, où il travailla jusqu'à sa retraite obligatoire, en 1970.

*

En 1955, les femmes de l'usine de Turtle Mountain tentèrent de se syndiquer, provoquant, selon mon grand-père, un tollé retentissant dont l'écho parvint jusqu'à New York. « Accusations, allégations, chimères, rumeurs, prophéties, menaces et surenchères allèrent bon train. Des pots-de-vin sous forme de dîners furent offerts – et acceptés – des deux côtés. » Pour finir, les femmes ne votèrent pas la syndicalisation, mais se virent aussitôt accorder des augmentations de salaire. La cantine fut achevée. Et les employées récupérèrent leur pause café.

POSTFACE ET REMERCIEMENTS

Les lettres de mon grand-père

Aunishenaubay, Patrick Gourneau, présida le conseil consultatif de la Bande d'Indiens Chippewas de Turtle Mountain au milieu des années cinquante, une période censée marquer l'âge d'or des États-Unis, alors que régnait la ségrégation raciale et que les Amérindiens n'avaient jamais eu aussi peu de pouvoir – on nous interdisait de pratiquer nos religions traditionnelles, les sociétés d'extraction de ressources naturelles ne cessaient de s'approprier illégalement nos terres (ce qu'elles font d'ailleurs toujours aujourd'hui), et les pensionnats gouvernementaux fragilisaient nos langues. Nos leaders étaient en outre tenus de rendre des comptes aux fonctionnaires de gouvernements assimilationnistes. Prenez par exemple le « Conseil consultatif » que présidait mon grand-père – lui et les autres membres n'avaient presque aucun pouvoir. Réduits à un strict rôle de conseil auprès du Bureau des affaires indiennes, ils saisirent néanmoins toutes les occasions possibles de représenter leur peuple. Dans les années cinquante, il était facile de s'en prendre à ce qui nous restait de terres et de droits censément garantis par les traités. Avec l'essor immobilier de l'après-guerre, les fabuleuses forêts des Klamaths et des Menominees furent particulièrement convoitées. Ce n'est donc pas une coïncidence si ces tribus furent parmi les cinq premières à figurer sur la liste du programme de termination.

Mon grand-père écrivit à mes parents une série de lettres extraordinaires au cours des années 1953 et 1954. Ma mère me les a confiées, car je suis née en 1954. Patrick Gourneau ayant été scolarisé dans les pensionnats gouvernementaux de Fort Totten, Haskell et Wahpeton, ces lettres sont rédigées d'une main élégante d'ancien pensionnaire que reconnaîtront celles et ceux qui ont appris à écrire selon la méthode Palmer. Elles regorgent d'anecdotes sur la vie de la réserve – des histoires marquantes, drôles, à rebours des stéréotypes. Leur somme témoigne d'une intelligence pétrie d'humanité, et compose le portrait d'un patriote et d'un père de famille profondément croyant.

De langue maternelle ojibwée, mon grand-père avait pour père Keeshkemunishiw, le Martin-pêcheur, et pour grand-père Joseph Gourneau, Kasigiwit, guerrier en chef des Ojibwés Pembinas, dont la bande avait survécu en chassant le bison à travers les plaines jusqu'au Montana. Mon grand-père appartenait à la première génération née sur la réserve. Sa famille avait opéré la difficile transition vers l'agriculture et, dans ses lettres, Patrick parle de son magnifique jardin maraîcher ; il évoque avec un plaisir évident les pourpiers à grandes fleurs qu'il cultive pour leur beauté et raconte avoir un jour planté de l'avoine mais inexplicablement récolté du lin. Il rapporte les formules amusantes de ses enfants et clame tout l'amour qu'il porte à son épouse, Mary Cecelia LeFavor. Il confie à mes parents les nouvelles inquiétudes qui compliquent sa tâche de président du conseil consultatif. À l'époque des lettres, ce poste était rémunéré trente dollars par mois, mais, comme les caisses de la tribu étaient à sec, il ne réclamait jamais son dû. Dès qu'il entendit parler de la loi de termination, il comprit qu'il s'agissait, selon la formule consacrée, d'un nouveau front des guerres indiennes.

« Pour l'essentiel, ces dispositions législatives, si elles étaient adoptées, nous feraient perdre nos dernières prises sur ce continent, et détruiraient notre dignité et notre singularité de premiers habitants de cette riche terre », expliqua Joe Garry, alors président du Congrès national des Indiens d'Amérique.

« Cette proposition de loi est bien la pire chose qui puisse arriver aux Indiens », écrivit mon grand-père.

J'avais souvent lu ses lettres pour me réconforter ou m'inspirer, mais j'ai fini par les relire en même temps qu'un monceau de documents accumulés dans le cadre de recherches sur la termination. En mettant cette correspondance soigneusement datée en regard du calendrier de la Résolution 108, qui ne donnait que quelques mois aux tribus pour organiser leur réponse au Congrès, je me suis rendu compte que ce qu'avait accompli mon grand-père – avec d'autres membres de la tribu, des amis affûtés comme Martin Cross, dit « Vieux Chien », ainsi que des alliés non indiens – avait changé le cours de la termination et défié le rouleau compresseur fédéral visant à enterrer les promesses légales, sacrées et immuables, scellées par les traités de nation à nation. De toutes les tribus figurant sur la liste initiale du programme de termination, la délégation de Turtle Mountain fut la première à opposer une défense farouche et à l'emporter. Je percevais désormais le désespoir et la fatigue derrière les plaisanteries de mon grand-père, qui passait ses nuits à écrire et ses journées en rendez-vous et réunions – un vrai tourbillon. Il lui arrivait de ne dormir que douze heures par semaine. Je savais aussi ce que lui avait coûté la tâche apparemment impossible à laquelle il s'était attelé – éviter la termination –, et ce qu'elle avait coûté à notre famille, ainsi qu'au Pays indien dans son entier.

En tout, cent treize nations indiennes subirent le désastre de la termination, avec près de cinq cent soixante-dix mille hectares de terres tribales perdues. Les sociétés privées s'enrichirent pendant que, dans les tribus « terminées », des gens mouraient précocement, dans le dénuement le plus total. Aucune tribu n'en tira le moindre bénéfice. Soixante-dix-huit nations indiennes, parmi lesquelles les Menominees, emmenés par Ada Deer, finirent par obtenir une nouvelle reconnaissance fédérale ; dix obtinrent seulement une reconnaissance étatique ; vingt-quatre n'ont plus aucune existence officielle. Récemment parus, les Mémoires d'Ada Deer, *Making a Difference: My Fight for Native Rights and Social Justice*, offrent un éclairage important sur le sujet.

J'ai écrit ce livre dans un état de forte charge émotionnelle, en me souvenant du chagrin éprouvé par ma grand-mère et par les frères et sœurs de ma mère à mesure que s'alourdissait le tribut payé par mon grand-père à ses incessants combats politiques. Malgré le long déclin qu'il finit par connaître, Patrick Gourneau ne cessa jamais d'être drôle, optimiste et bienveillant. J'espère que ce livre reflète son élégance d'esprit. J'aime aussi à penser que les efforts de la tribu de Turtle Mountain aidèrent d'autres nations indiennes à se dépêtrer du long cauchemar que fut la termination. En 1970, Richard Nixon en appela à la fin de cette politique devant le Congrès des États-Unis. Cinq ans plus tard commença une nouvelle époque d'autodétermination pour les peuples autochtones.

J'ai beaucoup de gens à remercier. En premier lieu, Patrick et Mary Gourneau, et les remarquables enfants qu'ils ont élevés, parmi lesquels ma mère, l'artiste Rita Gourneau Erdrich, qui conserva soigneusement les lettres de mon grand-père, ainsi que les polycopiés de ses rapports de président du conseil tribal contenant ses articles et ses plaisanteries. Je remercie ma chère tante et amie Dolores Gourneau Manson, ma tante Madonna Owen, ainsi que mon oncle Dwight Gourneau, qui a servi les peuples autochtones tout au long de sa vie, notamment en tant que président du bureau de l'American Indian Science and Engineering Society (Société de science et de technologie des Indiens d'Amérique) et du bureau du Smithsonian's National Museum of the American Indian (Musée national des Indiens d'Amérique, au sein de la Smithsonian Institution). Je remercie mon oncle Howard Gourneau, « gardien de la pipe » de la famille, et Roberta Morin. Pour son soutien et ses conseils inestimables, je remercie ma sœur Liselotte Erdrich, écrivaine, poétesse et historienne de notre famille. Je voudrais aussi remercier Judy Azure, qui a dansé pour tout le monde. L'historien de notre tribu, le professeur Les LaFountain, a eu la gentillesse de relire l'une des premières versions du manuscrit et m'a fait de formidables suggestions. Denise Lajimodiere a aussi procédé à d'importants changements. Je suis très reconnaissante envers Zelma Peltier, dont la mère travailla à l'usine de pierres d'horlogerie, pour ses réactions et ses souvenirs. Gail Caldwell m'a fait reprendre courage quand je doutais. Brenda Child, titulaire de la chaire Northrop à l'université du Minnesota, a prêté une oreille patiente à l'évolution de ce livre; elle m'a prodigué de généreux encouragements et conseils au coin du feu, et m'a initiée aux joies des recherches aux Archives nationales. Ma mère parlait souvent de sa vie sur la réserve dans les années cinquante. Je suis heureuse d'avoir pu partager ces souvenirs.

L'envoi de la délégation de Turtle Mountain à Washington fut réellement, bien que partiellement, financé par un match de boxe. Le travail de l'universitaire chippewa Millie Cloud s'inspire de celui de plusieurs personnes, parmi lesquelles Marie Louise Bottineau Baldwin et sœur Inez Hilger. Le docteur David P. Delorme est l'auteur de l'étude économique qui, dans les faits, surprit et impressionna la commission du Congrès. Ma description de la rencontre avec le Bureau des affaires indiennes à Fargo s'appuie sur le procès-verbal de la véritable réunion, tout comme celle des auditions au Congrès. Leo Jeanotte, Edward Jollie, Eli Marion et Theresa – dite « Resa » – Monete Davis Revard firent partie du conseil consultatif originel. Je trouve émouvant que Martin Cross soit venu apporter son expertise, compte tenu de ce que vivaient les siens à l'époque : l'inondation et la destruction de leurs terres natales par le corps du génie de l'armée de terre des États-Unis. Militant infatigable, Martin Cross était un homme de principes. Le sénateur Arthur V. Watkins, lui, était un raciste prétentieux. Mais rendons à César ce qui est à César : il joua aussi un rôle crucial dans la chute du sénateur Joe McCarthy, contribuant à mettre un terme à un chapitre particulièrement sinistre de la politique intérieure américaine.

Je dois à *Garden of Truth: The Prostitution and Trafficking of Native Women in Minnesota*, de Melissa Farley, Nicole Matthews, Sarah Deer, Guadalupe Lopez, Christine Stark et Eilenn Hudon, l'histoire de Vera. L'aquaronne de Pixie m'a été inspirée par Divena, une sirène qui se produisit au cours des années soixante-dix au Persian Palms, un bar de Minneapolis équipé d'un gros aquarium.

Il est troublant de constater que le souvenir de la termination s'efface, même parmi les Amérindiens, et c'est ma sœur, l'artiste et poétesse Heidi Erdrich, qui m'a encouragée à écrire ce roman pour que l'on n'oublie jamais. (De fait, l'administration Trump et la secrétaire adjointe aux Affaires indiennes, Tara Sweeney, ont relancé la termination en cherchant à assimiler les Wampanoags, la tribu qui accueillit les Pères pèlerins du *Mayflower* sur les rives américaines et inventa la fête de Thanksgiving.) Ma sœur médecin, Angela Erdrich, m'a grandement aidée en me transmettant tout le matériau de recherche sur la termination qu'elle avait accumulé il y a bien longtemps via la Baker-Berry Library de Dartmouth. Je voudrais exprimer ma profonde gratitude à Joyce Burner, bibliothécaire aux Archives nationales de Kansas City, qui m'a dit adorer les chasses au trésor : elle est parvenue à mettre la main sur le dossier de pensionnat de mon grand-père, ainsi que sur des lettres dans lesquelles il se bat pour *être admis* au pensionnat et même des bulletins utilisés lors d'une de ses élections. Je voudrais également remercier Elizabeth Bunes, des Archives nationales, pour son travail dévoué. Comme toujours, je suis extrêmement reconnaissante envers Terry Karten, dont le regard d'éditrice est non seulement critique mais inspirant, et Trent Duffy, correcteur aux compétences hors pair. Merci aussi à Jin Auh et Andrew Wylie pour leur travail si constant sur chacun de mes livres. Pour l'assistance technique, j'ai pu compter sur ma fille Pallas, l'ange gardien de la famille. Kiizh éclaire la voie. Netaa-niimid Amookwe, Persia, qui enseigne de manière immersive la langue ojibwée à l'école Waadookodaading de Lac Courte Oreilles, dans le Wisconsin, est ma consultante attitrée, mais toutes les erreurs sont miennes. Ce livre a connu un épisode de transition éditoriale complexe, patiemment géré par Amber Olivier, John Jusino et Lydia Weaver. Merci !

Pour finir, dussiez-vous douter un jour qu'une suite de mots secs dans un texte officiel soit capable de tuer l'espoir et de briser des vies, puisse ce livre vous ôter ce doute. Inversement, dussiez-vous croire un jour que nous sommes impuissants à changer ces mots secs, puisse ce livre vous donner du courage.

De la même autrice
aux Éditions Albin Michel :

L'Épouse Antilope, 2002
Dernier rapport sur les miracles à Little No Horse, 2003
La Chorale des maîtres bouchers, 2005
Ce qui a dévoré nos cœurs, 2007
Love Medicine, 2008
La Malédiction des colombes, 2010
Le Jeu des ombres, 2012
La Décapotable rouge, 2012
Dans le silence du vent, 2013
Femme nue jouant chopin, 2014
Le Pique-nique des orphelins, 2016
LaRose, 2018
L'Enfant de la prochaine aurore, 2021
La Sentence, 2023

PAPIER CERTIFIÉ

Le Livre de Poche s'engage pour l'environnement en réduisant l'empreinte carbone de ses livres. Celle de cet exemplaire est de :
500 g éq. CO_2
Rendez-vous sur
www.livredepoche-durable.fr

Composition réalisée par Lumina Datamatics, Inc.

Achevé d'imprimer en août 2023 en Espagne par
BLACKPRINT
Dépôt légal 1re publication : août 2023
LIBRAIRIE GÉNÉRALE FRANÇAISE
21, rue du Montparnasse – 75298 Paris Cedex 06

63/5871/3